Johann und Rita Born Lare.
D0404583

KATHRYN KRAMER

WILDER SCHEIN

Roman

Deutsche Erstausgabe

WILHELM HEYNE VERLAG
MÜNCHEN

HEYNE ALLGEMEINE REIHE
Nr. 01/8046

Titel der Originalausgabe
UNDER GYPSY SKIES
Aus dem Amerikanischen
übersetzt von Clara Schmidt

3. Auflage

Copyright © 1987 by Kathryn Kramer
Copyright © der deutschen Ausgabe 1990
by Wilhelm Heyne Verlag GmbH & Co. KG, München
Printed in Germany 1992
Umschlagzeichnung: Franco Accornero/Schlück
Umschlaggestaltung: Atelier Ingrid Schütz, München
Satz: Werksatz Wolfersdorf GmbH
Druck und Bindung: Presse-Druck Augsburg

ISBN 3-453-04172-0

Dieses Buch ist meinem Stiefvater, Wesley Hocket, in liebendem Gedenken gewidmet. Du bist gegangen, Vater, aber nicht vergessen.

Noch einmal möchte ich meiner Mutter, Marcia Hocket, für ihre Hilfe bei den Recherchen für dieses Buch danken. Ich hätte es ohne sie nicht geschafft. Mein Dank gilt ebenfalls meiner Herausgeberin, Marylin Wright, deren Rat und Fachwissen ich sehr zu schätzen wußte. Ich freue mich darauf, wieder mit ihr zusammenzuarbeiten.

Über uns die Sterne wie leuchtende Kerzen,
die Erde überflutet von warmem Licht.
Du zogst mich näher zu Dir,
kraftvoll und zärtlich hieltest Du mich.
Geigen an den Lagerfeuern
spielten ihre Sehnsuchtsmelodei'n.
Unter den Himmeln der Zigeuner liebte ich Dich
und änderte für immer das Schicksal mein.

Kathryn Kramer

TAUSEND AUGEN

Die Nacht hat tausend Augen
und der Tag nur eins,
doch das Licht der hellen Welt erlischt
wenn die Sonne sinkt.

Der Geist hat tausend Augen
und das Herz nur eins;
doch das Licht eines ganzen Lebens erlischt,
wenn die Liebe geht.

F. W. Bourdillon, ›Licht‹

EINS

Kastilien, 1491

1

Im fahlen Licht des Mondes rumpelten die bunten hölzernen Wagen über die enge, gewundene Straße auf den Wald hinter der Stadt Toledo zu. An der Spitze des Zuges ritt der Zigeuner Rudolpho auf einem mitternachtschwarzen Hengst, einem mächtigen Tier, das er mit fester Hand führte. Die Jahre hatten ihre Spuren in Rudolphos Gesicht hinterlassen, doch bot er immer noch einen imponierenden Anblick, mit breiten Schultern, kräftigem Kinn, herausfordernden dunklen Augen und einem herabhängenden schwarzen Schnurrbart. Während er sich mit seinem leuchtend grünen Tuch den Schweiß vom Gesicht wischte, hob er den Arm zum Zeichen, daß sie ihr Lager hier am Waldrand in der Nähe des Flusses aufschlagen würden.

Seinem Wink gehorchend, begannen die anderen Männer der Sippe ihre Pferde und Wagen zu einem Kreis zusammenzustellen, Zelte aufzubauen und die Pferde loszubinden, um sie ungehindert auf der Lichtung grasen zu lassen. Frauen und Kinder sammelten Holz für die Feuer, die wie jeden Abend auch heute angezündet werden sollten.

Ein warmer Windstoß fuhr durch die Zweige der Bäume und fing sich in der ungezähmten Mähne tiefbraunen

Haares, das der jungen Frau, die gerade aus dem ersten Wagen herabsprang, beinahe bis zur Taille reichte. Da es nach der Überlieferung einer Zigeunerin Unglück brachte, sich das Haar zu schneiden, hatte Alicia noch nie auch nur eine einzige Locke ihrer langen Haarpracht hergegeben. Sie lachte, während sie sich den Wind durchs Haar wehen ließ, und warf ihren Kopf im Gefühl der grenzenlosen Freiheit zurück.

Alicia war ein schönes Mädchen von siebzehn Jahren, groß und lebhaft, und ihre grünen Augen funkelten wie Sterne im Mondlicht. Mehr als ein Zigeuner folgte ihr mit seinen Blicken, fasziniert von ihrer außergewöhnlichen Schönheit.

»Alicia!« Rudolphos Stimme war sanft und freundlich, als er den Namen seiner Tochter aussprach, ohne den gewohnten gebieterischen Unterton, mit dem er sich vor den anderen Respekt zu verschaffen wußte. »Alicia!«

Sie wandte sich ihm mit einem bezaubernden Lächeln zu, und ihre vielen Röcke raschelten beim Gehen. Ihre ausgeschnittene weiße Bluse war mit Fäden bestickt, so schön und farbenfroh wie die Flügel eines Schmetterlings; ihre goldenen und silbernen Ohrringe hüpften auf und ab, als sie ihm leichtfüßig entgegeneilte.

»Was gibt es, Vater?« fragte sie mit einem warmen Leuchten in den Augen, als sein Blick den ihren traf.

»Ich wollte nur dein liebes Gesicht sehen«, sagte er, während er mit der Geschicklichkeit eines jungen Mannes vom Pferd stieg. »Dieser lange Ritt hat meine Knochen so durcheinandergeschüttelt, daß ich das Gefühl habe, ich falle auseinander, doch dein Lächeln ist immer Balsam für mich.«

Alicia blickte ihn besorgt an und bemerkte einen schmerzlichen Zug um den Mund, als er seine Arme und Beine ausstreckte. Er wurde alt, sein Gesicht war blaß und von Linien durchfurcht. Wie sehr wünschte sie sich, daß ein anderer seinen Platz als Anführer der Sippe übernehmen und die Last von seinen Schultern nehmen würde, doch dazu würde Rudolpho, das wußte sie, niemals seine Einwilligung geben. Er würde bis zu seinem Ende der Anführer der kleinen Zigeunergruppe sein. Es gab nichts, was sie hätte tun oder sagen können, um ihn umzustimmen.

Als er mit einer liebevollen Geste eine lose Strähne ihres Haars zurechtzupfte, hellte sich Rudolphos Miene auf, wechselte von Trübsal zu Stolz, als er sich an das liebliche Kind erinnerte, das ihm vor so langer Zeit von einer herzlosen Frau gebracht worden war, deren Gesicht er niemals vergessen hatte. Auch als ganz kleines Kind hatte Alicia bereits sehr feine Gesichtszüge und große, ausdrucksvolle Augen gehabt. »Was für eine schöne Frau du geworden bist«, flüsterte er. »Aber ich habe gewußt, daß du einmal die Sterne selbst überstrahlen würdest. Nur ein Prinz ist gut genug für dich.«

»Ein Prinz!« Sie legte ihm die Hand auf den Arm. »Kein Prinz, Vater. Ich werde einen Zigeuner heiraten, vielleicht Vito, Stivo, Ramon oder Xenos mit seinen dunklen, nachdenklichen Augen, oder?«

Er antwortete nicht, sondern blickte sie mit großer Traurigkeit an, als ob da etwas wäre, was er ihr sagen wollte. Sie wunderte sich über diesen plötzlichen Stimmungswandel, den besorgten Ausdruck, den sie neuerdings so oft an ihm wahrnahm.

Alicia machte ihrer Neugier Luft. »Stimmt etwas nicht, Vater?« Sie zupfte an den Ärmeln seines hellgrünen Hemdes und zog ihn mit sich zu einer Baumgruppe, während die anderen zurückblieben, um das Lager zu errichten. Abseits vom Lärm und Durcheinander würde sich seine Anspannung vielleicht lösen, und er würde ihr den Grund seiner Besorgnis mitteilen, überlegte sie.

Die Stämme der mächtigen Waldriesen ragten in den Himmel, und ihr dichtes Blattwerk verdunkelte das Licht des Mondes. Alicia und Rudolpho setzten sich unter die Bäume in das feuchte Gras und horchten, wie das Stimmengewirr vom Lager mit den Lauten des Waldes verschmolz – dem Gesang der Abendvögel, dem zufriedenen Schrei einer Eule in der Ferne, dem synkopischen Zirpen der Grillen. Laute, die beruhigten.

Einige Minuten lang sprachen weder Alicia noch ihr Vater ein Wort, dann brach Alicia das Schweigen und erkundigte sich erneut nach seinen Sorgen.

Er wollte ihr antworten, wollte sich ihr anvertrauen, aber fand keine Worte. Wie konnte er ihr mitteilen, daß sie nicht eine der Ihren war? Wie konnte er ihr Herz brechen? Er konnte diesem glücklichen, schönen Kind seines Herzens nicht erzählen, daß sie nicht seine leibliche Tochter war, noch von der Frau berichten, die sie vor beinahe vierzehn Jahren in sein Lager gebracht hatte.

Das Kind war eine *Gorgio,* eine Nicht-Zigeunerin, doch ein einziger Anblick hatte an sein Herz gerührt, und trotz allem, was man ihn gelehrt hatte, hatte Rudolpho das Kind als sein eigenes ausgegeben. Doch die Gesetze der Sippe, nach denen das Blut der Roma reingehalten werden mußte, waren streng. Alicia würde nie einen von ihnen heiraten dürfen. Konnte er ihr das jetzt beibringen, während sie arglos lächelnd dasaß? Nein, das konnte er nicht.

»Vater?«

»Ich bin nicht mehr jung«, sagte er, ihre Hand ergreifend. »Ich mache mir Sorgen, was mit dir geschehen wird, wenn ich von dieser Erde gegangen sein werde.«

»Gegangen? Ich lasse nicht zu, daß du mich verläßt,

Vater. Wir sind immer zusammengewesen.« So schien es jedenfalls. Doch es gab Zeiten, da sie von Träumen heimgesucht wurde, von schlimmen Erinnerungen an einen anderen Ort, eine andere Zeit. Sie glaubte sich daran zu erinnern, wie sie gelaufen war und ihre Hand ausgestreckt hatte, um eine unbekannte Frau anzufassen, und wie ihre Hände schroff zurückgestoßen worden waren. Sie hatte immer gemeint, daß diese Frau ihre Mutter gewesen sei, doch Rudolpho hatte ihr immer wieder nachdrücklich versichert, daß ihre Mutter bei ihrer Geburt gestorben wäre. Fragen nach ihrer Kindheit und ihrer Mutter schienen ihn nur zu beunruhigen, und so hatte sie nicht weiter darauf bestanden. Es machte eigentlich auch nichts aus, solange sie die Liebe ihres Vaters besaß.

»Immer?« Rudolpho lächelte. »Du bist schon lange bei mir, und ich war für jeden Tag meines Lebens dankbar, seit du in mein Leben getreten bist. Du hast mir so viel Glück gebracht.«

Alicia spürte seine Kraft, als er ihre Hand drückte. ›Trotz seiner Jahre ist er den meisten Männern mehr als ebenbürtig‹, dachte sie. Eines Tages wollte sie einen solchen Mann heiraten. »Ich liebe dich, Vater.«

»Und ich liebe dich.« Er lächelte. »Dich muß man einfach liebhaben, mein Kind. Schön, wild und temperamentvoll wie ein junges Fohlen.«

»Ich bin eine Zigeunerin!« sagte sie, indem sie sich aufrichtete und ihr Kinn emporreckte. Sie war zufrieden mit dem Leben, das sie führte, sie liebte das Herumziehen mit den Wagen, das Lagern unter dem Sternenhimmel. Niemals würde sie eine *Gorgio* sein wollen. Wenn sie an die Nicht-Zigeuner dachte, verfinsterte sich ihr Blick. Diese Milchgesichter, die sich immer vor den Zigeunern und dem ›bösen Blick‹ bekreuzigten, wenn sie die Wagen anstarrten, als kämen sie geradewegs aus der Hölle.

»Alicia ...« Wieder hatte Rudolpho diesen Blick, als ob da etwas sei, was er ihr zu sagen hätte, als habe er Sorgen.

»Ja?« Sie warf ihren Kopf herum und lächelte, auf seine Worte wartend.

Wenn er nur einen Mann aus ihrem Volk finden könnte, einen Mann, den sie heiraten könnte, der Alicia lieben und für sie sorgen würde, wenn er nicht mehr bei ihr wäre. Wenn er einen solchen Mann fände, wäre vielleicht alles gut, und Alicia müßte die Wahrheit niemals erfahren. »Nichts.« Er schüttelte den Kopf und tippte ihr mit dem Finger auf die Nasenspitze. »Du bist eine Zigeunerin mit der ganzen Leidenschaft und dem ganzen Feuer der Roma.« Er war noch nicht bereit zu sterben. Er hatte noch Zeit.

Eine Stimme, wie ein Gesang, erhob sich. »Rudolpho!« Die Männer riefen ihn, als die sanften Weisen der Musik erklangen und der beißende Duft von brennendem Holz zu ihnen drang. Die anderen hatten das Lager bereits errichtet und begannen gerade zu tanzen und zu spielen, während das Abendessen über den offenen Feuern im Kessel und am Spieß schmorte.

»Komm, Alicia, wir wollen zurückgehen.« Rudolpho stand von seinem weichen Graspolster auf. »Man wird uns vermissen.«

»Geh nur, Vater. Ich werde auch bald kommen. Die Vögel singen gerade mein Lieblingslied.« Ihr Lachen klang so melodisch, wie der Bach, der in der Nähe dahinplätscherte.

Er küßte sie auf die Wange. »Ich verstehe, Kind. Doch sei vorsichtig. Man weiß nie, was sich in diesen Wäldern verbirgt. Welches Ungeheuer sein Unwesen treibt.«

»Ich werde aufpassen.« Sie wußte, wovon er redete, von Menschen, die Zigeuner haßten. Die Zeiten waren gefährlich. Ein Mann namens Torquemada hatte gesagt, daß Zigeuner keine Christen sein könnten, da sie so wild und frei lebten. Zauberer, Gotteslästerer, Astrologen, Anhänger fremdartiger Riten und ähnliches hatte er sie genannt. Sie wußte nicht, was die meisten dieser Worte bedeuteten, doch ihr war bekannt, daß er der Mann war, der verantwortlich für die Verfolgung von Juden und sogenannten *Marranos* war, Leuten, die zum christlichen Glauben bekehrt worden waren, denen man jedoch nachsagte, daß sie dem jüdischen Glauben heimlich anhingen. Alicia tastete nach dem kleinen Messer, das sie in ihrem Gürtel versteckt mit sich trug. »Ich werde aufpassen, daß mir nichts geschieht, Vater.«

Sie blickte zum Mond auf, der hinter Wolkenschleiern hervorschimmerte, und fühlte sich plötzlich von einer primitiven Magie umgeben. Dieselbe Verzauberung, die meine Ahnen gespürt haben müssen, dachte sie. Unwillkürlich ergriff sie die Flucht und rannte mit bloßen Füßen über das wilde Gras und das weiche Moos des Waldes davon.

Sie tauchte in die schimmernden Vorhänge der Bäume ein, entzog sich ihnen wieder und überließ sich dem stillen Glanz der Nacht. Die Sterne waren wie winzige Lagerfeuer, die hoch oben über der Erde flackerten, und sie hielt inne, um mit zurückgeworfenem Kopf in ihr Licht zu starren, das im selben Rhythmus wie die Liebesweisen der Grillen zu pulsieren schien.

Plötzlich drang ein scharfes Geräusch an ihre Ohren, ein Geräusch, das nicht von einem Geschöpf der Nacht stammen konnte. Es war eine menschliche Stimme, die sie gehört hatte! Alicia hielt ihren Atem an, um zu lauschen. Stimmen. Männerstimmen, die nicht die Zigeunersprache sondern spanisch sprachen.

Sie spürte den Drang wegzulaufen; sie wußte, daß es

klug wäre, dies zu tun, doch ihre Neugier gewann die Oberhand. Wer war in die milde, sanfte Nacht eingedrungen? Stellten diese Männer eine Gefahr für ihre Leute dar? Sie tastete sich vorsichtig im Schatten der Bäume vorwärts, entschlossen, es herauszufinden.

»Jesus! Du hast ihn getötet, Manuel«, sagte eine der Gestalten, die am Flußufer standen. Was, zum Teufel, machten sie dort? Sollte sie fortlaufen und die anderen holen?

»Halt den Mund, José! Wir mußten ihm einen harten Schlag versetzen. Oder hätten wir ihn etwa höflich um seine Juwelen und Preziosen bitten sollen?«

»Das nicht, aber mußten wir ihn töten? Was geschieht, wenn jemand vorbeikommt...?« Ein leises Stöhnen entrang sich den Lippen der am Boden liegenden Gestalt. »Er ist nicht tot!«

»Wirf ihn in den Fluß. Schnell, bevor er zu sich kommt! Der Befehl ertönte in einer so kalten und schneidenden Stimme, daß Alicia schauderte.

»Ihn hineinwerfen?«

»Ja. Los, oder du wirst ihm nachfolgen, bei allem, was mir heilig ist!«

Alicia sah, wie die beiden Männer ihr Opfer hochhoben und in die wirbelnden Strudel warfen, worauf sie eilig davonrannten. Es waren Räuber. Diebe. Sie hatten einen Mann getötet! Ihn ertrinken lassen! *Gorgios*, Diebe. Und sie waren so dreist, über die Zigeuner herzuziehen und sie Diebe zu nennen. Ha! Ein Zigeuner würde sich nicht zu solch einem Verbrechen hinreißen lassen, dachte Alicia empört. Sie fragte sich, ob der Mann im Fluß ein *Gorgio* war oder vielleicht ein Zigeuner eines anderen Stammes. Aber spielte das wirklich eine Rolle? Ein Mensch würde sterben, würde mit Sicherheit ertrinken, wenn sie nicht sofort handelte. Was sollte sie anderes tun als versuchen, ihn zu retten?

Ohne weiter zu überlegen, sprang sie in das eisige Wasser und rang nach Luft, als sie mit dem Körper in die Kälte eintauchte. Obwohl sie eine gute Schwimmerin war, wurde sie von den Strudeln nach unten gezogen, und ihre Lungen brannten, als sie ihren Atem anhielt. In ihren Ohren war ein Brausen, und ihre schweren Röcke drohten, sie noch tiefer hinabzuziehen.

»O Del. O Del«, schrie sie, Gott um Hilfe anrufend. Würde sie mit diesem Fremden sterben? Nein. Sie würde überleben. Sie war eine Zigeunerin!

Ihre Angst bekämpfend, stieß sie wild mit den Beinen um sich, um wieder nach oben zu gelangen, und sog in großen Zügen den süßen Nektar der Luft, des Lebens ein, als sie die Oberfläche erreichte. Einige Meter von ihr entfernt sah sie den Körper des Fremdlings, und mit erstaunlich starken Schlägen näherte sie sich seiner sinkenden Gestalt. Es war, als hätte Gott ihr geantwortet.

Alicia hatte als Kind schon schwimmen gelernt; es war so natürlich für sie wie das Atmen, doch bisher war sie nur im Sommer schwimmen gegangen, wenn das Wasser warm war, und nicht in den herbstkalten Flüssen. Dennoch wußte sie, als sie gegen die Strömung kämpfte, daß sie siegen würde und nicht der Fluß.

Zuerst schien die Wasserfläche endlos, als sie mit kräftig rudernden Schlägen vorwärtsschwamm. Jetzt ergriff sie den Arm des Mannes, packte mit festem Griff seine Haare und zog ihn an die Oberfläche. Er hätte keine Chance wenn sie ihn nicht bis zum Ufer ziehen könnte, und sie kämpfte verzweifelt gegen die Strömung an.

Mit letzter Kraft zog Alicia den Fremden aus dem Wasser, glücklich, unter ihren Füßen den Fels zu spüren. Sie beugte sich über den Mann und versuchte, seinen Puls zu fühlen. Er war schwach, aber gerade noch zu spüren.

»Du sollst leben!« rief sie laut und bearbeitete seinen Körper mit ihren Händen, auf sein Stöhnen horchend. »Leben.« Er durfte nicht sterben. Nicht jetzt. Nein, nicht jetzt. Ob *Gorgio* oder Zigeuner, spielte keine Rolle. Er mußte am Leben bleiben.

Sie drehte ihn auf den Rücken, drückte ihren Mund auf den seinen und hauchte ihm den Atem des Lebens in die Lungen; sie fühlte, wie ihr Lebensfunke in ihn hinabsank, als sich ihr Atem vermischte. Er war ein großer Mann, muskulös, mit langem, dichtem schwarzen Haar, das ihm in die Stirn fiel. Alicia war verwirrt von der Tiefe ihres Gefühls, das sie überwältigte, als sie seinen Mund berührte. Sie wich zurück, doch wovor, konnte sie nicht sagen. Sie hätte ihn verlassen, aber seine Stimme hielt sie zurück.

»Nein... geh' nicht weg... wer...?« ächzte er. Er starrte sie überrascht und verwirrt an und versuchte, sich aufzusetzen. Alicia war von der Intensität seines Blickes erschrocken. Es war, als hätte er magische Gewalt über sie. Nur mit der größten Anstrengung gelang es ihr, ihre Augen abzuwenden.

»Legt Euch wieder hin. Spart Eure Kräfte«, flüsterte sie auf spanisch. Er zitterte in der Kühle der Nacht, und sie bedeckte seinen Körper mit ihrem eigenen, um ihn zu wärmen. Als sie ihm ins Gesicht sah, war sie wie hypnotisiert von der Stärke und Schönheit, die sie darin fand. Seine Augen waren von schwarzen Wimpern gesäumt, und sie überlegte, welche Farbe sie wohl bei Tageslicht hätten. Er sah nicht aus wie ein Roma, sondern hatte eine hellere Haut-, Haar- und Augenfarbe. Dieser Mann war kein Zigeuner. Dennoch bewunderte sie ihn. Es waren zwei Männer nötig gewesen, um ihn zu überwältigen. Zwei Feiglinge.

Als sich ihre Blicke für einen winzigen Moment kreuzten, wurde sie von einem überwältigenden Gefühl durchflutet, und sie wußte: Dieser Mann würde von nun an mit ihrem Schicksal verbunden sein.

2

Das flackernde Licht der Kerzen beleuchtete das Gesicht des Mannes, der auf dem groben Bett von Stroh und Leinen im Zigeunerwagen lag. Alicias Blick glitt über ihn, während sie ihm mit einem von Heilkräutern durchtränkten Lappen sanft das Blut am Kopf abtupfte.

›Wer ist er?‹ fragte sie sich. Noch niemals vorher war sie einem *Gorgio* so nahe gewesen, und sein Aussehen faszinierte sie. Er hatte nicht den dunklen Teint oder das dunkle Haar der Zigeuner. Sein Gesicht war glatt, und sein Haar fiel ihm nach der Art der Spanier bis auf die Schultern. Er hatte dichte Augenbrauen, hohe und starke Wangenknochen und eine feine, wie von der Hand eines Bildhauers gemeißelte Nase. Die Wimpern, die seine Wangenknochen beschatteten, waren lang und gebogen und von einem dunklen Braun. Ein hinreißend schöner Mann.

Alicia hatte ununterbrochen bei ihm Wache gehalten, ihm das Blut vom Gesicht gewischt und die Platzwunde an seinem Kopf mit einer Mischung aus Gelbwurz, Wasser und Myrrhe gewaschen. Wenn er im Schlaf stöhnte, legte sie die Hand auf seine Stirn, und ihre Berührung und sanften Worte ließen sein gequältes Murmeln wieder verstummen.

Es war ein harter Kampf gewesen, bis sie den halb bewußtlosen Mann in das Lager geschleppt hatte, doch irgendwie war es ihr schließlich gelungen. Doch nun stand sie einem neuen Hindernis gegenüber. Die Zigeuner, die jedem Fremden mißtrauten, hatten geäußert, daß sie keinen *Gorgio* in das Lager hätte bringen dürfen, daß seine Anwesenheit ein schlechtes Omen sei, daß er ihnen allen Unheil bringen würde. Alicia jedoch war in ihrer Entschlossenheit, ihn zu pflegen, fest geblieben. Alle wußten, daß sie zur Wildkatze werden konnte, wenn man sich ihr in den Weg stellte, und so hatten schließlich die anderen Zigeuner nachgegeben, doch ihre düsteren Blikke waren ihr gefolgt, als sie und Rudolpho ihn in Alicias Wagen gebracht hatten. Es hatte ein ärgerliches Gemurmel und Geflüster gegeben, das sie nicht verstand, als die Alten des Stammes zu ihr herüberblickten. Es war, als teilten die älteren Zigeuner irgendein Geheimnis miteinander. Normalerweise wäre Alicia neugierig gewesen, doch ihre Sorge um den verwundeten *Gorgio* verdrängte bald ihre Neugier.

Während sie dem *Gorgio* das nasse Wams mit seinen vielen Spitzenbesätzen und das kostbare Seidenhemd auszog, wunderte sich Alicia über die Pracht seiner Kleidung. Einen solchen Staat zu tragen, war nicht praktisch, faszinierte sie aber irgendwie. Rudolpho und Alicia hatten über die komischen Beinkleider gelacht, die der *Gorgio* trug und die an seinen Beinen wie eine zweite Haut hafteten.

Während sie den Mann mit dem Handtuch trockenrieb und sich selbst umzog, ließ Alicia ihren Blick über seinen nackten Körper gleiten. Seine glatte Haut schimmerte goldfarben, wo sie der Sonne ausgesetzt gewesen war, doch wo das Sonnenlicht sie nicht erreicht hatte, war sie um einige Schattierungen heller. Sein breiter Brustkorb war mit feinem Haar bedeckt, das in einer dünnen, geraden Linie bis zum Nabel auslief; seine Arme waren muskulös, seine Taille schmal, die Beine gerade und kräftig, und seine Männlichkeit war wohlgestaltet. Ihn nur anzuschauen, war eigenartig erregend, versetzte ihr Blut in Aufruhr und erzeugte eine Sehnsucht, die sie beschämte. Für eine Jungfrau schickten sich solche Gedanken nicht.

Als fühlte er ihre forschenden Augen, bewegte sich der Mann im Schlaf, ein Seufzer entrang sich seinem Mund, und Alicia beeilte sich, ihn zu beruhigen. »Ihr seid hier sicher; niemand wird Euch etwas zuleide tun. Dafür werde ich sorgen.« Dieses Versprechen war ernst gemeint, und so zog sie eine Leinendecke hervor und bedeckte damit seinen nackten Körper, um ihn vor der Kälte der Nacht zu schützen; dann setzte sie sich auf den Boden neben ihn, um zu wachen und zu warten.

Lange Zeit blieb es still im Wagen, als Alicia Wache hielt, so ruhig, daß sie ein- oder zweimal fast eingenickt wäre; die Stille wurde jedoch plötzlich durchbrochen, als der Fremde schrie: »Nein! Nein! Tötet mich nicht!« Um sich schlagend, schien er erneut mit seinen Angreifern zu kämpfen.

Indem sie aufsprang und sich über ihn beugte, suchte sie ihn zu beruhigen, und blickte plötzlich in die dunklen Tiefen seiner Augen, als seine Lider sich unruhig öffneten. Dunkle Augen, Augen von einem vollen, tiefen Braun trafen auf ihre Augen, die genauso wild waren wie die aller Zigeuner. »Wer...?« flüsterte er, indem er seine Hand ausstreckte, um die weichen, seidenen Strähnen ihres Haars zu umschlingen, und sie zu sich herabzog.

»Alicia!« antwortete sie rasch und versuchte, sich seinem Blick zu entziehen. Er hielt sie jedoch an den Haaren fest. »Bitte, laßt mich los. Ich war es nicht, die Euch Böses antun wollte.«

»Jene Männer?«

»Sie sind weg. Sie warfen Euch in den Fluß, dann ergriffen sie die Flucht, diese Feiglinge. Ich zog Euch aus dem Wasser.«

»Ihr?« Seine Augen waren durchdringend, und sein Blick reichte tief in ihre Seele, dann lächelte er. »Schöne Hexe.« Während er seine Hand aus ihrem Haar löste, schloß er wieder die Augen.

»Hexe?« Das Wort verletzte sie. Sie hatte ihm das Leben gerettet, und er nannte sie eine Hexe! »Undankbarer *Gorgio*«, schimpfte sie und wandte ihm verärgert den Rücken zu. Nur das Wissen um seine Kopfwunde hielt sie davon ab, ihn zu verlassen und in die Nacht hinauszulaufen. Statt dessen kniete sie wieder neben ihm nieder. Sollte er sie doch nennen, wie er wollte, er würde bald die Wahrheit erfahren. Sie war keine Hexe, sondern eine Heilkundige.

Die Stunden verstrichen langsam, die Kerzen brannten nieder, und immer noch wachte Alicia. Erneut in einem Nebel von Alpträumen versunken, warf sich der *Gorgio* herum und murmelte: »*Marranos*. Sie nannten sie *Marranos*. Jüdin. Zum Scheiterhaufen verurteilt, und ich konnte sie nicht retten. Ich habe es nicht gewußt.« Er streckte seine Hand aus, als würde er erneut ertrinken, und wieder tröstete ihn Alicia und fragte sich, um wen er wohl trauerte. Geliebte? Frau? Sie schalt sich selbst und versuchte, ihre Eifersucht zu unterdrücken. Sie hatte keinen Anspruch auf diesen Mann, auch wenn er ihre Sinne noch so in Aufruhr brachte. Er war ein *Gorgio*, und sie eine Zigeunerin.

Als sie ihm die Hand auf die Stirn legte, um sich zu vergewissern, daß seine Unruhe nicht durch Fieber verursacht wurde, bemerkte sie, daß er wieder vor sich hin murmelte. Sie beugte sich näher, um zu hören, was er sagte, und zuckte zusammen, als sie wieder die Worte hörte: »Hexe. Bezaubernde Hexe.«

Sie wollte protestieren, doch bevor sie die Worte aussprach, fühlte sie die warme, weiche Berührung seiner Finger auf ihrer Brust, die ihr einen Schauer von Verlangen durchs Blut sandte. Seine Hand umschloß den zarten Busen, liebkoste ihn durch den dünnen Stoff ihrer Bluse mit unendlicher Zärtlichkeit und erzeugte ein so starkes Gefühl in ihr, daß sie, obwohl sie seine Hand ergriff, um seine Finger abzuwehren, ihn gewähren ließ.

›Er weiß nicht einmal, was er tut‹, dachte sie, als sie ihm auf seine geschlossenen Augen schaute. Angst beschlich sie, daß es vielleicht eine andere war, von der er träumte. Sie wollte, daß er sich nach ihr sehnte, so vermessen dieser Wunsch auch sein mochte, und spürte ein heftiges Verlangen, von ihm berührt zu werden, wenn er erwachte.

Wie als Antwort ließ er seine Hand suchend über ihre schmale Taille gleiten und auf der vollen Rundung ihrer Hüfte ruhen. Hätte sie sich jemals vorstellen können, daß die Zärtlichkeit eines Mannes ein solches Feuer in ihr entfachen könnte? Selbst wenn sie tanzte, schlug ihr Herz nicht in einem solchen wilden Rhythmus. Immer wieder mußte sie daran denken, was die alte Großmutter ihr über die Vereinigung von Mann und Frau erzählt hatte, und versuchte sich vorzustellen, wie es wohl mit diesem Mann wäre. Waren das schlimme Gedanken? Irgendwie schien es nicht so zu sein. Statt dessen erschien es ihr so natürlich wie Atmen. Die Wärme seines Körpers suchend, legte sie sich neben ihn, schmiegte sich in seine starken Arme und schloß die Augen, um auf die Dämmerung zu warten.

3

Der Laut wiehernder Pferde, zwitschernder Vögel, bellender Hunde und lachender Kinder weckte Rafael de Villasandro aus seinem tiefen Schlaf. Er öffnete langsam die Augen in der Erwartung, sich in der vertrauten Umgebung seines Schlafzimmers wiederzufinden und war überrascht, als sein Blick auf die Wagenplane fiel, die sich über ihm wölbte. Sein Puls schlug schneller, und er riß die Augen weit auf, um diese Umgebung in sich aufzunehmen – die kleinen Fenster, die hölzernen Wände, die Leinwand am hinteren Ende, die als Tür diente. Muttergottes, wo war er?

Er machte Anstalten aufzustehen, verwirrt, wie er war, und in diesem Moment erblickte er sie, die junge Frau, die neben ihm lag. Er war fasziniert von dem schönsten Gesicht, das er je gesehen hatte. So hatte er also nicht geträumt – sie war von Fleisch und Blut. Als er seine schmerzenden Muskeln dehnte, streifte er mit seinem festen Brustkorb ihren Busen, und seine kräftigen Oberschenkel berührten die ihren in einer Intimität, die sein Verlangen entzündete.

Er ließ einen abschätzenden Blick über sie gleiten – das dunkle Haar, das sich wie ein Umhang von dunkelstem Samt um sie legte (noch nie hatte er solches Haar gesehen), der makellose, dunkel-cremige Teint, die langen, dichten Wimpern. Ihre vollen Lippen waren dazu da, geküßt zu werden. Doch es war ihr Körper, der ihn noch mehr erregte – lange Beine, feste, volle Brüste, eine Taille, die er mit seinen Händen umfassen konnte, und Hüften, die genau die richtige Fülle hatten. Sogar in voller Bekleidung hatte sie die Art von Rundungen, wie sie Minnesänger in Verzückung bringen und starke Männer zu liebeskranken Narren machen konnten.

Im Schlaf sah sie engelsgleich aus, doch hatte er das Gefühl, daß sie, wenn sie wach war, vom Feuer des Teufels selbst erfüllt sein würde. Nach dem Wagen zu urteilen, war sie eine Zigeunerin. Zigeuner. Die Frauen waren für ihre Schönheit bekannt, doch hatte er in all seinen Jahren noch nie eine Zigeunerin wie diese gesehen. Zigeuner. Der Name weckte Geringschätzung und Furcht, als ihm Geschichten einfielen, die er seit seiner Kindheit gehört hatte, doch für diese Frau hegte er andere Gefühle.

All die Erinnerungen an die vorangegangene Nacht und die Männer, die ihn überfallen hatten, wirbelten ihm durch den Kopf. Sein Schädel pochte, als er sich mit der Hand an den Kopf griff, um die Schwellung über seiner Schläfe zu prüfen. »Bastarde!« fluchte er laut und riß das Zigeunermädchen neben sich aus dem Schlummer.

Alicia erwachte und sah die durchdringenden dunklen Augen auf sich ruhen; sie errötete, als sie daran dachte, wie er sie in der Nacht berührt hatte. Sie fragte sich, ob auch er sich daran erinnerte. Sie wollte etwas sagen, war jedoch zu aufgeregt, um auch nur ein Wort herauszubringen. Der *Gorgio* dagegen war gar nicht schüchtern.

»Grüne Augen. Wunderschöne Augen. Wie das Meer«, sagte er leise und ließ seinen Blick über sie wandern. »Ist es richtig, wenn ich mich daran erinnere, daß Euer Gesicht über mir schwebte wie eine Meeresnymphe?«

Noch immer durch seine Worte in der vorhergehenden Nacht verletzt, wandte sie sich hastig ab und flüsterte: »Ihr habt mich Hexe genannt.«

Er spürte, daß sie gekränkt war, und nahm ihr Gesicht in seine Hände, so daß sie ihn anschauen mußte. »Ich meinte nur, daß Ihr mich mit Euerer Schönheit verhext habt. Das sollte keine Beleidigung sein.« Einen langen, zeitlosen Augenblick lang blickten sie einander in die Augen, die eine stille Sprache sprachen, dann versuchte er, sich aufzusetzen. »Ich bin immer noch so schwach wie ein neugeborenes Kalb«, sagte er, als ihn eine Welle des Schwindels erfaßte.

»Ihr werdet wieder zu Kräften kommen. Ich kenne Heilkräuter, die Wunder wirken werden.« Sie lächelte und zeigte ihre vollkommenen, perlweißen Zähne.

»Zigeunermagie«, stieß er hervor, einen Augenblick lang argwöhnisch, als ihm die Geschichten über Vergiftungen, Kinderdiebstahl, Hexerei und Raub in den Sinn kamen.

Seine hochgezogenen Augenbrauen ärgerten Alicia, während all die alten Ressentiments, die Erinnerung an *Gorgios,* die sie mit Schimpfnamen bedacht hatten, in ihr hochstiegen. Sie setzte sich im Bett auf, warf die Schultern zurück, beugte ihren Kopf stolz nach hinten, und ihre Augen schossen Pfeile ab. »Heilmagie, *Gorgio!* Nehmt sie an oder seid verwünscht!«

Er warf seinen Kopf zurück und lachte, ein tiefes, volles Lachen wie der Anschlag einer Gitarre. »Ihr seid ja voller Feuer! Ich habe Euch also richtig eingeschätzt.«

»Wie könnt Ihr es wagen, mich auszulachen! Ich hätte Euch dem Fluß überlassen sollen. *Gorgio*-Teufel! *O Beng!*« fluchte sie.

Sein Lachen verstummte, und sein Blick wurde sanft. »Ich lache nicht über Euch, schöne Zigeunerin, sondern über diese Situation.« Dem Impuls, sie zu berühren, nachgebend, streichelte er ihr Haar und zuckte plötzlich vor Schmerz zusammen, als er sich bewegte. »Verdammt, aber mein Kopf fühlt sich an, als marschierten die Armeen Kastiliens hindurch!«

Sein Schmerz ließ sie ihren Ärger vergessen, und sie streckte ihre Hand nach ihm aus, um seine Wunde zu untersuchen. Bevor sie ihn jedoch berühren konnte, hatte er ihre Hand ergriffen und geküßt, mit Lippen, die für einen so maskulinen und starken Mann ungewöhnlich sanft waren. Das Gefühl seines Mundes auf ihrer Haut sandte Schauer von flüssigem Feuer durch ihren Körper. »Tut es Euch leid, daß Ihr mich gerettet habt?« fragte er leise.

Verwirrt wich sie zurück und blickte ihn mit aufgerissenen, dunkel bewimperten, grünen Augen an. »Vielleicht bin ich doch froh, daß ich Euch nicht habe ertrinken lassen.« Er lächelte sie an, und ihr Herz machte einen Satz. ›Er ist der Hexer‹, dachte sie, ›mich so zu verzaubern.‹ Nie zuvor hatte sie ein ähnliches Gefühl verspürt. Sie bebte am ganzen Körper, wenn er sie auch nur ansah; sie zitterte bei seiner Berührung. In seiner Nähe zu sein, bereitete ihr einen süßen Schmerz in der Magengrube. Bei keinem anderen Mann hatte sie sich bisher so sonderbar gefühlt.

»Gott, seid Ihr schön. Wunderschön.« Wie von einer geheimnisvollen Kraft angetrieben, griff er nach ihr und zog sie an sich, in die Umarmung, die sie beide so ersehnt hatten.

Alicias Puls beschleunigte sich angesichts der Leidenschaft, die sie in seinen Augen sah. Das Bewußtsein, daß er sich auch nach ihr sehnte, wirkte auf sie wie ein Liebestrank der Zigeuner. Indem sie ihre Arme um seinen Hals legte, bot sie ihm die Lippen zum Kuß. Sie wartete atemlos, bis er mit seinem Mund den ihren berührte und sie küßte wie ein Verdurstender, die Süße ihrer Lippen aufsaugend, sie umfasssend und streichelnd. Sie überließ sich den übermächtigen Gefühlen, die sie durchrieselten, und erwiderte hungrig seinen Kuß, verzaubert von dieser ersten Kostprobe der Lippen eines Mannes.

»Oh, *Gorgio!*« murmelte sie, als sie sich schließlich von ihm löste. Benommen von Empfindungen und Gefühlen, die sie noch nie erlebt hatte, vergaß sie alles um sich herum, außer dem Mann, der sie geküßt hatte – zumindest bis sie an dem dünnen Leinentuch hinunterblickte, das seine Nacktheit bedeckte. Als ihr Blick auf seine kraftvoll pulsierende Männlichkeit fiel, errötete sie verlegen und entwand sich mit angsterfüllten Augen seinen Armen.

»Nein, rührt mich nicht an!« Rasch sprang sie vom Bett auf und sah auf ihn herab.

Er versuchte, sich zu erheben, um sie wieder in die Arme zu nehmen, doch der Schwindel raubte ihm die Kraft, und er konnte sie nur anschauen. Ihre Augen waren voller Angst, und nichts hätte seine Leidenschaft schneller abkühlen können als der Anblick dieser Augen.

»Es tut mir leid. Das hätte ich nicht tun sollen, süße Zigeunerin«, entschuldigte er sich und schüttelte seinen Kopf, um den Schwindel abzuschütteln. Lag es an seiner Wunde oder an ihrer Nähe, daß ihm so verdammt schwindlig war, fragte er sich.

Sie antwortete nicht, wandte nur ihre Augen ab, und ihr dunkelrotes Gesicht verriet ihm den Grund ihrer Furcht. Er zog eine Decke unter seinen Füßen hervor und bedeckte seine Blöße. ›Sie ist also noch unschuldig‹, dachte er enttäuscht. Er hatte davon gehört, wie hartnäkkig die Zigeuner ihre Jungfrauen bewachten. Er würde alle begehrlichen Gedanken verbannen müssen. Das war jedoch leichter gesagt als getan. Hier war er mit einer Frau zusammen, so schön wie Eva selbst, während er im Adamskostüm dalag. Wie konnte er in dieser Situation an etwas anderes als an Liebe denken?

Es lag eine Spannung in der Luft, ein Schweigen, das nur durch das Schlagen ihrer Herzen unterbrochen wurde; endlich sprach Alicia. »Eure Kleider werden jetzt trocken sein. Ich hatte sie ans Feuer gelegt.« Sie machte Anstalten, den Wagen zu verlassen, um sie zu holen, hörte ihn jedoch nach ihr rufen.

»Euer Name. Ich weiß nicht mehr...«

»Alicia«, antwortete sie, indem sie ihre dunkle Mähne zurückwarf. »Und Ihr, *Gorgio?*«

»Rafael Cordoba de Villasandro.« Er grinste sie an, und seine Augen blitzten mutwillig. »Ich würde aufstehen und mich verbeugen, wie es die höflichen Manieren verlangen, doch fürchte ich, in Verlegenheit zu geraten ohne meine Kleider.« Seine Augen tanzten fröhlich. »Oder würdet Ihr es vorziehen, wenn ich Euch grüße, wie es sich für einen spanischen Edelmann gehört?«

»Nein. Nein.« Sie errötete wiederum. Es war eine Sache, ihn nackt zu sehen, wenn er schlief und ihren Blick nicht wahrnahm – da war er ihr Patient gewesen – doch ihn jetzt so anzuschauen, erinnerte sie nur daran, daß er ein Mann war. Ein starker, gutaussehender Mann. Ein Mann, dem sie nicht erlauben durfte, daß er sie berührte. »Ich hole jetzt Eure Kleider und komme wieder, *Gorgio*... Rafael.«

Als sie den Wagen verließ, fiel ihr Blick auf eine Gruppe von Männern, die sich an einem der Bäume zum Messerwerfen versammelt hatten, während sich andere mit den Pferden beschäftigten. Alle drehten sich nach ihr um, als sie vorbeiging, und sie konnte ihnen den Ärger von den Augen ablesen. Rasch sammelte sie die verstreuten Kleidungsstücke auf und kehrte zurück, bevor irgendeiner der Männer sie mit seinen Reden verletzen konnte. Sie schämte sich nicht dafür, daß sie einem Menschen das Leben gerettet und ihn bei sich aufgenommen hatte. Es war ihr gleichgültig, wenn sie das nicht guthießen. Rudolpho hatte seine Zustimmung gegeben. Er war der Anführer und sonst keiner.

Als sie zum Wagen zurückkehrte, war es dem *Gorgio* gelungen, aus dem Bett zu steigen, und er stand mit leicht vornübergeneigtem Kopf und Schultern da, während er versuchte, sein Gleichgewicht zu halten.

»Eure Kleider, *Gorgio!*« sagte sie, indem sie sie auf den Boden fallenließ, und betonte das Wort ›*Gorgio*‹. Sie waren verschiedene Menschen. Ihre Welten waren weit voneinander entfernt. Gleichgültig, wie süß seine Küsse waren, es gab keine Zukunft in seinen Armen.

Der eisige Ton ihrer Worte kränkte ihn. »*Gorgio?* Ihr nennt mich *Gorgio.* Nein. Ich sagte Euch, daß ich Rafael heiße. Ich möchte hören, wie Ihr meinen Namen nennt, Alicia. Seht, ich habe keine Angst, Euren Namen auszusprechen.«

Sie reckte das Kinn und warf ihre Schultern zurück. »Ich habe keine Angst, Euch bei Eurem Namen zu nennen. Ich bin Zigeunerin. Ich bin tapfer. Ich vergaß es bloß, das ist alles.« Sie wandte sich um, während er sich anzog, in dem Bewußtsein, daß er sie nun verlassen würde und zu seinem Volk zurückkehren würde. Warum war dieser Gedanke nur so schmerzlich? Es war so, wie es sein sollte. Es war Schicksal.

»Wenn ich die beiden zu fassen kriege, die meinen Kopf gespalten haben, werden sie wünschen, niemals geboren zu sein«, hörte sie ihn murmeln. »Verdammt, mir ist noch immer schwindlig.«

Sie wirbelte herum und griff nach ihm, um ihm Halt zu bieten. Ihre Hände berührten seine kraftvollen Arme, und in diesem Augenblick war ihre ganze Entschlossenheit wie weggefegt. Nur noch einmal wollte sie das Feuer seiner Lippen schmecken, nur noch einmal. Sie fühlte heftige Leidenschaft in sich aufsteigen.

»Alicia. Wie ungern ich Euch verlasse, aber ich muß. Nehmt dies als meinen Dank und mein Lebewohl.« Er drückte seinen Mund auf den ihren, geradeso, wie sie es gewollt hatte, in einem Kuß, der ihr die Sinne raubte. In einem Strudel von übermächtigen Gefühlen streckte sie ihre schlanken Arme empor, um ihn noch näher an sich zu ziehen. Sie hatte sich den Gefühlen ergeben, die sie überfluteten, nur ihres Körpers bewußt, der voller Sehnsucht nach der Berührung seiner Hände war.

Rafael hatte dies als Abschiedskuß gedacht, doch wurde er von seinem Verlangen erfaßt, einem Verlangen, das ihn verzehrte. Niemals zuvor hatte er sich so verzweifelt nach einer Frau gesehnt. Wenn diese Magie nur für immer anhalten könnte – doch er wußte, daß dies nicht möglich war. Nur mit großer Selbstdisziplin gelang es ihm, sich von ihr zu lösen, erschüttert von der Leidenschaft, die zwischen ihnen entflammt war. Er bemerkte wohl, daß sie genauso betäubt war wie er, und das gefiel ihm. Eines Tages vielleicht...

»Ich muß gehen, obwohl ich glaube, daß ich beinahe meine Seele verkaufen würde, um bleiben zu können«, sagte er leise.

Sie wandte ihr Gesicht ab, um die Tränen zu verbergen, die aus ihren Augen zu quellen drohten, entschlossen, ihn nicht zurückzurufen.

»Ich will nicht weinen, ich will nicht. Ich bin eine Zigeunerin«, flüsterte sie. Durch den Nebel ihres Kummers drangen plötzlich laute Stimmen hinter dem Wagen.

»Ihr da! *Gorgio.* Ihr geht nirgendwo hin. Noch nicht«, hörte sie eine tiefe Stimme rufen. Stivo. Stivo konnte gefährlich sein. Sie eilte zum Eingang des Wagens und blickte entsetzt auf die Szene draußen. Der *Gorgio,* ihr *Gorgio,* lag im Gras auf dem Rücken, ein Messer an der Kehle. Mit funkelnden Augen beugten sich mehrere Männer über Rafael de Villasandro.

4

»Nein, Stivo!« schrie Alicia und warf sich auf den Zigeuner. Ihre langen Fingernägel zerkratzten ihn, als sie um das Messer rangen. Ohne daran zu denken, daß er dreimal so schwer war wie sie, war ihr einziger Gedanke, den *Gorgio* zu retten.

»Geh weg. Laß mich los, du Teufelin!« wütete Stivo. In dem Bewußtsein, daß sich Rudolpho weit weg am anderen Ende des Lagers aufhielt, um eine Wagenachse instandzusetzen, und Alicia nicht zu Hilfe kommen konnte, gab er ihr einen Stoß, daß sie niederfiel. »Dionisio! Todero! Ramón!« Er gab den anderen einen Wink, den Fremden noch fester in den Griff zu nehmen.

»Laßt ihn los!« befahl Alicia, während sie sich vom Boden erhob. Sie gab sich nicht so leicht geschlagen. Hatte sie nicht mit Todero und Ramón gekämpft, als sie noch Kinder gewesen waren, und mit Leichtigkeit gewonnen? Erst als die Knaben zu Männern wurden und Alicia in Umfang und Größe übertrafen, hatte sie sich widerwillig eingestanden, daß die Tage der spielerischen Wettkämpfe vorüber waren. Jetzt kämpfte sie gegen sie wie eine Wildkatze, wie sie es in jenen früheren Jahren getan hatte. »Ich werde euch die Augen auskratzen! Todero, nimm dich in acht! Und du, Stivo, dir werde ich die Ohren abreißen und den Fischen vorwerfen.«

»Wir wollen dir kein Leid antun, Alicia«, rief Todero, der netteste von den vier Männern. »Wir möchten nur deinen Freund, den *Gorgio,* davon abhalten fortzugehen. Er könnte unser Lager verraten und uns in Gefahr bringen.«

»Hast du Torquemada, diesen Teufel in Person, vergessen?« rief Stivo. »*Gorgios* sind unsere Feinde.«

»Nicht dieser *Gorgio.* Ich will nicht, daß ihr ihm etwas

antut. Ich habe sein Leben nicht gerettet, um zuzuschauen, wie er von Wölfen wie euch zerrissen wird!« Alicia beugte sich über Rafael, als wollte sie die Männer herausfordern, sie zuerst zu schlagen.

»Ich will nicht als Gefangener hierbehalten werden!« rief Rafael, der sich nun selbst verteidigte. »Auch werde ich nicht zusehen, wie eine Frau sich für mich schlägt.« Herausfordernd blickte er Stivo ins Gesicht, einem großen, sehr muskulösen Zigeuner mit dunkler, kräftiger Haut und rabenschwarzem Haar.

Stivo trat mit einer spöttischen Geste der Höflichkeit einen Schritt nach vorn und lächelte, wobei seine gleichmäßigen weißen Zähne blitzten. Er sah gut aus mit seinen funkelnden, dunklen Zigeuneraugen. Bekleidet mit einer langen Hose und einer Jacke, mit einer großen Peitsche über der Schulter, sah er furchterregend aus, und Rafael fluchte leise über seine Kopfverletzung, die ihn geschwächt hatte.

»Ihr werdet nicht unser Gefangener, sondern unser Gast sein«, sagte Stivo. »Für drei Tage, *Gorgio.* Bis wir das Lager verlassen.«

»Nein. Ich muß jetzt gehen!« beharrte Rafael, wütend über die Situation. »Ist mein Wort Euch nicht gut genug? Ich werde niemandem etwas über euer Lager sagen. Eine von Euch«, seine Augen richteten sich auf Alicia, »rettete mir das Leben. Dafür bin ich dankbar. Weshalb sollte ich euch verraten?«

»Geld, *Gorgio!«* zischte Dionisio. »Wir sind schon früher von Leuten Eurer Art betrogen worden.«

Todero nickte. »Ich habe keine Lust, die Flammen des Scheiterhaufens zu spüren. Es gibt viele Leute, die die Zigeuner noch mehr hassen als die Juden. Nein, Ihr werdet bleiben, bis der letzte Wagen unseres Zuges außer Sicht ist.« Er blickte zu Alicia, wie um sie zu beruhigen.

»Wir werden ihm nichts antun, wenn er uns keinen Grund dafür liefert. Es ist deine Aufgabe, auf deinen *Gorgio*-Freund aufzupassen. Schließlich hast du ihn hierher gebracht.«

Alicia wußte, daß sie eigentlich alles tun müßte, um sie zu überreden, ihn gehen zu lassen, doch der Gedanke, den schönen jungen Spanier noch weitere drei Tage bei sich zu haben, ließ sie verstummen. Was könnte das schon schaden? Sie würden ihn nach ihrem Aufbruch unversehrt freilassen.

»Drei Tage«, flüsterte sie und sah zu, wie Stivo und die anderen Rafael mit sich nahmen, um ihn Tag und Nacht zu bewachen. Hätte er das Lager verlassen, so hätte sie nicht mit ihm sprechen können, nicht bei ihm sein können. Nun wäre er in der Nähe. ›Wenn wir Zigeuner nur wirklich zaubern könnten‹, dachte sie, ›dann würde ich ihm einen Liebestrank verabreichen, der sein Herz für immer an das meine binden würde.‹ Sie sah das Gesicht der alten Großmutter, der *Phuri Dai,* Matriarchin der Sippe, vor sich und fühlte eine große Traurigkeit. Sie hätte ihr geholfen. Man sagte der alten Frau magische und hellseherische Kräfte nach. Doch sie war gestorben, und eine andere hatte ihren Platz eingenommen, eine Frau, die Alicia mit eifersüchtiger Wut verfolgte.

»Du fühlst dich zu dem Mann hingezogen, den du vor dem Ertrinken gerettet hast«, sagte eine leise Stimme hinter ihr. Sie wandte sich um und blickte in Rudolphos freundliche Augen. Ihn konnte sie nicht belügen, ihn niemals. »Ja. Er gleicht keinem Mann, dem ich jemals zuvor begegnet bin. Er ist stark und dabei doch so sanft und so schön. Mir ist, als hätte ihn das Schicksal in meine Arme getrieben, als wäre dies vorbestimmt gewesen.«

»Alicia...«

Sie konnte den Schmerz in seinen Augen erkennen

und mißverstand seine Bedeutung. »Ich weiß, daß es einem Angehörigen der Sippe verboten ist, einen *Gorgio* zu heiraten. Ich weiß auch, daß ich als Jungfrau in die Ehe gehen muß. Ich darf nicht zulassen, daß mich der *Gorgio* auf diese Weise berührt; das steht so geschrieben, ich weiß es.«

»Trotzdem sehnst du dich nach ihm. Das kann ich deinen Augen ablesen, Alicia.« Er wollte ihr in diesem Augenblick alles erzählen, daß auch sie eine *Gorgio* war und keine Zigeunerin, sondern seine Adoptivtochter, und daher frei, sich mit dem Fremden zu verbinden, wenn sie es wünschte. Doch war dies der richtige Zeitpunkt? Wenn er nur der Natur ihren Lauf ließe, würden sich die beiden vielleicht ineinander verlieben.

»Alicia, dieser *Gorgio*...«, begann er, doch sie streckte die Hand aus und legte ihm die Finger auf die Lippen, da sie seine Absichten mißverstand.

»Ich weiß, was du sagen willst, Vater. Ich werde dir niemals Schande bereiten, gleichgültig, wie sehr der *Gorgio* mein Blut in Aufruhr bringt. Ich bin vor allem eine Zigeunerin und stolz auf das Blut der Roma, das in meinen Adern fließt. Wenn er uns in drei Tagen verläßt, werde ich für immer eine schöne Erinnerung im Herzen tragen, so als hätte *o Del* mir zugelächelt.«

»Alicia...«

»Ich will nicht wie die legendäre Mara sein«, wisperte sie, als ihr die Geschichte einfiel. »Ich werde meine Seele nicht dem Teufel, *o Beng,* für die Liebe des *Gorgio* verkaufen.« Es war eine traurige Geschichte, die ihr nun lebhaft vor Augen stand. Ein schönes Zigeunermädchen namens Mara hatte sich in einen *Gorgio* verliebt, der ihren vielen Liebreizen gegenüber unempfänglich war. In ihrem Verlangen verkaufte sie die Seelen ihrer Familie an *o Beng* als Gegenleistung für seine Hilfe. Doch der Teufel war schlau.

Er verwandelte seinen Vater in einen Klangkasten, ihre vier Brüder in Saiten und ihre Mutter in einen Bogen. So wurden sie zu einer Violine, die Mara mit einer so überwältigenden Schönheit zu spielen lernte, daß der *Gorgio* sich in sie verliebte; doch *o Beng*, der Anspruch auf seinen Lohn erhob, nahm sie beide mit sich zur Hölle. Die Geige blieb auf dem Boden liegen und wurde von einem armen Zigeunerjungen gefunden. Von da an waren Geige und Zigeunermusik untrennbar miteinander verbunden.

»Nein, du könntest niemals wie Mara sein. Du bist stark, Alicia. Irgendwann einmal...« War es möglich, daß dieser Fremde dasselbe fühlte? Wieder hatte Rudolpho diesen Blick, und Alicia rätselte über den Grund.

»Wir müssen die Dinge nehmen, wie sie sind, Vater«, sagte sie und führte ihn zum Lagerfeuer. Wie immer zogen die Frauen Lose, um herauszufinden, wer das Mittagsmahl zubereiten mußte und wer frei wäre, die Schönheit des Tages zu genießen. Zu ihrer Enttäuschung bekam Alicia die Aufgabe, das Fleisch für den Spieß vorzubereiten, eine Arbeit, die sie verabscheute. Das Blut befleckte ihre Röcke, und sie bedauerte das arme geschlachtete Tier. Doch eine Zigeunerin durfte ihre Pflicht vor der Sippe niemals verweigern, und so ging sie entschlossen an ihre Arbeit.

Während sie so zusammen mit den anderen Frauen beschäftigt war, versuchte Alicia, die brennenden dunklen Augen und das dunkle Haar des Fremden zu vergessen, doch sein Gesicht tauchte vor ihr auf; die Erinnerung an seine Lippen auf ihrem Mund war in ihre Seele eingebrannt. Vor dem heißen Feuer sitzend, dachte sie an ihn und nahm kaum wahr, was sie gerade tat, noch die Worte der anderen, die mit ihr sprachen.

»Du hast einen *Gorgio* gerettet?« fragte Vashti, und ihr Gesicht leuchtete vor Staunen.

»Er sieht gut aus.« Solis, mit dunklen Augen und vollem Busen, lächelte, als wollte sie Alicia herausfordern. Es war unter den Frauen wohlbekannt, daß Solis eine sinnliche Frau war. Ihr Mann gehörte zu den älteren, er war gebrechlich und jenseits des Alters, in dem er ihre Bedürfnisse hätte befriedigen können.

Alicia spürte einen Funken der Eifersucht und warf der anderen Frau einen Blick zu, der mehr sagte als Worte. ›Er gehört mir.‹

»Du hast ihn aus dem Fluß gezogen?« Zubas Stimme klang furchtsam, sie hatte Angst vor den Gewässern.

Alicia erzählte rasch die Geschichte, um ihre Gesellschaft verlassen und zu Rafael zurückkehren zu können. War er immer noch wütend? Ging es ihm gut? Bestimmt war er hungrig. Sie mußte ihm etwas zu essen bringen. Vielleicht etwas Ziegenfleisch und ein wenig Huhn. Beides hatte man in einem der Dörfer gestohlen, durch das die Karawane gezogen war, und Rudolpho war sehr aufgebracht gewesen. »Wir wollen nicht, daß es heißt, daß Zigeuner stehlen, und damit den Zorn Torquemadas heraufbeschwören«, hatte er geschimpft. Doch die Tat war nun einmal geschehen.

Alicia wartete, bis die anderen Zigeuner ihre Portion gegessen hatten, und schaute nach, ob sie etwas übriggelassen hatten. Es war noch mehr als genug für den *Gorgio* da. Sie füllte einen Teller mit den Resten und legte noch einige wilde Beeren und Pilze hinzu, um die Mahlzeit appetitlich anzurichten.

Dann machte sie sich zwischen den Zelten und Wagen auf die Suche und fand schließlich den Ort, wohin Stivo Rafael gebracht hatte, nämlich in Dionisios Zelt. Als sie die Klappe öffnete, war sie sich wohl bewußt, was sie vorfinden würde; doch der Anblick des bedauernswerten *Gorgios,* den man wie ein Tier gefesselt hatte, verschlug ihr den Atem. Seine Hände waren auf den Rükken gebunden, ein Bein war fest mit Stricken gefesselt, so daß er nur eine kurze Strecke vom Pfosten in der Mitte des Zeltes gehen konnte. Stivo war ein roher Gefängniswärter.

»Ich bringe Euch etwas zu essen, Rafael«, sagte sie leise. Die einzige Antwort war ein Kopfnicken.

»Seid Ihr nicht hungrig? Ihr werdet Kraft brauchen.«

»Soll ich mit den Händen essen, die auf den Rücken gebunden sind? Oder, schöne Zigeunerin, wollt Ihr mich vielleicht wie einen hilflosen alten Mann füttern?« Seine dunklen Augen funkelten vor Zorn, und sie zweifelte nicht daran, daß er es in seiner gegenwärtigen Stimmung leicht mit Ramón und den anderen aufnehmen würde.

»Ich binde Euch los, doch nur, wenn Ihr mir Euer Ehrenwort gebt, daß Ihr nicht zu fliehen versucht.«

»So, wenigstens glaubt Ihr, daß man mir vertrauen kann«, war seine schneidende Antwort. Er schritt auf und ab, soweit seine Fesseln es erlaubten, und sagte schließlich: »Ich schwöre bei der Jungfrau Maria, daß ich Euch keine Ungelegenheiten bereiten werde. Ich werde zahm wie ein Kätzchen sein.« Er blickte ihr voll in die Augen, und als er erkannte, daß sie seine Gefangenschaft wirklich bedauerte, beschloß er, sein Wort zu halten. Abgesehen davon war sie hinreißend.

Ohne ein weiteres Wort setzte Alicia den Teller auf den Boden und bückte sich, um ihn loszubinden. Ihre Hände verweilten auf seinen warmen starken Händen, als er ihr Handgelenk ergriff und sie nahe an sich heranzog, bis ihr Gesicht dicht vor dem seinen war. »Ihr seht mich nicht gern gefesselt. Das kann ich Euch an den Augen ablesen. Bedeutet das, daß Ihr mich mögt, meine Zigeunerin?«

Ihre Augen waren zwei tiefe grüne Weiher, überschattet vom Saum ihrer Wimpern. »Ich sehe niemanden gern in Gefangenschaft, *Gorgio.* Zigeuner schätzen ihre Freiheit hoch. Sie ist ein kostbares Gut. Wie könnte mich freuen, anzusehen, wie man Euch Eure Freiheit nimmt?«

»Dann laßt mich fortgehen. Befreit mich, Alicia. Helft mir zu fliehen.« Sein Atem wehte ihr ans Ohr und bewegte die seidenen Haarsträhnen. Diese enge Nähe zu ihm berauschte ihre Sinne, und sie hätte ihm beinahe alles versprochen.

»Nein, nein. Ich kann nicht. Ich könnte niemals mein Volk verraten.« Selbst für Euch nicht, dachte sie. Indem sie sich von ihm befreite, nahm sie den Teller und hielt ihn ihm hin. »Eßt, sonst wird es kalt.«

Er nahm den Teller. »Ich brauche eine Gabel.«

»Eine Gabel?« Sie hatte von diesem törichten Eßwerkzeug aus dem Orient gehört. »Wir haben keine Gabeln.«

»Dann einen Löffel.«

Sie lachte. »Wir benutzen auch keine Löffel, *Gorgio.* Wie dumm. Die Finger sind alles, was man braucht.«

Er zuckte mit den Schultern und entschied, daß er zu hungrig war, um über Tischmanieren mit ihr zu streiten. Das Fleisch war scharf und zäh, doch in seinem Hunger schmeckte es ihm gut und er verschlang die Mahlzeit.

»Hat es geschmeckt? Möchtet Ihr mehr?« fragte sie.

»Was ist es? Rindfleisch?«

»Ziegenfleisch.«

»Ziegenfleisch?« Er hatte noch nie Ziegenfleisch gegessen. Der bloße Gedanke daran ließ ihn schaudern. Nur Bauern würden so etwas essen – oder Zigeuner.

»Es tut mir leid, daß wir keine Igel haben. Sie sind schwer zu enthäuten mit ihren vielen Stacheln, aber sie schmecken hervorragend.«

»Igel!« Er schauderte. Sicherlich war zwischen ihnen eine viel größere Kluft, als er sich vorgestellt hatte. Doch als er ihr in die Augen blickte, ihr Lächeln sah, hatten die

Unterschiede keine Bedeutung mehr. Entsprach es der Wahrheit, was man über Zigeuner erzählte? Konnten sie zaubern? Diese Zigeunerin hatte ihn verzaubert.

Auch Alicia wurde bewußt, daß Welten sie voneinander trennten. Sie fragte sich, wie wohl seine Welt aussähe. Andere Zigeuner hatten geflüstert, daß die Kirche der *Gorgios* Macht über die Menschen von der Wiege bis zum Grabe ausübte, himmlischen Lohn für Tugend versprach und denjenigen Höllenqualen androhte, die sich ihrer Autorität entzogen. Wie anders war das Leben der Zigeuner, wo man nur der Autorität Rudolphos und der *Phuri Dai,* der Stammesmutter, unterstellt war.

In seiner Welt würde sie sich nicht so frei und glücklich fühlen, überlegte sie, als sie an die Geschichten dachte, die sie von Rudolpho gehört hatte. Wenn seine Welt so wunderbar war, wie er andeutete, warum sahen dann die Leute so trübsinnig aus? Es herrschte Hunger in den Straßen von Kastilien, León und Aragon, Armut und selbstsüchtige Habgier. Unter den Zigeunern kannte man so etwas nicht. Sie waren alle eine Familie. Eine Sippe. Bei ihnen würde niemand verhungern.

Während sie lange Zeit so standen, einander anblickten und versuchten, ihre Unterschiede zu ergründen und diese Anziehungskraft, die sie aufeinander ausübten, zu verstehen, bemerkten sie den Eindringling nicht.

»Alicia! Du Närrin!« Sie brauchte sich nicht umzuwenden, um festzustellen, wer ihr Refugium betreten hatte. Stivo. »Du hast ihn losgebunden!«

»Er gab mir sein Wort, Stivo.«

»Ha! Dummes Zeug! Er ist keiner von uns. Sein Wort bedeutet nichts!« Rasch knotete er die Fesseln wieder zusammen und stieß seinen Gefangenen zu Boden.

»Du bist grausam, Stivo. Grausam und halsstarrig. Ich mußte ihn losbinden, damit er essen konnte. Oder hätte er wie ein Hund essen sollen?« Mit den Händen auf den Hüften stand sie da und starrte ihn an.

»Das nächste Mal werde ich ihn bewachen, während er ißt. Es ist dir zu leicht anzusehen, was du für diesen Kerl empfindest. Ich warne dich noch einmal. Er kann für uns alle den Tod bedeuten. In der Stadt habe ich Gerüchte gehört. Man sagt, es sei nur eine Frage der Zeit, bis Königin Isabella und ihr Gemahl Ferdinand alle Juden wieder aus dem Land hinausjagen, und mit ihnen die Zigeuner. Möchtest du aus dem Land deiner Geburt vertrieben werden? Nein. Und ich auch nicht.« Er nahm sie sacht am Arm und schob sie durch die Öffnung. Alicia warf einen Blick zurück auf Rafael und wunderte sich über das überwältigende Gefühl des Verlusts, das sie verspürte. Sie würde jedoch zu ihm zurückkehren. Niemand, schon gar nicht Stivo, könnte sie davon abhalten.

5

Rafael schritt in seinem Zeltgefängnis auf und ab wie ein Tiger im Käfig und wurde von Minute zu Minute wütender. Zigeunermeute! Heiden, waren sie, dachte er. Stivo, der wie ein Hahn herumstolzierte, erregte seinen besonderen Zorn. Rafael war nicht entgangen, daß er Alicia angeschaut hatte, als wollte er sie verschlingen.

Die Zigeuner sagten, sie würden ihn nach drei Tagen ziehen lassen. Rafael glaubte ihnen nicht. Sie trauten ihm nicht, und auch er traute keinem von ihnen.

Die Zeit verstrich langsam, während Rafael in seinem engen Gefängnis herumhumpelte. Mit jedem Augenblick, der vorüberging, und mit jedem Schritt, den er machte, wuchs seine Wut um das Zehnfache. Sie hatten offensichtlich nicht die Absicht, ihn freizulassen.

›Sie werden mir die Kehle aufschlitzen und mich den Geiern vorwerfen, wenn sie das Lager verlassen‹, dachte er, und Bitterkeit überkam ihn. Er glaubte immer fester, daß sie Alicia nur versprochen hatten, ihn freizulassen, damit sie ihn nicht losbinden würde, doch der eine mit dem Namen Stivo hatte so einen mörderischen Blick. Sie waren nichts anderes als diebische Zigeuner. Wie, fragte er sich, konnte ein so liebliches, sanftes Geschöpf wie Alicia zu diesem Volk gehören? Wenn er sie nur mit sich fortnehmen könnte, wenn er hier herauskäme – wenn ihm das je gelingen würde. Er wußte, daß dies unmöglich wäre. Wie konnte er eine Zigeunerin heimbringen? Er würde enterbt und zum Gespött gemacht werden.

Zigeuner lebten niemals in Dörfern oder Städten; sie waren ein geheimnisvolles Volk, sie verehrten die Sonne, betrieben Astrologie und Magie – das hatte er jedenfalls gehört. Schon ihr Anblick rief Protestgeschrei hervor. Sie mit sich zu nehmen, welch törichter Gedanke!

Würde er jemals entkommen? Würde es möglich sein, sich zu befreien, wenn ihn so viele Augen beobachteten? Selbst jetzt konnte er die Stimmen von Todero, Ramón und Dionisio draußen vor dem Zelt hören. Wenn es ihm gelänge, den Fesseln zu entschlüpfen, die ihn hier festhielten, so würde er es immer noch mit diesen messerschwingenden Kerlen aufnehmen müssen.

›Alicia‹, dachte er, ›ist meine einzige Hoffnung auf Rettung, auf Freiheit.‹ Er hatte sie schon einmal gebeten, ihm zu helfen, und sie hatte ihm erwidert, daß sie ihr Volk nicht verraten würde; doch was wäre, wenn man sie durch einen Trick dazu brächte, ihm zu helfen? Bei dem Gedanken fühlte er sich schlechter als eine Schlange; doch wenn sich ein Tier in die Enge getrieben fühlte, überlegte er, würde es jedes Mittel zur Verteidigung benutzen, auch unlautere Mittel. Alicia. Er würde ihre Zuneigung für seine Ziele ausnutzen und hoffen, daß sie eines Tages verstehen würde, welche Kraft ihn getrieben hatte: der reine Selbsterhaltungstrieb.

Doch wie? Was konnte er tun? Er mußte klug vorgehen und bereit sein, seinen Vorteil zu nutzen, wenn sich der Moment ergäbe. Was würde sie tun, wenn er verspräche, sie mitzunehmen? Mit einem Seufzer setzte er sich auf den harten schmutzigen Boden des Zeltes und versuchte, sich einen Plan zu entwerfen.

6

Alicia blickte zum unendlichen Himmel auf, wo Tausende von Sternen wie wachsame Augen blinkten. Ob *o Del,* der Gott der Zigeuner, sie jetzt sah? Konnte er ihr Herz und ihre Gedanken lesen? Kannte er ihre Gefühle für den *Gorgio?* Spürte er ihre Empfindungen, wußte er, wie sehr sie zwischen ihrer Pflicht gegenüber ihrem Volk und seinen Gesetzen und ihrer aufblühenden Liebe zu Rafael hin- und hergerissen war?

Rafael war zwar keiner von ihnen, doch war es trotzdem nicht recht, ihn so zu behandeln. Zuerst hatte sie sich heimlich gefreut, daß er drei weitere Tage bei ihnen bleiben würde, glücklich, ihn dann und wann sehen zu können. Doch nun schämte sie sich für diese Gedanken, als sie sah, welchen Demütigungen er ausgesetzt war. Dennoch konnte sie ihn nicht befreien. Unter Menschen, die so eng zusammenlebten, solche Entfernungen zurücklegten, die sich in Sprache und Lebensgewohnheiten so von den anderen Menschen im Land unterschieden, die so unbeliebt waren wegen ihrer Andersartigkeit, waren die Gesetze des Stammes ein starkes Band; und obwohl es ihr jedesmal einen Stich versetzte, wenn sie zu dem Zeltgefängnis hinüberblickte, würde sie doch in ihrer Entschlossenheit nicht wanken.

›Wäre er nur ein Zigeuner‹, dachte sie, ›dann würde ich mit ihm freudig bis ans Ende der Welt gehen.‹ Doch er war nun einmal kein Zigeuner. Sie mußte ihre kindischen Träume begraben.

»Du träumst wohl von dem *Gorgio?*« Eine Hand legte sich auf ihre Schulter und drehte sie herum; vor ihr stand Stivo und blickte sie mit dunklen und durchdringenden Augen an.

»Nein!« log sie. »Doch wenn ich an ihn dächte, könntest du mir das wohl kaum übelnehmen. Ich müßte ein Herz aus Stein haben, wenn ich kein Mitgefühl mit ihm hätte, so wie du mit ihm umgehst.«

Sein Lachen war schroff und unaufrichtig. »Was sollen wir deiner Meinung nach tun? Ihm den besten Wagen geben? Vielleicht ein Bett aus Pelzen, um darauf zu liegen? Sollen wir...«

»Du könntest ihn wenigstens mit Respekt behandeln, so daß er sein Schicksal mit Würde hinnehmen könnte!« fauchte sie. »Er ist den ganzen Tag in diesem Zelt eingeschlossen gewesen. Wie kannst du dich darüber beschweren, wie die *Gorgios* uns behandeln, wenn du genauso schlecht bist?«

»Er ist ein Gefangener, ein *Gorgio.* Zumindest liegt er nicht in einem Kerker unter der Erde mit Ratten als einziger Gesellschaft.«

»Unser Gefangener? Und was hat er verbrochen? Hat er versucht, uns zu bestehlen? Nein. Hat er irgendeinem von uns etwas angetan? Nein. Sein einziges Verbrechen besteht darin, daß er anders ist als wir.«

»Alle *Gorgios* sind unsere Feinde, so wie wir ihre Feinde sind. Sie haben diese Regeln aufgestellt, nicht wir. Alles was wir wollen, ist, daß man uns in Ruhe läßt.« Er preßte die Kiefer zusammen, als fürchte er, noch etwas zu sagen, was er bedauern könnte.

»Er kam nicht in unser Lager; ich brachte ihn her. Er wurde von zwei Männern seines eigenen Volkes angegriffen, von Dieben. Warum kannst du ihn nicht freilassen?« Dieses letzte eine Mal würde sie noch für ihn bitten.

»Nein. Nicht, bevor wir aufbrechen! Du bist eine Frau!« Er stieß diese Worte mit Verachtung aus. »Du weißt von solchen Dingen nichts. Dein Platz ist am Herd oder im Bett deines Mannes.« Er drehte sich um und ging weg, um die Wärme der flackernden Feuer aufzusuchen. Doch als Alicia etwas später zum Lager hinüberblickte, sah sie, daß Stivo wenigstens einige ihrer Worte beherzigt hatte. Rafael saß vor einem der Feuer, seine Füße waren losgebunden, doch war er umgeben von Stivo, Todero, Ramón und Dionisio, deren blitzende dunkle Augen ihn davor warnten, irgendeinen Fluchtversuch zu unternehmen. Als sich ihr Blick mit dem des *Gorgio* kreuzte, nahm sie seine Dankbarkeit wahr und konnte ihm sein geflüstertes ›Danke‹ von den Lippen ablesen.

Alicia nahm am Feuer der Frauen Platz, um mit ihnen und den Kindern zu essen, doch ihre Augen wanderten immer zu Rafael hinüber. Bevor die Sippe in zwei Tagen aufbrechen würde, wollte sie noch einmal, ein letztes Mal, seinen Kuß spüren...

Der Gedanke ließ ihren Puls schneller schlagen. Heute abend. Sie würde zum Zelt gehen. Was konnte es schaden? Ein Kuß. Ein letzter Kuß.

Ein durchdringender, langgezogener Schrei durchbrach die Stille der Nacht. Von ihrem Sitz am Feuer konnte Alicia den *Gorgio* aufspringen sehen, als erwarte er, von den Dämonen der Hölle heimgesucht zu werden, doch es war nur das Signal zum Tanz, der jetzt beginnen würde. Alicia, die eigentlich lieber zuschaute und die Tanzenden mit Händeklatschen begleitete, fühlte einen plötzlichen Drang, mit den Rhythmen mitzuschwingen, als würde sie von einer geheimnisvollen Hand gerührt. Sie erhob sich, und mit fließenden Bewegungen nahm sie ihren Platz zwischen den anderen beiden Frauen ein. Die Gitarre ließ ihre verführerischen Melodien erklingen, süß, doch sinnlich, als Alicia sich hin und her wiegte und ihre taillenlangen Locken über ihre Schultern wirbelte. Sie streckte die Arme zum Himmel, als wollte sie die Sterne berühren. Sie war eins mit der Musik und hatte das Gefühl, wie eine Wolke über den Himmel zu schweben.

Von seinem Platz am Feuer beobachtete Rafael sie mit brennenden Augen und fühlte in seinem Innern, daß sie nur für ihn tanzte. Leidenschaftlich durch ihren Tanz erregt, konnte er seine Augen von der anmutigen Schönheit nicht abwenden. Das Blut brauste wild in seinen Adern, sein Herz schien im Rhythmus ihrer Tanzschritte zu schlagen. Sie war einfach wunderschön anzuschauen. Und wenn er neunzig Jahre alt würde, nie würde er ihren Anblick vergessen.

Alicia bewegte sich näher an das Feuer heran, seine Wärme suchend. Ihre Augen trafen Rafaels, und jetzt tanzte sie wirklich nur für ihn. Sie schien vergessen zu haben, daß es noch andere Menschen gab. Für sie gab es nur Rafael. Sie tanzte schneller und schneller, erfüllt von ihrer Leidenschaft, und wirbelte voller Temperament und Feuer herum, bis schließlich die letzten Töne ausklangen und der Tanz zu Ende war. Mit einer heftigen Bewegung neigte Alicia den Kopf, so daß die Masse ihres dunkelbraunen Haares in wilden Kaskaden herunterfiel, während die begeisterten Zuschauer ihren Namen riefen.

»Alicia! Alicia!«

Auch Rafael rief ihren Namen. »Alicia!« Am liebsten hätte er sie gepackt und sie mit sich in den Wald gezerrt, um dem heißen Verlangen nachzugeben, das in ihm loderte; doch die blitzenden Augen Stivos warnten ihn. Eine falsche Bewegung, und er würde es bedauern. Und doch gab es vielleicht eine Chance...

Alicia fiel zu Boden, ebenso erschöpft wie nach der Rettung des *Gorgio.* Sie fuhr sich mit der Zunge über die Lippen und lächelte. Sie war wie in Trance, als hätte ein Zauber in der Musik sie vorwärtsgetrieben und sie dazu gebracht, in ihren Bewegungen kundzutun, was Worte niemals hätten ausdrücken können. Daß sie ihn ausersehen hatte, ihn wollte. Wie konnte sie leugnen, was in ihrem Herzen vor sich ging?

Jenseits des Lagerfeuers lächelte Rudolpho zustimmend. Das Blut seiner Tochter war für den *Gorgio* entbrannt. Es war, als hätte *o Del* alle seine Gebete erhört. Daß die Stammesältesten das Geheimnis der Herkunft Alicias kannten, würde die Sache einfacher machen. Heirat. Er würde seine Tochter Rafael zur Frau geben und den *Gorgio* in den Stamm aufnehmen, so wie Alicia aufgenommen worden war. Das war möglich. All die sorgenerfüllten Jahre schienen wie Reif in der Morgensonne dahinzuschmelzen. Sein Blick wanderte anerkennend über den *Gorgio.* Dieser Mann war stark, männlich und doch schön, einer aus Alicias eigenem Volk. Sie würden ein vollkommenes Paar bilden. Er hätte ihr selbst keinen besseren Ehemann aussuchen können.

Nur eins beunruhigte ihn. Was würde geschehen, wenn der *Gorgio* sich weigerte, als Zigeuner mit der Sippe zu leben? Konnte er den Gedanken ertragen, Alicia zu verlieren?

»Nein!« stöhnte er, das konnte nicht sein. Sie war seine Sonne und sein Mond. Doch das würde nicht geschehen. *O Del* hätte diesen *Gorgio* nicht hierhergebracht, diesen Gefährten für Alicia, um sie ihm, Rudolpho, dann wegzunehmen. Nein, nein. Es war so bestimmt, daß der *Gorgio* mit den Zigeunern leben sollte. Dann hätte Rudolpho einen Sohn und eine Tochter. Alicia hatte diesem Mann das Leben gerettet, um wiedergeboren zu werden, um inmitten des Stammes zu leben. Es war Bestimmung und Schicksal des *Gorgio*, Mitglied der Karawane zu werden. Er mußte mit dem *Gorgio* sprechen, ihn dazu überreden, nicht zu seinem Volk zurückzugehen, wenn er freigelassen würde. Er würde ruhig und in Frieden an Alicias Seite leben. So mußte es sein.

»Stivo, binde den *Gorgio* los. Bring ihn zu mir. Ich muß mit ihm sprechen!« Rudolpho war entschlossen, die Sache so schnell wie möglich hinter sich zu bringen.

»Den *Gorgio* losbinden?« fragte Stivo mit finsterem Blick.

»Tu, was ich gesagt habe!« Rudolphos Stimme war wie Donnerhall.

Widerstrebend dem Befehl des Mannes gehorchend, der sein Anführer war, solange er denken konnte, schnitt Stivo die Fesseln durch und gab Rafael einen Stoß, leise murrend. Als Rudolpho Stivo durch ein Nikken bedeutete, Rafael zu ihm zu bringen, bot sich Rafael genau die Chance, die er brauchte. Alicia war zufällig in der Nähe und spürte plötzlich, wie sie von den Armen des *Gorgio* gepackt wurde.

»Vergib mir, Alicia, dies ist meine einzige Chance.« In den tiefen Falten ihres Rockes nach dem Messer greifend, das sie, wie er bemerkt hatte, dort verbarg, riß Rafael die Waffe an sich. In dem Bewußtsein, daß er es niemals über sich bringen würde, es zu benützen, stieß Rafael Drohungen aus, als er sich vom Lagerfeuer zurückzog, wobei ihm Alicia als Schild diente. Der Plan könnte gelingen, überlegte er. Die Zigeuner würden nicht ahnen, daß er Alicia niemals etwas zuleide tun würde.

»Nein, *Gorgio,* nein!« Der Aufschrei der Zigeuner bewies, daß er recht hatte, und sie um Alicias Sicherheit besorgt waren.

Alicia war zu gelähmt, um sich zu wehren. Willenlos ließ sich sich mitziehen, als Rafael seinen Widersachern entfloh. Erst als sie, fest in Rafaels Griff, auf einem Pferd saß, stieß sie einen schrillen Schrei aus.

7

Rafael ritt in wildem Galopp, was nicht einfach war mit dem zappelnden, fluchenden, zornigen Zigeunermädchen. Mehrmals drohten beide, durch Alicias wilde Abwehr zu Boden geworfen zu werden.

»Hundesohn! Bastard! Ich verfluche Euch, Rafael de Villasandro!«

»Still, Alicia! Wißt Ihr nicht, wie ungern ich Euch zur Flucht benutzt habe? Ihr habt mir das Leben gerettet, zweimal. Ich konnte jedoch nicht als Gefangener dort bleiben. Kein Mann würde das aushalten. Ich will Euch nicht um Verzeihung bitten, nur um Verständnis!«

Sie verstand ihn. Tief in ihrem Herzen wußte sie, daß er die Wahrheit sagte. Gab er nicht einfach die Worte wieder, die sie selbst zu Stivo gesprochen hatte, bevor der Tanz begonnen hatte? Aber ihre ungezügelte Wut trieb sie weiter.

»Ihr habt mich überlistet, *Gorgio!* Das werde ich nie vergessen. Ihr seid der leibhaftige Teufel.« Doch ihr Geschrei ließ bald nach. Sie hätte es niemals zugegeben, doch sie empfand diese Entführung als außerordentlich romantisch und irgendwie aufregend. Welche Frau hätte nicht davon geträumt, von dem Mann, den sie liebte, entführt zu werden?

Doch wohin ritten sie, und für wie lange? Sie wollte die Zigeuner und ihren Vater nicht verlassen. Sie wollte bei Rudolpho bleiben. Ihr Vater würde außer sich sein. *»Gorgio! Gorgio!* Wohin geht Ihr?« Endlich konnte sie ihre Neugier in Worte fassen.

»Nach Toledo. Ich muß die Männer finden, die mich ausgeraubt haben! Ich habe an Ihrer Kleidung und ihrer Sprache erkannt, daß sie von dort stammen müssen. Ich werde ihnen zeigen, wie man einen Edelmann behandelt.«

Rafael wandte sich zurück, um zu sehen, ob man sie verfolgte, und stellte erleichtert fest, daß dies nicht der Fall war. Sie wurden nicht verfolgt, zumindest nicht im Augenblick. Doch er würde das Zigeunermädchen auf jeden Fall bei sich behalten.

Alicia begann wieder zu kämpfen. Sie mußte zurück. Wer würde für ihren Vater sorgen, wenn sie es nicht täte? Sie war sein einziges Kind, seine einzige Familienangehörige. Er brauchte sie. »Bringt mich zukück! Sohn einer Hündin, bringt mich zurück! Ich will nicht mit Euch gehen!« In ihrer Furcht vor der Welt der *Gorgios* stieß sie immer schlimmere Verwünschungen aus. Sie war einmal in Toledo gewesen. Die *Gorgios* waren nicht freundlich. Sie hatten faule Äpfel nach den Zigeunern geworfen und sie aufgefordert, weiterzuziehen. Und die schwarzgewandeten Männer mit den feierlichen Gesichtern hatten sie als Teufelsbrut verflucht und ihnen mit dem ewigen

Feuer gedroht. »Nein. Ich – ich kann nicht nach Toledo gehen. Ich kann nicht!«

Rafael hatte nicht die Absicht, Alicia so weit mitzunehmen, sondern nur weit genug, wie es für seine eigene Sicherheit erforderlich war. Doch der Gedanke an ihre Schönheit, an ihren Körper, war eine Versuchung für ihn. Vom ersten Augenblick an hatte er sich zu ihr hingezogen gefühlt – er war wie von einer mächtigen Flutwelle überrollt worden. Er wollte sie küssen, sie berühren, all seinen Schmerz und seine Sorgen in ihrer Süße und ihrem Feuer verbrennen. Das Verlangen loderte in ihm wie die Feuer der Zigeuner. Je weiter sie ritten, desto stärker wurde ihre Anziehungskraft, die sich wie ein Zauber um ihn legte.

»Gorgio ...« Alicias Schrei verlor sich im Wind, als Rafael sich über die geballten Muskeln des Pferdes beugte, um das Pferd noch schneller vorwärts zu treiben. Er wollte nicht einmal daran denken, was ihm geschehen würde, wenn die Zigeuner ihn einholen würden. Die Tatsache, daß er die Tochter des Anführers, ein Pferd und ein Messer geraubt und das Lager verlassen hatte, würde bestimmt ihre Rache herausfordern. Dennoch würde er es wieder tun.

Rafaels Herz schlug wie ein Trommelwirbel in seiner Brust, und doch hatte er ein Lächeln auf den Lippen, als er einen Namen in den Wind flüsterte. Alicia. Ihr Haar duftete nach Sommerblumen, die ringsum wie ein seidener Teppich die Wiesen bedeckten. Daß sie ihn nicht mehr beschimpfte, war ihm eine willkommene Erleichterung. Nun konnte er sich ganz auf den Weg konzentrieren.

Wie lange sie so dahingeritten waren, wußte er nicht. Er wußte nur, daß sein schmerzender Rücken endlich nach Erholung verlangte. Er hatte das Pferd in wildem

Galopp vorwärtsgejagt. Jetzt, als er spürte, daß Alicia am Ende war, als er fürchtete, sie könne total erschöpft sein, zog er die Zügel an, um das Pferd zum Stehen zu bringen. Doch das störrische Tier weigerte sich zu gehorchen.

Es stieß ein Wiehern aus und ignorierte den Befehl Rafaels.

»Es kennt die Sprache der *Gorgios* nicht.« Alicia lachte. »Auf das Anziehen der Zügel reagiert es nicht. *Grai! Grai!*« rief sie und gab dem Pferd einen leichten Klaps auf den Nacken. Ohne zu zögern gehorchte das Tier. »Ihr seht, Rafael, daß es ein Zigeunerpferd ist. Nur ein Zigeuner kann es zähmen.«

»Wie Ihr, schöne Zigeunerin!« sagte er, indem er ihr vom Pferd half. »Könnt Ihr gezähmt werden?« Er hielt sie in den Armen, und ihr Atem vereinigte sich, als er sie behutsam küßte. Einen Augenblick lang vergaß er beinahe die Gefahr, als er ihr in die Augen blickte. »Alicia. Verzeiht Ihr mir?«

Sie warf ihr dichtes, dunkles Haar zurück. »Vielleicht, vielleicht aber auch nicht, *Gorgio*«, neckte sie ihn. Sie hatte ihm bereits vergeben. Hätte sie nicht genau so gehandelt, wenn sie an seiner Stelle gewesen wäre? Sie wußte, daß sie es getan hätte. Und er hatte sie mitgenommen. War das nicht der Beweis, daß er sich genau so stark zu ihr hingezogen fühlte wie sie sich zu ihm? Wenn sie geduldig und klug wäre, könnte sie ihn vielleicht dazu bringen, mit ihr zurückzukehren und bei den Zigeunern zu bleiben. Wenn er aus freien Stücken zurückginge, wäre das der Beweis für seine Absichten. Dann müßten ihm die Zigeuner einfach verzeihen. Alicia ließ sich von ihren Träumen hinreißen. Sie wußte nur, daß sie es nicht ertragen könnte, Rafael gerade jetzt zu verlassen.

»Verzeiht mir, Alicia.«

Wieder warf sie ihr Haar nach hinten, doch diesmal lächelte sie. »Wir werden sehen...«

In diesem Augenblick war Rafael klar, daß es mehr als ihr Verzeihen war, was er wollte – er wollte ihre Liebe. Alicia weckte in ihm ein so tiefes Verlangen, wie es keine andere Frau bisher getan hatte. Sie war wie ein Traum, eine faszinierende Mischung aus Sanftheit und ungezähmtem Feuer. Wie konnte er sein eigenes Herz verleugnen? ›Wenn die Umstände nur anders wären‹, dachte er, ›würde ich sie für immer an meiner Seite behalten.‹ Doch er konnte gegen die Realität nicht ankämpfen, gleichgültig, wie verheißend der Traum auch war. Er fühlte sich zu ihr hingezogen, doch in seiner Welt wäre sie völlig unakzeptabel. Wenn er nach Toledo ritte, würde er sie verlassen müssen, und dieser Gedanke quälte ihn. Wie sehr es ihn auch nach ihr verlangte, sie war eine verbotene Frucht. Doch diese Erkenntnis vertrieb nicht seine Sehnsucht.

Es wurde kalt, und die Dunkelheit brach schnell herein. Rafael entschloß sich, die Nacht an diesem Ort zu verbringen. Im Schutz eines alten, knorrigen Baumes suchte er Blätter und kleine Zweige zusammen, um für sich und Alicia eine Lagerstatt zu bereiten, wobei er sich fest vornahm, Alicia nicht anzurühren. Es war ein Gelübde, das mit jedem Augenblick, der verging, dahinschwand.

Die Nacht war erfüllt von den Schreien der Nachtvögel, die Luft frisch vom Wind. Nun, da Alicia und Rafael zusammenwaren, allein, waren sie plötzlich schüchtern und schweigsam, während zwischen ihnen die Atmosphäre von knisternder Spannung erfüllt war wie vor einem Sturm. Alicia brach das Schweigen. »Bin ich jetzt Eure Gefangene, *Gorgio?*«

Er streckte seine Hand aus und strich ihr das Haar aus

den Augen. »Nein. Ihr könntet niemals die Gefangene eines Mannes sein, Alicia.« Er zog sie an sich. »Mein Gott, seid Ihr schön. Könnt Ihr Euch vorstellen, welche Sehnsucht ich nach Euch gehabt habe?«

Sie wich ein wenig zurück, erschrocken, zitternd bei dem Gedanken an das Unbekannte. Man mußte schon ganz arglos sein, um nicht zu wissen, was er wollte, und tief in ihrem Innern wollte sie es auch, doch die Gesetze ihres Volkes untersagten diese Leidenschaft, die zwischen ihnen aufflammte. Eines Tages, wenn sie heiratete, würde ihr Ehemann den Beweis ihrer Jungfräulichkeit verlangen. Was würde sie tun, wenn dieser Augenblick käme, und sie sich jetzt diesem *Gorgio* hingab? Sie konnte es nicht. Sie durfte es nicht. »Nein, Rafael, bitte faßt mich nicht an!«

»Ich werde es nicht tun. Nicht, wenn Ihr es nicht wollt, Alicia. Ich würde Euch nie etwas Böses antun.« Er deutete auf den Blätterhaufen. »Kommt. Ihr braucht Schlaf.«

Sie setzte sich neben ihn, ihren Blick zum Himmel gewandt. »Seht Ihr all diese Sterne?« fragte sie ihn arglos.

Er lachte. »Ich müßte blind sein, um sie nicht zu sehen.« Was für eine wunderbare Frau sie war.

»Es sind alles Menschen.«

»Was?«

»Nicht eigentlich Menschen, doch... nun... wir Zigeuner glauben, daß jeder Mann und jede Frau auf Erden zu einem Stern gehören.«

Sie lächelte, und ihre Augen funkelten so hell wie die Sterne. Ohne zu denken, sein Versprechen vergessend, legte er ihr seine Hände auf die Schultern und schob den Stoff ihrer Bluse zur Seite, so daß er ihre bloße Haut berührte.

»Alicia!« Er ergriff ihre Hand und küßte sie auf die Handfläche, in der weichen Mitte, wo ihre Lebenslinien von ihrem Schicksal kündeten. »Ich will dich, Alicia. Bitte weise mich nicht ab, meine kleine Zigeunerin.« Er konnte seinem Verlangen nicht länger widerstehen.

Er beugte sich vor und senkte seine Lippen auf die ihren, wieder mit einer Sanftheit, die ihr Herz anrührte. Sie schenkte ihm ihr volles, vorbehaltloses Vertrauen. Er liebte sie genauso wie sie ihn. Alles würde gut werden. Er würde sie niemals verletzen. Niemals. Vielleicht würde Rudolpho sie heiraten lassen. Er würde es, wenn er wüßte, wie es in ihrem Herzen aussah.

»Bitte, laß mich dich lieben, Alicia.« Diesmal war es ein Kuß voller Hunger, seine Zunge war warm, als sie durch ihre Lippen drang, um das feuchte Dunkel ihres Mundes zu erkunden. Nie hätte sie sich vorstellen können, daß ein Kuß ihr Blut so in Flammen setzen könnte. Nicht einmal beim Tanzen hatte sie je ein solches Gefühl erlebt.

Wie in einem Zauber gefangen, fühlte sie, wie sie der Realität entglitt, als er ihre Bluse über ihre Taille herunterstreifte und ihre Brüste entblößte. Sie machte keine Anstalten, ihren Körper vor ihm zu verbergen. Ihre Schamhaftigkeit war verschwunden. Dies war ihr Schicksal, sie war dazu bestimmt, diesem Mann zu gehören.

Er beugte den Kopf und küßte behutsam ihre Brüste. Zart streichelte er die sanften Hügel, und Schauer der Wonne durchrieselten sie. Rafael war ein vollendeter Liebhaber, der ihr seine ganze Liebe darbot.

Für einen Augenblick ließ er sie los, entledigte sich seiner eigenen Kleider, um dann die letzten Barrieren niederzureißen, die zwischen ihnen waren. Sie trug insgesamt sieben Röcke, die er wie Blütenblätter nacheinander abstreifte.

»Wie schön. Schöner, als ich es mir je vorgestellt habe.« Und das war sie. Langbeinig, mit vollen Brüsten, einer Taille, die ein Mann mit seinen Händen umspannen konnte. Sie war dazu geschaffen, geliebt zu werden. Ihre Haut war von der Sonne goldbraun getönt, doch dort, wo sie sonst von Kleidern bedeckt war, hatte sie einen blassen Goldschimmer, geschmeidig wie Seide.

Alicia vermeinte, seinen Blick auf ihrer Haut zu spüren, wie Feuer, das sie versengte, und freute sich, daß ihr Körper ihm gefiel. Seine Stimme war heiser vor Verlangen und sandte ihr Schauer über den Rücken.

Sie streckte die Hand aus, streichelte seine festen, geschmeidigen Schultern und fuhr über das krause Haar auf seiner Brust. Seine Haut war warm.

»Ich mag es, wenn du mich berührst!« seufzte er und schloß die Augen. Wenn es nur immer so sein würde. Wenn er sie nur niemals verlassen müßte. Sie war alles, was ein Mann jemals in einer Frau zu finden hoffen konnte. Alles.

Sein Mund senkte sich in wilder Gier auf den ihren, und als er ihr Zittern spürte, wußte er, daß sie dieselbe Ekstase verspürte, ein Hingerissensein, das ihre Seelen selbst zu vereinen schien.

Er zog sie zu sich herab, und ihre Sinne taumelten, als sie die Glut seiner Lippen spürte, die ihren Körper erkundeten.

»Ich schwöre dir, Alicia, ich habe noch nie so empfunden wie jetzt«, flüsterte er, und das war die Wahrheit.

Sein Mund wanderte über ihren Körper, um die Geheimnisse ihrer Weiblichkeit zu ertasten, und sie stöhnte vor Wonne, überwältigt von dem machtvollen Verlangen, das sie verspürte. Ihr Körper reagierte nach eigenen Gesetzen. Alle Ängste oder Zweifel, die sie jemals gehabt hatte, waren von ihr abgefallen, als ihre Leidenschaft aufloderte. Sie erwiderte seine Berührungen und erkundete seinen Körper, wie er es bei ihr getan hatte, erfreut, wenn er vor Wonne aufstöhnte.

Er streichelte ihr samtenes Fleisch und machte sie bereit, dann drang er ganz sanft in sie ein. Alicia stieß einen Schmerzensschrei aus, als er ihre unversehrte Jungfräulichkeit durchstieß.

»Willst du, daß ich aufhöre?« fragte er, bei ihrem Schrei zusammenzuckend.

»Nein«, hauchte sie. »Ich will dich...« Sicherlich würde sie sterben, wenn er sie jetzt verließ, so schien es ihr wenigstens. Ihr Vertrauen war vollkommen.

Als Antwort beruhigte er sie mit seinen Küssen, streichelte die weichen Rundungen ihrer Hüften, und bewegte sich in ihr in einem sanften Rhythmus, während er ihren Namen flüsterte. »Alicia!« Langsam wurden seine Stöße heftiger, ihr Schmerz war vergessen, und an seiner Stelle war ein Feuer, das sie beide zu verschlingen schien. Ihre Körper vereinigten sich, wurden eins, als ob jeder von ihnen sein Leben lang auf diesen Augenblick gewartet hätte.

Wellen der Wonne überspülten Alicia, während sie sich an ihn klammerte, und aus ihren Augen sprach das Staunen über die Ekstase, die sie miteinander teilten. Sie hatte sich niemals vorstellen können, daß es so sein würde. Sie gab sich ihm hin und fand eine Liebe, die die Sterne selbst zu sprengen schien.

»Oh, Rafael!« rief sie aus und versicherte ihn dort unter den Sternen ihrer Liebe. *O Del* selbst muß ihr zugelächelt haben, dachte sie. Sicherlich hatte Gott dieses Wunder geschickt, diesen Mann, den sie liebte.

Im stillen Nachhall ihrer Leidenschaft lagen sie beisammen reglos, um den Zauber nicht zu brechen, und fielen schließlich in einen erquickenden Schlaf.

8

Rafael de Villasandro schaute mit gerunzelter Stirn zu den fernen Bergen hinüber, die sich purpurn vor dem Licht des neuen Tages abhoben. Alicia. Er konnte sie nicht mitnehmen, nicht dorthin, wohin er gehen würde. Er hatte eine Mission, die er erfüllen mußte, und das bedeutete, daß er allein gehen mußte. »Alicia.« Selbst ihr Name schien wie ein Zauber zu wirken, und er fühlte einen inneren Schmerz. Es war schön, dieses Zigeunermädchen, das da neben ihm schlief, arglos und unschuldig, und er wußte, daß er sie verletzen würde.

›Ich habe dich schon einmal gebeten, mir zu vergeben, süße Alicia‹, dachte er, indem er ihr sanft übers Haar strich. Sie bewegte sich bei seiner Berührung im Schlaf, erwachte jedoch nicht.

Warum hatte er ihre Leidenschaft in der letzten Nacht so auflodern lassen? Was für ein Teufel war er, ihre Liebe so auszunutzen, wo er doch wußte, daß er sie im Morgengrauen würde verlassen müssen? Möge Gott ihnen beiden helfen! Sie gehörten zwei verschiedenen Welten an. Hatte ihre Liebe eine Chance? Nein. Er konnte und wollte sich auch nicht ihrer Zigeunerkarawane anschließen und durchs Land ziehen. Ebensowenig würde sie in seiner Welt glücklich werden, sie, die so frei war wie die Sterne selbst.

›O Gott, Alicia‹, dachte er, ›es tut mir so leid. Es wäre besser für uns beide gewesen, wenn du mich hättest ertrinken lassen!‹ Sie hatte sein Leben gerettet, hatte ihm ihre Unschuld geopfert, und jetzt verließ er sie wie ein Schuft; doch er hatte keine andere Wahl. Nichts durfte die Mission behindern, die er auf sich genommen hatte, selbst seine Liebe zu einem Zigeunermädchen nicht.

Wäre es nicht besser für sie, wenn sie bei ihrem Volk

bliebe und er bei seinem? Zuerst einmal mußte er sich an den beiden Dieben rächen, die ihn beraubt hatten, und dann versuchen, den Menschen zu helfen, deren Schicksal durch das Blut seiner Mutter mit dem seinen verknüpft war. Vielleicht würden sie sich eines Tages wieder begegnen, wenn das Schicksal es gnädig mit ihnen meinte. Er nahm den größten ihrer sieben Röcke auf und breitete ihn über ihren nackten Körper, um sie vor der Morgensonne zu schützen. Es war kein Platz für sie an seiner Seite, so schön sie auch war. Er wollte sie nicht aufwecken, weil er wußte, daß er dann den Schmerz und die Wut in ihren Augen würde ertragen müssen, die Enttäuschung, daß er sie verlassen würde.

Indem er ihr einen letzten Blick zuwarf, mit wehem Herzen, an dem die Schuldgefühle nagten, konnte er sich wohl vorstellen, was sie denken würde, wenn sie aufwachte und alleine sein würde, doch dagegen war nichts zu machen. Er war ein *Gorgio,* wie sie es nannte, und sie war eine Zigeunerin. Ihr Schicksal war besiegelt.

Er ließ ihr Messer fallen, das er an sich genommen hatte, sagte ihr ein letztes Lebewohl. Sie würde ihren Weg zurück zum Lager finden. Er wollte zu Fuß weitergehen und ihr das Pferd dalassen. Das war das mindeste, was er tun konnte.

»Auf Wiedersehen, Alicia«, flüsterte er. Dann war er gegangen, so still und schnell wie der Wind.

9

Wärme, selige Wärme erfüllte Alicia, als sie ihre Glieder dehnte und ihre Augen in die Wärme und das Licht der Sonne öffnete. Die frischen Düfte des frühen Morgens tief einatmend, lächelte sie, als sie sich an die Nacht erinnerte, die sie in Rafaels Armen verbracht hatte. Sie hatte noch nie ein solches Glücksgefühl erfahren, wie sie es jetzt in der Umarmung eines *Gorgio* gefunden hatte. Seufzend flüsterte sie seinen Namen.

»Rafael.« Sich nach der Wärme seines Körpers sehnend, streckte sie sich nach ihm aus und stellte fest, daß sie allein war. Enttäuscht wandte sie sich zur anderen Seite, um nach ihm Ausschau zu halten. ›Ist er aufgestanden, um seine persönlichen Morgenbedürfnisse zu erfüllen?‹ fragte sie sich. Vielleicht sah er sich um, ob ihre Leute ihnen gefolgt waren. Sie sah ihr Pferd Grai in der Nähe grasen und lächelte, als ihr einfiel, wie sie Rafael im Umgang mit diesem Pferd ausgestochen hatte. Selbst Stivo hatte Angst, dieses Pferd zu reiten.

Ihr Magen meldete sich, und sie wollte Rafael mit einer Mahlzeit frisch gepflückter Beeren überraschen. Hellrote Beeren, die einen scharfen Beigeschmack hatten und nicht zu süß waren. Während sie sich aufrichtete und die Kletten aus ihrem langen Haar zog, nahm sie ihre umherliegenden Kleider auf – Bluse, Hemd, und Röcke – und zog sie rasch über. Ihre Augen fielen auf die Blutflecken auf ihrem Unterrock, auf dem sie gelegen hatte, als Rafael sie so leidenschaftlich geliebt hatte. Der Beweis ihrer Jungfräulichkeit. Rafael würde sicher sein, daß er ihr erster Geliebter gewesen war.

›Mein Geliebter‹, dachte sie. Wenn die letzte Nacht ihre Hochzeitsnacht gewesen wäre, wäre am nächsten Morgen das Bettuch herausgehängt worden, um allen kundzutun, daß Rafael de Villasandro eine Jungfrau geehelicht hatte. Nun hatte die Hochzeitsnacht vor der Hochzeit stattgefunden, dachte sie bei sich. Es würde alles gut werden. Rafael liebte sie, sonst wäre er nicht so sanft und liebevoll gewesen.

Sie ging los, um Beeren zu suchen, pflückte zwei Hände voll, die sie in den Falten ihres äußeren Rockes unterbrachte. So verstrich eine ganze Weile, während sie immer wieder nach Rafael Ausschau hielt. Wo war er? Was tat er? Sie stolperte über das Messer, nahm es auf und steckte es wieder zwischen die Bänder an ihre Taille. Er war also nicht jagen gegangen. Vielleicht zum Fischefangen. Dazu würde ein spitzer Zweig genügen.

Fisch und Beeren würden eine köstliche Mahlzeit ergeben. Sie würde ein Feuer anmachen, damit, wenn er zurückkäme, das Essen um so schneller fertig sein würde. Sie füllte die Beeren in eins ihrer Tücher und begann, zwei Stöcke aneinander zu reiben. Bald hatte sie ein loderndes Feuer entfacht. Nun begann sie doch, sich Sorgen zu machen. Rafael war schon eine ganze Weile weg. Vielleicht war ihm etwas zugestoßen? Waren diese Männer zurückgekommen und hatten ihn umgebracht?

Nein. Sie preßte die Hände an ihre Schläfen und weigerte sich, an so etwas zu denken. Sie lief ratlos auf und ab, bis sie einen Pfad in das wilde Waldgras getreten hatte, und noch immer gab es kein Zeichen von ihm.

»Rafael!« rief sie. »Rafael!« Die einzige Antwort war der wilde, schmelzende Gesang der Vögel. Alicia fühlte sich plötzlich ganz allein und bekam es mit der Angst zu tun – doch nicht ihretwegen, sondern um ihn. Sie war eine Zigeunerin und kannte sich im Wald aus.

Wieder rief sie nach ihm. Ihre Rufe schreckten eine Familie von Eichhörnchen auf, die sich zum Frühstück versammelt hatten. Sie polterten einen großen Baum hinauf und beschimpften sie mit lautem Gezeter.

Alicia beugte sich vor und untersuchte den Boden, wie man es sie von Kind an gelehrt hatte. Es war leicht, einer menschlichen Spur zu folgen, wenn man wußte, wonach man zu schauen hatte. Ein gebogener Zweig, ein Stein, der tief in den Boden gedrückt war, umgetretenes Gras – das waren alles Zeichen, die ihr den Weg wiesen. Auf diese Weise fand sie Rafaels Spuren, die weiter und weiter weg von dem Platz führten, an dem sie sich geliebt hatten. Wohin war er gegangen? Warum war er nicht zurückgekommen?

Sie weigerte sich, auf die Stimme in ihrem Kopf zu hören, die ihr zuflüsterte, daß er sie verlassen habe. Nein. Nein. Das würde er niemals tun. Nicht, nachdem er ihr die Unschuld genommen hatte. Kein ehrenhafter Mann, kein Zigeuner würde so etwas tun. ›Er ist aber ein *Gorgio*‹, flüsterte die Stimme wieder.

Er liebte sie. Rafael liebte sie. Er würde zurückkommen. Doch die grausame Wirklichkeit wurde ihr klar, als sie sich weiter und weiter entfernte. Sie blickte zum Himmel, zu dem Ort, an dem *o Del* weilte, und bat ihn um seinen weisen Rat.

»*O Del,* bitte hilf mir«, rief sie, indem sie die Arme zum Himmel streckte. Sie spürte, daß *o Del* bei ihr war. Er wußte von ihrem Schmerz. Sie mußte sich der Wahrheit stellen. Rafael hatte sie verlassen, um allein zu dem Volk zurückzukehren, dem er angehörte.

Tränen strömten über ihre Wangen, und sie hob ihr Gesicht empor, um sie von der Wärme der Sonne trocknen zu lassen. Eine Zigeunerin durfte nicht um einen *Gorgio* weinen. Sie war tapfer. Sie war eine Roma. Und doch war das Bewußtsein, daß sie verlassen worden war, vernichtend, und allmählich verwandelte sich ihr Kummer in Wut, wurde zu loderndem Zorn. »*Gorgio,* Bastard!« schrie sie. Er hatte sie benutzt. Hatte ihre Freundlichkeit und Liebe ausgenutzt, um zu entkommen. Die anderen hatten sie gewarnt, doch sie hatte nicht hören wollen. Statt dessen hatte sie sich von seiner männlichen Schönheit, seiner Berührung, seinem Lächeln betören lassen. Jetzt verstand sie Stivos Haß. Sie hatte am eigenen Leib erlebt, wie treulos *Gorgios* sein konnten.

»Er denkt, Zigeuner sind wie der Schmutz unter seinen Schuhen«, schrie sie laut. »Ich spucke auf ihn und seine ganze Sippe!« Und doch, als er sie geküßt hatte... Nein! Nein! Nein! Daran durfte sie nie wieder denken. Er hatte sie entehrt. Sie hatte ihrem Volk Schande bereitet.

Sie schloß die Augen, sank auf die Knie und ließ ihrem Kummer seinen Lauf, bis ihre Tränen sich mit dem Staub der Erde vermischten.

Wie lange sie da so gelegen hatte, wußte sie nicht. Sie wurde sich erst wieder ihrer Sinne gewahr, als sie den Klang donnernder Hufe hörte und merkte, wie sie von starken Armen aufgehoben wurde, und die leise Stimme ihres Vaters hörte, der ihren Namen rief.

»Alicia! Alicia, komm, weine nicht.« Rudolpho wischte ihre Tränen weg. »Sag mir, was geschehen ist.«

Ihre Worte waren gestammelt, unterbrochen von herzzerreißendem Schluchzen. »Ich war so dumm, Vater. Ich dachte, er liebt mich. Ich versprach dir, daß ich nicht..., doch ich habe es getan.«

Sein Blick glitt über sie, und er erriet den Grund ihres Kummers. Die Blicke zwischen den beiden waren ihm nicht entgangen; er hatte sie für den *Gorgio* tanzen sehen. »Wo ist er?« fragte er zornig.

»Fort.«

»Fort?«

»Er hat mich verlassen.« Sie vergrub ihr Gesicht an seiner kräftigen Brust und fragte ihn kläglich: »Kannst du mir jemals verzeihen?«

»Dir verzeihen? Oh, Alicia. Du bist von diesem Mann viel mehr verletzt worden als ich.« Er strich ihr übers Haar, so wie er es getan hatte, als sie ein kleines Kind gewesen war. Schließlich beruhigte sie sich und blickte ihn mit tränennassen grünen Augen an.

»Ich habe dir Schande gebracht. Die anderen...«

»Die anderen? Ach was, du bist meine Tochter. Laß sie eine Wut auf mich haben, falls es sein muß. Ich werde dich immer lieben.« Er ließ sie vorsichtig herunter. »Wir gehen jetzt nach Hause. Eines Tages werde ich diesen *Gorgio* finden, das schwöre ich. Er wird das Unrecht, das er dir getan hat, wiedergutmachen, Alicia. Er wird dich heiraten...«

»Nein!« Wut mischte sich in ihre Traurigkeit. »Ich will nichts mehr von ihm wissen, obwohl ich für immer entehrt bin. Er hat mich verraten. Ich rettete ihm das Leben, schenkte ihm meine Liebe, und er warf das alles weg, weil ich eine Zigeunerin und nicht gut genug für ihn bin.« Ihre Wut schmolz dahin, und nur der Kummer blieb. Sie hob die Hand und strich Rudolpho sanft über sein wettergegerbtes Gesicht. »Oh, wenn ich nur ungeschehen machen könnte, was geschehen ist...«

Ihre Blicke trafen sich, und sie war gerührt von der Liebe und Herzlichkeit, die sie in seinen Augen sah. Trotz allem, was sie getan hatte, verzieh er ihr. »Wenn man versucht, die Vergangenheit zu ändern, kann man ebensogut versuchen, über seinen eigenen Schatten zu springen, *Chavi*. Ach, Kind...«

›*Chavi*‹. Ihr Kosename, als sie ein kleines Kind gewesen war. Er hatte sie schon seit vielen Jahren nicht mehr so genannt.

Gelähmt vor Kummer hatte Alicia die anderen Männer nicht bemerkt, die ihren Vater auf seinem Verfolgungsritt begleitet hatten. Jetzt trieben sie ihre Pferde näher heran, und Alicia konnte Stivos Augen sehen, die sie voller Verachtung geradezu durchbohrten. Hastig wandte sie ihm den Rücken zu und sagte sich immer wieder die

Worte ihres Vaters vor. Sie konnte nicht ändern, was geschehen war, doch sie würde es im Gedächtnis behalten, mit jedem Atemzug würde sie sich erinnern. Sie bestieg ihr Pferd, gab ihm die Sporen und folgte den anderen zurück zum Lager.

10

Die Sonne brannte wie eine Fackel, als Rafael den Pfad entlangwanderte. Der Himmel war von strahlendem Blau, ohne ein Anzeichen von Wolken. Felder mit goldenen und roten Blumen erstreckten sich vor ihm, hohe Bäume ragten über ihm auf. Die Schönheit der Natur hüllte ihn ein. Alicias Welt. Bei diesem Gedanken zuckte er zusammen und mußte daran denken, wie lieblich sie ausgesehen hatte, als sie schlafend unter dem Baum lag. Nun rächte sich ihre Welt an ihm. Er war verloren, hatte die Orientierung verloren.

Wie hatte er sich verlaufen können? Die Antwort war klar. Er kannte sich im Wald nicht aus. Während er so vor sich hin gelaufen war, den Kopf voller Gedanken an Alicia, hatte er sich im Kreis bewegt und war seinen eigenen Schritten gefolgt.

Er ließ sich auf einem alten Baumstumpf nieder, um einen Augenblick auszuruhen, und stützte sein Gesicht auf seine Hände, um nachzudenken. Würde er jemals vergessen können, was sein Vater ihm in jener schicksalhaften Nacht enthüllt hatte, als sie so erbittert gestritten hatten? Rafael hatte ihn bewußt verlassen, um seinen eigenen Weg in der Welt zu suchen. Er war es leid gewesen, der zweite Sohn des Pedro Ortega de Villasandro zu sein. Der ständige Kampf gegen die Mauren hatte ihm seine gewünschte Chance geboten, ein *Caballero*, ein Ritter zu werden, um für König Ferdinand und Königin Isabella zu kämpfen.

»Bitte, versteh mich doch, Vater«, hatte er gesagt, doch die Augen seines Vaters waren kalt geblieben.

»Und nun verläßt du mich, wie sie mich verlassen hat«, hatte er gesagt, so leise, daß Rafael ihn kaum verstanden hatte. »Deine Mutter.«

Rafael war verwirrt gewesen. Seine Mutter war an einem Fieber gestorben, als er ein kleiner Junge gewesen war, das hatte man ihm doch immer wieder erzählt. »Was sagst du da?«

In den Augen seines Vaters blitzte Wut auf. »Sie verließ mich, um sich ihrem Volk anzuschließen. Verließ mich! Es waren die Scheiterhaufen der Inquisition, die sie mir nahmen, nicht das Fieber. Und jetzt willst auch du mich verlassen!«

»Nein. Das ist nicht wahr.« Rafael wurde von einem Tumult der Gefühle heimgesucht, doch er kämpfte gegen seine Tränen an und flüchtete sich in Zorn. »Du lügst, Alter.« Er hob die Hand und kam seinem Vater gefährlich nahe; doch irgend etwas in den Augen seines Vaters sagte ihm, daß dieser die Wahrheit sprach, und so ließ er seine Faust sinken und verlangte: »Erzähle.«

Unter Tränen hatte der alte Mann seine Geschichte erzählt. Er, Pedro Ortega de Villasandro, hatte sich unsterblich in die Tochter eines Arztes, eine junge Jüdin aus Navarra, verliebt und sie nach Kastilien entführt, wo er sie dann geheiratet hatte.

»Es war verrückt. Einfach verrückt, sie dazu zu bringen, daß sie mich ebenso liebte wie ich sie.« Mit hocherhobenem Kopf saß er da, und Rafael meinte ihn als jungen Mann vor sich zu sehen, so wie er in jenen Tagen gewesen sein mußte. »Und schließlich liebte sie mich wirklich. Sie gebar mir zwei Söhne, und wir waren glücklich miteinander.«

Rafaels Vater war ein mächtiger Mann, ein *Procer*, ein unabhängiger Edelmann, der seiner neuen Königin Isabella bedingungslos ergeben war. Es war seiner Hartnäckigkeit zu verdanken gewesen, daß der Adel die Zeugungsfähigkeit von Heinrich IV., ›*Enrique el Impotente*‹, angezweifelt und sich geweigert hatte, seine Vaterschaft in bezug auf Johanna anzuerkennen, und statt dessen Heinrichs Schwester Isabella zu seiner Nachfolgerin ernannt hatte.

»Und so lebten wir in Sicherheit und sehr sehr glücklich, meine Sarita und ich«, hatte Pedro geflüstert und die Augen geschlossen, als ob er jene Tage noch einmal vor sich sähe, doch rasch hatte er sie wieder geöffnet. »Doch das war nicht so bestimmt. Sie brachten sie um. Oh, wenn sie nur bei mir geblieben wäre, hätte ich sie geschützt. Doch sie verließ mich, sie wollte bei ihrem Volk sein.«

»Du sagtest, sie starb auf dem Scheiterhaufen. Wann? Warum?«

Sein Vater hatte ihm dann die ganze traurige Geschichte erzählt. 1480 waren Leute an der Macht gewesen, die es für notwendig gehalten hatten, den Übeln ein Ende zu bereiten, die sich aus der Vermischung von Juden und Christen ergeben hatten. Das wurde für manche zu einer Obsession, einem Fanatismus, der Wellen der Unzufriedenheit in den ruhigen Wassern hervorrief. Ein Sturm braute sich zusammen, und Rafaels Eltern wurden von seinen Böen erfaßt.

Es wurde beschlossen, die alten Gesetze für die Juden wieder einzuführen, daß alle Juden den Fleck aus rotem Tuch auf ihrer Schulter tragen sollten, um sie kenntlich zu machen, daß sie in Ghettos wohnen mußten, ihren eigenen Vierteln, in die sie jeden Abend zurückkehren mußten. Um diese Ghettos wurden Mauern gebaut, und kein Jude durfte als Arzt, Chirurg, Apotheker oder Gastwirt arbeiten.

Die Souveräne bestellten den Kardinal von Spanien, Pedro Gonzalez de Mendoza, und Frey Tomas de Torquemada zu Inquisitoren in Kastilien. Sie begannen unverzüglich, ihre Mission ›mit dem Einsatz des Feuers‹ zu erfüllen.

»Sie konnten den Juden nichts antun, die zum Christentum konvertiert waren, sofern sie nicht gegen den Glauben verstießen, jüdische Lebensgewohnheiten wiederaufnahmen oder jemanden schützten, der dies tat«, hatte Rafaels Vater erklärt. »So wie eine Armee mit Deserteuren verfährt, so hart gingen diese Kirchenvertreter mit allen Christen um, die zu früheren Religionen und Bräuchen zurückkehrten. Die öffentliche Meinung gegenüber Anhängern des Judentums und abtrünnigen *›Moriscos‹ ...«*

»Moriscos?«

»Getaufte Mauren ... wurde feindselig. Das Wort Jude wurde gleichbedeutend mit Judas, und das erzeugte Grausamkeit gegenüber diesen Menschen. ›Sei kein Jude‹ wurde zum geflügelten Wort.«

»Und war meine Mutter damals Jüdin?«

»Sie war zur Christin getauft worden, doch ihr Vater nicht. Er konnte seinen Arztberuf nicht länger ausüben und Sarita liebte ihre Eltern sehr und besuchte sie häufig. Sie tat kein Unrecht, doch man klagte sie an, zum jüdischen Glauben zurückgekehrt zu sein, weil sie an mehreren jüdischen Feiertagen und an ihrem Sabbath in ihrem Haus gewesen war.« Pedro Ortega de Villasandro schloß die Augen und schüttelte den Kopf. »Es wurden Gerüchte verbreitet, um die öffentliche Meinung gegen die Juden aufzuhetzen, und auch deine Mutter wurde ihr Opfer.«

Fanatische Mönche waren, angeführt von Mendoza und Torquemada, durch Kastilien gezogen und hatten die päpstlichen Gebote ignoriert, die Kinder Israels zu verschonen und ihnen gegenüber Toleranz zu üben, und sie hatten gepredigt, daß Gottes Zorn auf alles Land fallen würde, das ihnen Herberge bieten würde. Sie befahlen den Gläubigen, sich zu erheben und die Juden zu vernichten, und Massaker waren das Ergebnis ihrer ständigen Hetztiraden. Massaker in Kastilien, Aragon und Navarra.

»Und meine Mutter...« In Rafael war Zorn aufgestiegen, der ihm die Kehle abzuschnüren drohte.

»Deine Mutter und ihre Familie hatten Angst. Sie versteckten sich. Ich wußte nicht, wo sie war. Sie wollte kein Unglück über mich oder ihre Söhne bringen... wollte uns nicht in Gefahr bringen, und so...« Der Kummer hatte seinen Vater so übermannt, daß Pedro Ortega de Villasandro, ein Mann, der immer Stolz und Haltung bewahrt hatte, die Tränen hemmungslos über seine Wangen laufen ließ. »Sie verbrannten sie. Verbrannten sie auf dem Scheiterhaufen, all jene, die nicht würdig waren, auch nur den Saum ihres Gewandes zu küssen. Sie verbrannten ihren lieblichen Körper, meine Sarita. Brachten sie als Ketzerin auf den Scheiterhaufen!«

»Gott sei uns gnädig!« Rafael hatte sich bekreuzigt und für ihre Seele gebetet.

»Aber sie war keine Ketzerin!«

»Und der Vater meiner Mutter?«

»Er und deine Großmutter flohen nach Rom. Du warst damals so jung, ein Knabe von zwölf Jahren. Ich konnte es dir nicht erzählen. Du hättest es nicht verstanden. Und so sagte ich dir, daß sie am Fieber gestorben sei. Das ist elf Jahre her. Sie nannten sie *Reversa* und *Marrana.* Meine liebliche Sarita.«

»*Marrana?*«

»Zuerst wurden Konvertiten von den Spaniern Neuchristen und von den Angehörigen ihres eigenen Volkes, die den jüdischen Gebräuchen treu geblieben waren, *Marranos* genannt. Es bedeutete, der Herr kommt – *Maran-atha* – doch wurde es bei den Christen mißverstanden, die dachten, es hieße ›Verdammte‹, und den Begriff als Beleidigung benutzten.« Seine Augen brannten als er den Finger nach Rafael ausstreckte: »Und auch du wirst in Gefahr sein, wenn du von hier fortgehst. Sie werden auch dich verbrennen, wenn sie erfahren, daß du von jüdischem Blut bist. Du mußt hier bei mir bleiben oder Schutz bei deinem Bruder suchen. Es war zu spät, deine Mutter zu retten, doch wenn ich Bescheid gewußt hätte, hätte ich es getan. Doch es ist nicht zu spät, dich zu warnen. Du darfst nicht vergessen, daß Torquemada gefährlich ist.«

Rafael hatte der Geschichte seines Vaters mit tödlicher Ruhe zugehört, doch jetzt, als er vom Schicksal seiner Mutter hörte, war er mehr denn je entschlossen, seinen Vater zu verlassen. Pedro Ortega de Villasandros Worte hatten Rafael nicht erschreckt, sondern ihn mit Wut und dem unbändigen Willen erfüllt, denen zu helfen, die wie einstmals seine Mutter vom Scheiterhaufen bedroht waren. Und so hatte er sein Vaterhaus verlassen.

Rafael hob den Kopf und blickte erneut um sich. Die Vergangenheit schwand rasch beim Anblick des üppigen grünen Waldes. Sein Vater hatte gewagt, eine Frau zu lieben, die anders war als er selbst, und es hatte zur Tragödie geführt. Die Erinnerung an seine Mutter verstärkte nur seinen Entschluß, Alicia hinter sich zu lassen. Seine Liebe würde sie nur in Gefahr bringen.

›Und so, Alicia, wenn du die Wahrheit wüßtest‹, dachte er, ›wüßtest, daß ich nicht frei bin, mein Leben ganz zu leben, bevor ich nicht meine Mission erfüllt habe, würdest du mir vielleicht vergeben. Doch du bist frei. So frei wie der Wind. Und für einen Augenblick war auch ich so frei wie der Wind.‹

Er erhob sich und versuchte noch einmal, seinen Weg aus dem Wald heraus zu finden, und diesmal, als sei ihm verziehen, gelang es ihm. Es war eine mühsame Reise, und bald waren seine Schuhe durchgelaufen; seine Beine schmerzten, und seine Füße waren mit Blasen übersät.

Rafael stöhnte, als er die lange, steinige Straße entlangging. Er war hungrig, der Rücken und alle Glieder taten ihm weh, und er war müde. Doch die Erinnerung an Alicias Schönheit wirkte wie Balsam, der ihn besänftigte.

Zum erstenmal konnte er sich wirklich vorstellen, was sein Vater für seine Mutter empfunden haben mußte, eine überwältigende Liebe, die alle irdischen Gesetze überwunden hatte und die doch zum Untergang verurteilt gewesen war. »Und genauso wie ihre Liebe, Alicia, stand unsere Liebe unter einem schlechten Stern«, flüsterte er. Er sagte dem Wald Lebewohl, verbannte alle weiteren Gedanken an das bezaubernde Zigeunermädchen und setzte seinen Weg nach Toledo fort.

11

Der Wind trug den Rauch der Holzfeuer herüber, als Rudolpho, Alicia, Stivo und Ramón zurück zum Lager ritten. Alicia war wie in einem Nebel von Traurigkeit befangen und bemerkte kaum die schwarzen Augen Stivos, die bohrend und jetzt mit neuem Interesse auf sie gerichtet waren. Alles, was sie fühlte, war der Schmerz in ihrem Herzen, der Traum, der unwiederbringlich zerronnen war.

Es war bereits früher Nachmittag, und einige der Männer hielten unter den Bäumen ihre Mittagsruhe. Alicia war dankbar, daß wenigstens sie nicht unter der gaffenden Menge waren, die ihre Ankunft im Lager beobachtete. Es reichte ihr, die Blicke der Frauen zu ertragen, die einander die unausgesprochenen Fragen stellten.

»Wo ist der *Gorgio?* Hat er sie verführt? Ist Alicia...«

Stellten sie sich wirklich diese Fragen, oder war es nur Alicias schlechtes Gewissen, das diese Gedanken heraufbeschwor? Sie wußte es nicht, doch ihr Flüstern war beinahe unerträglich. Sie blickte zurück, um sich Trost bei Rudolpho zu holen, fing aber nur den Anblick Stivos auf; sie schauderte vor seinem gierigen Blick. Er grinste, als bereitete ihm ihr Unbehagen Vergnügen.

Warum hatte Rudolpho ausgerechnet Stivo mitgenommen, dachte sie wütend. Stivo wußte von ihrer Schande, und es würde nicht lange dauern, bis er es den anderen erzählte. Er und seine Mutter waren boshaft, haßerfüllt und eitel. In farbenprächtige Gewänder gekleidet, versuchte sich Stivo stets in den Mittelpunkt der Aufmerksamkeit zu stellen, und Alicia vermutete, daß ihm Rudolphos Autorität ein Dorn im Auge war.

»Alicia!« Die hohe weibliche Stimme gehörte Zuba. Wenigstens sie schaute sie freundlich an, aber Zuba war nun einmal so. Klein und zerbrechlich, erinnerte sie Alicia immer an einen Spatz. »Wie geht es dir? Hat er dir etwas angetan?«

»Es ist alles in Ordnung«, antwortete Alicia tonlos und kämpfte mit den Tränen.

Zuba nahm sie bei der Hand, ihre großen braunen Augen mit Sorge und Zuneigung erfüllt. »Als ich sah, wie er dich entführte, befürchtete ich...«

»Er tat mir nichts zuleide«, flüsterte Alicia, obwohl sie wußte, daß dies eine Lüge war. Er hatte ihr Herz verwundet und gebrochen, bis es aufgehört hatte, ein lebendiges Ding zu sein.

»Er sah so gut aus...«, meinte Zuba mit einem verlegenen Lächeln, als wollte sie sagen, daß sie sich ganz gerne von ihm hätte entführen lassen.

Solis bahnte sich ihren Weg durch die Menge, die sich nun um Alicia sammelte. Ihre vollen Lippen kräuselten sich zu einem Lächeln. »Ja, er sah gut aus. Man fragt sich, was wirklich unter den Himmeln der Zigeuner vorgegangen ist.« Alicia, die normalerweise dieser drallen Frau überlegen war, brachte kein Wort heraus. Sie fühlte sich geschlagen und hatte nicht mehr den Willen zu kämpfen, zumindest nicht im Augenblick. Sie hatte Rudolpho ein Versprechen gegeben und hatte dieses Versprechen so leichtfertig gebrochen, und obwohl sie wußte, daß er sie liebte und schützen würde, litt sie unter ihrer heimlichen Schande. Es war Rudolphos dröhnende Stimme, die sie rettete, als er durch die Menge schrie und die Frauen wie lästige Fliegen auseinanderscheuchte.

»Genug mit eurem Geschwätz«, schimpfte er. Die Frauen verstummten rasch; sie erkannten Rudolphos Autorität sofort an und gaben ihm den Weg zu seiner Tochter frei. »Komm«, sagte er zu Alicia, und schenkte ihr sein warmes Lächeln, das ihr schon immer gut getan hatte.

Alicia ging schweigend hinter ihrem Vater her und nahm staunend die Schönheit des Waldes um sie herum wahr. In dieser heiteren Stille wurde sie von einem Gefühl des Friedens ergriffen, und endlich klang auch der Schmerz in ihrer Brust ab. Den frischen Duft der Kiefern einatmend, hielt sie einen Augenblick inne und schloß die Augen.

›Geliebter Vater‹, dachte sie. Er hatte das Heilmittel für ihren Kummer gefunden.

»Wie schön es hier ist«, sagte er schließlich und berührte ihren Arm. »Wie du weißt, Alicia, ist nach der Legende *De Develeski* die Göttliche Mutter alles Seienden. Wenn ich diese Schönheit betrachte, glaube ich das wohl.«

Alicia erinnerte sich, daß *De Develeski* einst die oberste Gottheit der Zigeuner gewesen war. »Das tue ich auch«, sagte sie leise.

»Wenn man der Natur so nahe ist, ist es nicht verwunderlich, daß uns die Bäume, Flüsse, das Gras und die Erde so viel bedeuten. Und die Freiheit.« Er schaute sie forschend unter seinen dunklen Brauen an. »Laß dir niemals von jemandem, sei es Zigeuner oder *Gorgio,* diese Freiheit nehmen. Sie ist wie die Seele, die Grundlage des Lebens.«

»Doch was ist, wenn man mich gefangennimmt, ins Gefängnis steckt? Ich habe gehört, wie die anderen über Torquemada sprachen...«

Rudolpho zeigte mit dem Finger auf seine Brust. »Das Herz. Das ist es, wo die Freiheit liegt. Solange wir frei in unseren Herzen sind, kann niemand uns gefangennehmen oder uns irgend etwas zuleide tun. Es ist, glaube ich, unser Band zu *o Del.*« Er nahm ihr Kinn in die Hand und blickte ihr tief in die Augen. »Und Freiheit ist ebenfalls Mut, Spott und lose Reden mit hocherhobenem Kopf anzuhören. Kein Mensch ist vollkommen. Nur *o Del,* nur Gott ist vollkommen, und obwohl wir versuchen, das Richtige zu tun und ehrenhaft zu leben, gelingt uns das nicht immer. Aber sei stolz darauf, du selbst zu sein, Alicia.« Einen Moment lang füllten sich ihre Augen mit Tränen. »Du wirst niemals wissen, welche Freude du in mein Leben gebracht hast. Dich zu verlassen, wird mein einziger Schmerz sein, wenn ich sterbe.«

Sie schluckte. »Sprich nicht vom Sterben, Vater. Ich könnte es nicht ertragen, dich zu verlieren.«

»Der Tod ist ein Teil des Lebens, Alicia. Eines Tages werde ich dich verlassen müssen, doch laß uns jetzt nicht über diese Dinge sprechen. Ich möchte nur, daß du all das, was ich dir heute gesagt habe, im Gedächtnis behältst.«

»Die Freiheit ist auch im Herzen und im Kopf, glaube ich.« Sie lächelte jetzt, und es war, als wären die Wolken plötzlich verschwunden, um die Sonne durchzulassen. Alicias altes Temperament kehrte wieder. »Ich werde nichts auf das Geschwätz der anderen geben. Ich bin eine Zigeunerin. Ich bin frei. Mit Solis werde ich noch fertig!«

Rudolpho lachte, erfreut, das gewohnte Temperament Alicias wiederkehren zu sehen. »Komm. Wir gehen zurück zu den anderen, meine kleine Flamme. Eins der Pferde lahmt, da mußt du mir helfen.«

»Ja, Vater.«

Mit beschwingten Schritten gingen sie zum Zigeunerlager zurück, voller Lebensfreude, und fühlten sich in ihrem Waldversteck verborgen. Sie sahen nicht die Augen, die sie beobachteten. Augen von *Gorgios,* haßerfüllte Augen.

»Zigeuner, Manuel.«

»Es gibt Leute, von denen wir eine Belohnung bekämen, wenn wir ihnen sagten, wo diese ketzerischen Bastarde ihr Lager haben. Sollen wir ihnen folgen?«

»Du kannst Gedanken lesen, José. Wenn wir schon nicht Villasandros Leiche gefunden haben, so finden wir vielleicht noch etwas Besseres. Außerdem ist zu befürchten, daß wir in Gefahr wären, wenn Villasandro gefunden würde, und ich sage dir jetzt, daß wir seinen Tod nur diesen schwarzäugigen Hunden in die Schuhe schieben müssen.« Die Stille des Waldes wurde vom Schall ihres Gelächters unterbrochen.

12

Wie Alicia vorausgesehen hatte, hatte Stivo mit seinem Lästermaul das ganze Lager in Kenntnis gesetzt, und ihre verlorene Jungfräulichkeit wurde zum Hauptgesprächsthema an den Lagerfeuern. Rudolphos Worte jedoch gaben ihr den Mut, den Kopf hochzuhalten, und bald begannen die Zigeuner, sich mit anderen Angelegenheiten zu beschäftigen. Sie warfen ihr gelegentlich noch einen mißtrauischen Seitenblick zu und kümmerten sich ansonsten um ihre eigenen Geschäfte. Außer Stivo.

Dieser Mann war ein wahrer Teufel. Seine Anzüglichkeiten waren bitter wie Galle, seine Hände streckten sich nach ihr aus, um sie zu packen, wenn niemand sonst in der Nähe war. Alicia begann ihn regelrecht zu hassen und konnte ihren Ekel nur mit Mühe unterdrücken. Sie versuchte, ihm auszuweichen, doch irgendwie gelang es ihm immer, sie zu finden.

»*Gorgio*-Dirne!« zischte er ihr zu, wenn er in ihrer Nähe war. Er starrte sie mit brennenden Augen an, und Alicia brauchte ihre ganze Selbstbeherrschung, um ihm nicht die Augen auszukratzen.

»Laß mich in Frieden, Stivo!« warnte sie ihn dann und erwiderte seinen unverschämten Blick mit eisiger Verachtung, doch es war immer dasselbe. Er ignorierte ihre Worte und starrte sie an. Immer starrte er sie an!

An einem späten Nachmittag, als sie den Kessel für

das Abendessen scheuerte, näherte sich Stivo wieder einmal. Er lächelte. »Guten Tag, *Rawnie*«, grüßte er, das Wort der Zigeunersprache für Dame gebrauchend, doch auf eine Art, daß es beleidigend klang.

»Guten Tag, Stivo«, antwortete sie eisig und fuhr fort, das Kochgerät mit Sand zu scheuern, in der Hoffnung, daß er von ihr ablassen würde, wenn sie ihn ignorierte. Statt dessen machte ihn dies nur wütend. Stivo gefiel es nicht, wenn man ihn nicht beachtete.

»Du scheinst dich von deiner verliebten Eskapade erholt zu haben«, rief er aus, indem er näherkam.

»Mir geht es sehr gut, Stivo. Danke für deine Anteilnahme.«

»Meine Anteilnahme. Ha! Um dich mache ich mir keine Sorgen, sondern darum, was du getan hast. Du wirst vielleicht bald Grund haben zu bedauern, daß du deinen Körper diesem *Gorgio* hingegeben hast. Er wird den Tod für uns alle bedeuten. Du wirst es sehen. Die *Gorgios* verachten uns!«

Sein zischender Atem zeigte, wie ärgerlich er war, und Alicia wurde wachsam, indem sie sich auf den Streit vorbereitete, der nun ausbrechen mußte. Warum konnte er die Sache nicht auf sich beruhen lassen? Was geschehen war, war geschehen. Warum war Stivo so von Haß erfüllt?

»Ob ich es bedaure oder nicht, geht dich nichts an, Stivo. Was ich tue, ist meine Sache. Rudolpho ist unser Anführer, nicht du.«

Er lachte verächtlich. »Rudolpho. Ha! Er ist vielleicht einmal stark gewesen, aber er wird schnell ein alter Mann, ein alter Narr.«

Diesmal konnte Alicia ihren Ärger nicht zügeln. Sollte er über sie reden, was er wollte; doch daß er ihren Vater beleidigte, würde sie nicht dulden. Sie schleuderte ihm eine Handvoll Scheuersand ins Gesicht und trat einen Schritt zurück, die Hände auf die Hüften gestemmt.

»Alt oder jung – er ist dem Mann doppelt überlegen, der du jemals sein wirst!« Sie drehte ihm den Rücken zu und griff nach einem Krug Wasser, um den Kessel zu spülen, als sie vor Schmerz aufstöhnte, da Stivo sie grob von hinten packte.

»Du Hexe. Ich werde dir zeigen, wer hier ein Mann ist!« drohte er und drehte ihren Arm nach hinten, bis ihr die Tränen in die Augen traten.

»Ich verfluche dich!« zischte sie und schloß ihre Augen, um gegen ihre Qual anzukämpfen. Gleichgültig, wie weh er ihr tat, sie war entschlossen, ihn nicht zu bitten, sie loszulassen. Das war es, was er wollte, sie demütigen. Sollte er auch das Schlimmste mit ihr vorhaben, sie würde sich nicht vor ihm ducken. Obwohl sie zitterte, hielt Alicia ihren Kopf hoch erhoben.

Doch genauso schnell, wie er sie gepackt hatte, ließ Stivo sie los und machte sich hastig davon. Als Alicia ihre Augen öffnete, sah sie Todero und Zuba Hand in Hand den Pfad entlangkommen. Kein Wunder, daß Stivo geflohen war. Er legte keinen Wert darauf, bei seinen Brutalitäten beobachtet zu werden. Doch das war bestimmt nicht das letzte Mal, daß er sie gequält hatte. Alicia war sich sicher, daß sie und Stivo immer erbitterte Feinde sein würden.

»Brauchst du Hilfe?« sagte Zuba fröhlich, die den Grund für ihre Aufregung nicht kannte. Schüchtern entzog sie sich Toderos Griff.

»Du kannst den Kessel halten, wenn du willst, wenn ich das Wasser hineingieße.« Alicia nahm den Krug hoch und versuchte, ihre zitternden Hände ruhig zu halten.

»Laß mich dir helfen, Zuba«, sagte Todero bereitwillig. »Der Kessel ist so schwer.« Als sie fertig waren und der

Kessel zum Trocknen in die Nachmittagssonne gestellt war, warf er Zuba einen verliebten Blick zu.

Liebe, dachte Alicia, sie kann so schön sein. Sie fragte sich, ob es bald eine Hochzeit geben würde. Sie waren ein vollkommenes Paar, beide mit Herzen, so weit wie der Himmel über ihnen. Todero und Zuba hatten Alicia immer gut behandelt, und sie wünschte ihnen von ganzem Herzen Glück.

Todero spürte Alicias Blick auf sich ruhen und wurde plötzlich nervös. »Ich... ich gehe lieber und überlasse euch Frauen euren... Aufgaben«, stammelte er.

»Geh nicht, Todero!« bat Alicia und bedauerte, daß ihr nachdenklicher Blick ihn verlegen gemacht hatte.

»Es gibt viel zu tun«, antwortete er leise, obwohl seine Augen, die in Zubas Richtung blickten, verrieten, daß er bleiben wollte. »Morgen früh werden wir diesen Platz verlassen und einen anderen Lagerplatz suchen. Ich habe noch viel zu tun.« Mit einem Kopfnicken drehte er sich um und verschwand.

»Ich freue mich für dich, Zuba«, flüsterte Alicia. »Todero ist ein feiner Mann, ein *Rai.* Er wird dir ein guter Ehemann sein.«

Zuba errötete. »Das Schicksal hat mir zugelächelt. Ich liebe ihn von ganzem Herzen. Ich wünschte nur, daß es dir ebenso ergehen möge, Alicia, daß du mit deinem *Gorgio* glücklich wirst.«

Alicia schüttelte den Kopf. »Es sollte nicht sein. Er liebt mich nicht.« Ihre äußere Ruhe verbarg den Aufruhr in ihrem Innern. Auch jetzt noch, nach allem, was geschehen war, fühlte sie das überwältigende Verlangen, ihn zu suchen, ihm notfalls bis ans Ende der Welt zu folgen, in seinen Fußstapfen zu wandern, seine Träume zu teilen, oder auch nur sein Schatten zu sein. Aber das war nicht möglich, und so kämpfte sie gegen dieses Verlangen an.

Närrisch. Es wäre verrückt. »Ich habe ihn so geliebt und glaubte, daß er mich wiederliebte. Doch er ging fort. Ich will ihn nie wiedersehen.«

»Oh, Alicia!« Zuba lief auf ihre Freundin zu, warf ihre Arme um sie und drückte sie fest an sich. »Er muß ein Narr sein, dich nicht zu mögen. Du bist so schön und so stark. Wie konnte er dich so verraten? Was ist er für ein Mann, daß er dir soviel Schmerzen zufügt?«

»Eine Erscheinung, ein Traum, doch der Mann, der mir mein Herz stahl und es jetzt noch in seiner Hand hält.« Alicia hatte gegen ihre Tränen angekämpft, doch jetzt brachen sie ungehemmt hervor und strömten ihr über die Wangen. Sie hatte die qualvolle Leere wahrgenommen, die der Weggang des *Gorgios* hinterlassen hatte. Nichts hatte sie auf dieses Herzeleid vorbereitet, diese bittere Wunde, die nicht heilen würde.

Zuba versuchte, Alicia zu trösten, und wischte ihr die Tränen ab, wobei sie immer wieder murmelte: »Es wird wieder gut. Du wirst es sehen. Du wirst ihn vergessen.« Doch das brachte Alicias Tränen nicht zum Versiegen. Endlich wischte sie sich jedoch genauso plötzlich, wie sie sich von ihren Gefühlen hatte übermannen lassen, ihre Tränen ab, um wieder die stolze Alicia zu werden.

Sie entwand sich Zubas tröstenden Armen und sagte nur: »Komm, wir müssen den anderen helfen.« Sie sammelten Zweige und Kiefernzapfen, entzündeten das große Feuer und stellten den großen Kessel auf die knisternden Flammen. Über den *Gorgio* wurde nicht mehr gesprochen, und Alicia schwor bei sich, daß er auch niemals wieder erwähnt wurde.

Später, als sie um das Lagerfeuer herumsaßen und die letzten Portionen vertilgt hatten, verabschiedete sich Alicia im Stillen von diesem Platz der Freude und des Kummers. Die Männer saßen oder lagen, auf die Ellenbogen gestützt, um das Feuer, und sie konnte Bruchstücke ihrer Unterhaltung sowie ihr schallendes Gelächter hören. Offenbar freuten sie sich auf den morgigen Aufbruch. Sie wollten nach Süden ziehen, in ein Teil des Landes, das Alicia noch nicht kannte. Sie hatte nur ein- oder zweimal das Wort Granada gehört und erinnerte sich, daß es unter der Herrschaft der Mauren, dunkelhäutiger Fremder, stand.

Bisher hatte Alicia die Begeisterung ihrer Leute immer geteilt, doch heute abend konnte sie dem Gedanken an den Aufbruch nichts abgewinnen. Es gab so viele Pferde und Wagen in der *Kumpania*, der großen Gruppe der Zigeuner, viele Familien – Männer, Frauen und Kinder. Die lange Reise würde mühsam werden, und sie würden sich vor den Menschen verstecken müssen, die ihnen nicht wohlgesonnen waren. Warum konnten sie nicht in der Sicherheit des Waldes bleiben? Wie konnten sie sicher sein, daß die Mauren friedlich wären? Was wäre, wenn sie die Zigeuner als Sklaven verkauften?

Hör auf, schalt sie sich selbst. Sie war schließlich eine Zigeunerin. Das Umherziehen gehörte zu ihrer Lebensart. Sie erhob sich von ihrem Sitz neben dem Feuer, als sie plötzlich das Bedürfnis spürte, allein zu sein, und floh in die Stille ihres Wagens. Nachdem sie ihre Kleider ausgezogen hatte, vergrub sie sich in den weichen Federdecken ihres Bettes, doch der Schlaf wollte sich nicht einstellen.

Lange bis in die Nacht hinein warf sie sich herum, gequält von einem Gefühl der Angst. Selbst der weiche, süße Klang von Toderos Gesang konnte sie nicht beruhigen.

›Was ist los mit mir?‹ überlegte sie. Warum hatte sie das Gefühl, daß etwas Schreckliches passieren würde? Lange nachdem die anderen zu Bett gegangen waren und im Lager Ruhe herrschte, bekam sie ihre Antwort. Ein Geräusch! Sie war sicher, daß sie etwas hörte.

Es hatte wie der Wutschrei eines Mannes geklungen. Ihr Herz klopfte ihr bis zum Hals, während sie angestrengt lauschte. Dann hörte sie den Laut wieder.

Sie glitt aus dem Bett und schlich nach vorn, um die Lage zu erkunden. Indem sie das Segeltuch vorsichtig beiseiteschob, das den Eingang des Wagens schützte, schaute sie hinaus und stieß einen Angstschrei aus, als sie im Mondlicht die Gestalten auf ihren Pferden erblickte. Das Trommeln von Hufschlägen und ärgerliche Rufe drangen an ihr Ohr, und sie hatte nur einen Gedanken. Gefahr! Es waren keine freundlichen Absichten, mit denen diese mitternächtlichen Reiter gekommen waren.

So schnell sie konnte, zog sie ihre Bluse und einen Rock über und eilte nach draußen. Das gesamte Lager befand sich in Aufruhr. Kinder schrien, Frauen kreischten, und wuterfüllte Männerstimmen gellten durch die Nacht.

»Vater! Vater?« rief sie und versuchte, ihn in der Dunkelheit ausfindig zu machen. »Vater!« Dann sah sie ihn; seine breite Gestalt ragte in der Ferne auf, als er versuchte, seine Leute vor den Gewalttätigkeiten zu schützen, die nun ausbrechen würden. Die herannahenden Hufe klangen wie das Rollen des Donners. Alicia ahnte, daß es viele Tote geben würde, und erinnerte sich an die Warnung Stivos, daß der *Gorgio* Tod bringen würde, indem er ihren Lagerplatz verraten würde.

»Ich verwünsche dich, Rafael de Villasandro!« schwor sie, ihre Faust in ohnmächtiger Wut gegen den Himmel erhebend. Wie konnte er ihnen das antun? Die Fragen nagte an ihrem Herzen, und – auch wenn sie ihn lieber für unschuldig gehalten hätte – waren die herannahenden Reiter nicht der Beweis für seinen Verrat? Alicia hatte keine Zeit zu lamentieren. Sie floh zurück zu ihrem Wagen, um ihr Messer zu holen, bereit zum Kampf.

13

Das Gekreisch der aufgescheuchten Nachtvögel vermischte sich mit den Schreien der Frauen und Kinder, die Plätze zum Verstecken suchten. ›Welch ein Elend!‹ dachte Alicia, als sie eine kleine Gruppe von Zigeunern auf die Bäume zurennen sah. Weinend schaute sie unter dem schützenden Laubdach aus Laub hervor. Andere stellten sich dem Kampf wie Alicia und Rudolpho, fest entschlossen standzuhalten.

»*Gorgios!*« Alicia spuckte das Wort aus. Welche Menschen würden sich im Dunkel der Nacht an andere heranschleichen, während diese schliefen? »Feiglinge! Hunde!« Sie verfluchte den Tag, an dem sie den Gorgio aus dem Fluß gezogen hatte. Stivo hatte recht. Rafael hatte ihrem Volk großes Unglück gebracht. War er für seinen Verrat belohnt worden? Bei diesem Gedanken verfluchte sie ihn abermals.

Die Reiter donnerten auf die Karawane zu und schwangen ihre Schwerter. Die anderen Bauern und Dorfbewohner kamen langsamer hinterher, aber auch sie waren bewaffnet. Alicia hörte, wie die Zigeunerfrauen um Gnade flehten, und wußte, daß man heute nacht auf Schonung nicht hoffen konnte.

Das Rasseln der Schwerter, das Knurren derer, die zum Kampf bereit waren, und die Wehlaute derer, die bereits verwundet waren, klangen Alicia in den Ohren.

Ihr Messer umklammernd, wartete sie, daß sie näherkämen, diese Teufel von *Gorgios*.

Ein markerschütternder Schrei! Vashti wurde niedergeschlagen und vor Alicias Augen getötet; es gab nichts, was sie hätte tun können, außer um sie zu trauern. »Arme Vashti!« Sie würde nicht das einzige Opfer bleiben.

Auf den Gesichtern der Dorfbewohner stand der Haß geschrieben, als sie die Vorhänge der Wagen beiseiterissen und schrien: »Tod den Ketzern. Tod der Brut des Kain. Tod allen Zigeunern.« Andere riefen, daß es die Zigeuner waren, die sich geweigert hatten, der Jungfrau Maria auf ihrer Flucht aus Ägypten zu helfen. Alicia hatte solche törichten Anschuldigungen schon früher gehört. Diese *Gorgios* waren ebensosehr Narren, wie sie Mörder waren. Wie konnten die Anhänger des gütigen Christus solche Gewalttätigkeit vertreten, selbst wenn sie diesen falschen Verdächtigungen Glauben schenkten?

Es floß bereits Blut, als Zelte und Wagen geplündert und angesteckt wurden. Alicia konnte es nicht mehr ertragen. Sie würde nicht warten, bis die *Gorgios* zu ihr kämen. Sie konnte nicht zusehen, wie man ihr eigenes Volk umbrachte. Sie würde mit ihnen sterben! Mit diesem Gedanken eilte sie in die Mitte des Lagers.

»Schaut euch das an!« rief ein stämmiger Bauer, der nach Alicia griff, als sie vorbeirannte. »Eine Zigeunerdirne. Soll ich sie töten, wie die andere?«

»Nein! Wir werden sie mitnehmen und sie zu unserer Sklavin machen. Sie ist zu hübsch, um zu sterben.« Drohend umringten sie Alicia, doch sie kämpfte heldenhaft. Das Messer nach ihren Angreifern stoßend, traf sie genau in ihr Ziel; einer der tobenden Männer blutete.

»Jesus! Verdammte Zigeunerhexe!« fluchte der Mann, der von Alicias Messer getroffen worden war. Mit dem Fuß stieß er ihr das Messer aus der Hand, und sie wimmerte vor Schmerz, während sie ihr verletztes Handgelenk hielt.

»Wir werden sehen, wie stark sie ohne ihr Messer ist!« rief einer der anderen Männer, indem er sie an den Haaren packte und nach hinten riß. Um sich schlagend und fluchend wehrte sich Alicia gegen ihre Angreifer und biß und kratzte die Männer, die sie festhielten. Mit einer Kraft, die aus Furcht und Verzweiflung geboren war, gelang es ihr, sich dem Griff ihrer Widersacher zu entwinden, und sie rannte davon.

Sie konnte die große Gestalt Rudolphos erkennen, der seine Gegner abwehrte, und rannte in seine Richtung. Ihr Vater. Er war immer ein Hort ihres Trostes gewesen. »Vater! Vater?«

»Geh zurück, Alicia!« schrie er ihr zu. »Flieh, solange du kannst, ich werde später zu dir stoßen.«

»Fliehen? Nein. Ich könnte niemals ohne dich hier weggehen.«

»Du mußt. Es ist ein Befehl!«

Sie rannte in den Schutz der Bäume und beobachtete von dort die Vernichtung der Zigeunergruppe. Gemetzel. Tod. Vor ihr war ein Durcheinander von Leichen und zerbrochenen Waffen, sowohl von den *Gorgios* als auch von den Zigeunern. Die Zigeuner waren an Zahl unterlegen gewesen. Sie hatten einen erbitterten Kampf geliefert, doch die Stärke und der Stolz ihres Volkes waren mit ihrem Blut geschwunden.

Alicia hörte einen Schrei, einen von vielen, doch dieser kam von Zuba, die von drei Männern unter einem Wagen hervorgezerrt wurde, wo sie sich versteckt hatte. Sie preßten sie zu Boden, die süße, sanfte Zuba, die noch keinem Lebewesen etwas zuleide getan hatte. Alicia hörte Zuba erneut aufschreien und sah, wie ein grobschlächtiger Bauer an ihren Röcken zerrte. In diesem Augenblick verließ Alicia jeder Gedanke an ihre eigene Sicherheit. Sie mußte Zuba retten!

»Laß sie los, du Scheusal!« schrie Alicia wie von Sinnen und stürzte sich vorwärts. Sie war jedoch nicht Zubas einzige Rettung. Von der gegenüberliegenden Seite des Lagers rannte Todero herbei, um die geliebte Frau zu retten.

»Zuba!« Während Alicia zusah und gleichzeitig selbst einen der *Gorgios* abwehrte, stach Todero einem der Angreifer sein Messer in die Brust, doch als er sich umdrehte, um einen anderen anzugreifen, wurde er von Reitern umringt, die ihn mit dem Tod bedrohten.

»Todero!« Alicias Warnung kam zu spät. Zubas Geliebter wurde von einem Schwert getroffen. »Nein!« Mit wilder Entschlossenheit warf sich Alicia selbst in das Gewirr von Pferden und Männern und kämpfte mit dem Mut der Verzweiflung.

»Alicia, komm zurück!« Rudolphos Schrei war das letzte, was sie hörte. Ein sengender Schmerz durchfuhr ihren Kopf, und sie bemühte sich vergebens, das Dunkel zu durchdringen, das sich um sie ausbreitete.

»Zur Hölle mit dir, Rafael. Verdammter *Gorgio*«, wimmerte sie, als sie auf den harten Boden stürzte.

14

»Alicia. *Chavi*. Mach die Augen auf, bitte!«

Alicia hörte die Stimme aus weiter Ferne und streckte ihre Hand aus. »Vater. Vater.« Sie merkte, wie er ihre Hand ergriff und fühlte das sanfte Streicheln seiner Finger. Als sie versuchte, sich aufzusetzen, drückte er sie behutsam nieder.

»Du hast einen Schlag auf den Kopf bekommen, *Chavi*.

Die Keule eines *Gorgios* hat dich niedergeschlagen. Dieser *Gorgio* weilt nicht mehr unter den Lebenden.«

Sie riß die Augen weit auf und versuchte sich zu erinnern. Wo war sie? In ihrem Wagen. Doch wie konnte das sein? Sie hatte gesehen, wie sie die Wagen in Brand gesteckt hatten.

»Wie...?« Ihre Stimme war heiser, schmerzerfüllt, als sie an Todero dachte. Arme Zuba, sie mußte untröstlich sein.

»Sie waren uns an Zahl überlegen, Alicia, aber wir kämpften tapfer. Ich verfluche sie! Auch wir Zigeuner haben ein Recht auf ein Verfahren, anstatt in unseren Betten ermordet zu werden. Es war ihr Haß und ihr loses Geschwätz, die die Flammen der Gewalt und unserem Volk den Tod brachten.«

»Vater, was geschah, nachdem... nachdem man mich niedergeschlagen hatte?«

»Mehrere unserer Leute wurden getötet, Opfer des Irrsinns. Diese Bauern waren regelrecht blutrünstig.« Seine Stimme war heiser vor Wut.

»Und die Wagen?« Ihre Augen wanderten verwirrt über die Wagenburg. »Sie brannten doch.«

Rudolpho lächelte und erhob die Augen. »*O Del* sandte uns seinen Regen. Er rettete uns und unsere Wagen und hat wohl auch den Haß der *Gorgios* gelöscht. Sie verließen uns so schnell, wie sie gekommen waren.«

»Der Regen!« Es war ein Wunder. In den ganzen Jahren, in denen sie hier gelagert hatten, war kaum je die Spur einer Wolke zu sehen gewesen »Oh, Vater!« Diesmal hinderte er sie nicht daran, sich aufzusetzen. Ihr Kopf drehte sich, doch es gelang ihr, sich an seinen Schultern festzuhalten. »Was ist mit Todero? Ich sah ihn fallen. Ist er... ist er tot?«

»Nein. Zumindest noch nicht. Wenn er überlebt, wird

dies ein zweites Wunder sein. Zuba ist an seiner Seite und pflegt ihn hingebungsvoll.«

Alicia hatte den Atem angehalten und stieß ihn nun mit einem Seufzer der Erleichterung wieder aus. »Er wird nicht sterben. Das weiß ich. Ich fühle es. Zuba wird der Grund für ihn sein, zu leben.« Dann herrschte langes Schweigen, bis sie fragte: »Und die anderen? Wer von uns mußte sein Leben lassen?«

Rudolphos Gesicht verfinsterte sich vor Kummer. »Zu viele! Dionisio. Ramón. Vashti. Truffeni. Bazena. Keje. Viele andere sind verwundet.«

Den Schmerz an ihrer Schläfe vergessend warf Alicia voller Zorn ihren Kopf zurück. »Ein Fluch über diese *Gorgios*. Ein Fluch über Rafael de Villasandro! Er hat dieses Übel über uns gebracht. Ich werde ihn hassen bis zu dem Tag, an dem ich sterbe.«

»Nein, Alicia. Haß ist zerstörerisch.« Rudolpho griff sie bei den Schultern, seine Augen befahlen ihr, ihm zuzuhören. »Du weißt nicht, ob es dein *Gorgio* war. Die Dinge sind nicht immer so, wie sie scheinen, *Chavi.*«

»Aber wer sonst wußte von unserem Lager in diesen Wäldern? Wer außer dem Gorgio?«

Er schüttelte den Kopf. »Ich weiß es nicht.« Irgendwie hatte er Rafael nicht so eingeschätzt, als würde er anderen Böses tun wollen. Obwohl er Alicia die Unschuld genommen und sie verlassen hatte, war er ihm als Ehrenmann erschienen. Doch wer dann? »Vielleicht werden wir das nie wissen.«

»Er war es. Stivo hatte recht. *Gorgios.* Ich hasse sie alle!« Alicia bemerkte den Blick ihres Vaters und wunderte sich, daß er wieder diesen Ausdruck hatte, als ob es etwas gäbe, was er ihr erzählen wollte. »Vater, was ist?«

Er hätte es ihr jetzt erzählt, wenn sie ihn nicht so unschuldig und vertrauensvoll angeschaut hätte. Es war nicht recht, daß sie ihr eigenes Volk haßte. Das hätte er ihr jetzt sagen müssen. Doch dies war nicht der richtige Zeitpunkt. Sie hatte wie jeder Zigeuner gekämpft, vielleicht sogar noch tapferer. Er konnte ihr nicht beibringen, daß sie zu denjenigen gehörte, die eine solche Zerstörung über sie gebracht hatten.

»Vater, was ist los?«

Er erhob sich von der Kante ihres Bettes und drehte ihr den Rücken zu, damit sie ihm die Wahrheit nicht von den Augen ablesen konnte. »Es ist nichts.« Er ging zum Eingang des Wagens und schob das Segeltuch beiseite.

»Vater, geh nicht weg. Noch nicht. Nicht, bevor du mir erzählt hast...«

»Ich muß zu den anderen. Wir können hier nicht bleiben.«

»Doch der Regen... der Schlamm. Es wird schwierig sein, die Wagen zu bewegen...«

»Trotzdem müssen wir weiterziehen. Wir werden die Karawane in drei Abschnitte aufteilen, so daß es nicht so leicht sein wird, uns zu folgen.« Alicia wußte, daß sich die drei Karawanen letztlich wieder treffen würden. Sie würden miteinander durch geheime Kontakte und Zeichen am Weg in Berührung bleiben.

»Ja, Vater. Wir müssen weiterziehen. Wir sind wie der Wind, der durch die Zweige weht, oder ein Fluß, der ewig fließt, nicht wahr?« Sie stand auf, einen Augenblick lang auf ihren Füßen schwankend, bis sie festen Halt fand. »Ich muß den anderen helfen.« Er nickte und beobachtete sie aufmerksam. Als er sah, daß sie laufen konnte, ging er.

Draußen half Alicia Solis und den anderen Frauen, das Bettzeug der Leute aufzuräumen, die unter den Wagen geschlafen hatten. Zusammen mit Geschirr und Nahrungsmitteln wurde es in den Wagen aufgetürmt. Die schweren Eisentöpfe wurden mit Vorräten gefüllt und an Haken unter den Wagen aufgehängt.

Was die Toten betraf, so mußten sie nach dem Gesetz der Zigeuner mit ihren Besitztümern verbrannt werden, um ihnen eine gute Existenz im Jenseits zu sichern. So sah Alicia traurig zu, wie die Leichen der Menschen, die sie gekannt und geliebt hatte, in ihre Wagen gelegt wurden, mit allem, was sie im Leben geschätzt hatten. Es war keine leichte Aufgabe, ein Feuer zu legen, da der Regen das Holz durchnäßt hatte; doch schließlich brannten die Wagen der Toten lichterloh, und ein jeder flüsterte das Gebet: »Ich überlasse dich jetzt *Del*, unserem Gott.«

Weinend sagte Alicia Vashti ihr letztes Lebewohl und dachte an das breite Lächeln und die mutigen schwarzen Augen ihrer Freundin. Sie hatte ihre Träume, ihr Lachen geteilt, doch nun war Vashti gegangen.

»Vergib mir, Vashti«, weinte Alicia. »Vergib mir.« Würde sie jemals den bewundernden Blick auf Vashtis Gesicht vergessen, als sie um das Feuer gesessen hatten? »Du hast einen *Gorgio* gerettet?« hatte Vashti gefragt. Wenn Alicia damals gewußt hätte, was die Zukunft bringen würde. Doch Rudolpho gab ihr den Rat, nicht zurückzuschauen. Lebe für den heutigen Tag, das war der Wahlspruch der Zigeuner. Mit einem Blick auf den brennenden Wagen ging Alicia davon.

Die Verwundeten wurden in Wagen gelegt und so bequem wie möglich gebettet. Jeder Karawane wurde eine Frau zugewiesen, die die Verwundeten zu pflegen hatte. Alicia teilte ihren Wagen mit zwei kleinen Kindern, die ihre Eltern in dem Gemetzel verloren hatten: dem Jungen Palo und dem Mädchen Mala. Sie hatten ihren kleinen schwarzen Hund mitgebracht, der vor Angst wimmerte, als spürte er, daß etwas Schreckliches passiert war. Alicia beruhigte das Hündchen und steckte die Kinder ins Bett, indem sie ihnen beruhigend zuredete. Als ob sie noch nicht ganz begriffen hätte, fuhr Mala fort, nach ihrer Mutter zu fragen, und hörte erst auf zu weinen, als Alicia sie in den Schlaf gewiegt hatte.

Aus dem Eingang des Wagens sah Alicia zu, wie die Männer die Pferde zusammentrieben, an die Wagen banden oder auf ihre Rücken stiegen, um sich an die Spitze der Karawanen zu setzen. Rudolpho würde eine Karawane anführen, Balo eine andere und Nano die dritte.

Sie hörte Rudolphos dröhnende Stimme: »Berge treffen einander nicht, doch Menschen. Wir werden euch bald wiedersehen. Mögt ihr sicher reisen.« In verschiedenen Richtungen ritten sie aus dem Wald hinaus.

Der Regen hatte aufgehört, doch ab und zu blieb einer der Wagen im Morast stecken, und alle Männer arbeiteten dann fieberhaft, um ihn wieder flott zu machen.

Alicia lag ausgestreckt auf ihrem Bett, die beiden Kinder im Arm. Schließlich wurde auch sie durch das Schwanken des Wagens in den Schlaf gewiegt, in dem Bewußtsein, daß Todero die Zügel sicher in seinen starken Händen hielt, und überließ sich ihren Träumen, während sich die Karawane auf den stetig wechselnden Horizont zubewegte.

15

In Rafael de Villasandros Schlafzimmer war es heiß. Die orangefarbene, glühende Sonne tat seinen Augen weh, und er hielt sich die Hand vor das Gesicht.

»Ich muß aufstehen!« rief er aus, doch sein Körper reagierte nicht, und so lag er da, den Weisen der Morgenvögel lauschend, die in den Gärten umherhuschten.

Er hatte eine ruhelose Nacht verbracht. Wieder hatte er von Alicia geträumt. Er hatte gehofft, sie zu vergessen, wenn er in Toledo wäre, weit weg von den Wäldern, doch das gelang ihm nicht.

›Inzwischen ist sie längst fort, du Narr. Ihre Karawane hat diese Wälder bestimmt verlassen, mit einem Ziel, das nur Gott kennt. Sie ist glücklich und sicher bei ihrem Volk. Vergiß sie! Selbst wenn du sie finden wolltest, könntest du es nicht!‹

Er erhob sich von seinem Bett, ging auf die Terrasse und blickte über das Land. Toledo erhob sich steil über den Fluß, mit Stufen aus Stein-, Holz- und Lehmhäusern, überragt von der gotischen Kathedrale, die ihre Türme in den Himmel streckte.

Rafael wohnte zur Zeit bei seinem Bruder Carlos und dessen Familie in einem Haus außerhalb Toledos, einem zweistöckigen Bau von eleganter Einfachheit. Er hatte vor, weiter nach León zu ziehen, wenn er José und Manuel, diese beiden Schurken gefunden hätte. Bisher schienen sie sich jedoch in Luft aufgelöst zu haben.

›Ich werde sie finden und mir mein Geld wiederholen‹, sagte er sich mit finsterem Gesicht. Er war so in seine Gedanken versunken, daß er das Klopfen an seiner Tür kaum wahrnahm.

»Rafael. Bist du aufgestanden, mein Bruder?« drang eine leise Stimme durch die Tür. Es war Maria, die Frau seines Bruders.

»Einen Augenblick, Maria!« rief er und griff nach seinen Kleidern. Er zog sich rasch an und öffnete die Tür, vor der seine Schwägerin geduldig wartete. Sie war wirklich ein Juwel. Mit ihrer fülligen Gestalt und ihren runden Wangen sah sie aus wie ein unschuldiger Engel. Sie hatte seinem Bruder drei Söhne geschenkt und war ihm in Liebe ergeben, und auch Rafael mußte sie einfach gernhaben.

»Ich dachte, du bist vielleicht hungrig, Rafael, daher habe ich dir Frühstück gemacht.«

»Danke, Maria. Ich bin wirklich hungrig, gierig wie ein Wolf!« Er folgte ihr die Treppen hinunter ins Eßzimmer und fand eine verschwenderische Fülle von Gerichten vor, die ihn dort erwarteten. Jetzt wußte er, weshalb sein Bruder und seine Frau so rundlich waren. Alles, was sie taten, war essen, essen und nochmals essen. Doch sie waren glücklich. ›Wenn ich hier länger bleibe, sehe ich bald wie Carlos aus‹, dachte er und mußte lachen.

»Ah, Bruder, komm und leiste mir Gesellschaft«, lud ihn Carlos ein. Er hatte das gleiche dunkle Haar wie Rafael, doch seine Haut war viel dunkler, seine Augen haselnußbraun, und seine Gesichtszüge waren weniger fein ausgeprägt. »Maria hat sich heute selbst übertroffen. Eier mit Paprika, Zwiebeln und Tomaten; frisches Obst und Rahm, und Rindfleisch in Scheiben, mit Knoblauch gewürzt.« Wie um seinem Bruder zu zeigen, wie schmackhaft es war, führte er eine Portion zum Mund und schmatzte laut vor Behagen.

Rafael setzte sich an die Tafel und bediente sich. Er mußte seinem Bruder recht geben.

»Ausgezeichnet. Maria ist nicht nur schön, sondern auch eine gute Köchin. Du bist ein glücklicher Mann«, meinte Rafael und freute sich, daß Maria errötete.

»Sie könnte zehn Köche haben, wenn sie wollte«, sagte Carlos stolz, »doch sie besteht darauf, alles allein zu machen. Ich habe in mehr als einer Hinsicht Erfolg gehabt.« Außer den Ländereien im Südwesten Kastiliens, die er von ihrem Vater geerbt hatte, besaß Carlos selbst noch Hügelland, das von Olivenbäumen überzogen war.

Rafael aß rasch, er hatte es eilig, nach Toledo zu kommen. Dort gab es einen Mann, mit dem er verabredet war, ein Edelmann wie er selbst, der sich vorgenommen hatte, den *Conversos* zur Flucht aus Spanien zu verhelfen. Dieser Mann versteckte bereits Flüchtlinge auf seinem Land, obwohl er in großer Gefahr war, nicht nur bestraft, sondern auch exkommuniziert zu werden, wenn man ihn ertappte. ›Und das trifft auf mich genauso zu‹, dachte Rafael. Personen, die der Bann der Kirche getroffen hatte, durften kein Amt ausüben oder die Staatsbürgerschaft beanspruchen. Eine Exkommunizierung kam dem Ende der Existenz gleich. Selbst wenn der Betreffende krank oder in Schwierigkeiten wäre, dürfte niemand ihm helfen, wenn er nicht dieselbe Strafe auf sich ziehen wollte. Auch würde sein Leichnam nach dem Tode kein christliches Begräbnis erhalten. Die Inquisition war jedoch bei den Gebildeten besonders bei den Adligen, unbeliebt, die doppelt besteuert wurden, um Torquemadas Feldzug zu finanzieren, als ob der Krieg in Granada nicht schon kostspielig genug wäre. Auch wenn Rafael von seinem Vater nichts über sein jüdisches Blut oder den Tod seiner Mutter erfahren hätte, hätte er den Wunsch gehabt, diesen armen, unglücklichen Christen jüdischer Abstammung zu helfen.

»Wie ging es Vater, als du ihn verließest?« fragte Carlos mit vollem Mund, seine Augen prüfend auf Rafael gerichtet, als frage er sich, warum er überhaupt gekommen sei.

»Er war aufgebracht. Er erzählte mir von unserer Mutter, Carlos.« Carlos verschluckte sich beinahe, offensichtlich hatte er Angst, daß Maria zuhörte. Er bedeutete ihr, hinauszugehen, und als gehorsame Ehefrau zog sie sich in ihr Schlafgemach im oberen Stockwerk zurück.

»Bist du verrückt, so offen zu reden? Willst du auf dem Scheiterhaufen sterben, Bruder!« schimpfte Carlos, als sie allein waren.

»Ich bin, was ich bin, Carlos. Ich schäme mich nicht meines Blutes und niemals meiner Mutter. Sie ging tapfer in den Tod. Ich hoffe zu Gott, daß ich diesen Mut einmal haben werde!«

»Ich nehme an, daß du mir als nächstes sagen wirst, daß du zum jüdischen Glauben zurückkehren willst. Ist es das, was du sagen willst?«

Rafael schüttelte den Kopf. »Nein. Ich weiß fast nichts über die jüdische Religion. Ich will ihnen nur helfen, nicht mich ihnen anschließen.«

»Also bist du immer noch ein guter Katholik.« Carlos sah ihn mit einem prüfenden Blick an.

»Ich bin kein *Converso,* Carlos, keine Angst. Ich bin Christ, doch bin ich ebenfalls ein Realist, der sich selbst keine Sentimentalität zugesteht. Ich frage mich, wie ein Gott der Christen oder der Juden es zulassen konnte, daß Menschen so grausam zueinander sind. Wie kann er die Schreie der Menschen überhören, die auf dem Scheiterhaufen stehen? Wie könnte ein gerechter Gott zulassen, daß ein Mann wie Torquemada sein Unwesen treibt?«

»Es steht dir nicht zu, solche Fragen zu stellen. Torquemada hat gesagt...«

»Torquemada ist ein Verrückter, besessen von Machtvorstellungen. Er benutzt die Judenfrage, um seine eigene Karriere zu fördern und Geld in die Schatullen der Königin zu bringen. Doch ich werde so viele von ihnen retten, wie ich kann, das sage ich dir!« Rafaels Stimme war in seinem Zorn laut geworden, doch jetzt las er die Warnung in den Augen seines Bruders und beugte sich seiner Vorsicht. Man durfte nicht tollkühn sein. Lauschende Ohren und lose Zungen konnten für einen Mann leicht den Tod bedeuten, und obwohl er seinem Bruder und Maria vertraute, konnte man bei der Dienerschaft nie sicher sein. Es gab eine Geldbelohnung für jeden, der den Beamten der Inquisition einen verdächtigen Ketzer auslieferte. »Irgendwie spüre ich, daß ich dazu auserwählt bin, sie zu retten«, sagte er in einem versöhnlichen Ton.

Auch Carlos senkte die Stimme, was seinem Zorn jedoch keinen Abbruch tat. »Vielleicht sagst du mir als nächstes, daß du auch diese zerlumpten Zigeuner, die dich gefangenhielten, vor Torquemada retten willst.«

»Sie waren nicht zerlumpt.« Er erinnerte sich an Alicia und ihren Vater, Rudolpho. »Ich glaube, daß wir sie nicht verstehen, weil sie anders sind.«

»Es sind Diebe! Ketzer! Bedenke meine Worte, daß Isabella die Bande eines Tages aus Spanien verbannen wird.«

»Sie sind weniger Diebe als diejenigen, die mir mein Geld stahlen und mich zu ermorden versuchten. Und was die Ketzer betrifft, so kann man die Zigeuner nicht so nennen, da sie nie zum christlichen Glauben bekehrt worden sind.«

»Dann sind es eben Heiden.« Carlos zuckte mit den Schultern, wischte sich mit seiner Serviette den Mund ab und erhob sich von seinem Stuhl. »Doch komm, laß uns nicht streiten. Außerdem spielt das keine Rolle. Die Zigeuner werden uns nicht länger belästigen.«

Rafael gefiel der Ton in der Stimme seines Bruders nicht. »Was meinst du damit, Carlos?«

»Sie sind weg. Eine Gruppe von Bauern fiel über sie her und jagte sie fort, obwohl sie leider wohl einige von ihnen getötet haben. Sie verbrannten ihre Wagen und...«

Rafaels Gesicht wurde kreidebleich. Er packte seinen Bruder unsanft an den Schultern und knurrte: »Was hast du gesagt?«

Carlos sah ihn erschreckt an. Er hatte Rafael noch nie

so aufgebracht gesehen. »Ich sagte, daß eine Gruppe von Bauern sie fortgejagt haben.«

»Indem sie ihre Wagen ansteckten und sie töteten?« Er schüttelte seinen Bruder, seine Augen glühten. »Hast du etwas damit zu tun, Carlos? Hast du? Wenn, dann schwöre ich, daß ich für meine Taten keine Verantwortung übernehmen werde. Ich hätte dir niemals erzählen dürfen, was mir geschah. Ich gab ihnen mein Wort, daß ich es niemandem erzählen würde. Doch ich vertraute dir. Wir sind doch Brüder.«

Carlos' Stimme erstickte vor Angst. »Nein. Nein! Ich schwöre bei der Heiligen Jungfrau. Es waren zwei Männer. Zwei Männer aus dem Dorf, die die Karawane im Wald gesehen haben.«

»Wie heißen sie?«

»Das weiß ich nicht mehr.« Carlos zitterte vor Angst, er war noch nie für Gewalttätigkeit gewesen. Als er das aschfahle Gesicht seines Bruders bemerkte, lockerte Rafael seinen Griff.

»Es tut mir leid. Doch, weißt du, da gab es eine Frau... und nicht alle Zigeuner sind so, wie man es uns gesagt hat. Ich muß sie finden. Ich muß in Erfahrung bringen, was geschehen ist. Bitte, versuche dich zu erinnern.«

Carlos strich sich empört die Kleider glatt, doch nach einer Weile begann er ernsthaft zu überlegen. »Ich glaube, sie hießen Manuel und Juan... nein... José.«

»Manuel? José?« Er erinnerte sich nur zu gut an diese Namen. Plötzlich dämmerte ihm die ganze Wahrheit. »Sie kamen meinetwegen zurück, um sicherzugehen, daß ich tot war, und dabei müssen sie die Zigeuner gesehen haben. Gemeine Hunde, die sie waren, brachten sie andere mit, um zu plündern und zu töten.« Jetzt hatte Rafael einen weiteren Grund zur Rache an diesen beiden, doch zuerst mußte er Alicia finden. Er rannte zu den Ställen seines Bruders, suchte sich das schnellste Pferd aus und ritt in Richtung des Waldes los.

16

Während des ganzen Rittes betete Rafael, daß sein Bruder unrecht hätte. Vielleicht waren die Zigeuner entkommen. Als er an seine Begegnung mit Stivo und den anderen beiden Zigeunern dachte, wußte er, daß unter ihnen Männer waren, die zu kämpfen verstanden.

Seine Hoffnungen wurden zerstört, als er zu ihrem ehemaligen Lagerplatz gelangte. Dort war kein Lachen oder Singen mehr; es herrschte Totenstille. Selbst der Gesang der Vögel war verstummt.

»Jesus!« Er war entsetzt über den Anblick, der sich seinen Augen bot. Tod und Zerstörung, die skelettartigen Überreste von Wagen und Menschen, die zu Asche verbrannt waren. Um ihn ein Gewirr von Leichen und zerbrochenen Waffen, die die Zigeuner offensichtlich vergeblich zu verbrennen versucht hatten.

Rafael stieg vom Pferd und lief zwischen den Leichen herum, außer sich nach einem Zeichen Alicias suchend. Seine Augen waren beinahe blind vor Tränen beim Anblick dieses sinnlosen Gemetzels. Warum?

Kummer stieg in Rafael hoch, und, auf die Knie sinkend, überließ er sich seinem Schmerz. War Alicia unter den Toten? War ihr herrlicher Körper von den Flammen verzehrt worden? Oder war sie entkommen? Durfte er hoffen? Sie hatte Gott *›o Del‹* genannt, und nun betete Rafael von ganzem Herzen und ganzer Seele, daß dieser

Gott ihre Schreie gehört und ihre mächtige Hand auf sie gelegt haben möge.

Er zählte die verbrannten Wagen und rechnete sich aus, wie viele übrig geblieben sein mochten. Nur wenige der Wagen waren verbrannt worden. Der Rest der Zigeuner mußte durch den Wald geflohen sein, doch wohin? Alicia hatte nicht davon gesprochen, wohin sie als nächstes ziehen wollten. Er suchte nach Wagenspuren, fand jedoch keine. Die schweren Regenfälle hatten sie weggespült. Schließlich gab er auf und hätte den Wald beinahe verlassen, wenn nicht der Klang von höhnischem Gelächter durch den Wind zu ihm getragen worden wäre. Indem er sich schnell versteckte, spähte Rafael durch das Blattwerk, um die Eindringlinge zu beobachten, und zuckte vor Wut zusammen, als er genau die Männer erblickte, die er suchte.

»Ha, ich habe dir doch gesagt, daß wir, wenn wir nur Geduld hätten, von all dem hier profitieren würden.«

»Ich weiß, Manuel, doch die Toten zu bestehlen, hat mich nie gereizt.« Er deutete mit den Armen auf die ausgebrannten Wagen. »Und die Zigeuner. Du hast behauptet, es gäbe Gold bei ihnen, doch alles, was ich sehe, ist Asche.«

Der Mann namens Manuel rannte vor und durchsuchte die Überreste des nächstliegenden Wagens. »Kein Gold, kein Gold! Diese verdammten Zigeuner haben es mitgenommen!«

»Vielleicht hatten sie gar kein Gold. Sie schienen mir nicht reich zu sein. Ich habe den Schmuck gesehen, den ihre Frauen trugen, das Gold an ihren Ohren, vielleicht war das alles, was sie besaßen?«

Manuel hatte keine Zeit zu antworten, denn wie ein wütender Rächer stürzte Rafael aus seinem Versteck hervor. »Du mörderische Bestie. Du hast diese Menschen vernichtet, und nur aus Habgier!« Der Mann namens José starrte ihn entsetzt an, sein Gesicht so bleich wie der Geist, den er zu sehen glaubte.

»Manuel! Manuel! Er ist es. Zurück von den Toten. Die Heiligen mögen mich schützen.« Er bekreuzigte sich rasch und wimmerte, als Rafael ihn packte. »Nein! Nein! Tötet mich nicht! Ich habe Euch nichts getan, er war es. Er!« und wies mit einem Finger in Manuels Richtung.

Zu sehr in seinem Zorn befangen, hörte Rafael nicht zu. Die beiden Männer wälzten sich am Boden, während der Dieb verzweifelt versuchte, sich zu befreien.

»Er ist nicht zurück von den Toten«, sagte Manuel höhnisch. »Doch er wird bald unter ihnen weilen.« Nach seinem Schwert greifend, fiel Manuel über Rafael her, der sich gerade rechtzeitig duckte, als die Waffe durch die Luft sauste und in einem Baumstumpf statt in seinem Hals landete. Er ließ José los und konzentrierte sich auf den Gefährlicheren der beiden. Als er merkte, daß er frei war, nahm José reißaus und entfloh in die Wälder.

Nach seinem eigenen Schwert greifend, wehrte Rafael einen neuen Stoß seines Gegners ab. »Diesmal wirst du mich nicht unterkriegen. Ich werde nicht ein zweites Mal dein glückloses Opfer sein!«

»Das werden wir sehen. Ich bin nicht so ein Feigling wie mein Freund. Ich werde nicht davonlaufen, ich werde dich töten!«

Wieder und wieder schwang er sein Schwert wie ein Besessener, und jedesmal gelang es Rafael, ihm auszuweichen, das letzte Mal nur um Haaresbreite.

»Da hast du es. Das nächste Mal wird dein Blut fließen!« knurrte Manuel und warf sich auf ihn. Dieser Akt der Tollkühnheit war die Chance für Rafael. Er ließ sein Schwert sausen und spürte, daß er getroffen hatte; aus der Schulter seines Feindes quoll das Blut.

»Ich sollte dich töten für das, was du getan hast, doch dadurch würde ich mich auf eine Stufe mit dir stellen. Leg dein Schwert nieder, und ich nehme dich mit, damit du für deinen Diebstahl bestraft wirst.«

»Mein Schwert niederlegen? Lieber würde ich sterben als zulassen, daß man mich in die lebendige Hölle dieser Kerker sperrt.« Die Schmerzen in seiner Brust ignorierend, schlug er wieder zu, doch der Schlag wurde pariert und seine eigene Waffe durch die geschickte Schwertführung Rafaels aus der Hand geschlagen. Bevor er das Schwert aufheben konnte, war Rafael über ihm und ließ seine Faust in einem mörderischen Schlag auf seinen Magen sausen, so daß sich der Mann vor Schmerzen krümmte.

»Wie fühlst du dich im Angesicht des Todes?« höhnte Rafael, indem er mit seinem Schwert auf das Herz des Mannes zielte. Die Augen des Diebes sprühten vor Haß. »Wenigstens schlage ich dich nicht von hinten nieder. Los, steh auf!« Sie gingen auf Rafaels Pferd zu. »Du gehst hinter mir, wie es sich für einen Hund gehört.« Er griff nach einem Seil auf dem Sattel und band dem Mann die Hände auf den Rücken.

»Ich gehe nicht in das stinkende Gefängnis zurück!« zischte Manuel. »Am Grabe meiner Mutter schwor ich, daß ich nie wieder dorthin gehen würde.« Mit der Geschwindigkeit eines Reptils holte er zu einem Stoß aus, der Rafael auf die Brust traf, und rannte durch das Laubwerk davon. Gegen seinen Schmerz ankämpfend, folgte Rafael. Er war der Schlange nicht so nahegekommen, um sie davongleiten zu lassen. Seinen Widersacher mit den wachen Instinkten eines Jägers folgend, fand Rafael ihn schließlich auf dem Ufer desselben Flusses, der ihn beinahe das Leben gekostet hatte.

»Du entkommst mir nicht, du Dieb, Mörder!« schrie Rafael und kam einen Schritt näher. Der andere Mann zerrte wie rasend an dem Seil, das ihn band, in dem Versuch, sich zu befreien.

»Ich werde entkommen, und ich werde dich töten!« drohte Manuel. Das Tosen des Flusses begleitete seine Worte. Wie in Trance schwankte er auf seinen Füßen und wich zurück, als Rafael ihn näher an die Uferböschung drängte. An der Kante der Böschung zerrte er ein letztes Mal an seinem Seil, als der Boden unter ihm nachgab. Seine Augen weiteten sich ungläubig, und sein Mund öffnete sich zu einem Entsetzensschrei, als er in das tobende Wasser fiel.

Rafael eilte zum Ufer, hilflos, als das Wasser über einem neuen Opfer zusammenschlug. Im Gegensatz zu Alicia konnte er nicht schwimmen.

»Möge Gott seiner Seele gnädig sein«, sprach er, als er zusah, wie der Fluß Manuel nach unten zog. Die Regenfälle hatten den Fluß anschwellen lassen, und Rafael zweifelte, ob selbst Alicia diesen Mann hätte retten können.

Rafael stand lange Zeit da und sah in die wirbelnden Strudel, bevor er sich umdrehte, um sein Pferd zu suchen. Er würde zum Haus seines Bruders und von dort in die Stadt reiten. Ein Kapitel in seinem Leben war abgeschlossen. Sein Verfolger war bestraft worden. Sollte José doch sein elendes Leben führen. Feigling, der er war, würde er bald genug von seinen eigenen Ängsten gestraft werden.

17

Es war später Vormittag, als Rafael in Toledo eintraf. Die Sonne stand hoch am Himmel und versengte die Erde mit ihren heißen Strahlen. In einigen Stunden würde es Zeit sein für die Siesta, und es gab noch viel zu tun.

Rafael beschleunigte seine Schritte und eilte über das holprige Pflaster. Er war jetzt in ein ärmeres Viertel gelangt, mit kleinen einstöckigen Hütten aus Holz und gebranntem Lehm. Hunde, Hühner und Schweine liefen frei herum, dazwischen einige nackte Kinder. Gerne hätte er verweilt, um ihnen beim Spielen zuzuschauen, doch er hatte es eilig. Er war auf dem Weg zu einem Gasthaus, wo ein Treffen stattfinden sollte, das sein Leben verändern konnte. Der Name des Mannes ging ihm durch den Sinn. Fernando de Torga.

Rafael hatte von Leuten, die die Politik Torquemadas ablehnten, gehört, daß de Torga, der zur Hälfte Italiener und zur Hälfte Spanier war, veranlaßt habe, daß für Hunderte von *Conversos* Schiffe aufgetrieben worden waren, um sie aus Spanien herauszubringen. Als Kartograph und Seefahrer könnte er Rafael helfen, Kontakte zu den Männern herzustellen, die den *Marranos* nützlich sein könnten.

Am Schlag der Kirchenglocken erkannte Rafael, daß er zu spät kam, und er fluchte leise. Er näherte sich jedoch dem Stadtteil, den er suchte.

Endlich ragten die weißgekalkten Mauern des Gasthofs vor ihm auf. Er wirkte wie eine Oase, umgeben von hohen Bäumen, die Schutz vor der sengenden Sonne boten. Als er einen Augenblick unter dem größten Baum ausruhte, wurde er plötzlich von einem Mann angesprochen, der aus einer schmalen Gasse trat.

»Psst. Hallo.« Indem er Rafael bedeutete, näher zu kommen, blickte sich der Mann aufmerksam um, als fürchtete er, gesehen zu werden. Vorsichtig näherte sich Rafael, bereit, sich zu verteidigen, falls dieser sich als Feind erweisen würde.

»Wer seid Ihr?« fragte Rafael und betrachtete den Mann mit einem prüfenden Blick. Mit seiner kräftigen Statur sah er aus wie ein Bauer. Seine braunen Augen lagen tief in den Höhlen und sahen Rafael eindringlich an, als wollte auch er sich vergewissern, daß er nicht in eine Falle geriete.

»Ich könnte Euch dasselbe fragen, Amigo.«

»Ich suche jemanden, der de Torga heißt. Habt Ihr von ihm gehört?« Rafaels Stimme war kaum mehr als ein Flüstern, und er behielt der Mann im Blick, als er näher kam.

»Warum sucht Ihr ihn?« Die braunen Augen verengten sich.

»Ich brauche Informationen. Ich habe eine Mission, und er hält dazu den Schlüssel in der Hand.« Diesmal verzog sich das Gesicht des Mannes zu einem Lächeln.

»Dann werde ich Euch sagen, daß ich der Mann bin, den Ihr sucht.«

»Ihr seid de Torga?«

»Überrascht Euch das? Ich bin aus Kastilien, und Ihr?« Wenn man einen Fremden traf, war es sehr wichtig zu erfahren, aus welcher Region er kam. Es war zuweilen wichtiger als der Stand.

»Ich stamme auch aus Kastilien. Sollen wir hineingehen?«

»Nein! Überall gibt es Augen und Ohren, die für Torquemada spionieren. Man kann nicht vorsichtig genug sein. Wir wollen unser Geschäft hier im Freien besprechen, Señor, wenn es Euch genehm ist.« Er zeigte auf einen Stein, als wäre er ein weicher Sessel. »Setzt Euch doch!« Dieser Platz bot einen guten Überblick über alle, die sich dem Gasthof näherten, und notfalls einen schnellen Rückzug durch die engen, gewundenen Gassen hinunter in die Stadt.

Rafael kam unverzüglich auf das Thema zu sprechen. »Ich habe von Euren tapferen Bemühungen um die *Conversos* gehört und suche Eure Hilfe für meine eigenen Vorhaben. Ich habe Land, auf dem ich Flüchtlinge unterbringen könnte, und Geld, damit sie anschließend nach Rom oder Konstantinopel gebracht werden können.«

»Und warum bietet Ihr diese Dienste an? Ein junger Edelmann wie Ihr hat viele Möglichkeiten, sein Geld auszugeben.«

Rafael warf ihm einen wütenden Blick zu. »Wie zum Beispiel für Frauen und Wein?« fragte er verächtlich. »Das ist nicht meine Art. Viele gebildete Männer in diesem Lande sind gegen die Methoden der Inquisition. Ich habe bereits mit Don Francisco gesprochen. Er war es, der mich zu Euch geschickt hat.«

De Torga lachte. »Beruhigt Euch, Amigo. Auch ich habe mit Don Francisco gesprochen. Deshalb habe ich Euch erwartet. Man kann nicht vorsichtig genug sein. Wir brauchen viele Männer wie Euch, tapfere Männer, die sich der Sache der Gerechtigkeit verschrieben haben.«

»Wir werden uns beeilen müssen. Ich fürchte, daß Torquemadas Fanatismus sich bald von den *Conversos* auf die Juden selbst ausweiten wird. Vielleicht wird es dann unmöglich sein, sie zu retten.«

»Torquemada ist wütend, daß einige Ketzer aus dem Land fliehen. Er bedroht jeden Kapitän mit einer Strafe, der *Conversos* befördert. Jeder Person jüdischer Abstammung ist es streng verboten, Spanien zu verlassen.«

»Dann bin ich zu spät gekommen.«

De Torga schüttelte den Kopf. »Nein. Es ist niemals zu spät. Es bedeutet nur, daß wir mit der größten Vorsicht vorgehen müssen. Trotz der Strafe gibt es noch immer Menschen, die uns helfen wollen.« Er blickte Rafael lange und eingehend an, dann schien er zu einem Entschluß zu kommen. »Ich weiß, daß Ihr hierher gekommen seid, um meine Hilfe zu suchen, doch ich bin es, der Eure Hilfe braucht.«

»Ihr braucht mich? Wozu?«

»Weil wir zusammen, denke ich, mehr Menschen das Leben retten können, als wenn wir getrennt arbeiteten. Ich kann Fischerboote auftreiben, um die Flüchtlinge auf das Schiff zu bringen. Ich kann das Schiff vorbereiten, die nötigen Vorräte zusammenstellen und einen Kurs für das Schiff aufzeichnen. Was ich nicht tun kann, ist, die notwendigen Informationen zu sammeln, Informationen, zu denen nur ein Adeliger Zugang hat.«

»Informationen? Was für Informationen?«

De Torgas Stimme war kaum mehr als ein Wispern. »Wir müssen wissen, wo Torquemada das nächste Mal zuschlagen wird, welche Familien in Gefahr sind, so daß wir ihm genau diese vor der Nase wegschnappen können. Wir brauchen jemanden, der an Torquemada selbst herankommen kann. Wir brauchen Euch.«

»Wie kann ich an ihn herankommen? Ich kenne ihn nicht einmal.«

»Es gibt da einen Priester, Juan Dorado. Er ist der Stiefsohn eines der einflußreichsten Männer in der Provinz León. Ihr müßt ihn aufsuchen und Euch mit ihm anfreunden. Er ist nicht nur der Liebling Torquemadas, sondern sein Vater ist ein Berater der Königin selbst.«

»Und was kann ich tun, während ich versuche, diese Freundschaft zu pflegen? Ich will mich nicht zufriedengeben, bis ich wirklich Menschen helfen kann.«

»Ihr spracht von Euren Ländereien. Don Francisco hat mir gesagt, sie lägen im Norden, an der Grenze zu León. Genau dort wollen wir unseren *Conversos* Unterschlupf gewähren, bis ein Schiff bereit ist. Seid Ihr damit einverstanden?«

Rafael nickte. »Ja. Doch sagt mir, wer ist eigentlich dieser Juan Dorado?«

»Er hält sich hier in Toledo bei Torquemada auf. Was die Herstellung seiner Freundschaft und seines Vertrauens betrifft, so überlasse ich das Euch.« Er wollte noch mehr sagen, doch der Anblick von drei spanischen Soldaten, die sich ihnen näherten, ließ ihn verstummen. »Ich kann nicht mehr sagen. Wenn Ihr mich braucht, werde ich in der Nähe sein. Sucht mich nicht auf. Ich werde meine Augen und Ohren offenhalten und zu Euch kommen.« Damit war er gegangen und überließ Rafael allein den Soldaten.

»Ihr da«, sagte einer. »Was streunt Ihr hier herum?«

»Er sieht nicht wie ein Bauer aus«, sagte ein anderer, als er Rafaels schwarzes Wams und schwarze Hose und den juwelenbesetzten Ring an seinem Finger sah.

Rafael überlegte rasch. Obwohl es kein Verbrechen war, auf einem Stein vor einem Gasthaus inmitten einer Stadt zu sitzen, wollte er keinesfalls die Aufmerksamkeit auf sich ziehen. Nicht jetzt. »Ich warte auf eine schöne Señorita«, log er, dem Soldaten zuwinkend.

»Ah, eine Señorita«, sagte der erste Soldat.

»Aber sie verspätet sich. Sie ist halt eine Frau, nicht wahr?« sagte der zweite.

»Ist sie schön?« fragte der dritte.

Rafael dachte an Alicia. »Ja, sie ist sehr schön. Temperamentvoll. Ihre Augen sind so grün wie die See, ihre Haut weich wie Samt.«

»Vielleicht bleiben wir hier, um diese Frau zu sehen«, sagte der dritte Soldat und erwiderte das Zwinkern Rafaels.

»Nein. Laß die Liebenden in Ruhe«, schalt der zweite. »Meine Kehle ist trocken. Komm. Ich bin nicht zum Wirtshaus gekommen, um draußen vor der Tür zu stehen. Mir ist es gleich, wie schön eine Frau ist, wenn ich Durst habe.« Er drehte sich um, gefolgt von den anderen, und Rafael blieb allein zurück.

18

Die Sonne brannte wie ein stechend heißer Feuerball auf Alicia hernieder, die mit den Zügeln in der Hand auf dem Kutschbock ihres Wagens saß. Die schlammbedeckte Erde war zu einer öden, rissigen Fläche geworden, und sie hielt nach Rudolpho Ausschau, der vorausgeritten war, um den sichersten Weg zu finden. Angst herrschte in der Karawane, Angst vor einem neuen Angriff oder der Gefangennahme durch die Vertreter der Inquisition.

Die Beule an Alicias Kopf war abgeschwollen, und sie konnte ihren Wagen wieder selbst lenken. Sie war froh, wieder selbständig zu sein. Als sie den Hund der Kinder bellen hörte, schaute sie sich um. Malas Gesicht schaute durch die Segeltuchöffnung, zusammen mit der frechen schwarzen Schnauze von Mohr, der die Steine ankläffte, die von der Straße emporsprangen.

»Paß auf, Mala. Fall nicht hinaus«, warnte Alicia und wandte sich wieder der Straße zu, doch nicht schnell genug. Der Wagen schlingerte, als er über einen großen Stein holperte, und brachte Alicia aus dem Gleichgewicht, so daß ihr beinahe die Zügel aus den Händen geglitten wären.

»Ist alles in Ordnung?« hörte sie Toderos Stimme von seinem Wagen unmittelbar hinter ihnen rufen. Obwohl ihm seine Wunde immer noch zu schaffen machte, hatte er darauf bestanden, die Pferde selbst zu führen, keine leichte Aufgabe, wenn man einen Arm in der Schlinge trug.

»Ja«, rief Alicia zurück. »Ich darf nur nicht meine Augen von der Straße abwenden.« Sie dankte *o Del* jeden Tag, daß Todero überlebt hatte. Trotz seiner eigenen Wunden hatte er sich um sie gekümmert. Hatte sie jemals einen besseren Freund gehabt? Todero, Zuba und Rudolpho schienen ihre einzigen Verbündeten zu sein. Die anderen mieden sie. Zweifellos hatten sie immer noch die Anschuldigungen Stivos im Kopf. Die Roma glaubten, daß eine unkeusche Frau, die wissentlich in ihrer Mitte geduldet wurde, Unglück brächte, und so war es für Stivo nicht schwer gewesen, noch mehr Mißtrauen zu säen.

Laß sie grollen, dachte Alicia, obwohl nur sie allein wußte, wieviel ihre Torheit sie gekostet hatte.

Die Landschaft war von karger Schönheit. Sie hatten inzwischen den Wald hinter sich gelassen und gelangten auf die nackte Hochebene. Hier würde man sich schwerlich verstecken können, daher war besondere Vorsicht vonnöten.

Wie schön die Welt doch war, dachte sie, als sie die gezackten Felsen der fernen Gebirge und das üppige Grün der Ebene betrachtete. Und trotzdem gab es diese Häßlichkeit, Bosheit und den Haß unter den Menschen. Wie konnten die Menschen einander so viel Leid zufügen? Wieder kam ihr Rafael in den Sinn. Wie sehr sie auch versuchte, ihn zu vergessen, es gelang ihr nicht.

Während der Wagen so dahinrumpelte, erstickte Alicia fast am Staub. Wie gut wäre es, anzuhalten und etwas zu essen, sich den Schmutz der Straße vom Körper zu waschen und wieder einmal in dem weichen Bett in ihrem Wagen zu schlafen.

Gekicher hinter ihr schreckte Alicia aus ihrer Träumerei, und als sie sich umdrehte, sah sie zu ihrem Entsetzen, daß Palo an einem der Holzbalken unterhalb des Wagens hing und sich von Balken zu Balken schwang, als spielte er ein Spiel.

»Palo! Was machst du da!« schrie sie.

»Spielen«, rief er fröhlich zurück. »Ich möchte sehen, wie lange ich mich hier unten halten kann, ohne hinunterzufallen.«

Sie konnte ihn weder dazu auffordern loszulassen, da er dann unter die Pferde von Toderos Wagen geraten würde, noch wollte sie ihn erschrecken. Doch er war eindeutig in Gefahr. Alicia überlegte rasch.

»Gut, Palo. Du bist ein starker Junge und kannst mir eigentlich beim Lenken des Wagens helfen. Gib mir deine Hand, damit ich dich auf den Kutschbock ziehen kann.«

»Nein!« Er lachte hinterlistig, offenbar in Unkenntnis der Gefahr, in der er sich befand.

»Bitte, Palo.« Alicia versuchte, die Angst aus ihrer Stimme herauszuhalten. Sie mußte entweder das Signal zum Anhalten geben oder das Risiko auf sich nehmen, den Jungen in voller Fahrt in Sicherheit zu bringen.

In einem letzten Versuch streckte sie ihre Hand nach ihm aus. »Ich kann die Zügel nicht länger halten, Palo. Ich brauche dich. Bitte. Willst du mir nicht helfen?« Diesmal griff er nach ihrer ausgestreckten Hand und umfaßte sie. Mit einer Kraft, die aus der Verzweiflung kam, zog Alicia das Kind auf den Wagen, doch während sie den Jungen rettete, entglitten ihr die Zügel. Der Wagen schlingerte und verfehlte um Haaresbreite einen Felsbrocken, und Alicia kämpfte, um den Wagen wieder in den Griff zu bekommen. Hinter sich hörte sie ärgerliche Rufe und das Knirschen von Wagenrädern, die zum Halten gebracht wurden.

»Was machst du da, Alicia?«

»Dummes Frauenzimmer!«

Mit ihrer ganzen Kraft an den Zügeln reißend und laut schreiend, gelang es Alicia schließlich, ihren Wagen zum Stehen zu bringen, nicht ohne vorher noch das Krachen von Holz wahrzunehmen.

»Die Achse!« Sie brauchte nicht unter den Wagen zu schauen, um den Schaden zu erkennen, den sie verursacht hatte. Es war kein ungewöhnliches Problem, doch es würde gerade jetzt die Fahrt der Karawane verlangsamen, da jeder Augenblick zählte.

»Ich habe dir geholfen«, sagte Palo lächelnd, ahnungslos, welchen Ärger er mit seinem Unfug heraufbeschworen hatte. »Ich habe die Pferde angehalten.«

»Ja, du hast mir geholfen«, sagte Alicia grimmig. »Ich hätte den Wagen anhalten sollen.«

Von der einen Seite kam Todero angerannt, von der anderen Stivo. »Was hast du gemacht, du Närrin?« rief Stivo. »Frauen. Sie sind schon immer die Geißel des Mannes gewesen.«

Toderos Worte waren feundlicher, da seine Hauptsorge Alicia galt. »Was ist geschehen, Alicia? Hast du die Herrschaft über die Pferde verloren?«

»Palo...« hauchte Alicia. »Er spielte unter dem Wagen. Ich konnte nicht riskieren, daß er sich verletzte.«

»Palo! Pah, Kinder. Sie sind schlimmer als Frauen!« Stivo fluchte und machte eine drohende Gebärde, als wolle er den Jungen schlagen. Alicia stellte sich vor das Kind. Auch sie war ärgerlich auf den Jungen, doch mit Gewalt ließen sich keine Probleme lösen.

»Laß ihn in Ruhe! Wenn irgend jemandem ein Vorwurf zu machen ist, so bin ich das. Für den Jungen trage ich die Verantwortung.«

»Er hat eine Strafe verdient!« In Stivos Blick lag Bosheit.

»Wenn das so ist, ist das meine Sache«, antwortete Alicia, die seinen Blick standhaft erwiderte. Wütend stapfte Stivo davon.

»Eines Tages wird uns sein ungestümes Temperament noch den Tod bringen!« schimpfte Todero leise. Sein Gesicht war vor Schmerz verzerrt; die Anstrengung, seinen Wagen in der Gewalt zu behalten, hatte ihm stark zugesetzt. Durch das weiße Leinen seines Verbands tropfte frisches Blut.

»Todero, du bist ja verletzt!«

»Es ist nichts. Ich bin nur froh, daß du unverletzt bist.«

»Die Wagenachse ist gebrochen.«

Todero lächelte. »Besser die Achse als dein Hals. Du bist wirklich tapfer, Alicia. Wenn du nicht so schnell reagiert hättest, hätte noch viel Schlimmeres passieren können.«

Alicia sah auf, als sie den Klang von Pferdehufen hörte, und erblickte die herannahende Gestalt Rudolphos. »Was ist? Was ist geschehen?«

»Ein Achsenbruch. Wir werden hier übernachten müssen«, antwortete Todero. »Morgen früh werden wir die Achse reparieren.«

»Ein Nachtlager wäre gar nicht so schlecht. Zumindest gibt es hier etwas Buschwerk zum Schutz und einen kleinen Teich, der uns frisches Wasser liefert.« Sein Blick wanderte über den Wagen, Alicias Gesichtsausdruck und Palos aufgerissene Augen, und er knurrte. »Der Junge, nicht wahr?«

Alicia nickte. »Er war sich der Gefahr nicht bewußt, in der er schwebte. Vielleicht nimmst du ihn einmal beiseite und erklärst ihm die Notwendigkeit des Gehorsams.«

»Gehorsam. Ja, Palo. Das ist eins der wichtigsten Gesetze unter den Zigeunern. Du mußt auf Alicia hören, da sie älter und klüger ist. Das ist so üblich bei uns Zigeunern. Jetzt hast du durch deinen Leichtsinn eine Verzögerung verursacht. Das ist eine Schande!« Rudolpho drohte dem Jungen mit dem Finger.

Wenn Stivo das Kind geschlagen hätte, hätte es nicht bitterlicher weinen können, denn wie alle Kinder verehrte es Rudolpho sehr.

Alicia drückte den Jungen an sich. »Es ist gut, Palo. Es wird wieder gut. Weine nicht. Komm, du kannst mir beim Reisigsammeln helfen.« Sie warf noch einmal einen Blick auf den Wagen und zitterte erneut bei dem Gedanken an Palos kleinen Körper zwischen den Rädern.

Später am Abend bei den Feuern hätte man sich kaum vorstellen können, daß dies ein aufgezwungenes Lager war. Die Männer redeten, die Frauen lachten. Alle waren froh, dem Haß der Bauern entkommen zu sein, doch immer noch bemerkte Alicia, wie die Augen der anderen mißtrauisch auf ihr ruhten.

Auch Stivos Augen waren auf sie gerichtet. Er starrte sie so gierig an, daß sie schauderte. Ein dunkler Schatten lag über seinem Lächeln, das Alicia rasch wegblicken ließ. Würde er sie niemals vergessen lassen, was zwischen ihr und dem *Gorgio* geschehen war? Enttäuscht und unglücklich zog sie sich von den anderen zurück und fand einen Platz außerhalb der Lagerfeuer. Dort aß und trank sie allein, bis Zuba zu ihr herüberkam. »Was machst du hier so allein?« fragte das Mädchen sie leise.

»Sie machen mich für das verantwortlich, was geschehen ist. Ich kann es in ihren Augen sehen.« Alicia seufzte. »Ich hätte ihnen kein größeres Unglück bringen können, wenn ich eine *Gorgio* wäre.«

Zuba setzte sich neben ihr auf den Boden. »Sie sind töricht. Dir kann man nichts vorwerfen. Ich weiß es, Todero weiß es, und das tun auch die anderen. Laß ihnen Zeit. Sie werden es vergessen und morgen von etwas anderem reden.«

»Ich hoffe, du hast recht, Zuba. Wie sehr ich das hoffe. Ich könnte den Gedanken nicht ertragen, von meinen eigenen Leuten verbannt zu werden!«

Zuba versuchte, sie aufzuheitern und zog ein rotes Halstuch aus dem Ärmel. »Schau mal! Ich besitze bereits Toderos Tuch. Wir sind verlobt!«

»Verlobt!« Alicia vergaß ihr eigenes Unglück und warf die Arme um ihre Freundin. »Ich bin so glücklich für dich. Ich wußte, daß es so sein würde. Mein Herz starb beinahe für dich, als ich dachte, Todero sei getötet worden. Aber nun ist alles gut. Oh Zuba, Zuba.«

Sie lachten und weinten zusammen, als Zuba ihr anvertraute, wie Todero von seiner Liebe zu ihr gesprochen hatte, als sie ihn gesundpflegte.

»Wann ist die Hochzeit?«

»Wenn wir mit meinem Vater und meinen Brüdern zusammentreffen, die mit der anderen Karawane ziehen. Ich bestand darauf, bei Todero zu bleiben. Doch wenn wir wieder alle zusammen sind, werden unsere Väter den Ehevertrag aufsetzen.« Sie strahlte vor Stolz. »Todero meint, daß ich einen hohen Brautpreis erzielen werde, und sein Vater ist reich genug, ihn zu zahlen. Aber ich würde Todero auch nehmen, wenn er arm wäre und nicht einmal ein Pferd besäße. Ich liebe ihn, Alicia.«

»Das weiß ich.«

Die weichen Klänge eines Liedes ertönten durch die Nachtluft, und die beiden Frauen schwiegen, um zu lauschen. Es war Todero, der Liebeslieder zur Gitarre sang.

»Ich mag dich hier nicht alleinlassen«, sagte Zuba leise und nahm Alicias Hand. »Komm. Setz dich zu uns.«

Alicia schüttelte den Kopf. »Nein. Das ist eine Nacht für Verliebte. Ich würde nur stören. Geh zu deinem Todero. Ich werde gleich zu den anderen gehen.« Sie winkte Zuba zu. »Nun geh schon. Dein Verlobter wartet.«

Zuba schwebte mit der ganzen Anmut einer verliebten Frau davon, wie auf Wolken, und Alicia war wieder allein.

Es war eine heiße, windstille Nacht. Palo und Mala schliefen fest. Die anderen waren mit ihren Geschichten und Legenden beschäftigt. Alicia würde man nicht vermissen. Sie ging zum See hinunter und freute sich beim Gedanken an das kühle Wasser.

Der See war eine Oase inmitten des Schlammes und Sandes, umgeben von hohem Gras und niedrigen Büschen. Alicia holte tief Atem und beugte sich hinunter, um sich Wasser ins Gesicht zu spritzen. Das tat ihrer verbrannten Haut gut, und sie seufzte vor Behagen.

Plötzlich hörte sie ein Geräusch hinter sich, und sie wurde von Händen gepackt und so fest umklammert, daß sie vor Schmerz aufschrie.

19

»Stivo!«

Er riß sie herum, bis sie ihm ins Gesicht sah. »Ich wußte, daß eine Zeit kommen würde, da ich dich allein, ohne deinen Wachhund Rudolpho oder diese geschwätzigen Kinder antreffen würde. Und Zuba und Todero sind anderweitig beschäftigt.«

Alicia versuchte, ihr Entsetzen zu unterdrücken. »Laß mich los, Stivo!«

»Nein!« Seine Hand griff nach ihrer Brust und ließ keinen Zweifel an seinen Absichten. »Gerade so, wie ich sie liebe, reif und fest.« Alicia schrie auf, außer sich. »Laß mich los, oder ich schwöre dir, Stivo. Ich werde – werde –« sie griff in den Gürtel nach ihrem Messer, doch er hatte ihre Absicht erraten, riß es ihr aus der Hand und warf es einige Meter weit weg. »Nun ist die kleine Biene also ohne Stachel?«

»Du bist eine Bestie!« zischte sie. »Deine Berührung ekelt mich an.«

Er grinste unverschämt. »Vielleicht bin ich eine Bestie; doch Bestie oder nicht – ich werde dich vor Vergnügen zum Stöhnen bringen.« Alicia fühlte sich von seinen kräftigen Armen umklammert, die ihr die Bluse herunterrissen und sie auf den Boden drückten. Wild fluchend schlug sie um sich, und als er seinen Mund auf den ihren preßte, biß sie ihre Zähne zusammen, bis sie das Blut ihrer Lippen schmeckte. Mit ihren langen Fingernägeln zog sie eine tiefe Spur über seine linke Wange.

»Du Hexe. Du wirst mir noch Narben zufügen!« grollte er und drehte ihr die Arme hinter den Kopf. War er vorher schon grob gewesen, so war er jetzt geradezu brutal.

Alicia wußte, daß sie dies nicht geschehen lassen durfte. Sie mußte entkommen. Niemals würde sie ihm erlauben, ihren Körper zu besitzen. Die ganze Zeit mußte sie an Rafael denken. Er hatte sie nicht gezwungen. Er war behutsam gewesen. Mit geschlossenen Augen schrie sie ihre Empörung heraus, um plötzlich festzustellen, daß sie frei war. Über ihr stand Rudolpho, zornentbrannt, und hielt Stivos Kopf an den Haaren. Er hatte ihre Schreie gehört und war gekommen, um sie zu retten.

»Du bist schlimmer als eine Schlange«, donnerte er und schlug nach Stivo. »Wenn ich dich jemals wieder in der Nähe meiner Tochter finden werde, werde ich dich töten. Das schwöre ich dir!«

Langsam, mit einem wütenden Blick, erhob sich Stivo. »Ich will sie für heute in Ruhe lassen, doch mein Tag wird kommen, Alter. Mein Tag wird kommen.« Seine Stimme klang drohend, und Alicia wußte, daß Stivo sein

Wort halten würde, wenn Rudolpho einmal nicht mehr da wäre. Wie ein Kampfhahn stolzierte er davon.

Rudolpho nahm sie in seine Arme und strich ihr über das lange, dunkle Haar. »*Chavi. Chavi.* Er ist ein schlechter Mensch. Das weiß ich schon lange.«

Alicia merkte plötzlich, daß Rudolphos Arme erschlafften. Die Aufregung war zuviel für ihn gewesen. Er griff sich an die Brust und schnappte nach Luft.

»Vater! Vater! Was ist?« rief Alicia und kniete neben ihm nieder, als er zu Boden sank. Sein Gesicht war totenbleich.

»Mein Herz«, stöhnte er und schloß die Augen. Er krümmte sich und kämpfte gegen den Schmerz an, der ihn zu zerreißen drohte, während Alicia sich über ihn beugte.

»Was kann ich tun, um dir zu helfen, Vater? Was?« flüsterte sie und strich ihm mit ihren sanften Händen über den Rücken, um ihm Erleichterung zu verschaffen.

»Es wird vergehen. Das tut es immer«, ächzte er. »Ich bin stark wie ein Ochse. Es wird vorübergehen. Es wird vorbeigehen.« Er dachte an Alicia und wußte in diesem Augenblick, daß er den *Gorgio* wiederfinden mußte. Erst wenn Alicia glücklich mit einem Mann ihres eigenen Volkes verheiratet wäre, würde er in Frieden sterben können. Und er würde bald sterben. Sein krankes Herz würde ihn bald dahinraffen, das wußte er.

20

Alicia lag in ihrem Bett, die Augen weit geöffnet, und fand keinen Schlaf. Gegenüber von ihr lag Mala, die Mohr in ihren Armen hielt, und daneben, ganz unschuldig, Palo. Die leisen Seufzer der schlafenden Kinder waren beruhigend, und sie dachte daran, daß sie eines Tages vielleicht auch zwei Kinder wie diese beiden haben würde, doch bis dahin würde sie mit Freuden für den Jungen und seine Schwester sorgen.

Sie schloß die Augen und versuchte, wieder einzuschlafen, doch es war zuviel geschehen an diesem Tag. Sie hatte schon länger geahnt, daß Rudolpho krank war, jetzt war sie dessen sicher. Rudolpho, der sie immer getröstet hatte, brauchte sie jetzt, obwohl er behauptete, daß das, was geschehen war, nichts zu bedeuten hätte. Alicia konnte ihm das nicht glauben, da sie wußte, daß er das nur gesagt hatte, um ihr weitere Sorgen zu ersparen.

»Ich habe etwas gegessen, was mir nicht bekommen ist«, hatte er schließlich gemeint, als er den Schmerz so weit überwunden hatte, daß er aufstehen konnte. »Wir wollen nicht mehr darüber sprechen, Alicia.« Sie hatte ihn zu seinem Schlafplatz unter dem Wagen gebracht, die Decken sorgfältig ausgebreitet und ihm dann einen heißen Trank aus Borretschtee gebracht. Trotz Rudolphos Gegenwehr hatte sie darauf bestanden, daß er den Tee bis zum letzten Tropfen austrank, da sie von der herzstärkenden Wirkung des Krautes wußte.

›Was würde ich ohne dich tun, Vater?‹ dachte sie und fühlte brennende Tränen in ihren Augen aufsteigen. Sie konnte sich an keinen Augenblick erinnern, in dem er nicht an ihrer Seite gewesen wäre.

»Es wird ihm wieder besser gehen. Er muß wieder gesund werden!« flüsterte sie. Sie würde ihm den Tee jeden Abend geben; sie würde ihn bitten, die Führung der Karawane für eine Zeitlang an einen anderen Mann abzugeben. Er mußte sich ausruhen. Sie würde sogar ihren Wagen hergeben, damit er darin in ihrem weichen Bett schlafen könnte. Dann, wenn er sich erholt hätte, könnte er auf seinem großen Rappen wieder an der Spitze der Karawane reiten.

Als sie Palos erschrecktes Wimmern hörte, fuhr Alicia im Bett hoch. War auch er krank? Der Junge schlug im Schlaf um sich, und Alicia streckte eine Hand nach ihm aus, um ihn zu trösten, und redete leise auf ihn ein, bis er sich schließlich wieder beruhigt hatte. Es war nur ein Alptraum. Er schien vor jemandem Angst zu haben, der nach ihm schlug, und Alicia stieß leise Verwünschungen gegen Stivo aus. Er hatte nicht nur versucht, ihr Gewalt anzutun, sondern auch den Jungen erschreckt. Stivo hatte ein ungestümes Temperament. Manchmal schien es, als habe *o Beng* selbst ihn in seiner Gewalt. Alicia schüttelte den Kopf. Sie hatte also nicht nur die *Gorgios* zu fürchten, sondern auch einen Zigeuner aus ihrer Mitte. Sie mußte daran denken, wie Stivo Rudolpho angeschaut hatte, und schauderte. Stivo war eifersüchtig. Glaubte er, daß er, nur weil er der Sohn der *Phuri Dai* war, der nächste in der Rangordnung war?

›*O Del*, hilf uns, falls er jemals unser Anführer wird‹, dachte sie.

Als sie merkte, daß Palo wieder friedlich schlief, wollte sie gerade auf ihre Seite des Bettes hinüberrutschen, als sie von einem Geräusch außerhalb des Wagens aufgeschreckt wurde. In Erinnerung an Stivos gierigen Blick griff sie nach dem Messer. Er würde sie heute Nacht nicht unvorbereitet antreffen. Langsam tastete sie sich zum Wageneingang nach vorn und lauschte abwartend.

»Ich bitte dich, ihn zu suchen, Manolo. Ich würde selber gehen, doch ich kann die Karawane nicht verlassen, wie du wohl weißt. Solange du weg bist, werde ich mich um deine Frau und die Kleinen kümmern, das verspreche ich dir.« Es war Rudolphos Stimme.

»Es muß dir wichtig sein, sonst würdest du das nicht von mir verlangen. Ich verstehe deine Gründe nicht, doch will ich tun, worum du mich bittest, Rudolpho.«

»Ich bin dir sehr dankbar. Ich tue, was getan werden muß. Nur dann kann ich in Frieden sterben.«

»Sprich nicht vom Sterben. Du wirst noch lange bei uns sein.«

»Wir müssen alle einmal gehen, wenn unsere Zeit gekommen ist.« Ein langes Schweigen folgte, und Alicia strengte sich an, um etwas zu verstehen. Wen wollte Rudolpho suchen?

»Ich werde Gyuri mitnehmen. Wir werden ihn eingeholt haben, bevor die Sonne wieder untergeht.« Die Stimmen erstarben zu einem Flüstern, doch sie hörte Rudolphos Warnung.

»Paß auf. Denk an den Verrat derer, die uns überfallen haben. Ich würde es mir nie verziehen, wenn ich dich in den Tod schicken würde.«

»Wir werden uns so lautlos bewegen wie die Nacht und genauso unsichtbar. Wir werden ihn aus seinem Bett stehlen, wenn es sein muß.«

Alicia blickte hinaus und erkannte die Umrisse von Manolo, der sich von ihrem Vater verabschiedete, dann beobachtete sie, wie Rudolpho wieder unter den Wagen kroch. Sie verspürte den Wunsch, zu ihm zu gehen, doch dies war Männersache. Rudolpho war klug. Er würde wissentlich nie etwas tun, was seinem Volk schaden würde.

Ich werde ihn schlafen lassen und aufhören zu grübeln, dachte sie, rollte sich unter ihrer Decke zusammen und schloß die Augen. Es dauerte lange, bis der Schlaf sie übermannte, und dann träumte sie von dem *Gorgio,* den sie in ihren Armen hielt, der sie küßte, streichelte und ihr liebevolle Worte zuflüsterte. Wieder wurde Alicia überwältigt von dem schmerzenden Strudel der Wonne. Doch die Wonne wurde zu Scham und Kummer, als sie ihre Augen öffnete. Es war ihr alles so wirklich erschienen. Sie hatte sich ihm in ihren Träumen wieder hingegeben, hatte gewollt, daß er sie liebte, und hatte geträumt, daß er es tat.

›Schwäche. Welche Schwäche. Was kann ich tun?‹ schluchzte sie. ›Werde ich nie von dir freikommen, *Gorgio?* Werde ich nie frei sein?‹ Sie bedeckte ihr Gesicht mit den Händen und ließ ihre Tränen strömen.

Alicia war nicht die einzige, die bekümmert war. Auch Rudolpho konnte nicht schlafen. Wach unter dem Wagen liegend, erinnerte er sich an den Tag, an dem die Frau mit dem dunklen Umhang Alicia zu ihm gebracht hatte. Mit kalten grauen Augen hatte sie Rudolpho angeschaut.

»Ich bin gekommen, um Euch dieses Kind zu bringen!« hatte sie gesagt und Alicia einen Schubs gegeben. »Ich habe gehört, daß ihr oft Kinder aus der Stadt stehlt, und habe es euch leichtgemacht.«

Rudolpho erinnerte sich deutlich daran, wie er vor Wut die Zähne aufeinandergebissen und geantwortet hatte: »Wir stehlen nichts, vor allem keine Kinder! Zigeuner sind ehrenhafte Menschen.« Er hätte die Frau damals wegschicken sollen, doch irgendwie hatte das Kind sein Herz angerührt. Als er sich niederbeugte, um sich das dunkelhaarige, grünäugige kleine Mädchen näher anzuschauen, das keine Angst zeigte, hatte sich Rudolphos Ärger verflüchtigt wie Morgennebel. »Wie heißt du, Kleine?« hatte er sie gefragt.

»Alicia.« Mit ausgestreckter Hand hatte sie einen der glitzernden Ohrringe berührt, die er trug, und hatte gekichert; ihr Gesichtsausdruck hatte ihm deutlich gemacht, daß sie ihn mochte.

»Das Mädchen hat keine Familie«, hatte die Frau gesagt. »Wenn du sie nicht kaufst, werde ich sie aussetzen müssen, und sie wird verhungern. Ich kann sie nicht länger durchfüttern und kleiden.«

Alicia hatte mit einem so vertrauensvollen Blick zu ihm aufgeschaut, daß Rudolpho wußte, daß er sie behalten würde. Sie würde sein Kind, seine Tochter sein, die Tochter, die er mit seiner Frau vielleicht gehabt hätte, wenn die geliebte Frau nicht so früh gestorben wäre.

»Nun, wollt Ihr sie oder wollt Ihr sie nicht?« hatte die grauäugige Frau gefaucht. Rudolpho hatte Alicia bei den Händen genommen und ihr sanft über die weichen braunen Locken gestrichen. Sie war eine Schönheit, selbst damals schon, mit feinen Gesichtszügen und großen Augen, die für ihr zartes Alter ausgesprochen klug wirkten.

»Ich nehme sie. Von heute an wird Alicia mein Kind sein. Komm, Kind. Ohne diese Frau bist du viel besser dran. Ich werde für dich sorgen.« Fest seine Hand umklammernd, war Alicia neben ihm auf ihren kurzen, stämmigen Beinen hergetrippelt und mit ihm zum Lager gegangen.

Der Mond war von dicken Wolken wie von Rauchfahnen verhangen gewesen, als Rudolpho langsam in den Ring der Zigeunerwagen zurückgekehrt war. In einem dieser Wagen waren er und das Kind vor eine alte Frau mit ledrigem und zerfurchtem Gesicht getreten – Rudolphos Großmutter. Die dichte Matte ihres grauen Haares war unter einem Tuch festgesteckt, aus dem einzelne Strähnen herausschauten; sie trug einen lebhaft gemusterten Schal in Grün, Rot und Schwarz, an ihren knotigen Fingern blitzten dicke Juwelen.

»Wer ist dieses Kind, diese grünäugige Kleine? Sie ist nicht eine von uns, sie ist eine *Gorgio*. Warum hast du sie zu mir gebracht?« hatte die *Phuri Dai* gefragt. Sie war die geistige Anführerin und nahm eine sehr bedeutende Stellung ein.

»Eine Frau brachte sie uns. Das Kind hat keine Eltern, keinen Ort, wo es hingehört.«

»Wenn sie bei uns bleibt, wird sie niemals in die Sippe einheiraten können; du kennst das Gesetz. Es wird ein einsames Leben für dieses Kind sein, wenn sie zur Frau wird.« Mit zusammengekniffenen Augen hatte sie das Kind prüfend angeschaut, doch Alicia hatte keine Angst gezeigt, im Gegensatz zu vielen anderen, die vor dieser Frau zitterten.

»Ich kenne das Gesetz, doch sie wird es hier besser haben, als wenn sie bei einer Frau wie der leben müßte, die sie zu mir brachte. Sie haßt dieses Kind und würde ihr Schaden zufügen, wenn wir sie nicht aufnehmen würden. Ich muß keine *Phuri Dai* sein, um zu wissen, daß dies wahr ist.« Auf ein Knie niedergebeugt, um seiner Großmutter den ihr gebührenden Respekt zu erweisen, hatte Rudolpho darum gebeten, das Kind behalten zu dürfen. »Ich werde sie wie meine eigene Tochter aufziehen. Wir können versuchen, einen Ehemann für dieses Mädchen aus ihrem eigenen Volk zu finden, wenn sie erwachsen ist.«

Die alte Frau hatte schließlich zustimmend mit dem Kopf genickt. Die einzige Kerze im Wagen hatte plötzlich im Luftzug geflackert, als hätte *O Del* selbst ein Zeichen gegeben.

»So wirst du nun bei den Zigeunern leben, Alicia. Von jetzt an werden wir unser Leben und unser Schicksal gemeinsam meistern.« Und so war es auch die ganzen Jahre gewesen. Wie sehr er Alicia liebte! Wie sehr war ihm der Gedanke zuwider, sie zu verlassen, und doch mußte er es; das war das einzige, was nicht in seiner Macht stand. Stivos Begierde und Wut wühlten ihn auf. Sie wäre vor diesem Mann nicht sicher, wenn er gegangen sein würde. »Ich gelobe, daß, solange ich lebe, dir niemand etwas zuleide tun wird«, hatte er versprochen. Nun mußte er jemand anderen finden, um sie zu schützen. Alicia war dazu bestimmt, dem *Gorgio* zu gehören, den sie aus dem Fluß gerettet hatte.

»Das ist ihre Bestimmung. Ihr Schicksal.« Rudolpho schloß die Augen und fiel schließlich in Schlaf – in dem Bewußtsein, daß er die richtige Entscheidung getroffen hatte.

21

Rafael de Villasandro schritt über den gepflasterten Hof, der zur Kirche von San Miguel führte, und überlegte, was er dem Priester Juan Dorado sagen sollte, um sich bei ihm beliebt zu machen. Welche Gemeinsamkeiten hätten sie wohl? Wenn er ehrlich war, so gab es Zeiten, da Rafael die Kirche innerlich in Frage stellte. So viele hatten sterben müssen, weil sie sich weigerten, Christus anzunehmen – Mauren, Moslems, Juden, *Conversos*, und wie viele andere? Wie konnte ein liebender Gott ein solches Blutvergießen dulden?

Wieder rief der Gedanke an den Tod seiner Mutter seine Verbitterung hervor. Sie war nicht einmal eine *Conversa* gewesen. Ihr einziges Verbrechen hatte darin bestanden, ihre jüdischen Eltern zu lieben und ihnen beizustehen. Und was war mit Alicia? Welches Schicksal hatte sie erlitten? Hatten auch sie der Haß und die Bigotterie das Leben gekostet?

›Oh, Alicia‹, dachte er, ›ich muß weiterhin glauben, daß du noch am Leben bist, oder ich werde verrückt.‹ Er mußte sich darauf konzentrieren, alles zu tun, was in seiner Macht stand, um denen zu helfen, die so unschuldig waren wie seine Mutter... und Alicia. Er mußte Juan Dorado aufsuchen und hoffen, daß der Priester ihm nicht ins Herz sehen oder seine Gedanken lesen könnte.

Rafael eilte in die Kirche, zwei Stufen auf einmal nehmend. Sie war voll, und er suchte sich einen Platz hinter dem Altarraum, um Abstand zu den anderen Gläubigen zu haben.

Das Licht der Kerzen schien zu tanzen, die Flammen warfen ihr Licht auf das Gesicht des Priesters der die Arme gen Himmel hob und die Worte sprach, mit denen eine Messe immer eingeleitet wurde.

»Dominus vobiscum.«

»Et cum spiritu«, antwortete Rafael mit den anderen. Dann sprach er sein eigenes stilles Gebet und bat Gott, ihm an diesem Tage beizustehen, um das zu tun, was getan werden mußte.

In seine eigenen Gedanken versunken, hörte Rafael kaum die Worte der Messe, sondern beobachtete statt dessen fasziniert die fließenden Bewegungen der Hände des Priesters. Rafael musterte das Gesicht des Mannes und versuchte, sich ein Bild von ihm zu machen. Es war ein schlichtes Gesicht, ohne besondere persönliche Ausprägung. Die Wangen waren blaß, die Lippen schmal und farblos, und es waren die Augen, die verrieten, daß der Mann der Fanatiker war, als den man ihn kannte. Es waren die kalten, glitzernden Augen eines Eiferers, eines Beamten der Inquisition. Selbst jetzt ließ er seinen prüfenden Blick über die Menge gleiten, als versuchte er, den Menschen in die Seele zu schauen, ihnen die Masken herunterzureißen und ihre Geheimnisse zu erraten. Rafael fühlte einen Schauder des Widerwillens, einen plötzlichen Drang, seine Mission aufzugeben und zu versuchen, die *Conversos* auf eine andere Art zu befreien, doch er hatte sein Wort gegeben. Erneut überlegte er, was er sagen sollte, um Juan Dorados Vertrauen zu gewinnen.

Die Kerzen warfen ihr Licht auf den Altar der Heiligen Jungfrau zur Linken des Hauptaltars; der Priester schien von der Statue fasziniert zu sein. Juan Dorado blickte sie hingebungsvoll an, als ob dieses feine, heitere Gesicht lebendig wäre, und in diesem Moment hatte Rafael seine Antwort gefunden. Die Verehrung des Mannes von Schönheit und Kunst würden der Schlüssel zu seinem Vorhaben sein.

Vor einigen Jahren hatte Rafaels Vater eine Reise nach Italien gemacht und drei Gemälde von einem Künstler namens Leonardo da Vinci erworben. Eins hatte er behalten und die beiden anderen seinen Söhnen geschenkt. Rafaels Geschenk war ein Porträt der Jungfrau Maria mit dem Kind. Dieses Gemälde war ihm sehr teuer, doch jetzt würde er es verschenken in der Hoffnung, damit ein Wunder zu bewirken.

»Ein Wunder«, seufzte er. Die Messe war zu Ende, und als die Menschen an ihm vorbeigingen und ihn mit einem Seitenblick streiften, als sei er von Sinnen, hielt er in seinem Selbstgespräch inne. Dann waren sie gegangen, und endlich war er allein mit Torquemadas Priester, der dem Dominikanerorden *Fratres Predicatores,* einem wahren Schreckenstribunal, angehörte. Ganz langsam ging Rafael auf die kniende Gestalt in seiner schwarzen Kutte zu, diesen finsteren Richter der Heiligen Inquisition. Juan Dorado schien in eine Art Trance gefallen zu sein; er wiegte sich hin und her, alles um sich herum vergessend.

»Verdammte Juden. Gotteslästerliche Ketzer. All die Menschen, die des Segens der Taufe teilhaftig wurden, nur um wieder zum Judentum zurückzukehren. Ich werde nicht ruhen, bis ich sie alle verbrennen sehe. Ich werde diese Pestilenz zerstampfen, bevor sie sich ausbreiten kann, um andere Seelen zu gefährden. Tod den Ketzern, das ist Dein Wille, Gott. Ich bin nur Dein Diener.«

Rafael ballte die Fäuste in dem Verlangen, auf diesen Rasenden einzuschlagen und die Welt von solchem Haß zu befreien; doch er hielt sich zurück und brachte es fertig zu lächeln, als der Priester sich bekreuzigte und sein Blick auf Rafael fiel.

»Wer seid Ihr?« Aus der Stimme war zu hören, daß er ungehalten darüber war, beobachtet worden zu sein.

»Mein Name ist Rafael Cordoba de Villasandro, Heiliger Vater«, antwortete Rafael. »Ich bin ein Edelmann aus Kastilien. Mein Bruder ist der Besitzer der Olivenhaine außerhalb Toledos.«

»Ein Edelmann.« Er ließ seinen Blick über Rafael wandern und ließ seine Erscheinung auf sich einwirken, die schwarze Hose, das rote Wams, den Geldbeutel, der an seinem Gürtel hing. Sein Blick wurde milder, und er erwiderte Rafaels Lächeln. »Aus Kastilien?« Er erhob sich von den Knien. »Und was bringt Euch in meine bescheidene Kirche?«

»Ich habe von der schlichten Schönheit dieser Kirche und ihrem treu ergebenen Diener gehört. Ich bin gekommen, um selbst zu sehen, und bin nicht enttäuscht worden.«

»Es ist nur eine bescheidene Bleibe. Ich brauche viele Kostbarkeiten, um sie zu schmücken, damit sie so herrlich wird, wie sie eigentlich sein sollte.« Wieder ließ er seinen Blick über Rafael gleiten, als wollte er den Inhalt seines Geldbeutels abschätzen. Um die Kirche zu erhalten, wurde der Zehnte erhoben, ein Anteil vom Vermögen jedes Mannes. Adelige und Kaufleute gaben bereits großzügige Spenden als Gegenleistung für Gebete, doch der Krieg war kostspielig gewesen; und obwohl niemand wagte, sich den Forderungen der Kirche zu widersetzen, war es immer noch schwierig für Dorado, so viel zusammenzubringen, wie er es sich gewünscht hätte.

»Ihr braucht Kostbarkeiten?«

Das unterwürfige Lächeln des Priesters wurde unsicher. »Wir in Kastilien waren so damit beschäftigt, gegen die Mauren zu kämpfen, daß wir uns Gott und seinen Bedürfnissen nicht genug gewidmet haben. Aber all das wird sich ändern, dafür werde ich sorgen.«

»Und ich werde Euch helfen.« Rafael konnte an den schmaler werdenden Augen des Priesters ablesen, daß er die richtigen Worte gesprochen hatte. Er hatte den Mann also richtig eingeschätzt.

»Ihr wollt mir helfen? Und wie wollt Ihr das anstellen?«

Rafael streckte die Hand aus, um die Statue der Maria zu berühren. »Sie ist schön, nicht wahr?«

»Ja, ich würde mein Leben für sie geben.«

»Ich besitze ein Gemälde, das Ihr sehen müßt. Da Vincis ›Jungfrau mit dem Kind‹. Ich werde es Euch geben, damit Ihr es an der Wand Eurer Kirche aufhängen könnt.«

»Ein Gemälde mit der Jungfrau und dem Christuskind? Woher habt Ihr es?«

»Aus Florenz. Ich habe noch nie etwas so Herrliches gesehen. Oh, wenn ich solche Wunder zustandebrächte! Doch das ist mir nicht gegeben, und so bleibt mir nur, die Kunst zu bewundern.« In einer Geste der Bescheidenheit machte Rafael eine leichte Verneigung.

»Und Ihr würdet mir dieses Bild schenken?«

»Als Zeichen der Freundschaft. Es ist etwas an Euch, was eine Saite in meiner Seele anklingen läßt. Wir sind ähnlich, Ihr und ich. Wir beide teilen eine Leidenschaft. Das spürte ich, als ich Euch beobachtete. Eure Hingebung und Liebe für alles, was schön ist, hat mich tief beeindruckt, Heiliger Vater.«

»Da habt Ihr einen Blick in meine Seele getan.« Er legte Rafael seine Hand auf den Arm. »Auch ich bin ein Liebhaber der Kunst. Hättet Ihr es geglaubt, daß ich, bevor ich das Gelübde ablegte, die Absicht hatte, Künstler zu werden? Doch Gott hatte anderes mit mir vor.« Er schob Rafael vor sich her und führte ihn aus der Kirche.

Sie gingen zur Wohnung des Priesters hinter der Kirche, und Juan Dorado hörte nicht auf, von sich zu erzählen. Er war der jüngste Stiefsohn von Philip Navarro aus León und seit fünf Jahren Priester, aber der Blick in seinen Augen verriet sein brennendes Verlangen, noch viel höher in der Hierarchie aufzusteigen. Zum Bischof, Erzbischof. Sein Ehrgeiz hatte ihn veranlaßt, sich einem Mann wie Torquemada anzuschließen.

»Und was habt Ihr bisher erlebt?« fragte er Rafael. In seiner Stimme klang so etwas wie eine Warnung durch. Er war ein Mann, der stets auf das geringste Anzeichen von Ketzerei achten würde. Rafael würde immer aufpassen müssen, daß er sich nicht durch einen Versprecher, einen Blick, einen Gesichtsausdruck verriete.

»Auch ich bin der zweite Sohn. Ich wollte gegen die Mauren kämpfen, habe jedoch meine Absichten auf andere Feinde Spaniens gelenkt.« Rafael hatte sich bewußt zweideutig ausgedrückt und brachte damit den anderen Mann auf ein anderes Thema.

»*Conversos!*« zischte Juan Dorado. »Juden. Da haben wir ja ganz ähnliche Ziele.«

Rafael war nicht an solche Irreführung und Täuschungsmanöver gewöhnt, und das machte ihn krank. Wie konnte er diese Farce durchhalten, wenn er mit jeder

Faser seines Herzens die Wahrheit herausschreien wollte, zum Schlag gegen dieses widerliche Geschöpf ausholen wollte, um dem ganzen Übel ein Ende zu bereiten, das dieser angerichtet hatte und noch anrichten würde? Statt dessen antwortete er: »Ja, wir sind von gleicher Wesensart.«

Als sie die Wohnung des Priesters erreichten, verabschiedete sich Rafael mit dem Versprechen, das Gemälde am nächsten Tag in die Kirche zu bringen. Er bemerkte nicht die Augen, die ihn beobachteten, noch die beiden Männer, die ihm folgten, als er forteilte.

22

Die Augen der Jungfrau Maria schauten auf Rafael herab. Sie lächelte demütig von dem Gemälde an der Wand herunter, als wollte sie ihm ihren Segen geben. Er hob die Arme, nahm den schweren Goldrahmen von seinem Haken und legte ihn vorsichtig vor sich, um noch einmal in ihr liebliches Gesicht zu schauen.

»Leonardo da Vinci ist ein Genie«, sagte er laut. Das Gemälde sah so lebensecht aus, daß er sich äußerst ungern von ihm trennte, doch er hatte sein Wort gegeben.

In der Kapelle im Haus seines Bruders war es ganz still und friedlich. Man konnte sich nur schwer vorstellen, daß es nur Meilen entfernt Menschen gab, die dem Terror und der Folter durch die Zeloten Torquemadas ausgesetzt waren, Priester des Dominikanerordens wie Juan Dorado, der Erzbischof von Toledo und Kardinal Jimenenz. Sie alle unterstanden der Leitung der Anwälte des Obersten Rates von Kastilien, dem Inquisitionsrat.

»Rafael?« Maria stand hinter ihm, zweifellos seinen

nachdenklichen Blick bemerkend. »Ist etwas nicht in Ordnung?«

Er wandte sich um und blickte sie an, besänftigt durch ihre Besorgnis. »Nein, ich habe nur nachgedacht.«

Als sie das Gemälde auf dem Boden liegen sah, eilte sie herzu, um es aufzuheben; doch Rafael trat vor sie, um ihr den Weg zu versperren. »Rafael, was ist los?«

»Ich habe es abgenommen. Ich verschenke das Gemälde nämlich.«

»Nein.«

»Doch. Ich könnte versuchen, es dir zu erklären, doch das würdest du nicht verstehen. Bitte glaube mir, daß ich das, was ich tue, tun muß.«

Sie sah ihn mit ihren sanften, braunen Augen an. »Wenn du das so sagst, dann weiß ich, daß du die Wahrheit sprichst, und ich werde kein Wort mehr darüber verlieren.«

»Aber ich!« Carlos de Villasandro stand in der Tür, die Hände über der Brust verschränkt. »Dieses Gemälde hat dir unser Vater geschenkt. Es muß von Generation zu Generation weitergegeben werden. Da du kein eigenes Heim hast, hast du es mir zur Aufbewahrung übergeben, und hier wird es bleiben. Du hast kein Recht, es wegzugeben!«

»Ich habe nicht die Absicht, ›es wegzugeben‹, wie du es ausdrückst. Was ich tue, tue ich für andere.« Rasch erzählte er seinem Bruder von seinem Zusammentreffen mit Juan Dorado, wobei er auf Verständnis hoffte, jedoch keins fand. Was das Thema der Hilfe für *Conversos* betraf, blieb Carlos fest.

»Du bist ein Narr. Du wirst uns nicht nur ärmer machen, sondern die ganze Familie in den Ruin stürzen. Kennst du die Strafe für die Unterstützung dieser ketzerischen Juden? Das wird deinen Tod bedeuten, sage ich dir.«

Rafaels Augen blitzten vor Zorn. »Das sagst du? Das geht dich nichts an, Carlos. Wenn du es vorziehst, dem Volk deiner Mutter den Rücken zu kehren, deine Tage damit zu verbringen, reicher und fetter zu werden, werde ich dich nicht davon abbringen. Ich habe jedoch einen anderen Weg gewählt!«

»Das Volk deiner Mutter?« fragte Maria mit aufgerissenen Augen. »Was hat das zu bedeuten, Carlos?« Zu spät merkte Rafael, daß seine Erbitterung ihn unvorsichtig gemacht hatte. Er hatte Marias Anwesenheit im Raum ganz vergessen.

Carlos' Augen sandten eine Warnung aus, doch Rafael war zu weit gegangen, um nun zu schweigen. »Unsere Mutter war Jüdin, Maria. Sie war zum christlichen Glauben übergetreten. Sie starb von der Hand der Beamten der Inquisition. Das ist etwas, was du wissen mußt.«

»Jüdin? Eine *Conversa?*«

Carlos nahm die Hand seiner Frau. »Das hat keine Bedeutung. Ich wurde von meinem Vater aufgezogen, nachdem sie starb. Ich bin wie du ein guter Christ, auch Rafael, trotz seiner törichten Vorstellungen. Vergiß es, mein Täubchen.«

»Aber unsere Söhne ...«

»Niemand braucht es je zu wissen. Niemand.«

Rafael wandte sich mit Abscheu von seinem Bruder ab. Er erinnerte sich nicht mehr an seine Mutter, aber er war stolz, ihr Sohn zu sein. Es waren Leute wie Carlos, die ein bequemes Leben führten und es vorzogen, den Terror um sich herum zu ignorieren, die genau soviel Schuld hatten wie Torquemada selbst. Wenn man beschloß, das Böse zu ignorieren, vervielfältigte es sich nur, bis es zur alles verschlingenden Hölle wurde.

Mit dem Bedürfnis, seine Wut abkühlen zu lassen, verließ Rafael das Haus, um weit weg von der Hacienda zu einem versteckten Platz zu wandern, von dem aus man einen weiten Blick über die Olivenhaine hatte.

›Ich habe Carlos und seine Ängste so satt‹, dachte er. Wie er Maria angeschaut hatte, als fürchtete er gar, was sie jetzt tun könnte, nachdem sie ihr Geheimnis herausgefunden hatte, beunruhigte ihn. Er und Carlos waren noch immer dieselben Männer, die sie vorher gewesen waren. Die Tatsache, daß sie eine bekehrte Jüdin zur Mutter hatten, änderte sie nicht. Sah Carlos das nicht ein? Vielleicht hatte er aber auch einen Grund, vorsichtig zu sein, überlegte Rafael.

Plötzlich ertönte Hundegebell, und als Rafael sich umdrehte, sah er zwei Männer auf sich zureiten. Sein erster Gedanke war, daß irgend jemand von seinen Plänen erfahren haben könnte.

Als die Reiter jedoch näher kamen, erkannte Rafael zu seiner Verwunderung, daß es Zigeuner waren. Das konnte man an den leuchtend grünen und gelben Halstüchern sehen, die sie trugen.

Zigeuner? Was taten sie hier? Alicia! Hatte sie sie ausgesandt? Falls ja, dann war sie noch am Leben. Doch war sie in Gefahr? Er vergaß den Gedanken an Kampf, als er auf die Reiter zurannte, und erkannte in einem von ihnen Rudolphos Getreuen. Er war so in Gedanken an Alicia vertieft, daß es ihm nicht einfiel, vorsichtig zu sein.

Eifrig erhob Rafael seine rechte Hand zu dem Gruß, den er bei den Zigeunern gesehen hatte, doch keiner der Reiter erwiderte ihn. Plötzlich warf sich der größere der Zigeuner auf seinem Pferd nach vorn, um Rafael den Rückweg abzuschneiden, während der andere Zigeuner sein Pferd so aufstellte, daß auch der Weg nach vorn blockiert war.

»Rudolpho hat uns befohlen, ihm nichts anzutun«, sagte der größere Zigeuner.

»Wir werden ihm kein Haar krümmen«, antwortete der andere mit einem Grinsen und warf das Seil in seiner Hand nach Rafael, der sich plötzlich hilflos gefesselt fand. Der Zigeuner lachte.

Rafael, nun wütend, wehrte sich verzweifelt, doch es war zu spät. Er hatte sein Schwert nicht dabei und war machtlos gegenüber den beiden, die ihn überwältigten und zu Boden warfen.

»Laßt mich los! Ich habe euch nichts getan«, knirschte er zwischen zusammengebissenen Zähnen. »Bindet mich los, ich habe nichts getan.«

»Nein, uns hast du nichts getan, es ist ein anderer, der dich ruft«, antwortete der größere Zigeuner. Rafael fühlte, wie man ihn hochzog und wie einen Mehlsack auf den Rücken des Pferdes warf.

23

Mit Palo neben sich hielt Alicia fest die Zügel in der Hand und lenkte ihren Wagen. Sie würde dafür sorgen, daß der Junge keine weitere Gelegenheit haben würde, Unfug zu treiben. Es hatte die Männer den größten Teil des Vormittags gekostet, einen passenden Baumstamm für eine neue Achse zu finden, ihn auf die richtigen Maße zu schneiden und die neue Achse einzusetzen.

Todero fuhr etwa eine Wagenlänge hinter Alicia, gefolgt von den zweirädrigen, mit Vorräten gefüllten Karren. Am Ende der Karawane zu fahren, war demütigend, doch die Tatsache, daß Todero bereitwillig den Platz hinter ihr übernommen hatte, besänftigte Alicias verwundeten Stolz. Vielleicht war es auch sicherer für die Kinder, überlegte sie, und auch dieser Gedanke tröstete sie und ließ sie das hinterhältige Grinsen auf Stivos Gesicht vergessen.

Es sollte eine beschwerliche Reise werden. Inzwischen waren sie wieder auf eine Hochebene gelangt, die von tiefen Schluchten durchzogen war. Aus Angst, in den drohenden Krieg in Granada verwickelt zu werden, hatte Rudolphos Sippe sich, statt wie geplant nach Granada zu ziehen, für eine nördliche Route entschieden, auf der sie jetzt von Toledo in Richtung León fuhren. Sie waren durch ein Netz geheimer Kontakte mit den anderen Mitgliedern des Stammes in Verbindung geblieben und würden in einem Monat bei León mit ihnen zusammentreffen.

Die Karawane zog den ganzen Tag in der heißen Sonne dahin und hielt nur einmal, um die Pferde ausruhen und von dem Wasser eines kühlen Flusses trinken zu lassen. Alicia nahm die Pause wahr, um sich selbst mit dem kühlen Naß zu erfrischen. Ihr Rücken schmerzte vom Sitzen auf dem harten Holzsitz; ihre Finger waren steif und wund von den Zügeln. Sie war erhitzt und müde und voller Verlangen, ihren Wagen loszubinden, ihr Pferd zu besteigen und mit dem Wind im Rücken loszureiten.

Alicia blieb nicht verborgen, daß Rudolpho sich öfters umschaute. Er schien erregt zu sein. Schaute er nach einem der anderen Wagen aus, die eine andere Strecke genommen hatten, um zu ihrer Karawane zu stoßen? Nein, das war es wohl nicht. Es war beschlossen worden, erst zusammenzutreffen, wenn sie León erreicht hatten. Nach wem oder was hielt Rudolpho dann Ausschau?

›Vielleicht spürt er denselben Drang wie ich‹, dachte sie, ›einfach davonzureiten, um das Gefühl der grenzenlosen Freiheit zu spüren.‹ Mit einem Seufzer trocknete sie sich ab und kletterte zurück in den Wagen, um die

Pferde wieder in Gang zu bringen. Diesmal ließ sie die Zügel lose hängen und überließ es den Pferden, für eine Weile ihre Gangart selbst zu bestimmen. Das Gelände war flach und monoton, die Landschaft öde und farblos. Alicia vermißte das Grün des Waldes, doch es gab kein Zurück.

Das Krachen des Wagens und das Knirschen der Räder tönte ihr immer lauter in den Ohren. Ihr ganzes Leben lang hatte sie dieses Geräusch gehört. Was störte sie jetzt daran?

›Es ist, weil ich wieder zum Lagerplatz will‹, dachte sie. Auch Palo war unruhig und zappelte auf seinem Sitz herum. Nach einer Weile fiel sein dunkler Kopf nach vorn, und er nickte ein. Er sah so erschöpft aus, daß sie Mitleid mit ihm bekam, da sie wußte, daß er zu müde war, um irgendeinen Unfug zu treiben.

»Geh hinein in den Wagen zu deiner Schwester, Palo, und leg dich schlafen, ja?« Sie hielt den Wagen gerade lange genug an, damit der Junge durch die Leinwandöffnung in den Wagen kriechen konnte und sicher ins Bett gelangte, bevor sie den Pferden das Zeichen zur Weiterfahrt gab. Auch die Pferde waren müde und nicht so schnell wie sonst. Ein- oder zweimal hielten sie sogar von selbst am Straßenrand an.

Dann, als Rudolpho merkte, daß jeder am Ende seiner Kräfte war, gab er das Zeichen zum Anhalten, und die Wagen bildeten den üblichen Kreis. Die Zigeuner bereiteten sich auf die Nacht vor, obwohl es noch nicht dunkel wurde. Nachdem sie von ihrem Wagen gestiegen war, lief Alicia auf ihren Vater zu.

»Vater, fühlst du dich besser?« fragte sie und ließ ihren Blick prüfend über sein Gesicht gleiten. Er war blaß, doch die Zeichen des Schmerzes um seine Augen waren verschwunden.

»Viel besser«, antwortete er und versuchte zu lächeln. Er strich ihr übers Haar, sah dabei aber so traurig aus, daß sie beunruhigt war.

»Ich gebe dir heute abend noch einmal von dem Tee, ja?«

Er nickte. »Ja, tu das.« Er schien abwesend zu sein, und Alicia bemerkte, daß er wieder den Horizont absuchte.

»Vater, wonach suchst du?« Sanft berührte sie seinen Arm.

Er nahm ihr Gesicht in die Hand und sah ihr in die Augen. »Das wirst du sehen, Alicia. Was ich tue, tue ich für dich.«

»Für mich?« Sie wollte ihn weiter ausfragen, doch es gab noch viel Arbeit, und sie wollte sich nicht vor ihrer Pflicht drücken. Während sie Holz für das Feuer zusammensuchte, nahm sie sich vor, das Thema nach dem Abendessen wieder aufzugreifen.

Als sich die Dunkelheit herniedersenkte und die Welt außerhalb des Lagers auslöschte, wurden mehrere Feuer angezündet, und ihre tanzenden Flammen erhellten die Nacht. Das flackernde, krachende Feuer beleuchtete die Gesichter der erschöpften Zigeuner, die stumm auf dem Boden saßen und sich den Kaninchentopf schmecken ließen, den die Frauen zubereitet hatten. Jenseits des Feuers saß Stivo und beobachtete Alicia mit einem Anflug spöttischer Ironie im Blick, die ihr verriet, daß sie nicht so sicher war, wie sie sich fühlte. Ahnte er etwas von Rudolphos Krankheit? War er in Wartestellung wie ein Geier, um dann zuzuschlagen? Alicia erwiderte zornig seinen Blick.

Ich muß daran denken, nicht alleine wegzugehen, dachte sie. Stivo würde sie nicht noch einmal überraschen.

»Irgendwann, Alicia«, flüsterte Stivo über das Feuer hinweg. »Irgendwann.«

Sie wollte ihm gerade antworten, ihm sagen, daß er sie niemals besitzen würde, als der Klang von Pferdehufen die Stille der Nacht durchbrach. Wie die anderen Zigeuner griff Alicia nach ihrem Messer, um vorbereitet zu sein, falls die Eindringlinge Böses vorhatten, doch es war keine Bande von Soldaten oder Bauern, sondern nur zwei Zigeuner, Manolo und Gyuri. Alicia war beruhigt, bis sie plötzlich bemerkte, daß die beiden Roma nicht allein waren. Wen hatten sie mitgebracht?

»Rafael!« stöhnte sie. Was hatte er hier zu tun? Offensichtlich war er wieder einmal ein Gefangener, an Armen und Beinen gefesselt, und trotz all ihrer unterdrückten Wut über das, was er getan hatte, hatte sie Mitgefühl mit ihm. War es das, was Rudolpho gemeint hatte, als er sagte, was er getan hätte, hätte er für sie getan? Suchte er Rache für ihre verlorene Keuschheit? Das war nicht die Art ihres Vaters. Er war weder grausam noch rachsüchtig. Warum stand dann Rafael de Villasandro jetzt vor ihr, zusammengebunden wie ein gestohlenes Huhn?

»Rafael!« wisperte sie und unterdrückte ein Schluchzen. Sie hatte nicht geglaubt, ihn jemals wiederzusehen.

Er stand mit dem Rücken zu ihr, und Alicia musterte ihn eingehend. Sie hatte vergessen, wie breit seine Schultern waren, wie schmal seine Taille. Als spürte er ihren Blick, wandte sich Rafael um, und sie sahen sich lange in die Augen. Sie wollte die Hand nach ihm ausstrecken, aber er schien so fern, so weit weg wie ein Phantom oder ein Traum.

Für einen Augenblick vergaß Rafael seine Empörung. Sie war so schön, wie sie da stand, so wunderschön. »Alicia«, flüsterte er, nur um sich erneut bewußt zu werden, daß er wieder als Gefangener vor ihr stand. Seine

Hände waren gebunden; er konnte nicht einmal seine Hand zum Gruß erheben. Es war kein Zufall, daß sie wieder vereint waren. Er dachte an Juan Dorado. Was würde der Priester denken, wenn er es versäumte, ihm das Gemälde zu bringen? Wie könnte er von diesem Ort aus Menschen das Leben retten? Warum hatten diese Zigeuner ihn erneut gefangengenommen?

Alicia sah, wie Rafaels Gesicht sich vor Wut verzog, und der Zauber war nun auch für sie gebrochen. Die Erinnerung an alles, was geschehen war, stieg in ihr auf und stellte sich wie eine Wand zwischen sie. Er hatte ihr die Tugend geraubt und sie dann rücksichtslos verlassen. Sie war nicht gut genug für ihn. Er verachtete alle Zigeuner, und nicht damit zufrieden, sie verlassen zu haben, hatte er auch noch das Lager verraten. Vashtis Gesicht erschien vor ihrem inneren Auge, und ihr Herz erstarrte. Sie öffnete ihren Mund, um zu sprechen, doch bevor sie ein Wort sagen konnte, trat Rudolpho zwischen die Menge und erhob die Hand, um das ärgerliche Gemurmel der Zigeuner zum Schweigen zu bringen, die sich ebenso wie Alicia an den Überfall auf das Zigeunerlager erinnerten und dem *Gorgio* dafür die Schuld gaben.

»Was macht der denn hier?« rief Stivo.

»Ich habe ihn herbringen lassen«, antwortete Rudolpho mit erhobenem Kopf, während seine Augen über die Menge glitten und sein Gesichtsausdruck sie deutlich daran erinnerte, daß er ihr Anführer war.

»Ihn herbringen lassen? Warum?« Toderos Stimme war von einem Zorn erfüllt, der für den freundlichen Mann ungewöhnlich war. Er erinnerte sich nicht nur an die Tragödie des Überfalls auf das Lager, sondern auch an den Verrat an Alicia. Dieser *Gorgio* war *o Beng* in Person, und nun hatte Rudolpho ihn herbringen lassen!

»Wir wollen ihn nicht hier haben!« riefen die Frauen einstimmig. »Er wird uns wieder Unglück bringen.«

»Er soll dafür bezahlen, was er getan hat«, rief eine andere Frau, die bei dem Überfall ihren Mann verloren hatte.

»Setzt ihn aus! Schickt ihn weit weg von hier«, zischte Jana, die *Phuri Dai,* und zeigte mit dem Finger auf Rafael. »Er ist böse!«

»Ruhe!« tönte Rudolphos dröhnende Stimme durch die Nacht. »Dieser Mann hat meiner Tochter, Alicia, die Unschuld geraubt. Als ihr Vater habe ich das Recht, entweder Vergeltung an ihm zu üben oder dafür zu sorgen, daß die Ehre meiner Tochter wiederhergestellt wird. Ich bin für die zweite Lösung.«

Alicia zwang ihre zitternden Beine, sie zu tragen. Er wollte Rafael zwingen, sie zu heiraten! »Nein!«

Ihre Stimme ging in der Unruhe der Menge unter. Wieder hob Rudolpho den Arm. »Bei der Hand meines Vaters schwöre ich, daß es mein Recht ist!« Zu Rafael gewandt, sagte er: »Ihr werdet morgen meine Tochter heiraten, *Gorgio.* So habe ich es bestimmt.«

24

Das Feuer knisterte in der gespannten Stille, als Alicia zu ihrem Vater aufschaute und ihn mit zitternder Stimme anflehte. »Tu es nicht, Vater! Bitte nicht!«

Da er mit seiner Tochter allein sprechen wollte, schickte Rudolpho die anderen weg. Nur langsam zerstreuten sie sich, neugierig, was jetzt zwischen Vater und Tochter gesprochen würde. »Geht!« donnerte Rudolpho ungeduldig und wartete mit finsterer Miene, bis sich die letzten Nachzügler entfernt hatten. Es war Brauch unter den

Zigeunern, die Privatsphäre eines anderen zu respektieren, wenn sie darum gebeten wurden, und sie würden wie gewohnt ihre Ohren und Augen verschließen vor dem, was Rudolpho seiner Tochter zu sagen hatte, gleichgültig, wie neugierig sie auch waren.

Alicias Augen folgten Rafael, als er zu Manolos Wagen geführt wurde, und wieder flüsterte sie: »Tu es nicht, Vater!« Sie war verwirrt. Die Heirat zwischen einer Zigeunerin und einem Nicht-Zigeuner wurde von den Sippen nicht gebilligt. Wie konnte Rudolpho so etwas gutheißen, auch wenn sie sich dem *Gorgio* hingegeben hatte? »Ich will ihn nicht heiraten!«

»Du mußt. Ich habe es so beschlossen. Es ist für dein eigenes Wohl.« Obwohl seine Stimme rauh war, blickten seine Augen freundlich.

»Nein, es ist nicht möglich.« Der Gedanke quälte sie, daß sie dann von der Sippe ausgestoßen würde, verachtet würde, dazu veranlaßt würde, weit weg von der Karawane leben müßte, als ob auch sie eine Nicht-Zigeunerin wäre. Doch wäre es eine solche Strafe, wenn sie bei Rafael wäre? Ihr Herz flüsterte ihr zu, daß es ihr schönster Traum wäre, dem Mann, den sie liebte, notfalls bis ans Ende der Welt zu folgen, doch ihr Verstand rebellierte gegen die Vorstellung. Sie war eine Zigeunerin. Es war nicht möglich. Sie würde niemals in Rafaels Welt passen. Außerdem hatte sein Verrat ihre Liebe zerstört. Und was war mit Rudolpho?

»Es ist möglich«, sagte Rudolpho hartnäckig. »Ich habe gesprochen, und es wird so sein. Es steht dir nicht zu, meine Beschlüsse in Frage zu stellen.«

Alicia sah ihn unter Tränen an. »Ich könnte es nicht ertragen, von der Sippe verstoßen zu werden. Das wäre schlimmer als der Tod.«

Rudolpho nahm sie in seine Arme. »Nein, *Chavi*. Nein.

Du wirst nicht verbannt. Du bist meine Tochter, und ich liebe dich. Wie konntest du denken, daß ich das jemals zulassen würde? Alicia.« Er strich ihr übers Haar. »Der *Gorgio* wird unter uns leben, dafür werde ich sorgen. Wie konntest du an mir zweifeln? Ich denke immer an dich. Ich will nur dein Glück.«

»Dann laß den *Gorgio* ziehen. Diese Heirat zwischen uns ist etwas, was nicht sein darf. Ich liebe den *Gorgio* nicht, und er liebt mich auch nicht.«

Rudolpho trat zurück und sah ihr in die Augen. »Du magst dich selbst belügen, Alicia, aber nicht mich. Du liebst ihn, das kann ich dir von den Augen ablesen, und ich glaube, daß er dich auch liebt, obwohl er das vielleicht noch nicht weiß. Ich wußte von Anfang an, daß er für dich bestimmt ist.« Er wandte ihr den Rücken zu. »Jetzt geh. Ich werde nicht mehr darüber reden. Als dein Vater und Anführer dieser Sippe sage ich dir, daß der *Gorgio* dein Ehemann sein soll.« Damit ging er weg, und Alicia bekämpfte den Impuls, ihm zu folgen, ihn anzuflehen. Statt dessen ging sie traurig zu ihrem Wagen und kletterte hinein. Sie war verloren. Verloren. Ihr Vater hatte recht, sie liebte den *Gorgio* wirklich, obwohl sie es niemals zugeben würde.

Sie hatte dem *Gorgio* einmal vertraut, würde es jedoch niemals wieder tun. Mit jeder Faser ihres Herzens würde sie gegen diese Schwäche ankämpfen, die sie für ihn hatte. Sie würde kämpfen. Er würde nie erfahren, welche Macht er über sie hatte. Niemals! Als sie zwischen Mala und Palo ins Bett kroch, verbarg sie ihr Gesicht in ihren Händen und brach in Tränen aus.

Rafael de Villasandro, der an Händen und Füßen gebunden war, konnte ebenfalls nicht einschlafen, da er jetzt wußte, warum diese beiden Schufte ihn hierhergebracht hatten. Er war nicht nur unbequem gebettet, sondern mußte hart schlucken gegen die bittere Galle, die ihm die Kehle hochstieg, wenn er an seine bevorstehende Hochzeit dachte. Alicia war schön. Er war beinahe von Sinnen gewesen bei dem Gedanken, sie könnte tot sein. Aber die Vorstellung, zu einer Zigeunerhochzeit gezwungen zu werden, ließ ihn vor Wut erzittern. Er hatte es nie gemocht, wenn man ihn zu irgend etwas hatte zwingen wollen.

Wenn er Alicia aufgesucht hätte, hätten die Dinge anders sein können, doch seine Wut vergiftete seinen Verstand. Er würde sie nicht heiraten. Ihr Vater mochte tun, was er wollte. »Verdammt!« Er war kein Schaf, das bereitwillig über sich ergehen ließe, was ein Zigeuner befahl. Er war ein Edelmann, nicht irgendein Bauer. Die Zigeuner hatten kein Recht, ihn so zu behandeln. Doch eine leise Stimme nagte an ihm, daß Rudolpho jedes Recht auf seiner Seite habe. Rafael hatte seine Tochter entführt, sie geliebt und dann allein im Wald zurückgelassen. Sicher würde jeder Vater so reagieren wie Rudolpho.

»Wenn er zu mir gekommen wäre und von Mann zu Mann gesprochen hätte, wäre alles anders gewesen«, murmelte Rafael laut. Schließlich war er ein Ehrenmann. Wieder kämpfte er gegen seine Fesseln an. Ob sein Bruder jetzt nach ihm suchte? Gab es irgendeine Chance, daß er gerettet würde? Nein. Er war wieder einmal in die Falle geraten. War er das wirklich? Hatte er in den letzten Tagen nicht von Alicia geträumt, sich nicht danach gesehnt, sie wiederzusehen? Als er ihren Blick wahrgenommen hatte, hatte sein Herz einen Satz gemacht. Ihr Anblick, die Gewißheit, daß sie nicht unter den Getöteten war, hatte sein Inneres erbeben lassen, und er hatte das unstillbare Verlangen gespürt, sie zu berühren. Selbst sein Schmerz und seine Wut hatten diese Gefühle nicht unterdrücken können.

›Deine Frau, Alicia wird deine Frau sein!‹ flüsterte eine Stimme. Wäre dies so ein tragisches Schicksal? Konnte er behaupten, daß der Gedanke, sie niemals wiederzusehen, ihn nicht mit Traurigkeit erfüllt hatte? Seine widerstreitenden Gedanken machten ihm Kopfschmerzen. »Eine Zigeunerbraut.« Er dachte an seinen Vater und die Qualen, die ihm seine Liebe zu einer Frau eines anderen Glaubens gebracht hatten. So wie zwischen ihren beiden Welten ein Abgrund gewesen war, so war es zwischen Rafael und Alicia. Gleichgültig, nach welchem Ritus sie nun verheiratet werden sollten, die Ehe würde von seiner Welt nicht anerkannt werden. Er hatte von den heidnischen Zeremonien dieser Zigeuner gehört, von ihrem Glauben an Dämonen und Waldgeister, und hatte solche Geschichten geglaubt, bis er Alicia getroffen hatte. Sie war alles, was man von einer Frau erwarten konnte: schön, tapfer, freundlich und liebevoll. Er sehnte sich jetzt nach ihr ebenso sehr wie zuvor. Doch Heirat? Nein. Die Liebe, die er für sie empfand, war etwas, was nicht sein durfte.

Und was war mit seinem Versprechen an de Torga, ihm bei seinen Bemühungen für die *Conversos* zu helfen? Was für ein Mann wäre Rafael, wenn er sich durch verführerische grüne Augen und weiche Lippen von seiner Pflicht abhalten ließe? Es stand so viel auf dem Spiel. Viele Menschenleben hingen von der Mission ab, die er auf sich genommen hatte.

Sollte ihr Vater doch machen, was er wollte, dachte er trotzig. Doch während er dort in der Dunkelheit lag, kam er zur Vernunft. Warum sollte er den Zorn des Zigeuneranführers riskieren? Ohne einen Priester wäre die Ehe ohnehin nicht gültig; warum wehrte er sich so dagegen? Fürchtete er sich vor seinen eigenen Empfindungen? Ein Blick in Alicias Augen, und alle Vernunft verließ ihn, und er hatte nur den einen Wunsch: sie zu lieben. Doch dies war eine reale, eine grausame Welt, in der viele unschuldige Menschen sterben mußten. In diesem Augenblick plante Torquemada vielleicht schon seinen nächsten Schlag.

Er mußte entfliehen, doch mußte er dabei klug vorgehen. Er würde sich nicht gegen die Heirat wehren. Sie konnten ihn nicht für immer gefesselt halten. Er war schon einmal entkommen und würde es wieder schaffen. Er würde wieder frei sein.

Diese Gedanken hätten ihn froh stimmen müssen, statt dessen machten sie ihn seltsam traurig. Der Gedanke, Alicias Vertrauen wieder zu enttäuschen, war ihm widerwärtig und versetzte ihm einen Stich. Könnte er sich nicht doch vorstellen, daß es für einen Adeligen und ein Zigeunermädchen eine Zukunft geben könnte? Ganz tief in seinem Innern spürte er eine leise Hoffnung, daß er und Alicia irgendwie und irgendwann ihr Glück finden würden.

25

Nach einer schlaflosen Nacht war Alicia aufgestanden, bevor die Strahlen der Sonne die Erde berührt hatten. Ihr Hochzeitstag! Dies war ihr Hochzeitstag! Es müßte eigentlich der wunderbarste Tag in ihrem Leben sein – statt dessen fühlte sie eine innere Leere. Das Wiedersehen mit Rafael hatte ihr deutlich gemacht, wie verletzlich sie war. Sie hatte sich immer etwas darauf zugute gehalten, stark zu sein, eine Zigeunerin zu sein, und doch hatte sie sich gestern abend als schwach erwiesen. Auf einen Wink von ihm wäre sie in seinen Armen dahingeschmolzen.

»Aber heute morgen werde ich stark sein«, sagte sie so laut, daß die Kinder davon aufwachten. Sie sahen sie mit ihren großen, braunen Augen an und versuchten verzweifelt zu verstehen, was sie bekümmerte.

»Du siehst traurig aus«, rief Mala und warf ihren Kopf auf die Seite, als wolle sie in Alicias Herz sehen. »Warum?«

»Ach, Kind, das würdest du nicht verstehen«, flüsterte Alicia und strich dem Mädchen übers Haar. Wie hätte sie dem Kind von ihren zerronnenen Träumen erzählen können?

»Du müßtest aber doch glücklich sein«, rief Mala aus, nahm Alicias Hand und drückte sie mit all ihrer Zuneigung, um sie aufzumuntern. »Ich verstehe dich nicht. Ist es deshalb, weil du keinen hohen Brautpreis bringst?«

Alicia fuhr bei den unschuldigen Worten des Kindes zusammen. Wie konnte dieses kleine Zigeunermädchen jemals ihre Demütigung verstehen? Es würde kein Brautpreis für sie ausgesetzt werden, es würde kein Feilschen zwischen dem Vater der Braut und dem Vater des Bräutigams geben. Sie wurde einem Mann aufgezwungen, der sie nicht wollte, den zu hassen sie allen Grund hatte, und doch einer, dessen bloße Nähe sie mit Erinnerungen an eine sternenklare Nacht und mit Träumen und Visionen dessen, was hätte sein können, quälte.

»Ja... ja, es ist der Brautpreis.« Ihre Stimme war kaum mehr als ein Wispern. Vor den forschenden Augen des Kindes fliehend, legte sie rasch ihre Kleider an und stieg aus dem Wagen.

Die anderen waren festlich gestimmt, als hätten die Zigeuner den *Gorgio* vergessen, zumindest für den Augenblick. Sie schienen sogar die Gelegenheit für eine Feier zu begrüßen. ›Sie verstehen es nicht‹, dachte Alicia und wandte ihre Augen von den Blicken der Neugierigen ab, die sich offensichtlich wunderten, sie, die Rudolpho immer und in jeder Angelegenheit gehorcht hatte. ›Sie hat sich dies selbst zuzuschreiben‹, schienen ihre Blicke zu sagen. Alicias Zigeunerstolz hielt sie aufrecht und gab ihr den Mut, mit hocherhobenem Kopf herumzugehen. Warum bestand ihr Vater nur darauf, daß sie diesen Mann heiratete? Sie erwartete kein Kind. Es sah Rudolpho so gar nicht ähnlich, daß er gegen ihre Wünsche handelte.

Niemals zuvor hatte ein Zigeunermädchen einen *Gorgio* geheiratet. Alicia wunderte sich, weshalb die älteren Mitglieder der Sippe keinen Einspruch erhoben hatten. So viele Fragen gingen ihr im Kopf herum und machten sie unsicher. Seltsame Visionen und Träume suchten sie zuweilen heim, doch hatte sie sie immer von sich weggeschoben. Sie war eine Zigeunerin. Es war, weil er ihr die Unschuld genommen hatte, weil sie sich ihm hingegeben hatte, so daß sie nun den Wünschen ihres Vaters folgen mußte. Dennoch gab es einen Rest von trotzigem Stolz in ihr. Sie würde den *Gorgio* heiraten, doch sie würde sich ihm niemals wieder hingeben, verheiratet oder nicht. Wenn sie jemals wieder zuließe, daß sich der *Gorgio* ihr in dieser Weise näherte, wußte sie, wäre sie verloren.

Er wird uns bei der ersten Gelegenheit verlassen, überlegte sie, als sie über den Lagerplatz schritt. Doch unwillkürlich hatte sie Tränen in den Augen. Wenn nur Rafael sie hätte heiraten wollen, wäre alles ganz anders gewesen. Sie hätte ihm eine Liebe geschenkt, wie man sie unter der Sonne kein zweites Mal gefunden hätte.

»Alicia?« Zubas sanfte Hand auf ihrer Schulter brachte Alicia in die Realität zurück, und sie drehte sich um und sah in die lachenden Augen des Mädchens. »Schau nicht so traurig, Alicia. Alles wird gut. Warte nur ab.« Irgendwie beruhigten diese Worte Alicias Ängste, zumindest fürs erste.

Hand in Hand mit der Freundin, die sie so liebgewonnen hatte, mischte sich Alicia unter die Leute, um die Vorbereitungen für die Hochzeit in Augenschein zu nehmen. Mehrere provisorische Tische waren aufgestellt und mit vielerlei Speisen schwer beladen worden. Auf Reisen waren die Rationen normalerweise recht knapp. Woher stammte dies alles? Am Spieß briet ein Schweinebraten, außerdem gab es Geflügel und große Teller mit verschiedenen Gemüsen. Aus irgendeinem geheimnisvollen Vorrat, zweifellos von Rudolpho, war ein Faß mit Wein aufgetaucht, der mit Wasser verlängert worden war, damit er für die vielen ›Gäste‹ reichte.

»Du siehst, Alicia, daß deine Leute dich lieben, ganz gleich, wie barsch ihre Worte sind.« Die Menge der Speisen gab ihr recht, und Alicia war gerührt. Auf ihre Art wünschten ihr die Zigeuner alles Gute. Nur Solis warf ihr einen boshaften Blick zu.

»Wo ist denn dein Bräutigam?« fragte sie, als sie hinter Alicia und Zuba auftauchte, die Finger auf die Hüften gestemmt. Sie sah aus wie eine Katze, die zum Schlag bereit ist.

»Ich weiß es nicht«, antwortete Alicia wahrheitsgemäß, entschlossen, sich ihren Tag nicht verderben zu lassen.

»Vielleicht ist er wie ein Hund gefesselt und liegt im Gefängniswagen«, zischte sie neiderfüllt. Diese Frau würde nicht zögern, den *Gorgio* zum Manne zu nehmen, sei er Gefangener oder nicht, und diese Gewißheit ließ in Alicia ein plötzliches Besitzgefühl aufkommen. Rafael war ihr Bräutigam. Ihrer!

»Dann... paß gut auf ihn auf, daß er dir nicht entkommt.« Ihre Worte machten deutlich, daß sie nach einer Chance Ausschau halten würde, sich an den *Gorgio* heranzumachen.

»Er wird mein Ehemann sein. Vergiß das nicht, du Wölfin.« Alicia trat einen Schritt vor, um der unverschämten Frau einen Stoß zu versetzen, doch Zuba stellte sich zwischen sie und gab Alicia Zeit, ihre Wut abkühlen zu lassen.

»Laß uns in Ruhe, Solis«, schrie Zuba in einem seltenen Anfall von Zorn. »Oder ich erzähle den anderen, was du vorhast. Würdest du gern mit kahlgeschorenem Kopf herumlaufen? Ja?« Darauf zog Solis es doch vor, den Rückzug anzutreten, um ihr Schicksal nicht herauszufordern.

»Diese Frau macht dem Namen Zigeuner Schande«, schimpfte Alicia.

»Ja, wirklich. Wenn du mich fragst, würden sie und Stivo ein feines Paar abgeben.« Zuba berührte Alicias Hand. »Laß mich dir beim Anziehen helfen.« Sie faßte in ihre Tasche und zog eine Kette von Goldstücken heraus, die sie Alicia um den Hals legte. Die Kette würde bedeuten, daß Alicia nun eine Braut war.

»Das kann ich nicht annehmen, Zuba. Sie gehört dir.« Alicia wollte die Kette abnehmen, doch Zuba gab nicht nach.

»Ich werde eine andere bekommen. Bitte. Es ist mein Geschenk für dich. Ein Zeichen unserer Freundschaft.« Sie blickten einander in tiefem Einverständnis an, dann flüsterte Zuba: »Du liebst ihn, Alicia. Ob du es weißt oder nicht, ich fühle es in meinem Herzen. Deine Worte zu Solis...«

»... waren nichts als Worte des Zorns. Der *Gorgio* bedeutet mir nichts. Alle Liebe, die ich für ihn hegte, erstarb an dem Tag, als er mich verließ.« Sie versuchte sich abzuwenden, doch Zuba ließ nicht locker.

»Du magst dich selbst belügen, Alicia, aber nicht mich. Du liebst ihn, und alles Leugnen nützt dir nichts. Laß deine Verbitterung nicht das Glück zerstören, das dir zuteil werden könnte. Aus einem bewölkten Morgen wird oft noch ein schöner Tag. Ein Zigeuner kennt nie sein Morgen.«

Alicia wollte protestieren, doch mit fester Hand schob Zuba sie vor sich her in den Wagen. »Ein Zigeuner kennt nie sein Morgen«, flüsterte sie, schloß die Augen und sandte ein stummes Gebet an *o Del,* daß er ihr Ruhe und Frieden schicken möge.

26

Es hatte sich eine große Menge versammelt, um die Hochzeit mitzufeiern, vom kleinsten Kind bis zum ältesten Mitglied der Sippe, alle in ihrem Staat mit leuchtend bunten Halstüchern, Hemden und Röcken, viele trugen Goldmünzen um den Hals und an den Ohren. Aus dem Gedränge erhoben sich fröhliche Lieder und Gelächter; es hatte seit langem keine Hochzeit mehr gegeben.

An den Wagen, vor dem das Brautpaar stehen sollte, wurde ein Ginsterzweig genagelt, dessen gelbe Blüten die einzigen Blumen waren. Dies war so Brauch, während alle anderen geschnittenen Blumen verboten waren. Geschnittene Blumen galten als Symbol für einen vorzeitigen Tod, während dieses Fest den Beginn neuen Lebens kennzeichnete.

»Da ist sie! Alicia!« schrie ein kleines Kind, als Alicia aus ihrem Zelt trat.

»Wie schön sie ist!« rief Palo aus und winkte ihr mit kindlichem Überschwang zu.

Und Alicia war wirklich schön. Sie trug eine weiße Bluse mit reicher Stickerei, ihre vielen Röcke blähten sich im Wind – sie sah aus wie eine heidnische Göttin. Die Rökke hatten Farben wie der Regenbogen: zuunterst weiß, dann gelb, rosa, und rot – wie die Blütenblätter einer aufblühenden Blume. Ihre schmale Taille wurde durch einen engen schwarzen Gürtel hervorgehoben, der mit bunten Perlen verziert war. An ihren Ohren hingen große goldene Ohrringe, und ihre Arme blitzten vom Gold ihrer vielen Armreifen. Um den Hals trug sie viele Reihen schwarzer und roter Perlen, die Glück bringen sollten. Ihre langen Locken fielen in Kaskaden bis über die Taille, und die Brautkrone aus Blättern mit vielen farbigen Bändern, die auf beiden Seiten ihres Gesichts herunterfielen, glichen dem Brautschleier, den die christlichen Frauen zu tragen pflegten. Als Rafael aus einem anderen Wagen trat, um zu ihr zu gehen, stieß er einen überraschten Laut aus. Sie war noch schöner, als er es sich je vorgestellt hatte.

Alicia spürte Rafaels Augen auf sich, spürte seine Gegenwart mit jeder Faser ihres Körpers, hörte den Laut seiner Schritte, als er sich ihr näherte, wagte jedoch nicht, ihn anzuschauen. Dann standen sie Seite an Seite vor Rudolpho, der als Anführer der Sippe diese Zeremonie leiten würde.

Nacheinander hielten die Ältesten der Sippe Reden, wünschten dem Paar alles Gute für ihr neues, gemeinsames Leben, erzählten Geschichten über ihre eigenen Hochzeitsfeiern, und erst jetzt wagte Alicia, zu Rafael hinüberzuschauen. Er trug die Tracht eines Zigeuners, und sie konnte sich des Gedankens nicht erwehren, wie schön er als Zigeuner gewesen wäre. Der dünne Stoff seines weißen Hemdes platzte beinahe aus den Nähten, so breit waren seine Schultern. Sie erkannte, daß das

Hemd eins von Stivos Hemden war, und ihr fiel die Ironie des Ganzen auf. Stivo haßte den *Gorgio,* war aber gebeten worden, sich von seinem Hemd zu trennen, da er als einziger Zigeuner kräftig genug war, um Rafael seine Kleider zu leihen.

Während Alicia barfuß dastand und die Wärme der Erde unter sich spürte, trug Rafael Hanfsandalen mit einem Band, das um seine Fesseln gebunden war. Im Gegensatz zu den Zigeunern trug er keine wollenen Strümpfe, und Alicia bemerkte, wie wohlgestaltet seine Beine waren. Seine Beinkleider waren aus dunklem Wollstoff, etwas zu klein für ihn, und verdeckten kaum die kühne Stärke seiner Hüften und Oberschenkel. Um den Hals trug er ein Tuch von leuchtendem Blau, und auf seiner Brust hing ein goldenes Kruzifix, als wollte er sich über diese heidnische Zeremonie lustig machen.

Als spürte er ihren Blick, wandte Rafael den Kopf, und einen Augenblick lang blickten sie einander stumm an, mit einer Intensität, die vor Spannung knisterte.

»Alicia... Ich...« Rudolphos tadelndes Räuspern ließ Rafael verstummen.

Rudolpho gab Todero einen Wink, der einen Arm voll kleiner Zweige brachte und sie dem Anführer übergab. »Diese Zweige stammen von sieben verschiedenen Baumarten und stellen unsere vielen Stämme dar«, sagte er mit dröhnender Stimme. Ein Gebet murmelnd, zerbrach er die Zweige nacheinander und überließ sie dem Wind. »Wie diese Zweige werdet auch ihr frei sein wie der Wind, doch dürft ihr euer Wort, das ihr einander gebt, nicht brechen, bis einer von euch stirbt!« Alicia zitterte bei seinen Worten, erschreckt durch die Endgültigkeit eines solchen Gelübdes. Rafael würde ihr Ehemann sein, bis der Tod sie scheiden würde.

Auf einen weiteren Wink Rudolphos brachte Todero

einen Krug mit Wasser, einen Salzkristall und einen kleinen Laib frischgebackenen Brotes. Rudolpho nahm diese Gegenstände einzeln an und bot den Krug zuerst Rafael, dann Alicia dar. Mit zitternden Händen hob ihn Alicia an die Lippen und spürte, wie ihr das kühle Wasser die Kehle herunterrann. Rafael sah zu, bewegt, mit welcher Würde sie dies tat. Für sie war diese Zeremonie so real wie jede andere, die vor einem Priester vollzogen worden wäre. Er durfte jedoch nicht vergessen, daß es ihm nichts bedeutete. Nichts. Und doch spürte er den Wunsch, sie zu berühren, sie zu trösten. Ihr zuzuflüstern, daß alles gut werden würde, daß er sie liebte. Ein krachender Laut ließ ihn zusammenfahren. Der irdene Krug lag zerbrochen zu seinen Füßen.

»Diese vielen Scherben stellen die glücklichen Jahre dar, die ihr zusammen haben werdet.« Rudolpho nahm zwei Stücke auf und reichte jedem von ihnen eins. »Bewahrt diese sorgfältig auf. Wenn ihr sie verliert, werden Unglück und Einsamkeit über euch kommen.«

Rafael streckte langsam seine Hand aus. Es störte ihn, daß man ihm so etwas sagte. Es klang nach Aberglauben, Ketzerei. Und doch wollte er sich plötzlich von der irdenen Scherbe nicht trennen und steckte sie in den Gürtel seiner Hosen, um sie sicher aufzubewahren.

»Reicht euch die Hände.«

Alicia und Rafael gehorchten. Alicias Hände waren kalt, Rafaels so warm wie die Sonnenstrahlen, die sie beschienen. Er umfaßte ihre Hände, um sie zu wärmen; sein Griff war besitzergreifend und zärtlich zugleich und entzündete ein wahres Feuer in ihr.

›Warum hat nur seine bloße Berührung eine solche Macht?‹ fragte sie sich und beschloß erneut, ihr Gelübde zu halten. Hatte Zuba recht? Liebte sie ihn? Ja. Die Antwort war niederschmetternd. Gleichgültig, was er getan hatte, gleichgültig, daß er sie nicht wollte, sie liebte ihn mit jedem Herzschlag.

Rudolpho band ihre Handgelenke mit drei Knoten zusammen, die Einheit, Fruchtbarkeit und ein langes Leben symbolisierten. »Denn so lange, wie die Zeit uns regiert, könnt ihr niemals getrennt werden.« Er hielt ihnen ein Stück Brot und ein Klümpchen Salz zum Essen hin, worauf ein Hochruf aus der Menge erscholl.

Rudolpho band das Seil los, das sie aneinander gefesselt hatte, nahm von seinem Hals eine Schnur mit Goldmünzen und warf die Münzen in Alicias rechte und Rafaels linke Hand. »Ein bißchen Gold von mir, doch möge euch *o Del* noch viel mehr davon geben.«

Nun trat Zuba aus der Menge, nahm Alicia den Brautkranz vom Kopf und band ihr stat dessen ein rotes Tuch um, das Zeichen für eine verheiratete Frau.

»Möge dir ein Leben lang Glück und Liebe beschieden sein«, flüsterte Zuba.

Alicias Gesicht errötete vor Aufregung und Angst. Verheiratet! Sie war mit dem *Gorgio* verheiratet. Rafael de Villasandro war jetzt ihr Ehemann! Wie in Trance versetzt, spürte sie kaum die Umarmungen und Küsse all derer, die ihr Glück wünschten.

Es wurden Feuer angezündet, und die Zigeuner begannen, zur Gitarre und Geige zu singen und tanzen. Nach der Überlieferung hätte das Fest drei Tage dauern müssen. Da sie jedoch unterwegs waren, würde es nur eine Nacht dauern, dafür aber dreimal so fröhlich werden.

Alicia brachte keinen Bissen über ihre Lippen. Sie schaute mit großen Augen zu, wie die vielen Leute, mit denen sie aufgewachsen war, feierten, sich an den Speisen gütlich taten und auf ihr Wohl tranken.

Schließlich sank die Sonne unter den Horizont, und

das Fest neigte sich dem Ende zu. Die Frauen hakten einander unter, um Alicia zum Brautwagen zu geleiten, dessen Fußboden mit Zuckerwerk und den Bändern bedeckt war, die Alicia im Haar getragen hatte. Reglos wie eine Statue spürte Alicia, wie sie von den Händen der Frauen ausgezogen wurde, und fröstelte. War es wegen des kalten Luftzugs, der durch den Eingang wehte, oder vor Furcht? Sie wußte es nicht.

Sie wußte nur, daß sie nicht dulden würde, daß er sie berührte. Ehemann oder nicht, darin würde sie fest bleiben. In einem Nachthemd so dünn wie Schmetterlingsflügel stand Alicia da und erwartete den Mann, der nun ihr Ehemann war.

27

Die knisternden Flammen der Lagerfeuer warfen unheimliche Schatten auf Rudolphos Gesicht, als er seinen neuen Schwiegersohn prüfend ansah. Seine Augen hatten ein gefährliches Glimmen; seine Miene enthielt eine klare Warnung: Es würde keinen Fluchtversuch geben. Lange herrschte Schweigen, während die Männer sich mit Blicken ein stummes Duell lieferten. Endlich sprach Rudolpho.

»Alicia ist mir eine gute Tochter gewesen. Ich hätte mir keine andere wünschen können. Ihr Glück ist alles, was ich in diesem Leben verlange. Ihr etwas zuleide zu tun, wäre dasselbe, als würde man mir etwas Böses antun. Verstehst du mich, *Gorgio?*«

Rafael nickte grimmig. »Ja, ich verstehe.« Er wollte eigentlich diesem Riesen von Zigeuner sagen, daß auch er Alicias Glück wollte, daß das, was er schließlich tun mußte, ihm das Herz zerriß. Statt dessen hielt er seine Zunge im Zaum und sagte nur: »Aber du sicherst ihre Zukunft nicht dadurch, daß du mich zwingst, sie zur Frau zu nehmen.« Die Worte waren heraus, bevor Rafael sich zügeln konnte. »Ich kann niemals ein Zigeuner sein!«

Rudolpho zog eine Augenbraue hoch und schritt, tief in Gedanken versunken, vor dem Feuer auf und ab. Von Zeit zu Zeit zupfte er an den Enden seines langen Schnurrbarts, einen Blick auf Rafael, dann einen auf die anderen Zigeuner werfend, die noch trinkend und singend herumsaßen.

Schließlich hielt Rudolpho ein und sah den jüngeren Mann wiederum von oben bis unten an.

»Und wenn Alicia mit dir in deine Welt ginge, was dann, *Gorgio?* Würdest du sie glücklich machen? Könntest du sie so lieben, wie sie meiner Überzeugung nach dich liebt?«

»Du würdest sie ziehen lassen?« Rafael hatte längst jeden Gedanken daran aufgegeben, Alicia mitzunehmen.

»Ich würde mein eigenes Herz opfern, wenn sie das glücklich machen würde. Die Zigeunerbräuche sind die einzige Lebensart, die meine Tochter versteht. Deine Leute würden sie meiden!« Er stieß mit dem Fuß nach einem großen Stein am Feuer. »Ihr *Gorgios* könnt grausam zu den Menschen sein, die anders sind als ihr. Ich würde Alicia niemals wünschen, daß sie diesen schlimmen Vorurteilen ausgesetzt wäre.« Er schüttelte heftig den Kopf und traf seine Entscheidung. »Nein. Du mußt dich uns anschließen, ein Zigeuner werden. Es ist ein gutes Leben. Ein Leben in Freiheit.«

»Freiheit?« Rafael gelang es nicht, seine Erbitterung zu verbergen. »Zweimal haben mich deine Leute jetzt gefangengenommen und gegen meinen Willen festgehalten. Wie kannst du da von Freiheit reden?«

Der Zigeuner vermied es, ihn anzuschauen. »Das tut mir leid. Das war unvermeidbar. Vielleicht habe ich in vielen Dingen unrecht gehabt.«

»Es ist allerdings nicht rechtens, mich als Gefangenen zu halten!«

»Ich habe nur auf meine Art versucht, diese Verbindung zwischen dir und meiner Tochter zu beschleunigen.« Indem er Rafael in einer freundschaftlichen Geste am Arm nahm, blickte er ihm tief in die Augen. Rafael sah große Trauer darin und machte sich Gedanken über ihren Grund. »Es ist recht, daß ihr zusammen seid.«

Rafael wollte etwas sagen, die Fragen stellen, die ihn plagten, doch der Zigeuneranführer bedeutete ihm zu schweigen. »Wir werden heute abend nicht mehr darüber sprechen. Deine Braut erwartet dich.«

Braut. Das Wort erweckte in Rafael Myriaden von Gefühlen. Er dachte daran, wie hübsch Alicia in ihren Brautkleidern ausgesehen hatte. Er wollte zu ihr eilen, sie in seinen Armen halten, doch sein Stolz, sein Verlangen nach Freiheit füllte sein Herz mit Groll. Als man ihn das erste Mal gefangengenommen hatte, war sein Zorn unbändig gewesen. Er hatte gelobt, sich an diesen Zigeunerschuften zu rächen. Dann hatte ihn das Wiedersehen mit Alicia, die Gewißheit, daß sie lebte, vollkommen aus dem Gleichgewicht geworfen, und jeder Gedanke an Rache hatte sich in nichts aufgelöst. Welche Macht hatte dieses Zigeunermädchen nur über ihn?

Ich könnte versuchen, in diesem Augenblick zu entfliehen, dachte er, als er einen großen Holzbalken im Feuer sah, der sich als Waffe anbot. Mit einem gutgezielten Schlag würde er diesen Riesen aus dem Weg räumen. Warum handelte er dann nicht? Die Zigeuner hatten gezecht und waren nicht auf Gewalt eingestellt. Warum rannte Rafael dann nicht los? Es gab doch Pferde im Lager. Warum ging er nicht? Heute abend? Warum?

›Weil ich es nicht ertragen kann, Alicia zurückzulassen, ohne sie berührt, sie geliebt und ihr Lebewohl gesagt zu haben.‹ Er sah sie wieder in jener Nacht unter dem Sternenhimmel vor sich und wußte, daß er wieder ihre Leidenschaft, ihren nackten Körper spüren wollte. Er dachte an das kostbare Geschenk, das sie ihm in jener Nacht gemacht hatte, und wußte, daß er sie noch nicht verlassen konnte. Nach dem Recht der Zigeuner, wenn schon nicht nach seinem eigenen, gehörte sie jetzt ihm. Sie war seine Zigeunerbraut, zumindest für diese Nacht.

»Komm. Ich bringe dich zu ihr«, sagte Rudolpho leise, der den Widerstreit der Gefühle in Rafaels Augen sah. »Sie ist für dich bestimmt.«

Der Vollmond hing wie eine große Scheibe am Himmel und goß seinen Glanz aus, als sich die Prozession auf Alicias Wagen zubewegte. Rafael ging hinter Rudolpho, gefolgt von mehreren Zigeunern, die ihren Ärger über den Fremden in ihrer Mitte vergessen hatten und sich auf die ›Entführung‹ freuten, die jetzt an der Reihe war. Der Bräutigam mußte um seine Braut kämpfen.

Die Männer versammelten sich auf dem offenen Platz zwischen den Wagen und scheuchten die Frauen weg. Einstimmig riefen sie. »Alicia!« Obwohl Rudolpho seine Tochter in die Ehe gegeben hatte, obwohl die Hochzeit mit Speise und Trank gefeiert worden war, mußte die Braut sich dem neuen Ehemann noch ergeben und der Bräutigam um das kämpfen, was nun sein eigen war.

»Was ist los?« fragte Rafael, verwirrt und besorgt, als seine ›Feinde‹ sich vor ihm aufbauten, als bereiteten sie sich auf einen Kampf vor.

Rudolphos Antwort war ein tiefes Lachen, das wie Donnergrollen klang. »Nun, du mußt dir das nehmen, was dir gehört, mein Sohn. Du mußt Alicia entführen. Entreiße sie den Armen derer, die sie von dir fernhalten wollen. Das ist der Brauch unter Zigeunern.«

»Sie entführen?« Das ergab für Rafael keinen Sinn. Was für ein Spiel spielten sie mit ihm? Er sah gespannt zu, wie die Zigeuner einander unterhakten und wie ein Schutzwall vor Alicia standen. »Wie soll ich sie so vielen Männern wegnehmen? Sie sind mir zahlenmäßig überlegen.«

Wieder lachte Rudolpho. »Durch Tricks. Aber hab keine Angst. Ich habe als Brautvater die Aufgabe, dir dabei zu helfen. Komm.«

Während Alicia vorgab, Angst zu haben, und weinend um sich schlug, wie es sich für die Braut gehörte, warf sich Rudolpho nach vorn und durchbrach die menschliche Kette mit schierer Gewalt. Sich die Verwirrung zunutze machend, die Rudolphos plötzlicher Ausfall verursacht hatte, ergriff Rafael Alicias Hand und zog sie durch die Menge ausgestreckter Hände. Zusammen rannten sie vom Lagerplatz fort. Rafael erinnerte sich an jenes andere Mal, als er Alicia ihrem Volk entrissen hatte, und fühlte den unstillbaren Drang, sie wieder wegzuführen. Er hielt Ausschau nach einem Pferd, doch vergeblich. Die Zigeuner waren nicht so vertrauensselig, wie er angenommen hatte. Alle Pferde waren außer Sichtweite gebracht worden.

»Dieses Mal wirst du nicht entkommen, *Gorgio*«, schnaubte Alicia, die seine Gedanken deutlich lesen konnte. »Obwohl ich wünschte, du würdest mich verlassen und niemals wiederkehren.«

Ihre Worte verletzten ihn tief. Auf diesen Haß war er nicht gefaßt, obwohl er ihn vielleicht verdient hatte. »Ich verdiene deinen Zorn, Alicia«, war alles, was er sagen konnte. »Es tut mir leid, was ich dir alles angetan habe.«

»Es tut dir leid?« Alicia zwang ihre schwankenden Beine, sie aufrecht zu halten. Aus Angst vor ihrer Schwäche schleuderte sie ihm einen haßerfüllten Blick zu. »Ich werde dir nie vergeben, was du getan hast, niemals.«

Rafael war erschüttert. Hätte er den Grund gewußt, so hätte er ihr von seiner Unschuld an dem Überfall auf das Zigeunerlager erzählen können, doch er hielt ihren Zorn allein für die Reaktion darauf, daß er sie verlassen hatte.

»Das war etwas, was ich einfach tun mußte. Kannst du das nicht sehen?« Er streckte wieder die Hand nach der ihren aus, doch sie schreckte vor ihm zurück, als sei er aus Feuer.

»Ich werde bis an mein Lebensende nicht vergessen, was du getan hast«, hauchte sie. »Du bist wie Gift. Niemals werde ich den honigsüßen Worten eines *Gorgio* wieder Glauben schenken. Niemals!« Sie wirbelte herum in der Absicht davonzulaufen, doch der Anblick Stivos, der sich ihnen näherte, hielt sie davon ab, noch einen Schritt zu tun. Sie verabscheute Stivo, doch so sehr sie ihn auch fürchtete, sie hielt ihre Stellung. So gefährlich er für sie war, für Rafael war er es noch mehr. Sein Haß auf den *Gorgio* war unermeßlich.

»Du hast nicht um sie gekämpft, *Gorgio*«, grollte Stivo. Mit katzenhafter Anmut griff er nach der Peitsche, die das Kennzeichen der Mannhaftigkeit eines Zigeuners war, und ließ sie so hart knallen, daß es wie explodierendes Pulver klang.

»Ich habe sie entführt, wie es sich gehört. Alicia gehört nun mir.«

»Dir, *Gorgio?* Sie wird dir nie gehören, obwohl das Geheimnis ihrer Geburt vielen bekannt ist. Du willst sie nicht. Aber ich. Gib sie mir. Ich werde die ehelichen

Rechte an deiner Stelle beanspruchen und dich frei ziehen lassen.« Er spielte mit der Peitsche und ließ sie vor Rafaels Füßen wie eine Schlange ringeln.

»Nein! Du wirst sie niemals berühren. Nicht, solange ich lebe«, schrie Rafael, außer sich vor Zorn.

Stivo warf sich nach vorn, ließ die Peitsche durch die Luft sausen und versetzte Rafael einen schmerzhaften Schlag am Arm. »Dann wirst du sterben.« Stivo sprang auf ihn zu und schlug nach seinem Gegner aus, als Alicia aufschrie.

»Stivo, nein! Nein!« In dem Versuch, ihn zu bremsen, ohne an ihre eigene Sicherheit zu denken, stellte sie sich zwischen die beiden Männer, nur um die Peitsche selbst zu spüren, die sich nun um ihre Taille legte. Unter höhnischem Gelächter benutzte sie der teuflische Zigeuner wie ein Seil, um sie an sich zu ziehen.

»Laß sie los. Wenn du kein Feigling bist, dann kämpfe mit mir, nicht mit ihr.« Rafaels Stimme enthielt eine deutliche Warnung.

»Und wie ich mit dir kämpfen werde.« Indem er die Peitsche von Alicias Taille löste, stand er mit abschätzendem Blick vor Rafael und warnte ihn, auch nur einen Schritt nach vorn zu machen.

»Er ist unbewaffnet, Stivo. Du kämpfst mit unlauteren Mitteln. Das ist nicht üblich unter Zigeunern.« Alicias Brust bebte vor Empörung, ihre Augen sprühten vor Zorn, als sie sich wild nach einer Waffe umsah. Wenn sie nur ihr Messer bei sich hätte! In hilfloser Enttäuschung konnte sie nur zusehen, wie die beiden Männer aufeinander zugingen. »Rafael ist Stivo nicht gewachsen«, flüsterte sie und schloß die Augen zu einem stummen Gebet. Stivo war schon immer ein unfairer Kämpfer gewesen.

Da zerriß ein gewaltiger Fluch wie Donnerhall die Luft.

»Was ist hier los? Stivo! Was machst du hier?« bellte Rudolpho.

»Geh weg, Alter.« Knurrend wie ein Wolf, der einen Bären verscheucht, drehte sich Stivo um und zielte mit der Peitsche auf Rudolphos Kopf, den er nur um Zentimeter verfehlte, als sich Rudolpho bückte.

»Du Hund! Du bist kein Zigeuner, wenn du so etwas tust.« Die zischende Peitsche ignorierend, bewegte sich Rudolpho vorwärts. »Hör sofort auf, oder ich werde dich aus der Sippe verbannen. Ich schwöre bei der Hand meines Vaters, daß ich das tun werde.«

Als hätte er einen Eimer kaltes Wasser auf ein Feuer geschüttet, erstickte Rudolpho mit diesen Worten Stivos Raserei. Aus der Sippe verbannt zu sein, für immer allein herumzustreifen, war die schlimmste Bestrafung, die einen Zigeuner treffen konnte. Schlimmer als der Tod.

»So etwas würdest du nicht tun. Meine Mutter ist eine *Phuri Dai!*«

»Ich bin der Anführer des Stammes, es ist mein Recht.« Rudolpho spuckte auf den Boden, auf Stivos Füße zielend. »Du bist eine Schande für alles, was wir in Ehren halten. Geh jetzt; dein Anblick macht mich krank.« Er ballte seine Faust und hob sie an die Brust, wie um seine Wut zu bändigen. Ohne ein weiteres Wort schlich Stivo davon, doch das Glitzern in seinen Augen ließ ahnen, daß das letzte Wort noch nicht gesprochen war. Rudolpho sagte mit erstickter Stimme: »Alicia. *Gorgio.* Geht zum Wagen. Schnell. Heute ist eure Hochzeitsnacht und ich werde nicht zulassen, daß euch irgend etwas im Wege steht. Geht!«

Seinem Befehl gehorchend, eilte Alicia davon, gefolgt von Rafael. Erst als sie gegangen waren, gab Rudolpho seinem Schmerz nach und griff sich an die Brust.

»Nichts wird dich von deinem *Gorgio* fernhalten«, flüsterte er. »Er muß sich um dich kümmern, wenn ich sterbe.« Er sank zu Boden und kämpfte wiederum gegen seine Angst und seine Schmerzen. Er durfte nicht sterben. Noch nicht. Nicht, bevor Alicias Glück gesichert war.

28

Sie standen nebeneinander in dem kleinen Wagen und keuchten nach dem schnellen Lauf. Es war still unter dem schützenden Dach der Plane, bis auf das leise Geräusch ihres Atems. Jeder war sich des anderen schmerzhaft bewußt und fühlte in sich den rieselnden Strom der Erwartung.

Alicia spürte ein schmerzendes Verlangen, Rafael zu berühren. Sie hätte sich ihm am liebsten in die Arme geworfen, doch ihr Stolz ließ dies nicht zu. Sie durfte niemals vergessen, was er getan hatte.

»Ist alles in Ordnung, Alicia? Hat er dich verletzt?« Rafaels Stimme durchbrach das Schweigen.

Sie wandte sich langsam um und vermied es, ihn anzuschauen. »Nein. Die Peitsche hat mich nicht getroffen.«

»Gut. Gut.« Er war befangen und erinnerte sich an die haßerfüllten Worte, die vor wenigen Augenblicken noch gefallen waren. Er wollte, daß sie ihn wieder liebte, daß sie alle Bitterkeit in ihrem Herzen vergäße, doch er fand keine Worte, ihr dies zu sagen. Statt dessen seufzte er nur: »Alicia, süße, kleine Alicia.«

Ganz tief in ihrem Innern fühlte sie, wie sich beim Klang seiner Stimme Wärme in ihr ausbreitete. Sie spürte die Hitze seines Körpers, und ihr Kopf drehte sich bei der Erinnerung an seine Zärtlichkeiten, an seine Liebe. Das unstillbare Verlangen, von ihm genommen zu werden, von ihm geliebt zu werden, gewann beinahe die Oberhand über ihre Vernunft.

Sie nahm die Zeit nicht wahr, wie sie da vor ihm stand. Ihr Herz schlug so wild in ihrer Brust, daß sie fürchtete, er könnte es hören. »Hat Stivo dich verletzt?« fragte sie, und ihre Stimme war kaum mehr als ein Wispern.

»Nein. Dein Vater kam dazwischen, bevor Blut floß.« Er streckte wieder die Hand zu ihr aus und vergrub sie in ihrem seidigen Haar. »Hast du dir um mich Sorgen gemacht, kleine Zigeunerin? Vielleicht ist dein Haß auf mich doch nicht so tief, wie du sagst.«

Vor ihm zurückweichend, versuchte sie, ihr Zittern zu verbergen. »Ich... ich... will nicht, daß überhaupt einem lebenden Wesen etwas zuleide getan wird, *Gorgio*«, stammelte sie.

»*Gorgio.* Immer nennst du mich *Gorgio.* Mein Name ist Rafael, und das weißt du wohl. Sag es, sag meinen Namen.«

»Ich gehorche deinen Befehlen nicht, *Gorgio.*«

»Ich bin jetzt dein Ehemann, Alicia. Nach euren Gesetzen und Bräuchen. Du mußt mir gehorchen, ist es nicht so?«

Sie nickte zitternd, doch nicht vor Kälte.

»Sag es. Rafael.«

Ihre Stimme war kaum mehr als ein Hauch. »Rafael.«

»Ich mag den Klang meines Namens auf deinen Lippen.«

Alicia sah das Verlangen in seinen Augen und trat schnell einen Schritt zurück. »Nein, faß mich nicht an, *Gorgio.* Niemals wieder!«

»Niemals? Niemals ist eine lange Zeit, Alicia.« Bevor sie zurückweichen konnte, zog er sie in seine Arme. »Süße Alicia. Es hat so lange gedauert.«

Alicia nahm seinen männlichen Duft in sich auf,

schmeckte den Wein auf seiner Zunge, als er sie küßte. Sie wollte sich wehren, doch die Süße seines Kusses ließ sie verstummen.

Gegen ihren Willen reagierte ihr Körper auf seine Berührung. Ein warmes Prickeln überlief sie, und sie erzitterte unter seiner Berührung: Ihr eigener Körper verriet sie.

»Nein. Nein.« Ihn zu lieben würde sie zerstören. Er würde seine Wollust nach ihr stillen und sie dann hartherzig wegwerfen, wie er es schon einmal getan hatte. Sie konnte ihm nicht vertrauen, nicht diesem Mann, der den Menschen, die sie geliebt hatte, solche Zerstörung gebracht hatte. Vashti. Sie mußte an Vashti denken. Dieser Mann würde auch sie zerstören.

Ihre Furcht gab ihr die nötige Stärke, sich von ihm zu lösen. »Es ist Wollust, nicht Liebe, die dich leitet«, zischte sie ihn an.

Er schüttelte den Kopf. »Nein. Das trifft vielleicht auf Stivo zu, während ich von Liebe erfüllt bin.«

»Liebe. Ha! Du meinst, daß ich das glaube. Du hast mich schon einmal belogen.«

»Ich habe dich nicht in bezug auf meine Gefühle belogen. Alicia. In meinen Küssen war kein Falsch. Meine Hände logen nie, wenn sie dich berührten. Ich habe mich damals nach dir gesehnt und sehne mich jetzt nach dir.«

»Du hast dich nach mir gesehnt? Warum hast du mich dann verlassen?«

»Ich mußte. Vielleicht wirst du das niemals verstehen, mir niemals verzeihen.« Seine Augen blickten sie zärtlich an. »Ich hätte in jener Nacht niemals mit dir schlafen sollen. Ich hätte dich in Ruhe lassen sollen. Doch du warst so unglaublich schön, daß ich es nicht ertragen konnte zu gehen, ohne dich geliebt zu haben. Und es tut mir nicht leid. Ich werde jene Nacht nie vergessen.«

Sie war wie gebannt von der Tiefe der Gefühle, die sich in seinem Gesicht widerspiegelten. Sagte er ihr die Wahrheit? Fühlte er etwas für sie? Sie wollte es glauben, doch was war mit ihrem Gelübde? Was war mit Vashti und den anderen? Die Erinnerung an den Überfall auf das Zigeunerlager ließ ihr Herz erkalten. Er war dafür verantwortlich, Rafael.

»Wenn es dir leid tut, wenn du wirklich etwas für mich empfindest, läßt du mich in Ruhe.« Ihre Stimme war kalt und strafte die Wärme in ihrem Herzen Lügen. »Irgendwie verstehe ich nicht, weshalb mich mein Vater mit dir verheiratet hat.

»Er denkt, daß du mich liebst. Tust du das, Alicia?«

»Nein. Damals vielleicht. Doch dein Verrat hat jede Zuneigung erstickt, die ich jemals für dich empfunden habe, Rafael. Du wirst nie wieder mein Herz besitzen.«

Er machte einen plötzlichen Schritt nach vorn, sein Puls schlug ihm bis zum Hals, seine Augen glühten vor innerem Feuer. »Du gehörst zu mir, Alicia. Beim Wort deines Vaters bist du mein. Ich werde dich heute nacht besitzen.«

Alicia fühlte sich wie ein Tier in der Falle und warf sich auf ihn, mit den Fäusten um sich schlagend. »Ich hasse dich. Ich hasse dich. Ich werde mit jeder Unze meiner Kraft gegen dich kämpfen. Du kannst mich nehmen, mich zwingen, doch wirst du niemals meine Liebe haben.«

Rafael fing sie in seinen Armen auf, zog sie an sich, drückte seine Lippen auf ihren Mund. Alicia konnte nicht mehr denken, als seine Hände mit vollendetem Geschick über sie glitten, seine Finger die Spitzen ihrer Brüste streichelten. Jetzt zogen die Hände, die gegen ihn gekämpft hatten, ihre Hände, ihn näher, gruben sich in sein Fleisch. Sie warf ihre Arme um seinen Hals und drückte sich ohne Scham an ihn; sie hatte ein ebenso starkes Verlangen nach ihm wie er nach ihr.

Seine Stimme war sanft, als er seine Lippen von ihr nahm. »Du siehst, daß du mich nicht haßt, Alicia. Ich glaube, das habe ich eben bewiesen.«

Ihr Gesicht in den Händen vergrabend, ließ Alicia ihren Tränen freien Lauf. Es war die Wahrheit. In diesem Moment haßte sie sich selbst und ihren Körper, der bei seiner Berührung entflammte. Nicht Rafael war ihr Feind. Nein, es war sie selbst, gegen die sie kämpfen mußte. Sie selbst.

Als er ihre Tränen sah, vergaß Rafael sein Verlangen und wollte sie nur noch trösten, sie in die Arme nehmen und niemals gehen lassen. »Alicia.«

»Bitte, laß mich. Bitte.« Ihre grünen Augen schwammen in Tränen. Sie mußte allein sein, sich vor diesen Empfindungen schützen, die sie so aufwühlten. Sie war verwirrt, hatte Angst. Wie konnte er das jemals verstehen?«

»Ich laß dich in Ruhe, Alicia. Zumindest in dieser Nacht. Schlafe in deinem einsamen Bett. Doch vergiß nicht, ich liebe dich, und eines Tages werde ich dich gewinnen.«

29

Alicia fuhr beim ersten Schein der Dämmerung erschreckt hoch. Sie hatte sich die ganze Nacht herumgeworfen, und nun hatte sie elende Kopfschmerzen. Die kühle Morgenluft tat ihren Schläfen weh.

»Was soll ich tun? Was soll ich tun?« klagte sie. Da sie sich zu schnell aufgerichtet hatte, wurden ihre Kopfschmerzen nur noch schlimmer. Zu viel Wein beim Hochzeitsfest? Nein. Sie hatte sehr wenig getrunken. Es waren die Anspannung und die Sorge, die ihr Unwohlsein verursachten. Sie würde sich selbst einen Heiltrunk aus Kräutern bereiten müssen. Katzenminze vielleicht, oder Pfefferminz.

Außerhalb des Wagens konnte sie das Kichern der Kinder hören. Mala. Palo. Sie vermißte heute morgen ihre lachenden Gesichter, aber da es ihre Hochzeitsnacht gewesen war, hatte man sie in einem anderen Wagen untergebracht. Rudolpho hatte an alles gedacht.

»Aber es gibt keinen Grund, daß sie nicht bei mir bleiben sollten. Ich habe nicht die Absicht, in irgendeiner Weise Rafaels Frau zu sein, außer daß ich seinen Namen trage.« Warum klangen diese Worte so traurig? Warum konnte sie nicht die Zärtlichkeit in seinen Augen vergessen, mit der er sie in der letzten Nacht angeschaut hatte?

Wäre dies eine normale Zigeunerhochzeit gewesen, so hätte Alicia heute morgen das Linnen ihres Brautbettes vorgezeigt, um ihre Reinheit zu beweisen. Das ganze Lager wußte, daß sie keine jungfräuliche Braut war. Doch sie konnte sich nicht erlauben, sich zu schämen. Rafaels Worte klangen in ihr wider, um sie zu quälen.

»... ich konnte es nicht ertragen wegzugehen, ohne dich geliebt zu haben. Und es tut mir nicht leid. Ich werde jene Nacht nie vergessen.« Fühlte sie nicht genauso? Wenn sie ehrlich mit sich selbst wäre, müßte sie zugeben, daß sie sich ihm wieder hingeben würde, selbst mit all dem Schmerz, all der Verachtung, die sie von ihrem Volk erlitten hatte. Warum hatte sie ihm solche haßerfüllten Worte entgegengeschleudert? Furcht. Stolz. Zorn. Sie hatte ihm gesagt, daß sie wünschte, er würde weggehen und niemals zurückkehren, doch sie wußte, daß diese Worte unaufrichtig waren. Als sie sich vom Bett erhob, fürchtete sie plötzlich, daß er ihre Worte ernstgenommen hatte. War er während der Nacht geflohen? Könnte sie ihn dafür tadeln?

»Rafael! Rafael!« Sie vergaß, daß sie nur ihr Nachthemd trug, und ging ihn suchen, nur um herauszufinden, daß sich ihre Ahnung bewahrheitete. Er war nicht bei den anderen. Er war fort, und sie hatte ihn mit ihrer scharfen Zunge vertrieben! Tränen traten ihr in die Augen, als sie zu ihrem Wagen zurücklief. Alles, was ihr blieb, war, sich anzukleiden und ihn zu suchen.

»Ich bin nicht weggegangen, Alicia«, rief eine Stimme leise. Rafael tauchte von seinem Schlafplatz unter dem Wagen auf. »Ich würde dich nicht verlassen. Wir haben noch nicht beendet, was wir begonnen haben.« Ihre Blikke trafen sich, und er lächelte.

Er hatte ihre Gedanken gelesen. Verlegen warf Alicia ihren Kopf zurück und reckte die Schultern. »Das werden wir sehen, *Gorgio*. Das werden wir sehen.« Sie stieg hinauf, warf den Vorhang an ihrem Wagen zur Seite und suchte die private Sphäre des Wagens auf, bevor er in ihren Augen die Freude, ihn zu sehen, erkennen könnte. Sorgfältig kleidete sie sich an, bürstete ihr Haar mindestens hundertmal, damit es im Sonnenlicht glänzte, schminkte ihre Augen mit einem Stückchen Kohle und benetzte ihre Lippen mit Beerensaft, um ihnen einen rosa Schimmer zu verleihen. Von jetzt an durfte sie als verheiratete Frau nicht ohne ihr Kopftuch gehen, doch sie band es mit Stolz um ihren Kopf, mit einem seltsamen Gefühl der Zufriedenheit. Wenn sie denn irgendeinem Mann gehören sollte, so war sie froh, daß es Rafael war.

Sie liebte ihn, warum konnte sie das nicht zugeben, zumindest vor sich selbst? Durch den Eingang des Wagens schien die Sonne noch ein wenig heller zu scheinen, die Luft noch ein bißchen frischer zu wehen. Ihre Augen suchten Rafael und fanden ihn bei den anderen Männern, mit denen er die Zelte abriß und für die Reise zusammenlegte. War er wirklich so viel größer, so viel schöner als die anderen? Ja. Zumindest in ihren Augen. Trotz der Tatsache, daß er gegen seinen Willen hierhergebracht worden war, schien er mit den anderen zu lachen und genauso hart zu arbeiten wie sie, um das Lager abzubrechen. Er wäre ein prächtiger Zigeuner, dachte sie mit einem plötzlichen Anflug von Glück und Stolz. Wenn die anderen ihm vergeben konnten, warum konnte sie es dann nicht? Sie stellte sich diese Frage immer wieder, während sie den anderen Frauen beim Frühstückmachen half.

»Er ist wirklich schön«, sagte ihr Zuba ins Ohr. »Fast so schön wie mein Todero.« Zubas Augen stellten viele Fragen. Hastig schlug Alicia die Augen nieder und wandte sich mit besonderem Interesse der Kartoffel zu, die sie gerade schälte.

Schließlich konnte Zuba nicht länger an sich halten und zog Alicia mit sich. »Alicia. Sag mir. Hat er dich letzte Nacht glücklich gemacht?«

»Nein.«

»Nein? Was soll das bedeuten?«

Alicia wandte sich von den großen, braunen Augen ab, die bis in ihr Herz zu schauen schienen. »Ich... ich habe es nicht zugelassen, daß er mich berührte.«

»Du hast dich ihm verweigert?« Zuba warf vor Enttäuschung die Arme hoch. »Warum?«

»Weil er... er... der Überfall auf das Lager... ich... ich...«

»Du hast Angst vor ihm. Gib es zu, Alicia. Ich bin deine Freundin, wir sind zusammen aufgewachsen. Gib es vor dir selbst zu, wenn du es vor mir nicht kannst. Das ist der Grund. Du hast Angst, ihm dein Herz zu schenken.«

»Natürlich habe ich Angst; kannst du mir das übelnehmen?« Alicia fingerte nervös an den Falten ihres Rockes herum. »Glaubst du, ich will erneut verletzt werden?«

Zuba nahm Alicia bei den Schultern und blickte ihr tief in die Augen. »Du wirst wieder verletzt werden, wenn du nicht lernst, zu vertrauen und zu vergeben. Aber du wirst es selbst sein, die dich verletzt.«

»Aber Rafael...«

»Er liebt dich. Warum hat er sonst nicht versucht zu entkommen? Vielleicht ist auch ihm die Tiefe seiner Gefühle nicht klar, aber mir. Gib ihm eine Chance, dich glücklich zu machen, Alicia. Ich glaube nicht, daß er es war, der die anderen auf uns hetzte; und wenn du dir selbst diese Frage stellst, wirst du dir dieselbe Antwort geben.«

»Ich weiß nicht mehr, was ich denken soll. Es war einmal alles so einfach, aber jetzt nicht mehr. Nicht mehr.«

Es war keine Zeit mehr, weiterzusprechen, da die anderen Frauen Zuba und Alicia heftig zuwinkten, zu ihnen zu kommen. Keine Zeit für eitles Geplauder, selbst für eine Braut. Es gab an diesem Morgen noch viel zu tun, um den Aufbruch vorzubereiten. Alicia gesellte sich zu den anderen, doch Zubas Worte klangen ihr in den Ohren, als sie ihre Arbeit verrichtete. Ihre Augen suchten wieder nach Rafael, und als er in ihre Richtung schaute, lächelte sie.

Schließlich waren alle Decken, Zelte und Kochgeräte wieder in die Wagen geladen, die Pferde angespannt, und die Reise konnte beginnen. Rafael saß neben Alicia vorn auf dem Wagen, die Zügel fest im Griff.

»Ich kann die Pferde führen, *Gorgio*«, sagte sie steif und versuchte verzweifelt, ihre Gefühle vor ihm zu verbergen. Sie war sich seiner Nähe schmerzlich bewußt und bemühte sich, ihn nicht zu berühren, damit er nicht wieder das Feuer in ihrer Brust entzündete, an das sie sich so gut erinnerte. Zubas Worte kamen ihr wieder in den Sinn, und einen Augenblick lang fragte sie sich, ob Rafael vielleicht doch unschuldig war. War es möglich? Von ganzem Herzen wollte sie ihm vertrauen. Sie warf ihm einen Blick zu und schaute rasch weg, als sie merkte, daß er sie ansah.

»Schau nicht weg, Alicia. Was ist los? Woran denkst du?« Er streckte eine Hand nach ihr aus, mit der anderen die Zügel haltend, und diesmal wich sie nicht zurück. »Da ist noch mehr, was dich bekümmert, als daß ich dich damals im Wald zurückgelassen habe. Was ist es?«

Sie wollte sprechen, fand aber keine Worte und sagte statt dessen: »Wir sind verschieden, du und ich. Wir kommen aus zwei verschiedenen Welten. Vater muß mondsüchtig gewesen sein, daß er uns zusammenbrachte. Es wird nicht gutgehen. Niemals.«

Er zog die Zügel an. »Ich hatte dieselbe Vorstellung; deshalb verließ ich dich an jenem Tag, doch jetzt bin ich nicht mehr so sicher.«

»Vater hätte dich niemals zwingen sollen, hierher zu kommen. Es war falsch von ihm.«

»Er hatte seine Gründe.«

Lange fuhren sie schweigend dahin, während jeder sich bemühte, seine eigenen Gefühle zu verstehen. Rafael war immer noch ärgerlich, daß er so unbarmherzig entführt worden war, doch jetzt war dieser Ärger gemildert durch die Gewißheit, daß Rudolpho dies nur um seiner Tochter willen getan hatte. Er empfand Achtung und Sympathie für den Anführer der Zigeuner, doch viel länger könnte er nicht bei diesen Leuten bleiben. Würde er es Alicia verständlich machen können, warum er sie wieder verlassen mußte? Er würde es versuchen. Ihr Zorn war eine zu große Qual, die er auf die Dauer nicht aushalten würde.

»Doch trotz allem, was ich tun muß, trotz allem, was mir mein Verstand vorschreibt, möchte ich nicht gehen«, flüsterte er zu sich und riß an den schweren, ledernen Zügeln, als wollte er sein eigenes Herz im Zaum halten.

30

Die Karawane bewegte sich den ganzen Tag vorwärts und hielt nur an, um die Pferde ausruhen zu lassen. Schließlich senkte sich die Dämmerung mit einem lebhaften Federstrich von Rosa und Lavendel auf das Land. Wie eine riesige feurige Kugel versank die Sonne hinter dem Horizont, und Alicia wußte, daß sie wieder einmal mit Rafael allein sein würde.

Den ganzen Tag war sie sich seiner starken männlichen Gegenwart neben sich bewußt gewesen. Der Klang seiner Stimme, der Geruch seines Körpers, das Gefühl seiner starken, doch geschmeidigen Hand, wann immer er sie berührt hatte, das alles zog sie ebenso an wie sein Aussehen selbst.

Mit ihm neben ihr war die Welt lebendig, als sähe sie sie zum ersten Mal. Sie warf ihren Kopf zurück und genoß das Gefühl des Windes, der ihr in die langen, offenen Haare fuhr.

Rafael wandte sich zu Alicia, und ihr Anblick griff ihm wieder ans Herz. Wie konnte die Liebe, die er für sie empfand, falsch sein? Als er ihr in die Augen sah, war Alicia wie gebannt von den Empfindungen, die sie dort ablesen konnte.

»Ich liebe dich, Alicia, über jeden Verstand hinaus. Irgendeine Stimme in meinem Kopf sagt mir, daß ich ein

Narr bin, daß wir zu verschieden sind, doch mein Herz bleibt fest. Ich möchte auf mein Herz hören.« Während Rafael sprach, brachte er die Pferde zum Halten und führte den Wagen mit einer Geschicklichkeit zu seinem Rastplatz, die die Tatsache, daß er ein *Gorgio* war, Lügen zu strafen schien. Und wieder dachte Alicia, was für ein gutaussehender Zigeuner aus ihm werden könnte.

Alicias Hand wurde von langen, starken Fingern gefaßt, als Rafael ihr aus dem Wagen half, und wieder fand sie keine Worte. Sie dachte, er hätte gesagt: »Ich liebe dich.« Hatte sie ihn richtig gehört?

»Rafael... Rafael... hast du... hast du...« Sie mußte ihm die Frage stellen. Sie mußte die Antwort wissen, bevor es irgendeine Hoffnung auf Liebe zwischen ihnen gab.

»Habe ich was? Was willst du mir sagen, Alicia?«

Sie setzte zum Sprechen an, doch bevor die Worte heraus waren, fielen Mala und Palo über sie her und drückten sie mit kindlichem Überschwang. Lachend an ihren langen Haaren ziehend, forderten sie ihre volle Aufmerksamkeit.

»Wir haben dich vermißt, Alicia. Warum konnten wir letzte Nacht nicht bei dir schlafen?« Palo musterte den Fremden in ihrer Mitte mit einem Stirnrunzeln, er wußte, daß sie seinetwegen verbannt worden waren.

Alicia errötete. »Es war meine Hochzeitsnacht, Palo.«

»Wir hätten dich nicht gestört. Mala und ich wären so still gewesen wie zwei Lämmchen, nicht wahr, Mala?«

Kichernd nickte das kleine Zigeunermädchen. Als sie scheu zu Rafael aufsah, war deutlich zu sehen, daß sie ihn anbetete. »Können wir heute nacht bei euch schlafen?«

Rafael hatte andere Dinge im Kopf, doch er wußte nicht, was er sagen sollte. »Wir werden sehen.« Als er sprach, drückte er seinen Arm um Alicias Taille, und zum erstenmal, seitdem er in das Zigeunerlager gekommen war, begrüßte Alicia seine Umarmung. »Ich möchte dich heute nacht für mich allein haben«, flüsterte er ihr ins Ohr.

Nur die abendlichen Aufgaben konnten sie trennen, doch auch jetzt konnte Alicia Rafaels durchdringenden Blick auf sich spüren. Sie kämpfte innerlich gegen ihre Liebe, doch sie war machtlos. Zuba hatte recht. Wenn sie Rafael wieder die kalte Schulter zeigte, würde sie sich bloß selbst verletzen.

Es schien eine Ewigkeit zu dauern, bis die Kocherei beendet, die Speisen gegessen, die Wagen entladen und die Kochtöpfe gereinigt waren. Endlich hörte Alicia den tiefen, weichen Klang von Rafaels Stimme, der neben ihr auftauchte und ihren Namen rief.

»Es ist Zeit für die anderen, schlafen zu gehen, doch du wirst keine Zeit zum Schlummern haben, meine liebliche Zigeunerbraut.« Sein Atem bewegte ihr Haar, und ein Schauer lief ihr über den Rücken. Aber immer noch wollte Alicia ihre wahren Gefühle vor ihm verbergen.

»Ich bin müde, Rafael. Wir haben morgen eine lange Reise vor uns.«

Er legte seinen Arm um ihre Taille, und Alicia spürte seine starke Hand auf ihrer Hüfte. »Ach Alicia, du kämpfst noch immer gegen mich. Was muß ich nur tun?« Er zog sie näher an sich heran, und die Hitze seines Körpers hüllte sie ein. Sie bewegten sich wie die Partner in einem Tanz, als sie zusammen weitergingen. Sanft küßte er sie, eine Verheißung der Dinge, die kommen sollten.

»Alicia. Hier bist du«, unterbrach Palo die Stille in seiner kindlichen Unschuld. »Erzähl uns eine Geschichte. Das tust du immer um diese Zeit.«

Rafael blieb nichts anderes übrig als zuzusehen, wie

Alicia die Kinder an die Hand nahm und sie zu einem alten Baumstumpf führte. Sie setzte sich, die Kinder zu ihren Füßen, und versprach, ihnen die Geschichte von dem ersten Mann und der ersten Frau zu erzählen.

»Glaubst du an Adam und Eva?« fragte Rafael und setzte sich neben Alicia auf den Baumstumpf.

Sie sah ihn mit gespieltem Entsetzen an. »Adam und Eva? Nein. Ich bin eine Zigeunerin, und wir kennen die Wahrheit.« Lächelnd warf sie ihre lange Mähne zurück.

»Die Wahrheit?« fragte er und zog eine Augenbraue hoch. »Und was ist die Wahrheit?« Ihr braunes Haar schimmerte rötlich im Licht des Feuers, und seine Augen sogen ihre Schönheit in sich auf. Seine wilde Zigeunerin, Alicia.

»*O Del* machte den ersten Mann aus Gips und stellte ihn zum Brennen in den Ofen. Doch er war so beschäftigt mit der Erschaffung der Wüsten und Flußtäler, daß er vergaß, ihn rechtzeitig herauszunehmen. Nun, da war der Mann angebrannt.«

»Die Mauren«, fiel Palo ein.

»Die Mauren? Aha, interessant. Der erste Mensch war also ein Maure.« Rafael schaute sie von der Seite an, ließ sie jedoch fortfahren. »Was geschah dann?«

Alicia spürte seine festen Muskeln, als er mit seinem Oberschenkel den ihren berührte, und angestrengt konzentrierte sie sich auf ihre Geschichte. Sie rückte ein wenig weg von ihm und antwortete: »*O Del* machte noch einen Mann. Den nahm er zu früh aus dem Ofen.«

»Der erste Spanier«, sagte Mala stolz, bemüht, vor dem Fremden ihre Kenntnisse zu zeigen.

Rafael zuckte zusammen und fragte sich, was wohl geschehen würde, wenn Torquemada diese Geschichte hörte. Er würde sagen, daß sie nichts als Ketzerei sei. War sie es? Waren diese Zigeuner Ketzer? Heiden? Nein.

Das konnte er nicht glauben. Es war eine so liebenswürdige Geschichte.

»Der erste Spanier?«

»Der erste der weißen Rasse«, tönten Mala und Palo gleichzeitig.

Rafael dachte, daß die Geschichte nun zu Ende sei, doch Alicia hieß ihn mit einem Wink ihrer grünen Augen schweigen. »Der dritte Versuch war erfolgreich. Wieder machte *o Del* einen Mann aus Gips, doch diesmal wurde er gerade richtig. Nicht zu lang im Ofen und nicht zu kurz. Er schuf einen schönen, hellbraunen Mann. Den ersten Zigeuner!« Sie lachte triumphierend, und er fiel in ihre Fröhlichkeit ein.

»Und dann machte er für jeden eine Frau«, sagte Palo mitten ins Gelächter, und die Ernsthaftigkeit stand ihm ins Gesicht geschrieben.

Mala schüttelte den Kopf. Sie war nicht einverstanden. »Ich glaube, *o Del* hat zuerst die Frau und dann den Mann gemacht. Wie bei der Geburt. Der Mann kommt von der Frau, nicht umgekehrt.«

Palo parierte schnell. »Der Mann kam zuerst. Es ist ein Mann, der die Sippe anführt.«

»Aber die *Phuri Dai* ist eine Frau.« Mala wollte nicht klein beigeben. Einen Augenblick lang schien es, als würden sie einen ernsthaften Streit anfangen.

Rafael nahm in jeden Arm ein Kind und trug sie zu Zubas Wagen. »Nun aber ins Bett mit euch!« Behutsam setzte er sie vor dem Eingang des Wagens ab und ignorierte ihre Proteste und Bitten, bei Alicia bleiben zu dürfen. Heute nacht wollte er die liebliche Zigeunerin ganz für sich allein haben.

»Rafael, die Kinder. Was werden sie denken?« Alicia wollte zu ihnen, doch Rafael stellte sich dazwischen.

»Sie werden wissen, daß wir allein bleiben wollen. Es

ist Zeit, daß sie solche Dinge verstehen.« Bevor sie weiter protestieren konnte, griff er sie und trug sie zum Wagen. Er zog die Vorhänge auf, trat ein und legte sie mit einem vielsagenden Lächeln aufs Bett. »Du wirst nicht noch einmal nein zu mir sagen, Alicia.« Ihr Anblick, ihr Duft und ihre Berührung berauschten ihn, und er ließ seine Augen auf ihrer Schönheit verweilen. Die dunklen, seidigen Strähnen ihres Haares waren um sie herum ausgebreitet wie ein wunderschönes Tuch, das ihre Schultern bedeckte, und mit blitzenden grünen Augen blickte sie ihn an.

»Ich habe dir gesagt, Rafael...«

»Und ich habe dir gesagt, du gehörst zu mir, Alicia, und heute nacht werde ich dich besitzen.« Er begegnete unbewegt ihrem wilden Blick. »Mir wäre es lieber, wenn du dich nicht so gegen mich wehren würdest, wenn du dich ebensosehr nach mir sehntest, wie es mich nach dir verlangt. Doch ich werde den Wagen heute nacht nicht verlassen, um allein zu schlafen.« Er hatte einen hungrigen Blick, wie ein Mann, der sich auf ein Fest freut, und sie wußte, daß er sie damals unter den Sternen nicht aus dem Grunde geliebt hatte, um fliehen zu können.

Dennoch dachte Alicia an ihr Gelübde und versuchte verzweifelt, sich ihm zu entziehen. Sie war eine Zigeunerin. Sie war tapfer, und doch zitterte sie vor Angst und fürchtete sich mehr vor ihrer Liebe zu ihm als vor Stivos Peitsche.

»Wie kann ich zulassen, daß du mich berührst, nach dem, was du getan hast?« hauchte sie. »Tod und Zerstörung hast du über mein Volk gebracht.« Ihre Augen schauten ihn herausfordernd an.

»Tod? Zerstörung?« Es war, als hätte sie ihm eine Ohrfeige versetzt, als ihm die Bedeutung ihres Vorwurfs dämmerte.

»Die Bauern und die anderen, die über die Karawane

herfielen und so viele töteten... so viele. Vashti. Arme Vashti.« Sie schloß die Augen und schien jene schreckliche Nacht noch einmal zu erleben.

»Und du glaubst, daß ich... mein Gott! Kein Wunder, daß du sagtest, du haßt mich.« Er wandte ihr den Rücken zu und schüttelte den Kopf. »Ich war es nicht, Alicia. Niemals hätte ich so etwas getan.«

Sie wollte ihm glauben, doch ihr trotziger Stolz hinderte sie, die Sache so leicht auf sich beruhen zu lassen. »Wer war es dann? Wie fanden uns die *Gorgios?*«

»Die beiden Männer, die versucht hatten, mich zu töten. Sie kamen zurück, um meine Leiche zu suchen, und müssen euer Lager entdeckt haben.« Er ließ einen Faustschlag auf die Holzwand sausen, als wolle er sie durchhauen. »Die gierigen Hunde! Ich hörte sie reden, als ich zurückkam, um dich in jener Nacht zu finden. Hätte ich gewußt, was sie vorhatten, hätte ich sie in dem Augenblick getötet, in dem ich sie das erste Mal sah.«

»Du kamst zurück, um mich zu suchen?« Ihre Stimme war kaum mehr als ein Flüstern. Als er sich umdrehte, konnte sie die Wahrheit in seinen Augen lesen. »Du bist zurückgekommen?« fragte sie noch einmal.

»Ja, ich kam zurück. Ich war krank vor Kummer und außer mir. Ich fürchtete, daß du tot seist, und dieser Gedanke brachte mich fast um.« Langsam kam er auf sie zu. »Oh, Alicia, Alicia. Ich hätte dich niemals auf diese Art verraten. Das mußt du mir glauben.«

Und sie glaubte ihm. Niemand hätte in diesem Augenblick an ihm zweifeln können. Heftig schluckend, um nicht laut herauszuweinen, öffnete sie ihre Arme, ihr Herz überströmend vor Liebe. Nun war sie es, die ihm Trost spendete, Trost für das große Unrecht, das sie ihm dadurch angetan hatte, daß sie so schlecht von ihm gedacht hatte.

»Ich glaube dir, Rafael«, flüsterte sie und fühlte ein übermächtiges Verlangen in sich aufsteigen, als sie ihn umarmte. Sein Körper war so stark und strahlte eine Männlichkeit aus, die sie wie die Stromschnellen eines wilden Flusses anzog. Sie könnte ihn niemals hassen, selbst wenn er für die Tragödie verantwortlich gewesen wäre. »Oh, Rafael, mein Geliebter.«

Sie hielten einander umschlungen, als die volle Gewalt ihres Verlangens über sie hereinbrach. Sie konnte seine Erregung unter seiner Kleidung spüren, doch jetzt erschreckte sie seine Leidenschaft nicht; statt dessen fühlte sie einen süßen Schmerz.

Sachte umfaßte er mit der Hand ihre Brust und entfachte mit seiner Berührung ein wahres Feuer in ihr. Die Brustwarzen prickelten und wurden unter seiner federleichten Berührung steif. Es war wunderbar, wieder so von ihm berührt zu werden.

»Rafael.«

Sein Gesicht war gerötet, er atmete schwer. Wie hatte er jemals vergessen können, wie wunderschön sie war? Wie hatte er jemals daran denken können, sein Leben ohne sie zu leben? Während er seine Hände über den dünnen Stoff ihrer Bluse gleiten ließ, zog er sie herunter und entblößte ihre Brüste.

»Mein Gott«, brachte er heiser hervor. In diesem Augenblick war alles andere in seinem Leben vergessen. Juan, das Gemälde, seine Mission. Alles. Er wollte nur noch ihre Liebe und für immer an ihrer Seite bleiben.

Rafaels Lippen senkten sich in einem hungrigen, fordernden Kuß auf die ihren, als sie sich ihm ergab. Das war es, was sie wollte. Sie liebte ihn. Er war zurückgekommen, um sie nach dem Überfall auf das Lager zu finden. Er war zurückgekommen! Als sie seinen Kuß erwiderte, brach ihr Widerstand vollends zusammen, und sie überließ sich ihren eigenen Sehnsüchten, ihrem eigenen Verlangen. Sein Mund hielt den ihren gefangen. Die Wärme und Hitze seiner Lippen und seiner Zunge machten ihr bewußt, wie sehr sie ihn wollte, wie sehr sie nach ihm hungerte.

Mit sanften Händen streifte ihr Rafael langsam die Bluse und den äußeren Rock ab. Er verweilte in seinen Bewegungen, als wollte er diesen magischen Moment ganz auskosten. Die unteren Röcke folgten, schließlich Alicias Unterkleid. Dann stand sie ganz nackt vor ihm, stolz, wie eine heidnische Göttin, und badete sich in der Wärme seines Blickes. Als er sie mit der Hand berührte, spürte sie, daß er zitterte. Nervös. Der *Gorgio* war nervös? Warum? Ihre Augen blickten ihn fragend an, sie wußten die Antwort längst, bevor er sprach.

»Du hast in mir Empfindungen geweckt, von denen ich nichts ahnte. Ich bin ein starker Mann, und doch zittere ich wie ein Kind.« Er zog seine Hand zurück und starrte sie an. »Du hast mich verzaubert, meine schöne Zauberin.«

»Es ist *o Del*, der gezaubert hat«, flüsterte Alicia leise.

»Ich möchte, daß dies eine schöne Nacht für dich wird, Alicia. Ich möchte, daß du sie nie vergißt.« Er zog sie sanft auf das Bett herunter und erkundete Alicias Körper mit dem Feuer seiner Lippen, die sie mit ihrer sinnlichen Zärtlichkeit berauschten, bis sie ihn mit brennendem Verlangen umschlang. Er ließ sie einen Augenblick los, um sich seiner Kleider zu entledigen, und da stand er gegen das Mondlicht in seiner ganzen strotzenden Männlichkeit. Was für ein herrlicher Mann er war, so voller Anmut und Stärke, dachte sie. Ihr Rafael! Geschmeidig und kraftvoll, mit breiten Schultern, schmalen Hüften und langen, kräftigen Beinen; sein bloßer Anblick erregte sie.

Rafael spürte ihren liebevollen Blick auf sich, und es gefiel ihm. Er legte sich zu ihr aufs Bett, nahm ihre Hand und führte sie zu seiner kraftvollen Männlichkeit.

Ihr Körper schmiegte sich eng an ihn. Mit ungeduldigen Fingern erkundete sie ihn, die breiten Schultern, den festen Brustkorb, seine Lenden... »Liebe mich. Liebe mich jetzt.« Ihr Verlangen nach ihm war beinahe unerträglich, als er ihren Körper mit dem seinen bedeckte, sie mit Liebkosungen und Küssen übersäte. Sacht drang er in sie ein. Alicia schlang ihre langen, schlanken Schenkel um ihn und bewegte sich im Gleichklang zu seinen Stößen.

»Alicia!« Sein Schrei war wie ein Dankgebet, als er sich tief in ihr vergrub. Er schloß die Augen, und ein Gefühl der höchsten Glückseligkeit ließ ihn erschauern. Es war der Himmel, in ihren Armen zu liegen, als sei sie nur für ihn gesandt worden. Es war wie das Zusammenschmelzen zweier Sterne, und er lächelte, als er an die Zeit dachte, da sie ihm erzählt hatte, daß jeder Zigeuner zu einem Stern gehörte. Sie war ihm alles in diesem Augenblick – eine Nymphe, eine Verführerin, ein Engel – so zerbrechlich wie eine Blume mit dem Feuer jenes Sterns.

Alicia bewegte sich mit ihm, ihr Körper hob sich gegen seine sinnlichen Rhythmen, und sie nahm ihn ebenso in Besitz wie er sie. Es gab nichts in der Welt als diesen Mann, der sie liebte. Wenn nur die Zeit stillstehen und die Erde aufhören würde, sich zu drehen, damit sie für immer beieinander sein könnten!

Es durchfuhr sie wie ein süßes Feuer, als sich ihre Blikke trafen. An ihn geschmiegt, rief Alicia seinen Namen und vergrub ihr Gesicht in der Wärme seiner Brust, seinen männlichen Geruch einatmend. Wie hatte sie jemals daran denken können, sich dieser Ekstase zu verweigern?

»Du wirst mich jetzt nie mehr verlassen«, sagte sie leise und bot ihm die Lippen zum Kuß.

Rafael starrte auf ihr Gesicht nieder und strich ihr sanft das verworrene dunkle Haar aus den Augen. Von diesem Augenblick an gehörte sie ihm. Wie könnte er sie verlassen? ›Und doch muß ich es. Ich muß.‹ Der Gedanke war ihm eine Qual, und er verbannte ihn aus seinem Sinn. Er nahm Alicia in seine Arme und hielt sie fest, während sie in einen tiefen und seligen Schlaf entschwebten.

31

Rafael erwachte, als die ersten Strahlen der Sonne durch die Spalten der Wagenplane schienen. Er weidete sich an der Schönheit, die in seinen Armen geborgen dalag. Ihre langen Wimpern waren wie Fächer auf ihren Wangen, ihre dichte Haarpracht war wie ein dunkler, seidener Umhang auf Brust und Schultern ausgebreitet. Er spürte eine schmerzliche Zärtlichkeit. Sie sah so viel jünger aus, wie sie da an ihn geschmiegt schlafend lag, und er wünschte von ganzem Herzen, daß er sie nicht wieder verletzen müßte. ›Verlassen. Immer verlasse ich dich, mein Liebling. Aber das ist eine Sache, die ich nicht ändern kann. Bis Spanien von Torquemadas heimtückischer Macht befreit ist, muß ich alles tun, was ich kann...‹

Als spürte sie seine Gedanken, regte sich Alicia im Schlaf und berührte, zufrieden lächelnd, mit ihrer zarten Hand seine feste Brust.

Was könnte er ihr sagen? Wie würde er Worte finden, um ihr verständlich zu machen, was er zu tun hatte?

Erinnerungen an die Leidenschaft, die sie miteinander geteilt hatten, ließen seinen Puls schneller schlagen, und er fühlte Zorn auf sich selbst und die Welt in sich aufsteigen. Er hätte sich so gewünscht, Alicia vor jedem Herzeleid bewahren zu können, doch wieder einmal mußte er das Werkzeug ihrer Folter sein. Und was war mit Stivo? Seine besessene Gier auf Alicia würde sicher Unheil bringen. Wie könnte er sie mit ihm allein lassen? Rudolpho würde über sie wachen, wie er es bisher getan hatte.

Er hätte sich damit trösten können, doch statt dessen hatte er trübe Vorahnungen. Eine Stimme drängte ihn, bei der Frau zu bleiben, die er liebte. Er strich ihr übers Haar und schloß die Augen. Er liebte sie; er konnte es nicht länger leugnen. Doch er konnte nicht bleiben. Es würde keinen Frieden für ihn und keine Ruhe für seine Seele geben, bis seine Mission erfüllt wäre.

»Ich liebe dich, Alicia«, flüsterte er. Nun verstand er die verzehrende Leidenschaft seines Vaters für eine Frau, die anders war als er. Zigeuner oder Kastilier, er hätte Alicia immer gliebt. Er machte sich nichts mehr daraus, daß sie zu diesen umherziehenden Wanderern gehörte, einem anderen Glauben anhing und andere Lebensgewohnheiten hatte. Wie hatte er so töricht sein können zu denken, daß diese Dinge zählten, wenn es um die Herzen ging?

Alicia fröstelte im Schlaf, und er nahm sie in seine Arme und wärmte sie mit der Hitze seines Körpers, bis ihr Zittern nachließ. Was würde jetzt mit ihr geschehen, nun, da er diese verzehrende Flamme entzündet hatte? Wäre sie in Sicherheit, bis er zu ihr zurückkehren konnte? Würde sie verstehen, was er tun mußte? Irgendwie mußte er die richtigen Worte finden.

›Wenn das Leben nur einfacher wäre, meine Geliebte‹, dachte er, ›wäre ich es zufrieden, als Zigeuner und dein

Geliebter, als dein Mann mit dir durch die Welt zu ziehen.‹ Seine Augen glitten über den Innenraum des Wagens, über die bunten Decken, die ordentlich gefaltet neben dem Bett lagen, über die Pfannen und Fässer, die an den Wänden hingen, Zeichen des Nomadenlebens. Die Zigeuner hatten sehr wenig Besitztümer, und doch schienen sie glücklicher zu sein als manche der reichsten Spanier. Ohne große Haciendas, ohne Wohlstand oder viel Geld schienen sie weniger belastet, frei, glücklich, ohne fürchten zu müssen, das zu verlieren, was einem Mann zur Last werden konnte. Der Himmel war ihr Dach, die ganze Erde ihre Herberge, und das Lachen war ihre Musik.

Er hatte so unrecht gehabt. Hatte nicht auch er sie für Diebe gehalten? Doch die Zigeuner hatten einen strikten Ehrenkodex. Das hatte Rafael aus eigener Anschauung in den beiden letzten Tagen selbst erlebt. Sie nahmen vom Land nur das, was sie für ihre wesentlichsten Bedürfnisse brauchten. Sie waren niemals gierig, und sie nahmen nie etwas, was ihnen nicht von *o Del* gegeben wurde. *O Del.* Diese Menschen waren keine Ketzer. *O Del* war nur ein anderer Name für Gott.

Alicia spürte seinen Blick auf sich gerichtet, hörte den gleichmäßigen Atem des Mannes, der neben ihr lag, und öffnete die Augen. Also war es doch kein Traum gewesen.

»Rafael«, flüsterte sie und tastete nach seiner Wange, wie um sich zu vergewissern, daß er real war und kein Hirngespinst.

»Guten Morgen.« Rafaels Stimme war etwas heiser, und Alicia errötete, als sie sich an die Nacht erinnerte, die sie in Liebe vereint miteinander verbracht hatten. Er kannte jeden Zoll ihres Körpers, er hatte sie mit seinen Händen und Lippen erkundet, und nun gehörte sie wirklich zu ihm.

»Rafael, ich liebe dich. Ich bin glücklich, deine Frau zu sein.«

»Alicia…« Er mußte es ihr jetzt sagen. Wenn er die Wahrheit hinauszögerte, würde er sie nur noch mehr verletzen.

Rasch bedeckte sie seine Lippen mit ihren Fingern. »Nein. Halt mich fest. Liebe mich.« Sie wollte nur seinen festen, warmen Körper spüren, ihn lieben, wie sie ihn in der vergangenen Nacht geliebt hatte. »Ich liebe deine Hände auf meinem Körper, deine Lippen auf den meinen. Laß uns nicht kostbare Zeit durch Worte verlieren.«

Er zog sie an sich, und während er mit den Lippen über die zarte Haut ihres Halses fuhr, seine Hände über ihren Körper gleiten ließ, entzündete er wieder dieselben Flammen in ihr und hüllte sie mit seiner Liebe ein.

»Rafael.« Sie seufzte, und dann gab es nur noch seine Zärtlichkeit, seinen Kuß, die Körper verschmolzen miteinander, und Wellen des Verlangens durchfluteten sie.

Als ihre Leidenschaft endlich abgeebt war, fielen beide wieder in Schlaf, ohne die Geräusche des morgendlichen Lagers wahrzunehmen.

›Er wird mich jetzt nie mehr verlassen. Er liebt mich‹, dachte Alicia und lächelte, während sie ihre Augen wieder schloß. Sich in die Wärme seiner Arme kuschelnd, war sie vollkommen glücklich.

32

Als Rafael später an diesem Morgen aufwachte, war er allein. Rasch zog er sich an und sah Alicia, wie sie draußen ihrer Arbeit nachging und Holz für das Feuer sammelte. Er sprang vom Wagen und ging hinüber zu den

Pferden, um sie zu füttern. Diese Aufgabe hatte ihm Rudolpho aufgetragen, vermutlich, um ihn zu prüfen. Bis jetzt hatte Rafael der Versuchung wegzugehen widerstanden. Über den Grund brauchte er nicht lange nachzugrübeln. Der Grund war Alicia.

»Du bist also noch hier«, höhnte Stivo. Hinter einem Baum hervortretend, starrte er Rafael durchdringend an.

»Natürlich bin ich noch hier. Hast du gedacht, ich würde weggehen, da ich deine Begierde nach Alicia kenne?« Mit den Händen in die Hüften gestemmt stand Rafael da und starrte zurück.

Stivo stieß ein höhnisches Gelächter aus. »Das ist nur eine Sache der Zeit.« Er schnaubte verächtlich. »*Gorgios* sind wie Fische. Nach drei Tagen stinken sie.« Lachend klemmte er sich mit den Fingern die Nase zu und ging davon.

»Arroganter Bastard!« fluchte Rafael. »Eitler und egoistischer Grobian. Du möchtest wohl für den König der Zigeuner gehalten werden, so wie du herumstolzierst.« Stivo ignorierte seine Worte, doch jemand anders hörte sie.

»Das meine ich auch, *Gorgio*«, schnurrte eine Stimme, die Rafael als die von Solis erkannte. Aus den Büschen auftauchend, kam sie mit schwingenden Hüften und provozierendem Lächeln auf ihn zu. Sie bückte sich, als wollte sie etwas vom Boden aufheben, und bot ihm den Anblick ihres vollen Busens dar.

Rafael lächelte verlegen. Ihre katzenhafte Manier und glühenden Augen hätten ihn vielleicht früher einmal erregt, doch nun, da er Alicia gefunden hatte, kam ihm nicht einmal der Gedanke, sich mit einer anderen Frau einzulassen, und wenn sie noch so verführerisch war.

Sie zupfte an ihrer Bluse herum und blickte geziert zu ihm auf. »In der Nähe ist ein kleiner Teich. Vielleicht nicht so erfrischend wie der Fluß, doch hat er immerhin kühles und klares Wasser. Hättest du Lust, mit mir schwimmen zu gehen?«

Mit einem Kopfschütteln versuchte Rafael, soviel Abstand wie möglich zu diesem Drachen zu bekommen. Er hatte von ihrer Leichtfertigkeit reden hören und wußte, daß es eine solche Frau fertigbringen würde, daß ihr Liebhaber eines Tages mit einem Messer zwischen den Schultern gefunden würde. Ihr Mann würde seine Augen vor ihrem Treiben nicht ewig schließen können.

Durch die Bäume vorwärtsstolpernd hatte Rafael nur einen Gedanken: dieser Wölfin so schnell wie möglich zu entkommen, bevor sie einer der Zigeuner zusammen sehen und falsche Schlüsse ziehen würde. Als er sich einen Weg durch die Büsche bahnte, hörte er den Klang von Pferdehufen und rannte in diese Richtung. Wenn es Todero auf seinem Morgenritt wäre, würde er seine Unterstützung suchen, um dieser Frau eine Lektion zu erteilen. Winkend versuchte er, die Aufmerksamkeit der Reiter auf sich zu ziehen, und erkannte mit Erschrecken, daß die näherkommenden Reiter keine Zigeuner waren.

»Carlos! Ich kann es nicht glauben!« flüsterte er, zwischen Freude und Beunruhigung hin- und hergerissen. Jetzt wäre er in der Lage, das Zigeunerlager zu verlassen, und doch war dies das letzte, was er im Augenblick wollte. Er konnte nicht fortgehen, ohne mit Alicia zu reden und ihr zu versprechen, daß er zurückkehren würde, sobald er seine Mission erfüllt hätte. Narr, der er war, hätte er ihr heute morgen so viel sagen müssen, doch nun war es zu spät zur Reue.

Als die Pferde ihm entgegendonnerten, erkannte Rafael zu seiner Bestürzung, daß die Reiter bewaffnet waren. Die Waffen auf ihn gerichtet, kamen sie näher, und Rafael erinnerte sich plötzlich an seine Zigeunertracht. Sie kamen auf ihn zugestürmt wie die vier Reiter der Apokalypse!

»Carlos! Carlos, ich bin es, Rafael!« Seine Stimme verlor sich im Echo der Hufschläge. ›Mein Gott, mein eigener Bruder wird mich töten!‹ Das war Rafaels letzter Gedanke, bevor er den schneidenden Schmerz einer Klinge spürte und zu Boden stürzte.

33

Rafael sah mit einem vor Schmerzen starren Blick auf. »Carlos!« Entsetzen packte den Angreifer, als er Rafael erkannte.

»Jesus Christus, mein Bruder!« Carlos riß so heftig an den Zügeln, daß er beinahe vom Pferd gestürzt wäre, und winkte aufgeregt mit den Armen. »Hört auf, ihr Narren, hört auf! Das ist kein Zigeuner, es ist Rafael.« Er sprang vom Pferd und rannte zu seinem Bruder. »Bist du schlimm verwundet?«

»Nur eine Fleischwunde«, keuchte Rafael. »Trotzdem schmerzhaft. Ich danke Gott, daß du noch nie ein ausgezeichneter Kämpfer mit dem Schwert warst, Bruder, oder ich würde jetzt unter den Toten weilen.« Er preßte die eine Hand auf den verletzten Arm und versuchte, den Blutstrom zu stillen. Ein paar Zentimeter weiter rechts, und die Verwundung wäre tödlich gewesen.

Carlos riß seinem Bruder das Halstuch herunter, um es als Knebel zu verwenden, und sah ihn zweifelnd an. »Was machst du hier, in solchen Kleidern?«

Trotz seiner Schmerzen lächelte Rafael. »Wenn man als Zigeuner durchs Land fährt, ist man eben wie ein Zigeuner gekleidet. Dies ist mein Hochzeitsanzug, Bruder.«

»Hochzeitsanzug? Bist du verrückt geworden? Dies ist nicht der richtige Moment für Späße. Wir müssen dich hier wegbringen, bevor wir entdeckt werden und zum Kampf gezwungen werden.«

»Kämpfen? Nein. Es wird keinen Kampf geben. Bitte, Carlos, laß diese Menschen in Ruhe.«

»Sie in Ruhe lassen? Diese diebischen Bastarde, sie haben dich entführt; haben dich von meinem Land entführt. Wenn ich mehr Männer zusammenbekommen hätte, hätte ich sie Gottes Strafe spüren lassen!«

Sich mühsam vom Boden erhebend, klammerte sich Rafael an Carlos' Schultern. »Nein! Nein! Versprich mir, daß du ihnen nichts antun wirst. Es sind ehrliche Menschen. Wenn ich gefangengenommen wurde, so hatte ich zum Teil selbst schuld daran.«

»Selbst schuld? Jetzt weiß ich, daß du wirklich nicht mehr bei Sinnen bist. Wieso deine Schuld? Sie fesselten dich wie ein Tier. Als Pepe es mir erzählte, schwor ich Rache. Wenn man bedenkt, daß ein Spanier, ein Kastilianer, auf seinem eigenen Grund und Boden nicht mehr sicher ist!« Carlos ließ seinen Bruder los und blickte ihn irritiert an. »Du weißt, was ich von den Zigeunern halte.«

»Du hast unrecht. Wir hatten beide unrecht, so hart über sie zu urteilen. Ich weiß es. In diesen letzten Tagen habe ich sie wenigstens ein bißchen kennengelernt.«

»Schön, schön, du hast sie also falsch eingeschätzt. Ich sage aber immer noch, daß man ihnen eine Lektion erteilen sollte, doch will ich mich deinen Wünschen beugen.« Er half seinem Bruder in eine aufrechte Stellung und winkte einem der anderen Männer, das reiterlose Pferd für Rafael herzubringen. »Ich habe Diablo mitgebracht.«

Rafael zögerte. »Warte, ich kann noch nicht weg, Carlos. Ich muß noch mit jemanden sprechen. Ich muß mich verabschieden.«

»Verabschieden? Du mußt dich von einem Zigeuner verabschieden?« Plötzlich verstand er. »Eine Frau?«

»Meine Braut, eine Zigeunerin. Ich wurde entführt, um ihre Ehre zu rächen, und jetzt bin ich ein verheirateter Mann, Bruder. Könnte ich weggehen, ohne sie noch einmal zu sehen?« Rafael krümmte sich vor Schmerzen, als er seinen Bruder zurückstoßen wollte, doch Carlos verstellte ihm den Weg.

»Ich bin gekommen, um dich mit nach Hause zu nehmen, und das werde ich jetzt tun. Jetzt! Es ist keine Zeit für Liebesabenteuer. Mach mich nicht verantwortlich, wenn ich meine schlechte Laune an diesen Vagabunden auslasse, die du so hoch zu schätzen scheinst. Es wird deine Schuld sein, wenn meine Männer ein paar Leuten den Kopf einschlagen. Sie haben einen harten Ritt auf sich genommen, um dich zu finden. Ich kann ihnen nicht befehlen, sich hier hinzustellen und zu warten, bis mein Bruder einer kleinen Zigeunerhexe Aufwiedersehen gesagt hat.«

»Sie ist meine Frau.«

»Pah! Die Ehe wurde nicht vor einem Priester geschlossen. Du weißt genausogut wie ich, daß die Zeremonie, die sie dir aufzwangen, nichts gilt. Die Frau ist deine Konkubine, nichts anderes. Beeil dich jetzt. Meine Geduld ist am Ende.« Sein Pferd besteigend, warf Carlos ihm einen warnenden Blick zu.

»Ich kann sie nicht verlassen, ohne ihr zu sagen, weshalb ich gehe. Ich bitte dich nur um ein paar Augenblikke, Bruder.« Rafael sah seinen Bruder argwöhnisch an, er wußte aus erster Hand, zu welcher Grausamkeit Carlos fähig war, wenn man ihn hereinzulegen versuchte. Der Stolz war schon immer Carlos' Verderben gewesen.

Vor seinen Männern würde er dem Teufel ins Gesicht spucken, um sich ihre Achtung zu erhalten. »Bitte.«

Bevor Carlos antworten konnte, zog ein Rascheln in den Büschen seine Aufmerksamkeit auf sich. Er bedeutete einem seiner Männer nachzusehen, woher das Geräusch käme, und beobachtete, wie der Spanier mit seinem Schwert ins Blattwerk stach und damit die Schreie einer zu Tode erschrockenen Solis auslöste, die aus ihrem Versteck herausrannte und sich auf den Boden warf, um Gnade flehend.

»Ist das deine Zigeunerin, Rafael?« fragte Carlos mit einem verächtlichen Schnauben.

»Nein.«

»Dann hat sie gelauscht, ja?« Carlos' Blick traf den der angsterfüllten Frau. »Wir werden sie mitnehmen. Sie ist eine Schönheit, Pepe. Du kannst sie haben.«

»Laß sie in Ruhe, Carlos. Ich gehe mit dir.« Rafael nahm Solis' Hand und half ihr auf die Füße. »Keine Angst, ich werde nicht zulassen, daß sie dir etwas antun.«

»Ich... ich... habe nur versucht, dich zu finden... es tut mir leid...«

»Du hast nichts Schlimmes getan, doch du kannst etwas sehr Gutes tun. Du kannst Alicia eine Botschaft von mir überbringen. Willst du das tun, Solis? Bitte.«

Solis Augen waren schreckgeweitet. Zu gut hatte sie noch den Überfall auf das Zigeunerlager in Erinnerung, den Anblick von Vashti, die vor ihren Augen getötet wurde. Sie hätte diesem Kastilianer den Mond versprochen, wenn er darum gebeten hätte.

»Ja... ja... ich will alles tun, was du sagst.«

Rafael sah ihr forschend in die Augen und fragte sich, ob er ihr trauen könnte. Auch wenn sie versucht hatte, ihn zu verführen, so gehörte sie doch zu Alicias Volk und war seine einzige Hoffnung, um der Frau, die er liebte, eine Botschaft zukommen zu lassen.

»Sag Alicia, daß ich gehen mußte. Ich will kein Blutvergießen auf dem Gewissen haben.« Er wies mit einem Kopfnicken auf die Reiter. »Ich muß gehen, und das schnell. Sag ihr, was geschah, und daß ich sie wiederfinden werde. Ich werde zu ihr zurückkommen, verstehst du?«

»Ich verstehe. Du verläßt sie jetzt, aber wirst zurückkommen. Ich werde es ihr sagen.« Sie betrachtete seine Verletzung und wunderte sich, weshalb er ausgerechnet mit den Männern ziehen wollte, die versucht hatten, ihn niederzuschlagen. Seltsame Menschen, diese *Gorgios.* Als sie sich umdrehte, um wegzugehen, berührte Rafael ihre Schulter.

»Warte.« Als sie sich umwandte, zog Rafael einen Ring vom Finger, der seiner Mutter gehört hatte, sein liebster Besitz. »Gib ihn Alicia. Sie soll wissen, daß ich zurückkommen werde.« Er ließ den Ring in Solis' Hand fallen und kämpfte gegen seine unmännlichen Tränen an. Alicia würde auf ihn warten. Er würde sie wiederfinden. Er mußte.

Solis umschloß den Ring mit ihren Fingern und lächelte. »Ich will ihn Alicia geben, darauf hast du mein Wort.« Sie sah zu, wie Rafael mühsam sein Pferd bestieg und sich den verwundeten Arm hielt. Erst als sie außer Sichtweite waren, kehrte sie zum Zigeunerlager zurück. »Du willst also, daß ich diesen Ring deiner kostbaren Braut gebe, *Gorgio?«* Sie spuckte auf den Ring. »Du rennst vor mir weg, als ob ich giftig wäre, während sich deine Augen mit Tränen füllen, wenn du an das magere Mädchen denkst.« Verdruß und Eifersucht befielen sie, als sie an den angewiderten Blick dachte, den er ihr im Wald zugeworfen hatte. »Hoher und mächtiger *Gorgio.«*

Solis brach in Gelächter aus. ›Alicia tut so, als wäre ich Staub unter ihren Füßen, als ob mein Bedürfnis nach einem Mann eine Krankheit wäre. Sie läuft mit der Nase in der Luft herum, als wäre sie eine Zigeunerkönigin, während ich Gerüchte gehört habe, daß sie nicht einmal eine richtige Zigeunerin ist. Nun, wir werden sehen, was von ihrem Stolz übrigbleibt, wenn ich mit ihr fertig bin‹, dachte sie.

Den Ring umklammernd, hielt sie einen Augenblick inne, versucht, einen so schönen Gegenstand für sich zu behalten, doch ihr kam eine bessere Idee. »Ich werde deiner Alicia den Ring geben, *Gorgio*«, flüsterte sie leise. »Ich habe ein Versprechen gegeben, und ich werde es halten.« Sie raffte ihre langen Röcke und rannte zu den anderen zurück.

34

Das Gackern der Henne und Alicias Schimpfen erregte Aufmerksamkeit. Was, in aller Welt, machte Rudolphos Tochter da?

»Törichtes Huhn, Teufelsbraten!« Die Federn kitzelten Alicia an der Hand. Unter den Zigeunern herrschte die Meinung, daß Eier, Milch und andere glitschige Substanzen eine schwächende Wirkung hatten, und so aß kein Zigeuner jemals Eier. Rafael jedoch hatte letzte Nacht so sehnsüchtig von einem Ei zum Frühstück geredet, daß Alicia beschlossen hatte, ihm Eier vorzusetzen. Wenn er gerne Eier aß, so sollte er sie haben. Das wäre ihre Überraschung für ihn.

Geduldig wartend, bis das Huhn ein Ei legte, suchte Alicia Zwiebeln, eine Scheibe getrocknetes Schweinefleisch und eine Knoblauchzehe zusammen. Paprika war gerade nicht vorrätig, so mußte es auch ohne gehen.

»Ich bin froh, daß Keja dich gestohlen hat, Hühnchen«, sagte Alicia mit einem Lachen, als das Huhn noch ein Ei hervorbrachte, das sie mit der Hand auffing. »Zur Belohnung werde ich vielleicht dafür sorgen, daß du nicht im Topf landest, ist das nichts?« Fröhlich scheuchte sie das Huhn weg und begann, die Eier vorzubereiten. Sie war so vertieft in ihre Kocherei, daß sie nicht hörte, wie Rudolpho hinter ihr auftauchte.

»Eier, *Chavi?* Eier?« fragte er und erhob in gespieltem Entsetzen seine Hände.

»Für meinen Mann, Papa. Diese *Gorgios* haben eigenartige Essensgewohnheiten, doch ich möchte ihn verwöhnen, wenn ihn das glücklich macht.«

»Dein Mann war auch gut zu dir. Das kann ich dir am Gesicht ablesen, und darüber bin ich froh, Alicia.«

»Er ist alles, was ich mir immer erhofft und erträumt habe, Papa. Ich bin die glücklichste aller Frauen. Ich liebe und werde geliebt.« Sie verquirlte sorgfältig die Eier und warf ihm einen liebevollen Blick zu. »Ich bin dir dankbar, daß du ihn mir gebracht hast, Papa. Es ist wie immer. Du warst sehr klug. Er wird ein großartiger Zigeuner werden.«

Einen kurzen Augenblick lang umwölkte sich Rudolphos Lächeln, als er sich an die Worte des *Gorgios* erinnerte, doch die Heiterkeit in den Augen seiner Tochter verscheuchte seine Besorgnis. »Ein großartiger Zigeuner. Ja, ja. Er scheint sich auch mit den Pferden so gut auszukennen wie ein Zigeuner.« Rudolpho schaute sich um und fragte sich, wo sein Schwiegersohn bliebe. Sicher war er mit dem Füttern und Tränken der Pferde inzwischen fertig.

Alicia probierte ihre Eierspeise und fand sie recht

wohlschmeckend. Sie lachte Rudolpho aus, der ihr stirnrunzelnd zuschaute. »Keine Angst, Papa. Rafael wird ein Zigeuner, und ich werde keine *Gorgio*-Frau werden, obwohl ich die Sitten und seltsamen Bräuche meines Ehemannes kennenlernen will.«

›Würde sie bei ihrem eigenen Volk glücklich sein?‹ fragte sich Rudolpho, versucht, ihr die Wahrheit zu sagen, da sie nun ihre Liebe gefunden hatte. Statt dessen schnalzte er mit der Zunge und sagte nur: »Du darfst nicht versuchen, zwischen zwei Welten zu leben, *Chavi.* Du kannst nicht mit einem Hinterteil auf zwei Pferden sitzen.«

Alicia warf sich ihre dichte Mähne aus dem Gesicht und reckte stolz die Schultern. »Ich bin Zigeunerin, Vater. Ich werde immer eine Zigeunerin sein.« Sie häufte die Eier auf einen Holzteller, auf dem bereits dicke rote Apfelspalten lagen, und lächelte wieder. »Mach dir keine Sorgen.« Zusammen mit Rudolpho ging sie zum Ausgang des Zigeunerlagers, um nach Rafael zu schauen, als Solis zwischen zwei Wagen auftauchte, beinahe stolpernd vor Eile, das Lager wieder zu erreichen. Alicia musterte sie mit Neugier und ein wenig Eifersucht, da sie wohl wußte, weshalb Solis in den Wald gelaufen war. Wie eine läufige Katze war sie hinter Rafael hergewesen. Nun, mit ihm würde sie kein Glück haben, dafür würde sie sorgen.

Den Teller mit dem Frühstück in den Händen balancierend, um einen Zusammenstoß mit Solis zu vermeiden, warf Alicia einen Blick auf die Pferde, gespannt, ob sie nicht eine Spur von Rafael finden würde. War er zurück zum Lager gegangen?

»Den wirst du nicht finden«, säuselte eine Stimme hinter ihr. »Er ist fort.«

»Fort?« Herumfahrend, verschüttete Alicia beinahe den Inhalt ihres Tellers.

»Ja. Fort.« Solis spielte mit dem Ring in ihrer Handfläche und hielt ihn hoch. »Er hat dir das hier hinterlassen.«

Bevor Alicia ein Wort sagen konnte, stürmte Rudolpho auf Solis zu. »Frau, was sagst du da?« fragte er, und aus seinen Augen schossen warnende Blitze.

Solis sagte in belustigtem Ton: »Der *Gorgio* hat seine Zigeunerbraut verlassen, er ist mit Leuten seines Volkes fortgegangen.«

»Nein!« schrie Alicia entsetzt. »Du lügst. Er würde mich nicht verlassen, nicht wieder. Nein.« Sie ließ den Teller zu Boden fallen, stürzte sich auf Solis und schüttelte sie, während ihre Augen die andere Frau anflehten, die Worte, die sie eben gesprochen hatte, zurückzunehmen. »Das ist nicht wahr. Nimm deine Lügen zurück!« Erst Rudolphos Eingreifen trennte die beiden voneinander.

»Ruhe!« dröhnte seine Stimme durch die frühe Morgenluft. Als sich die beiden Frauen beruhigt hatten, nickte er Solis zu. »Zuerst du, sprich.«

»Der *Gorgio* hat das Lager verlassen. Ich war auf dem Weg zum Teich, um ein Bad zu nehmen, als ich vier Männer sah, die auf ihn zuritten und ihm winkten. Der *Gorgio* war ganz aufgeregt, als er sie sah, und winkte ihnen wie vom Teufel besessen zu.« Nervös fuhr sie sich mit der Zunge über die Lippen. Das war eigentlich keine Lüge, überlegte sie bei sich.

»Vielleicht waren es seine Feinde«, keuchte Alicia, die sich einfach weigerte zu glauben, daß Rafael sie nach dieser Liebesnacht erneut verlassen hatte. »Bitte, Papa. Wir müssen hinterher. Sie könnten ihn umbringen.«

»Ihn umbringen? Selbst *Gorgios* töten nicht ihre eigenen Brüder.« Solis' Augen funkelten böse. Sie hielt Alicia wieder den Ring hin, lächelnd, als sie den qualvollen Blick sah, der über Alicias Gesicht glitt. »Er hat dies für dich hinterlassen, ... als Bezahlung für deine, hm, deine Gunst. Es ist der Brauch bei den *Gorgios,* daß sie ihre Frauen entlöhnen.« Während Alicia sie entsetzt anstarrte, hielt Solis immer noch den Ring in der ausgestreckten Hand und zog ihn weg, als Alicia nach ihm griff. »Er ist aus reinem Gold und sehr viel wert, ... du gehst also nicht leer aus.«

Diesmal konnte nicht einmal Rudolphos Anwesenheit Alicias Wut zügeln. Mit einem zornigen Aufschrei sprang sie auf Solis, riß sie an den Haaren, zerkratzte ihr das Gesicht, biß und schlug um sich, während die Zigeunerin ihr Schlag für Schlag zurückgab.

»Du Lügnerin. Du wolltest ihn für dich, und er hat dir einen Korb gegeben. Du hast ihm diesen Ring gestohlen. Und jetzt versuchst du, mich zu verhöhnen.« Die beiden Frauen wälzten sich am Boden, während Rudolpho schweigend zusah. Vielleicht war es besser, daß sie ihre Erbitterung und ihren Haß ablassen konnten. Alicia war eine Kämpferin, er zweifelte nicht an ihrem Sieg. Darin hatte er recht. Bebend vor Zorn, drückte Alicia Solis auf den Boden. »Nimm deine Lügen zurück, du Hexe! Sag mir die Wahrheit, oder ich schwöre, daß ich dir sämtliche Haare vom Kopf scheren werde. Bei der Hand meines Vaters, das schwöre ich!«

In dem Bewußtsein, daß Alicia ihre Drohung wohl wahrmachen würde, konnte sich Solis jetzt nicht als Lügnerin erweisen. »Es ist wahr, ich schwöre, daß er fort ist, daß er mir den Ring für dich gab. Beim Grabe meines Vaters schwöre ich es!« Vor Schmerz traten ihr Tränen in die Augen, als Alicia sie an den Haaren zog. »Ich schwöre es, ich schwöre es.«

»Laß sie los, Alicia. Beim Grab des Vaters zu schwören, ist schon eine sehr schwerwiegende Sache. Kein Zigeuner würde so lügen. Nicht einmal Solis.« Er half Alicia auf die Beine und nahm sie in die Arme. »Er ist fort, *Chavi.* Er ist fort. Möge *o Del* ihm vergeben, ich kann es nicht.« Er bedeutete Solis, sich zu erheben. »Verlaß uns, Frau. Was ich meiner Tochter zu sagen habe, ist nicht für andere Ohren bestimmt.«

Solis stand auf und schüttelte den Schmutz von ihren Röcken; sie zitterte vor Wut und Demütigung. Den Ring auf den Boden werfend, stolzierte sie davon und schaute sich nur einmal um, während ihre Augen vor Haß funkelten.

Alles um sich herum vergessend, warf sich Alicia schluchzend an Rudolphos starke Brust. »Ich liebte ihn, Papa. Ich liebte ihn so sehr. Warum hat er mich verlassen? Warum? Warum?«

»Ich weiß es nicht, Chavi.« Wütend preßte er die Kiefer zusammen und nahm sich vor, das bald herauszufinden. Er wiegte Alicia in seinen Armen, unendlich sanft, während sie ihrem Kummer freien Lauf ließ. Die Wut auf diesen *Gorgio* drohte, ihn zu ersticken, während er den Ring in seiner Hand zusammendrückte, bis er sich beinahe verbog. »Ich werde ihn finden und die Wahrheit erfahren, darauf gebe ich dir mein Wort«, flüsterte er und hob Alicia in seinen Armen hoch. Mit langen, langsamen Schritten trug er seine Tochter zurück zum Zigeunerlager.

35

Wie ein verwundeter Schmetterling, der in seinem Kokon Zuflucht sucht, versteckte sich Alicia in den Decken in ihrem Wagen und schloß fest die Augen, um nicht zu weinen. Dieser zweite Verrat Rafaels war noch schmerzvoller, brachte noch mehr Herzeleid, weil sie sich diesmal seiner Liebe so sicher gewesen war. Sie hatte ihm ihr Herz so vollkommen geöffnet. Die lebhafte Erinnerung an seine Zärtlichkeit, seine Leidenschaft, hatte sich für immer in ihr Herz und ihre Seele eingegraben. Warum war sie so vertrauensselig gewesen? Warum hatte sie geglaubt, daß er an ihrer Seite bleiben und schließlich in die Sippe aufgenommen würde? »O Rafael«, stieß sie hervor und warf sich schluchzend auf ihr Kissen.

Die Grausamkeit von Solis' Worten verfolgte sie. Sie wußte, daß die ränkeschmiedende Zigeunerin zu jeder Untat, jeder Lüge fähig war. Doch kein Zigeuner würde beim Grab seines Vaters schwören, wenn es sich um eine Lüge handelte. Kein Zigeuner, nicht einmal Solis. Und Rafael war fort.

Und der Ring! Daß er ausgerechnet Solis beauftragt hatte, ihn ihr zu geben. Hätte sie ihn nicht mit eigenen Augen gesehen, hätte sie das niemals geglaubt. Es sah Rafael nicht ähnlich, so gefühllos zu sein, ihr Herz absichtlich zu brechen. Sie wollte nicht glauben, daß er den Ring als ›Bezahlung für ihre Gunst‹ hinterlassen hatte, wie Solis es so taktlos ausgedrückt hatte. Vielleicht hatte er den Ring zurückgelassen als Sühne dafür, daß er sie verließ, doch selbst das konnte sie nicht trösten. Tat sie ihm leid, weil er wußte, daß er ihre Liebe nicht mit der gleichen Intensität erwidern konnte? Hatte er sich verpflichtet gefühlt, ihr ein Andenken an ihre gemeinsame Zeit zu hinterlassen? Mitleid! Wie konnte es dieser *Gorgio* wagen, Mitleid mit ihr zu haben! Schon der Gedanke an eine solche Beleidigung versetzte sie in Wut. Sie war eine Zigeunerin, eine Roma, Rudolphos Tochter, nicht irgendein Geschöpf, mit dem man Mitleid haben mußte! Sie konnte jedes Gefühl ertragen, selbst Haß, doch niemals Mitleid.

Bei diesem Gedanken sprang sie aus dem Bett, ballte ihre Fäuste und kletterte aus dem Wagen. Sie ignorierte die Blicke der anderen Zigeuner, die sie neugierig ansahen, nachdem sie sich bereits über Rudolphos Wut gewundert hatten, als er mit Todero zusammen aus dem Lager weggeritten war. Sollten sie sich nur den Mund zerreißen mit ihren Verdächtigungen!

Mit hocherhobenem Kopf nahm sich Alicia vor, ihren Stolz zu bewahren. Bis zu ihrem Todestag würde sie behaupten, daß sie froh sei, daß er fort war, dieser Ehemann, den man ihr aufgezwungen hatte. Nachdem sie ihr tränenüberströmtes Gesicht mit kaltem Wasser erfrischt hatte, zwang sie sich zu einem Lächeln und ging an ihre tägliche Arbeit. Das Leben würde ohne ihn weitergehen; das würde sie den anderen Zigeunern und sich selbst bald beweisen.

Als Alicia die Kochtöpfe scheuerte, um sie für das Mittagessen vorzubereiten, vernahm sie kindliches Gelächter und erblickte Mala und Palo, die im hohem Gras spielten. Mala war stark für ihr Alter, genauso ein Wildfang, wie es Alicia in ihrem Alter gewesen war. Alicia sah interessiert zu, wie die beiden Kinder miteinander rangen, doch als Palo seine Schwester unter sich festhielt und verlangte, sie solle weinen und zugeben, daß er der Sieger sei, fuhr Alicia dazwischen, da sie wußte, daß Mala sich niemals geschlagen geben würde und vielleicht noch eine Verletzung riskieren würde.

»Laß sie aufstehen, Nanosch! Bitte«, rief Alicia und versuchte, sehr ernst und tadelnd auszusehen, als sie hoch über den beiden sstand; in ihrem Blick blitzte eine Warnung auf. Sie half Mala auf die Beine, während Palo das Weite suchte.

»Wo ist Rafael?« fragte Mala und ließ ihren Blick suchend über das Lager schweifen.

»Über den *Gorgio* wollen wir nicht mehr sprechen!« sagte Alicia scharf, und Bitterkeit überfiel sie plötzlich. »Er ist fort. Er wird niemals zurückkommen.«

»Fort?« Mala blinzelte mit den Augen, als wolle sie Alicia nicht glauben. »Aber ich mochte ihn. Warum ist er fortgegangen?«

»Rafael ist fort?« wiederholte Palo, der hinter ihnen wieder vorgekrochen war.

»Ja, fort. Er ist zu seinem eigenen Volk zurückgegangen.« Lange herrschte Stille, während beide Kinder versuchten, mit dieser unerwarteten Nachricht fertigzuwerden. Schließlich berührte Palo, der ein wenig eifersüchtig auf den *Gorgio* war, Alicias Hand.

»Soll das heißen, daß wir dann wieder in deinem Wagen schlafen dürfen?« Als Alicia nickte, lächelte er. »Dann bin ich froh, daß er weg ist.«

Mala reckte ihre kleinen Schultern und stellte sich hoch aufgerichtet vor ihren Bruder, beinahe Auge in Auge, und erwiderte zornig. »Nun, ich bin es nicht. Ich mochte ihn. Und es... es ist scheußlich, so etwas zu sagen.« Einen Augenblick lang starrten die Kinder einander an, und ein neuer Kampf drohte auszubrechen; doch bevor das nächste Wort gesprochen werden konnte, hörte Alicia einen klagenden Laut und den Schlag von Pferdehufen. Sie stieß einen erschreckten Schrei aus, als sie sah, wie Todero sich dem Lager näherte, Rudolphos Pferd mit dem Körper des Zigeunerführers quer auf dem Rücken hinter sich herziehend. Das Wehgeschrei der Frauen schwoll an wie eine Welle, als die Pferde an ihnen vorüberkamen.

»Rudolpho! Papa! Mein Papa!« Ohne auf die anderen zu achten, warf sich Alicia auf die reglose Gestalt ihres Vaters.

36

»Was ist geschehen, Todero?« fragte Alicia schließlich, als sie ihr tränenüberströmtes Gesicht zu ihrem Freund aufrichtete. »Ist... ist er tot?«

»Er ist nicht tot. Noch nicht«, antwortete Todero leise. »Wir haben deinen Mann nicht einmal mehr gesehen. Wir waren noch gar nicht weit weg, als Rudolpho zusammenbrach. Ich fürchte, es ist sein Herz, Alicia. Er war so zornig, wollte unbedingt deinen *Gorgio* finden. Er... er... griff sich nur an die Brust und... krümmte sich vor Schmerzen. Dann sprach er nicht mehr mit mir.«

»Bringt ihn zum Wagen. Schnell.« Vier der Männer eilten herbei und trugen Rudolpho zu Alicias Wagen, wo sie ihn vorsichtig aufs Bett legten. Nach einer ehrerbietigen Verbeugung ließen sie Alicia mit ihrem Vater allein. »Du wirst nicht sterben, Papa. Du darfst nicht!« flüsterte sie außer sich und versuchte, ihre Furcht zu bekämpfen. Er hatte sich bisher immer erholt und würde es auch diesmal schaffen. Und doch war sein Gesicht blaß, waren seine Hände so still. Sie griff nach seinem Handgelenk, um seinen Puls zu fühlen; er war so schwach, als wäre er bereits dem Tode nahe.

Alicia schloß die Augen zum Gebet. Sie durfte Rudolpho nicht verlieren. *O Del* würde niemals so grausam sein.

»Ich werde alles tun, was du von mir verlangst, wenn du nur meinen Papa verschonst«, flüsterte sie zitternd und nahm Rudolphos Hand.

Alicia blieb den ganzen Tag und bis spät in die Nacht an der Seite ihres Vaters, während er mit dem Tode rang. Sie linderte seine Qual, so gut sie es verstand, gab ihm ihre Kräuter und strich ihm sanft über das Gesicht, während sie sich die ganze Zeit mit

Schuldgefühlen herumplagte. Wenn sie sich nur nie mit dem *Gorgio* eingelassen hätte, hätte Rudolpho nicht wegreiten müssen, um Rafael zurückzubringen, und alles wäre gut gewesen.

»Du denkst nur an mein Glück, Papa. Immer. Ich liebe dich so.« Außerhalb des Wagens konnte sie das Wehklagen hören; sie trauerten bereits um ihn. Alicia erstarrte, als sie ein schreckliches Gefühl der Unausweichlichkeit überkam, doch sie kämpfte mit grimmiger Entschlossenheit dagegen an. »Nein! Du wirst nicht sterben, Papa, du wirst nicht sterben!« Sie nahm seine große Hand zwischen ihre beiden kleinen Hände und schaute ihm ins Gesicht, als wolle sie ihn zwingen zu leben. »Bitte, Papa.«

»Alicia.« Das Wort war kaum mehr als ein Flüstern, doch, als hätte er ihre Worte gehört, öffnete Rudolpho die Augen, Augen, die seine Schmerzen widerspiegelten. »Muß ... muß ... dir sagen ... bevor ... sterbe.«

»Du wirst nicht sterben!«

»Doch. Die Seele ... sagt bereits Lebewohl.« Er krümmte sich vor Schmerzen und griff ihre Hand. »Doch ... muß ... muß dir erzählen ... bevor ich diese Erde verlasse. Du ... mußt es wissen.«

»Versuch nicht zu sprechen, Papa. Du mußt deine Kräfte schonen.«

»Nein ... muß dir sagen. Du bist keine ... keine ...« Ein Hustenkrampf unterbrach ihn, und Alicia setzte ihm rasch einen Kräutertrank an die Lippen. Die Wärme des Gebräus stillte seinen Husten und schien im etwas Kraft zu geben. »Ich hätte dich nicht mehr lieben können, wenn du ... du mein eigenes Kind gewesen wärst.«

Seine Worte trafen Alicia wie ein Faustschlag. »Was sagst du da, Papa?«

Er versuchte verzweifelt, sich aufzurichten, fiel jedoch

wieder zurück und krümmte sich vor Schmerz. »Du bist nicht... nicht das, was du zu sein meinst, Alicia.«

Alicia schloß die Augen und wußte tief in ihrem Innern, was er ihr zu sagen versuchte. Hatte sie nicht immer das unbestimmte Gefühl gehabt, daß sie anders war als die anderen, so wie sie sie manchmal anschauten? War dies der Grund dafür, daß sie ihr erlaubt hatten, den *Gorgio* zu heiraten? »Nein. Nein. Ich bin Zigeunerin.« Doch dieser Traum. Wer war die Frau in ihren Träumen? Sie beugte sich tief zu Rudolpho nieder und fragte: »Willst du... willst du mir erzählen, daß ich nicht von deinem Fleisch und Blut bin?« Bevor er antworten konnte, fuhr sie fort. »Und wenn schon, so laß mich dir sagen, wenn Liebe die Herzen verbindet, dann ist zwischen uns beiden ein stärkeres Band, als wenn ich dein eigenes Kind wäre.«

Wieder streckte er die Hand nach ihr aus und nahm ihre kleine Hand behutsam zwischen seine beiden großen, schwieligen Hände, gegen die Agonie kämpfend, die ihn wie ein Schwert durchbohrte. »Du machst es mir leicht, mein Kind. Ich habe mich vor diesem Tag so lange gefürchtet. Doch jetzt, da ich im Sterben liege, ist es nicht recht, daß ich es dir vorenthalte. Wenn ich gegangen bin...«

»Du wirst nicht sterben!« jammerte Alicia, während sie gegen ihre Tränen kämpfte. Sie mußte stark sein, stark für Rudolpho.

»Wir alle sterben. Ich muß es früher, als ich es mir gewünscht hätte. Niemand lebt ewig, Alicia. Ich gehe, um mit meinem Schöpfer zusammenzutreffen.« Er hielt inne, um Kraft zu sammeln, dann brach es aus ihm heraus: »Du bist keine Zigeunerin.«

»Keine Zigeunerin?« Ihre Stimme war von Trauer erfüllt, und es brach ihr fast das Herz. »Keine Zigeunerin?«

Die Wahrheit, die sie immer gefürchtet hatte, war ausgesprochen worden.

Er erzählte, so gut er konnte, die Geschichte, wie die Frau damals zu ihm gekommen war, um das Kind mit den grünen Augen loszuwerden, und umklammerte ihre Hand, während er sprach.

»Ich hätte es dir sagen sollen, doch... ich fürchtete, dich zu verlieren, Alicia. Ich hätte dich mit deinem *Gorgio* mitgehen lassen sollen zu deinem eigenen Volk, doch ich... ich... bin ein selbstsüchtiger alter Mann und konnte es... konnte es nicht ertragen, dich zu verlieren. Vergib mir.«

»Dir vergeben? Da gibt es nichts zu vergeben.« Alicias Augen füllten sich mit Tränen, Tränen, gegen die sie nicht länger ankämpfen konnte. »Du hast mir alle Liebe der Welt gegeben, Papa. Ich war stolz, deine Tochter zu sein. Ich bin es immer noch. Ich bin dein Kind. Ich bin Zigeunerin. Hier, Papa, hier.« Sie legte die Hand ans Herz, um ihre Worte zu bekräftigen.

Rudolpho lächelte. »Ja, in deinem Herzen bist du eine Zigeunerin. Voller Leidenschaft und Feuer. Doch du mußt einsehen, daß du eine *Gorgio* bist, Alicia. León. Merke dir dieses Wort. In León habe ich dich gefunden, dorthin wirst du eines Tages zurückkehren müssen.«

»*Gorgio!*« Alicia spuckte das Wort aus, als sei es Gift. »Ich bin Zigeunerin und werde es sein bis zu dem Tag, an dem ich sterbe.«

»Nein... nein... paß auf. Ich sage dir das..., nicht um dich zu verletzen, sondern damit du eines Tages versuchen kannst, deine Leute zu finden. León. Merke es dir, Alicia. León. Dort liegen deine Wurzeln... Bring mich hinaus. Ich sterbe jetzt. Bitte.« Rudolphos Gesicht war so weiß wie das Leinen, auf dem er lag. Es war nicht mehr zu übersehen, daß er tatsächlich im Sterben lag. Alicia konnte die Wahrheit nicht länger leugnen.

»Ich laß dich hinausbringen, Papa.« Sie öffnete die Leinwand und winkte Todero und zwei anderen. »Mein Vater... mein Vater möchte ins Freie gebracht werden.« Bei den Zigeunern vermied man es, dem Tod in einem geschlossenen Raum gegenüberzutreten, und gegen diesen Brauch wollte sie nicht verstoßen. Obwohl ihr Herz sich gegen die Erkenntnis auflehnte, daß Rudolphos Tod bevorstand, kannte sie doch die Wahrheit.

Mit geneigtem Kopf führte sie die kleine Prozession an, die Rudolpho zu seinem endgültigen Ruheplatz brachte, während die anderen, laut klagend und sich die Haare raufend, dem Mann, den sie geliebt und verehrt hatten, ihre letzte Aufwartung machten. Sie zogen einzeln an ihrem Anführer vorbei, der beinahe reglos auf einer dicken Decke unter einem knorrigen alten Baum lag, und baten ihn um Vergebung für alles Unrecht, das sie ihm möglicherweise angetan hatten, und er erwiderte flüsternd, daß er ihnen vergebe.

»Möge *o Del* euch auch vergeben.« Dann bat er auch sie, ihm alles Unrecht zu vergeben, denn es war nicht gut für einen Roma, diese Welt zu verlassen, ohne sein Gewissen erleichtert zu haben.

Die Zeremonie zog sich lange in die Nacht hinein. Sie tranken Wein und erzählten sich Geschichten von Rudolphos Mut und kluger Führung, während sie ihren Kummer miteinander teilten. Die Nacht schien endlos, doch niemand schlief, und schließlich, kurz vor Morgengrauen, starb Rudolpho. Sein letztes Wort war ›Alicia‹, und er verließ eine Welt, um in eine andere Welt jenseits aller irdischen Vorstellungen einzugehen.

Untröstlich, einsamer als je zuvor in ihrem Leben, nahm Alicia zum letztenmal Abschied. Nie mehr würde sie hören, wie Rudolpho sie ›*Chavi*‹ nannte, nie wieder sich an seinem Lächeln wärmen können. Er war gegangen. Fort. Indem sie sich auf seinen leblosen Körper warf, rief sie schluchzend seinen Namen und klammerte sich heftig an ihn, als wolle sie ihn in dieser Welt festhalten, bis sie von starken Händen weggezogen wurde.

37

Rudolphos Bestattung vollzog sich mit aller Würde, die einem Zigeunerführer zustand. Mit seinem ganzem Staat bekleidet, sah er beinahe so aus wie zu Lebzeiten. Seine Augen waren geschlossen, als sei er in einen friedlichen Schlaf gefallen; seine Hände waren bedeckt mit seinen Ringen, seine Arme geschmückt von Armreifen. Die Peitsche, das Männlichkeitssymbol der Zigeuner, lag neben ihm, ebenso alle seine irdischen Besitztümer, die mit ihm zusammen verbrannt würden. Die Zigeuner hielten nichts davon, irgend etwas aufzubewahren, was den Toten gehörte.

Der offene Sarg, den Todero gezimmert hatte, ruhte nun in Rudolphos Wagen. Die Leinwand, die den Wagen bedeckt hatte, war heruntergenommen worden, so daß alle die Leiche sehen konnten. Alicia, die den Wagen in den letzten Tagen für sich benutzt hatte, hatte nun keine Bleibe mehr. Er sollte Rudolphos Scheiterhaufen sein.

Alicia saß ihrem Vater zu Füßen und wiegte sich leise weinend hin und her. »O, Papa, Papa«, hauchte sie und öffnete schließlich die Augen, um zuzusehen, wie die anderen Trauernden dem Toten die letzte Ehre erwiesen. »Rudolpho, wir überlassen dich Gott, *o Del*«, stimmten sie an und warfen als letzte Gabe Goldmünzen auf den Leichnam.

Die weiche, traurige Melodie einer Geige und einer Gitarre erklang im frühen Morgennebel und verschmolz mit den Stimmen von Rudolphos Leuten. Die Gesichter waren tränennaß, und hin und wieder wurde die Stille durch das Wehklagen eines Trauernden zerrissen.

Drei Tage lang hatte Alicia weder geschlafen noch gegessen, während sie bei Rudolphos Leichnam Wache gehalten hatte, und sie fühlte sich schwach und benommen. Als spürte er ihre Schwäche, flüsterte Todero ihr beruhigende Worte zu. Alicia versuchte, ihm zuzulächeln, doch ihr Gesicht schien zu einer starren Grimasse des Kummers gefroren, und sie fragte sich, ob sie jemals wieder würde lachen können.

»Danke für alles, was du getan hast, Todero«, brachte sie schließlich heraus.

»Nimm dies. Es wird dir Glück bringen«, antwortete er und drückte ihr ein Stück des Bandes in die Hand, das er benutzt hatte, um den Sarg auszumessen. In kurze Stükke geschnitten und zu einem Knoten gebunden, schrieb man dem Band magische Kräfte zu; es wurde *Mulengi dori* oder Totenkette genannt. Wenn jemand es ständig bei sich trug, konnte es dazu verwendet werden – jedoch nur einmal –, einem Menschen zu helfen, der im Gefängnis saß oder in Gefahr war. Als sie sein Geschenk annahm, wußte Alicia noch nicht, daß sie eines Tages seine Zauberkraft brauchen würde, um einem anderen das Leben zu retten. »Wenn du es benutzt hast, wirf es weg. Wirf es in fließendes Wasser.«

»Ja. Ja, das will ich«, flüsterte sie rasch und fiel in die Gesänge und Klagelieder ein, als Stivo mit einer brennenden Fackel nach vorn trat. Beim Anblick der Flammen riß Alicia entsetzt die Augen auf. »Nein! Nein! Sie werden ihn verletzen, ihn verbrennen!« Toderos starke Arme hielten sie davon ab, sich nach vorn zu stürzen.

»Rudolpho ist tot, Alicia. Das mußt du akzeptieren. Du kannst ihn nicht daran hindern, diese Welt jetzt zu verlassen. Er gehört *o Del.* Du bist eine Zigeunerin, du mußt stark sein.«

»Zigeunerin.« Mit geneigtem Kopf ließ sie ihre Tränen ungehindert strömen. Sie war ja gar keine Zigeunerin! Was war sie dann? Gar nichts. Sie war überhaupt nichts. Es war, als würden die Flammen, die Rudolpho verbrannten, auch sie verzehren. »Leb wohl, Papa. Ich werde dich nie vergessen. Niemals.«

Todero versuchte, sie wegzuziehen, doch Alicia blieb stehen. »Komm, Alicia.«

»Nein, ich muß bleiben«, schluchzte sie und sah ihm in die Augen, die wie ihre eigenen vom ständigen Weinen gerötet waren, und wischte ihm eine Träne aus dem Augenwinkel. »Ich danke dir für deine Freundschaft. Du bist immer mein Freund gewesen, Todero, du und Zuba. Ich danke dir dafür.«

Obwohl ihr die Hitze der Flammen beinahe die Haut versengte, blieb Alicia stehen, um den brennenden Scheiterhaufen zu beobachten, und sagte ihrem Vater ein letztes Lebewohl. Schließlich blieb nichts mehr übrig als Asche. Nichts war von Rudolpho geblieben als die Erinnerung an seine Güte und Liebe. Alicia spürte, daß ihr Leben niemals wieder dasselbe sein würde, ihre Trauer niemals enden würde. Ein Licht war aus ihrem Leben genommen worden, ein Stern von ihrem Himmel.

Als sie zu den anderen zurückging, fragte sie sich, wie sie ohne Rudolphos Liebe leben könnte. Daß ein neuer Anführer gewählt werden müßte, kam ihr nicht in den Sinn. Rudolpho war immer ihr Anführer gewesen, solange sie denken konnte, und irgendwie schien es, als würde er sie auch im Tode noch führen. Doch dann hörte sie die Stimmen der Männer, daß es schnell geschehen müsse. Es dürfe nicht lange dauern, bis sie wieder eine starke Hand und Stimme hätten, sie zu führen.

»Todero. Er ist klug.«

»Manolo. Er ist der älteste.«

»Stivo. Er ist der Sohn der *Phuri Dai.*«

Stivo. Alicia schauderte und vergaß für einen Augenblick ihren Schmerz. Nein. Sie konnten nicht Stivo wählen. Auch wenn er der Sohn der Erdgöttin selber wäre, so war er doch kein Zigeunerführer. Das würden sie doch sicher einsehen. Grausamkeit war kein Beweis für Stärke, und scharfe Worte zeugten nicht von Weisheit.

»Stivo. Mein Sohn soll euer neuer Anführer sein.« Die Stimme kam von Jana, der *Phuri Dai.* Die alte Frau stand aufrecht da, ihr tief zerfurchtes Gesicht voller Entschlossenheit, ihr silbernes Haar wehte im Wind. Sie sah ehrfurchtgebietend aus, wie eine alte Priesterin, als sie ihren Finger nach ihnen ausstreckte, mit unbewegtem Blick Gehorsam gebietend. Diese Augen erinnerten Alicia an ein Reptil und sie schauderte. Auch jene Augen hatten sie damals immer so böse angestarrt, mit demselben distanzierten und kalten Blick, mit dem die *Phuri Dai* jetzt lächelnd sagte: »Ich hatte eine Vision, einen Traum. Mein Sohn ist der einzige, der uns führen kann. Er wird uns wieder stark machen, stark, um diesen christlichen Dämonen zu bekämpfen, den wir als Torquemada kennen. Stivo. Stivo muß es sein.«

Es war, als habe sie einen Zauber bewirkt. »Diese Hexe!« murmelte Alicia. »Die Asche meines Vaters ist noch nicht kalt, und sie versucht bereits, einen Nachfolger für ihn zu bestimmen.«

Als sie ihren Mund öffnete, um zu protestieren, stellte Alicia zu ihrem Schrecken fest, daß ihre Stimme in dem

Geschrei unterging, das sich jetzt erhob: »Stivo, Stivo, Stivo!«

Die Zigeuner rannten aufs freie Feld und hoben Stivo mit lauten Beifallsbekundungen dreimal in die Luft. Stivo, der Mann, der Alicia keine Freundlichkeit gezeigt hatte, der ihr mehr als einmal gedroht hatte, eines Tages Besitz von ihrem Körper zu ergreifen, war jetzt ihr Anführer.

38

Meilenweit entfernt von der Zigeunerkarawane stand Rafael de Villasandro vor dem Priester, ein gefrorenes Lächeln auf den Lippen. In seiner Hand hielt er das Gemälde der Jungfrau mit dem Sohn, ein Geschenk, das vielen Menschen das Leben retten sollte.

»Und mein eigenes Leben ist verwirkt«, flüsterte er, während er wieder einmal, wie schon seit vielen Tagen, an Alicia dachte. Hatte Solis die Botschaft übermittelt? Würde Alicia auf ihn warten, bis dieses verdammte Geschäft erledigt war und er zu ihr zurückkehren konnte?

»Was habt Ihr gesagt, mein lieber Freund?« fragte Juan Dorado, während seine Augen forschend über das Gemälde glitten und er sich mit der Zunge über die Lippen fuhr, als wolle er die Leinwand verschlingen.

»Ich habe nur laut gedacht«, antwortete Rafael schnell. Er durfte diesen Mann niemals in sein Herz sehen lassen.

»Über Eure schwere Prüfung bei den Zigeunern?« Bevor Rafael etwas erwidern konnte, fuhr der Priester fort: »Heidnisches Pack, alle zusammen. Wenn man sich vorstellt, daß sie einen christlichen Edelmann von seinem eigenen Grund und Boden entführt haben! Doch ich verspreche Euch, daß eines Tages Kastilien, León und Aragon von den schändlichen Ketzern befreit sein wird, ebenso wie wir uns von den *Conversos* befreien werden.« Vor dem flackernden Schein der Kerzen sah er mit seinem wutverzerrten Gesicht aus wie der Teufel selbst.

Seine Gedanken und Gefühle im Zaum haltend, streckte Rafael dem Priester das Gemälde entgegen. »Hier Vater, nehmt es. Es ist Euer, wie ich es versprochen habe.« Er spürte den Drang, diesen Mann zu pakken, der vorgab, den Willen Gottes auszuführen, ihn zu schütteln, bis seine Zähne klapperten, ihm zu sagen, daß er der Ketzer sei und nicht die Juden, die *Conversos* oder die Zigeuner, doch er hielt sich zurück. Eines Tages würde er diesem Mann sagen, was er wirklich von ihm hielt, doch nicht jetzt.

Die Leinwand streichelnd wie ein Verliebter, freute sich Juan Dorado über diesen Schatz. »Kommt, wir müssen einen Ehrenplatz für sie finden.«

Schließlich gelangten sie zu einer Nische, die von sieben flackernden Kerzen erleuchtet wurde. Hier wollte Juan Dorado das Meisterwerk aufhängen, hoch über einem winzigen Altar. »Hier. Hier. Es ist vollkommen, nicht wahr?«

»Ja«, antwortete Rafael, während er den Mann beobachtete, der mit fanatischem Eifer ans Werk ging. Rafael bot ihm nicht seine Hilfe an. Statt dessen beobachtete er, wie der Priester das Gemälde aufhängte und die ganze Zeit leise vor sich hin lachte.

»Sie wird von ihrem luftigen Ehrenplatz über alle frommen Christen wachen und ihr Urteil sprechen über jene, die Feinde des Herrn, ihres Sohnes sind, in alle Ewigkeit.« Bruder Dorado bekreuzigte sich, neigte den Kopf und trat einen Schritt zurück.

›Er ist es, der der Feind unseres gütigen Herrn ist‹,

dachte Rafael und würgte von dem dicken Weihrauch, der um seine Nase wehte, als ein Luftzug durch ein zerbrochenes Fensterglas in die Kirche wehte. Es kostete ihn seine ganze Kraft, der Eitelkeit dieses Mannes und seinem Wunsch nach Freundschaft zu schmeicheln, ohne seine Abscheu zu offenbaren. Und er verabscheute auch sich selbst. Oh, Alicia, Alicia. War sie in Sicherheit? Warf Rudolpho seinen schützenden Blick auf sie, während sie gerade ihren morgendlichen Aufgaben nachging? Und Stivo. Als er an diesen Aufschneider dachte, ballte er die Fäuste vor Zorn. Wenn er Alicia auch nur ein Haar krümmte...

»Fühlt Ihr Euch nicht wohl? Sollen wir nach draußen gehen? Rafael, mein Sohn, was ist?« Bruder Dorado berührte Rafaels Arm in echter Besorgnis, die die Kälte seines Herzens Lügen strafte.

»Es ist nichts. Ich fühlte mich einen Augenblick lang unwohl. Ja, laßt uns nach draußen gehen.« Oh, Alicia. Sie hatte ihm so viel gegeben. Würde er es ihr jemals zurückzahlen können?

»Verzeiht mir, Señor de Villasandro, aber Ihr scheint mir nicht zuzuhören. Irgend etwas stimmt nicht. Was ist es? Ihr könnt Euch mir anvertrauen.« Juan Dorados Stimme hatte einen kühlen Ton angenommen, und Rafael war sich nur zu bewußt, daß seine abschweifenden Gedanken alles in Gefahr brachten, was zu vollbringen er sich vorgenommen hatte.

»Ich bin es nicht zufrieden, meine Tage damit zu verbringen, auf den Ländereien meines Bruders Oliven anzubauen«, sagte Rafael schnell, in der Hoffnung, daß seine Lüge nicht allzu durchsichtig sein würde. Doch das Stirnrunzeln des Priesters wich einem freundlichen Blick.

»Da geht es Euch genau so wie mir vor einigen Jahren.

Ich wundere mich immer wieder, wie ähnlich wir einander sind.« Er lachte. »Auch ich habe einen Bruder. Ich verstehe jetzt, wie Ihr Euch fühlt. Auch ich mußte meinen eigenen Weg gehen, doch nun bin ich es und nicht mein älterer Bruder, der die Macht hat. Wenn Ihr tut, was ich Euch sage, wenn Ihr mir Eure Treue schenkt, kann ich Euch auch mächtig machen. Dann – Schluß mit den Olivenhainen.«

»Treue?« Rafael trat einen Schritt vor. »Sagt mir, was ich zu tun habe.«

Irgendwo in der Ferne ertönte ein Trommelwirbel, ein grausiger Klang für einen armen Menschen, der dabei war, sein Leben zu verlieren. Würde er gehängt oder verbrannt werden? Juan Dorado schien nichts zu bemerken, doch als er sprach, schien die Trommel seine Worte mit einem unheilbringenden Stakkato zu unterlegen.

»Ich brauche Augen und Ohren, um unsere Feinde aufzuspüren, jene, die vorgeben, gute Christen zu sein, in Wirklichkeit jedoch in ihren Herzen noch Juden sind und immer noch ihre Ketzereien begehen, indem sie heimlich ihrem Gott huldigen. Ich möchte, daß Ihr mir Informationen über diese Leute verschafft.«

»Ich soll für Euch spionieren?« Rafael konnte den schneidenden Ton in seiner Stimme nicht verbergen, als er sprach.

Der Priester lachte. »Ja, das ist genau das, was Ihr für mich tun sollt. Ich werde die Exekutionen veranlassen, sobald ich die benötigten Nachweise habe, um das Land von solchem Gewürm zu befreien. Es wird auch Eure Aufgabe sein, dafür zu sorgen, daß diese Ketzer nicht entkommen.« Als fürchtete er, belauscht zu werden, senkte Juan Dorado seine Stimme zu einem Flüstern. »Morgen früh brecht Ihr auf nach León.«

»León?«

»Ihr werdet Gast meines Vaters, vielmehr meines Stiefvaters, Philip Navarro, sein. Ihr müßt wissen, daß mein Vater mit dem Alter nachgiebig und töricht geworden ist. Vielleicht ist er den Juden sogar wohlgesonnen. Ich brauche jemanden in León, der so fühlt wie ich. Ich brauche Euch. Werdet Ihr gehen?«

Rafael dachte an Alicia. León war so weit weg. Er wollte ablehnen, Kastilien den Rücken zu kehren und in die weichen Arme der Frau zurückkehren, die er liebte, doch wie konnte er das tun, wenn er vielleicht so viele Menschen vor dem Feuertod retten könnte?

»Ich freue mich, nach León zu gehen«, antwortete er und zwang sich zu einem Lächeln. »Keine Olivenbäume mehr, nicht wahr, Pater?«

»Keine Olivenbäume mehr, mein Sohn. Und für Eure Treue wird Euch Gott belohnen. Überlaßt alles mir. Es wird alles vorbereitet sein.« Der Priester wandte sich um und ging in die Kirche zurück, zweifellos in dem Gefühl, als hätte er gerade einen großen Sieg errungen.

»Vergib mir, Alicia. Vergib mir«, flüsterte Rafael. »Mögen dein *Del* und mein eigener Gott über dich wachen, bis ich zurückkehre.«

39

Ein Gewittersturm hatte alle Schleusen des Himmels geöffnet, als die Karawane über die morastige Straße dahinzog. Frauen, Kinder und die Alten durften im Schutz der Wagen sitzen. Alle Frauen – mit Ausnahme von Alicia. Wie um sie zu quälen, hatte Stivo ihr befohlen, neben ihm zu reiten. Nun war er der Anführer, und es gab niemanden, der sich gegen ihn auflehnen konnte, außer vielleicht Todero. Der treue Todero. Doch Alicia konnte nicht zulassen, daß der freundliche Zigeuner sich ihretwegen in Gefahr begab, und so ertrug sie schweigend ihr Elend.

Die Wagen mußten schließlich halten, als einige im Morast steckenblieben. Alicia war die Pause willkommen und rieb sich ihr schmerzendes Kreuz. Sie war noch nie eine so lange Strecke geritten.

»Steig ab!« Stivos Befehl verwirrte sie.

»Absteigen?«

»Ich dulde keinen Müßiggang, Frau. Du bist stark. Du meinst, du kannst es mit jedem Mann aufnehmen. Daher kannst du jetzt deine Stärke beweisen, indem du den Männern bei den Rädern hilfst.« Er grinste hinterhältig. »Runter mit dir!«

»Bastard!« fluchte Alicia leise und glitt vom Pferd. Knöcheltief im Schmutz watend, ging sie zum festsitzenden Wagen. Die Männer hatten bereits kräftige Stangen durch die hölzernen Speichen der Räder geschoben und versuchten, den Wagen aus dem Schlamm zu heben. Alicia warf sich mit ihrem ganzen Gewicht hinein und schob mit aller Kraft. Trotz des Schlammes ringsum verspürte Alicia ein erhebendes Gefühl, als das Rad freikam. Mit triumphierendem Gelächter meinte sie, Stivo ausgestochen zu haben, doch als sie zu ihm hinüberblickte, sah sie seine dunklen Augen blitzen und wußte, daß ihre Freude ihn nur um so mehr ärgerte.

Er kam zu ihr herüber, zog sie mit sich hinunter in den Schlamm und lachte boshaft, als er nach ihrer Brust griff. »Kämpfe, Alicia, kämpfe nur. Es wird dir nichts nützen. Ich werde nicht länger warten. Heute abend, wenn wir das Lager aufschlagen, wirst du mein sein. Ich werde dich nehmen, wann immer ich will, und diesmal gibt es keinen Rudolpho mehr, der mir Einhalt gebieten könnte.«

»Niemals! Ich werde dich mit jedem Atemzug bekämpfen, mit jedem Schlag meines Herzens.« Mit ausgestreckter Hand versuchte Alicia sein Gesicht zu zerkratzen, doch er war zu schnell für sie. Er packte ihre Hände und hielt sie fest.

»Wehr dich doch, das ist mir gleich. Ich will nicht dein Herz, Alicia, ich will nur deinen Körper.« Er preßte seinen Mund auf den ihren und gab ihr einen brutalen Kuß, als wollte er ihr einen Vorgeschmack dessen geben, was sie erwartete. Doch Alicia biß ihm kräftig in den verhaßten Mund.

»Hündin!« fluchte er, während er seinen Griff lockerte und sich mit der Hand das Blut vom Mund wischte. »Weißt du nicht, daß ich dich als Anführer in die Verbannung schicken kann?«

»Du kannst mich nicht in die Verbannung schicken, ich habe nichts Unrechtes getan. Du bist kein König, Stivo. Du mußt immer noch dem Gesetz der Zigeuner gehorchen.«

Belustigendes Gelächter war die Antwort. »Ich werde einen Grund finden, um dich zu verbannen. Daß du eine *Gorgio* bist, ist Grund genug.«

»*Gorgio?*«

»Wußtest du das nicht?«

Alicia zitterte. Stivo hatte die Waffe, mit der sie zu verwunden war, und er kannte ihre Angst. »Ich wußte es. Rudolpho hat es mir gesagt. Aber wie hast du es erfahren?«

»Meine Mutter hat es immer gewußt. Nachdem Rudolpho starb, bestätigte sie meinen Verdacht. *Gorgio.* Kleine *Gorgio*-Hexe!«

»Ich bin eher eine Zigenerin, als du jemals ein wahrer Zigeuner sein wirst, Stivo. Ich habe Ehre, etwas, was du nicht hast. Du hast nur Macht und deine eigenen selbstsüchtigen Wünsche im Kopf.« Als er wieder nach ihr packte, spuckte sie ihm voll ins Gesicht.

»Ich werde dich töten. Ich werde dich dafür töten!« fluchte Stivo zwischen zusammengebissenen Zähnen. Er schüttelte sie heftig. »Nein. Ich werde dich nicht umbringen, doch immer wieder wirst du wünschen, du könntest sterben. Hörst du mich, du Hexe? Du wirst wünschen, du könntest sterben.« Er erhob sich mühsam aus dem Schlamm, wischte sich ab und sah sie mit brennenden Augen an. Schließlich ging er davon und ließ Alicia zurück, die ihm hinterherstarrte.

Er wird tun, was er androht, und ich werde nichts dagegen tun können. Wenn ich schreie, wird er denen etwas antun, die mir zur Hilfe kommen. Stivo ist grausam, und jetzt gibt es niemanden mehr, der ihm Einhalt gebieten könnte. Sie alle fürchten sich vor ihm, fürchten sich vor seiner Mutter und ihren Kräften. Was soll ich tun? *O Del,* sag mir, was soll ich nur tun? Sie schloß ihre Augen und sprach ein stummes Gebet. Als sie sie wieder öffnete, kam ihr ein Wort in den Sinn. León. León. Rudolpho hatte ihr gesagt, daß sie dort ihre Wurzeln finden würde. Hatte er diesen Tag vorausgeahnt?

Alicia hörte den Regen, der auf die Wagen trommelte, und die Schreie der Kinder, die vor dem unfreundlichen Wetter zusammenrückten. Konnte sie ihr Volk verlassen? Hatte sie den Mut, dem Unbekannten gegenüberzutreten? Stivo drehte sich um, sein Gesicht zu einem höhnischen Grinsen verzogen, und in diesem Augenblick wußte sie die Antwort. Sie konnte nicht einen Augenblick länger bleiben. Sie würde die Karawane verlassen. Das war einfach eine Frage des Überlebens.

Sie durfte jedoch nicht gesehen werden, wenn sie sich entfernte. Sie würde allein durchs Land ziehen! Der Gedanke erschreckte sie, doch als sie ihr Pferd bestieg, hatte sie nur einen Wunsch, und der war, daß sie sicher an ihrem Bestimmungsort ankommen würde, León!

Während sie gespannt auf ihre Chance wartete, ergab sich die Gelegenheit, als das Signal zum Aufbruch gegeben wurde. Während sich die Karawane durch den strömenden Regen einen Weg bahnte, sagte Alicia schweigend denen Lebewohl, die sie immer gekannt hatte. Ihr Volk. Ja, sie waren ihr Volk. Zigeunerin oder nicht, sie hatte zu ihnen gehört.

Bevor sie ihre Meinung ändern konnte, gab Alicia ihrem Pferd die Sporen und raste mit dem heulenden Wind in die Richtung davon, in der sie León zu erreichen hoffte.

40

Grai vorwärtstreibend, ritt Alicia so lange, bis die Innenseiten ihrer Beine blutig waren, ihr Hinterteil schmerzte und ihre Augen vom Wind und vom Regen brannten. Die Angst, daß Stivo ihr folgen und seine Drohungen wahr machen würde, war ihre einzige Triebkraft. Wenn sie nur möglichst bald León erreichen könnte, wäre sie in Sicherheit. Irgendwie würde sie es schaffen und ein neues Leben im Land des Nordens beginnen.

Sich häufig umblickend, ob sie auch nicht verfolgt würde, trieb sie das Pferd vorwärts, bis sie zu erschöpft war, um weiterzureiten. Als sie abgestiegen war, brach sie zusammen und kroch in ein Versteck zwischen zwei Felsen, wo sie in einen so tiefen Schlaf fiel, daß jeder, der vorbeigekommen wäre, sie für tot gehalten hätte. Es war ein traumloser Schlaf, der ihren Kummer milderte und ihren geschundenen Körper heilte. Als sie schließlich erwachte, war es noch immer Nacht, und sie öffnete ihre Augen in den orangefarbenen Schimmer des Mondes. Allein. Sie war allein. Das Wort quälte sie, denn bisher hatte sie immer die Sicherheit und Liebe der Zigeunergruppe gekannt. Doch allein fühlte sie ihren Mut dahinschmelzen, und sie begann, die Klugheit ihrer Flucht in Frage zu stellen. In dieser Wildnis gab es bestimmt gefährliche Tiere, und es gab Gefahren, die noch größer waren als die wilden Tiere. Dieses rauhe Gelände hatte schon so manchem Mann den Tod gebracht, der sich zu weit weg von Seinesgleichen entfernt hatte.

»Ich will zurück.« Sobald die Worte über ihre Lippen gekommen waren, schüttelte sie heftig den Kopf. Nein. Sie konnte nicht zurückgehen. Stivo. Sie würde sich ihm niemals ergeben. Rudolpho hatte ihr die Wahrheit über ihre Herkunft erzählt, weil er wußte, daß sie ihre eigene Bestimmung finden mußte. Sie würde León erreichen oder bei dem Versuch sterben. »Das gelobe ich.«

Sie nahm keine Notiz von den Geräuschen der Nacht, die ihr den Mut stehlen wollten, kletterte auf den Rücken ihres Pferdes und lenkte es energisch in Richtung León.

ZWEI

León, 1491–1492

41

Die Reise nach León war lang und mühsam gewesen, über schlammige Äcker, karge Hügel und enge, gewundene Bergpässe. Den Tagen mit großer Hitze waren langsam immer kältere Nächte gefolgt, und Alicia litt unter dem schneidenden Wind, der an ihren Kleidern zerrte. Der Winter nahte, der Regen und Kälte bringen würde. Während sie in Wäldern und auf Feldern lagerte, furchtsam und allein, hatte sie oft an Rudolpho denken müssen, und das hatte ihr wieder Kraft gegeben. Ihr ganzes Leben lang hatte Rudolpho ihr weise Ratschläge gegeben, daher mußte auch dieses Vorhaben richtig sein. Sie mußte nach León gelangen.

Auch wenn sie meinte, nicht mehr weiterreiten zu können, war es Alicia immer irgendwie gelungen, die Energie zu finden, aufzustehen, ihr Pferd zu besteigen und ihre Reise fortzusetzen. Es war so anders, als mit der Karawane zu reisen. Sie war jetzt auf sich gestellt, mit ihrem Pferd als einzigem Gefährten – es gab keine Zigeunermusik, kein Lachen mehr. Es gab Zeiten, da sie sogar das Stirnrunzeln vermißte, mit dem man sie manchmal gemustert hatte; auch dann war sie wenigstens nicht so ganz allein, so ohne Freunde gewesen. Und am Ende fand sie sich auch noch ohne Pferd wieder, da in einer

Nacht, während sie schlief, ihr jemand ihr Pferd Grai, das einzig Wertvolle, das sie besaß, stahl. Gezwungen, ihre Reise zu Fuß fortzusetzen, hatte Alicia die Stadt nur unter Aufbietung ihrer letzten Kräfte erreicht. Sie war jetzt in der Welt der *Gorgios* und mußte dort bleiben.

Aber was für eine Welt war das – so anders als die, die sie gekannt hatte. Ihre Augen weiteten sich, als sie die Türme der hohen gotischen Kirchen sah, die sich schlank und elegant in den Himmel reckten. Sie nahm jedes Detail der Stadt auf – die plätschernden Brunnen, die mit weichem Moos überzogen waren, die Marmorsäulen, die ziegelgedeckten Häuser.

Schön, wie schön, dachte sie, als sie durch die Straßen wanderte. Selbst in den Stunden, die sie in Salamanca verbrachte, verlor die Schönheit für sie nicht an Reiz, trotz der Häßlichkeit mancher Einwohner, die alles andere als freundlich zu ihr waren, ja, sie sogar grausam verhöhnten, da sie sich daran störten, eine heruntergekommene Zigeunerin in ihrer Mitte zu finden, während Alicia sich nach Kräften bemühte, sie zu ignorieren.

Die Glocken von der Kapelle schlugen die sechste Stunde, als Alicia durch die Straßen von Salamaca in der Provinz León wanderte. Die Nacht senkte sich herab, Alicias erste Nacht bei den *Gorgios.* Es war kühl, und sie klammerte sich an die Fetzen des Schals, den sie um die Schultern trug. Müde und hungrig bahnte sie sich ihren Weg durch die belebten Straßen, die Einwohner der Stadt mißtrauisch beobachtend. Einige waren freundlich – Menschen, die selbst glücklos waren, ärmlich gekleidete Bettler oder Kinder. Andere jedoch, jene bunt angezogenen Herren, die man *Caballeros* nannte, und die Damen mit den weiten Röcken, blickten sie mit offener Feindseligkeit an, manche stießen Verwünschungen gegen sie aus, nannten sie *Gitana,* als wäre das Wort allein schon eine Beleidigung. Alicia jedoch reagierte nur mit einem Stirnrunzeln und warf ihren Kopf zurück. Sollten sie doch zur Hölle fahren!

Die Stadt selbst zeigte ihr dagegen ein freundliches Gesicht. Enge Straßen wanden sich durch Salamanca wie lange, anmutige Bänder, gesäumt von Häusern mit Balkonen und roten, grünen oder leuchtend blauen Fensterläden und schwarzen Eisengittern. Es gab auch Häuser aus Lehmziegeln, in denen wohl die Ärmeren der Stadtbewohner wohnten. Alicia schien es, als hätten die *Gorgios*, im Gegensatz zu den Zigeunern, nicht gelernt zu teilen. Einige hatten so viel, während andere so wenig hatten.

Esel, Schweine, Hühner, Katzen und Hunde bevölkerten die Straße und jagten davon, um den lautstarken Händlern und den Ochsenkarren Platz zu machen, die sich in den Straßen drängten. Hier und dort jauchzte ein kleines Kind, wenn es ihm gelang, diesen Karren in waghalsigen Spielen auszuweichen, und Alicia mußte an Palo und Mala denken. Manchmal mischte sie sich ein, um die Kinder vor solchem Leichtsinn zu warnen, handelte sich jedoch damit nur die schneidende Zurückweisung ihrer Mütter ein, die ihr drohten, sie solle sich ja hüten, ihre Kinder zu stehlen.

»Kinder stehlen? Zigeuner stehlen keine Kinder, Zigeuner haben selbst genug«, murmelte Alicia vor sich hin und beeilte sich, dem Schwall der Beschimpfungen zu entkommen.

Der Platz war bevölkert, und Alicia bahnte sich ihren Weg durch die Menge, während sie die Verkäufer mit ihren Waren beobachtete. Die Gerüche von Früchten, Gemüsen, frischen Backwaren erfüllten die Luft, vermischt mit dem Aroma von Fisch und Leder. Tief Atem holend, kräuselte Alicia die Nase und versuchte verzweifelt, ihren Hunger zu vergessen. Es war die Stunde, zu der sie normalerweise zu Abend aß, doch als sie in ihren kleinen Beutel griff, fand sie ihn leer. Ihr Vorrat an Käse, eingesalzenem Fisch, Schiffszwieback und Kichererbsen war aufgebraucht. Es würde heute abend kein Essen geben, wenn Alicia nicht eine Möglichkeit fände, ein paar Groschen zu verdienen. Sie erinnerte sich daran, von einer Zigeunerfrau aus einer anderen Karawane gehört zu haben, der es gelungen war, in der Welt der *Gorgios* durch Tanzen und Wahrsagerei zu überleben, doch Alicia war zu stolz und verzichtete an diesem Abend auf Nahrung. Als sie eine kleine, geschützte Nische fand, versuchte sie zu schlafen und hoffte, daß am nächsten Morgen alles besser sein würde.

Alicia verbrachte drei Nächte im Elend, erlitt die Schmerzen des Hungers, bis sie sich schließlich klarmachte, daß Tanzen und Handlesen die einzigen Fähigkeiten waren, die sie retten könnten. Die Menschen der Stadt trauten Zigeunern ehrliche Arbeit nicht zu. Wie konnte Alicia ihnen klarmachen, daß sie in Wirklichkeit keine Zigeunerin war? Würden sie ihr glauben? Sie hatte nicht die Möglichkeit, das herauszufinden, denn die meisten Türen wurden rasch vor ihr zugeschlagen, wenn die Leute ihrer zerlumpten Erscheinung ansichtig wurden. Außerdem – was wußte sie von den Bräuchen der *Gorgios*, vom Reinigen der Häuser, Backen von Brot, Ausschenken von Wein? Sie würde sich auf ihre eigene Weise am Leben erhalten müssen.

Alicias Großmutter hatte ihr ein wenig über die Wahrsagerei beigebracht, und jetzt war Alicia der alten *Phuri Dai* dankbar, da diese Fähigkeit ihr Geld für Nahrungsmittel einbringen konnte.

›Ich werde es diesen eitlen Pfauen zeigen‹, dachte sie, während sie einen feingekleideten *Caballero* beobachtete, der versuchte, ihr aus dem Weg zu gehen, als ob schon eine Berührung mit ihr seine Kleider verschmutzen würde. Warum sollte sie sich Gedanken über Menschen wie diesen machen? Sie schauten Zigeuner nur freundlich an, wenn sie von ihnen etwas über ihre Zukunft hören wollten. Warum sollte sie ihnen nicht erzählen, daß ihre Träume wahr werden würden, daß sie reich würden, geliebt würden oder Berühmtheit erlangen würden? Wenn sie ihnen einen Gefallen damit tat, wenn sie ihnen Schmeicheleien zuflüsterte, was war daran auszusetzen?

Derselbe *Caballero,* der krampfhaft versucht hatte, ihr aus dem Weg zu gehen, war ihr erster Kunde. Sie verhieß ihm, daß er das Herz der Frau, die er liebte, gewinnen würde, und er gab ihr dafür genug Kleingeld, um einen kleinen Laib Brot zu kaufen. Die Voraussage für einen Ziegenhirten, daß er ein berühmter Mann werden würde, brachte ihr einen kleinen Brocken Ziegenkäse ein. Zum erstenmal, seit sie in Salamanca angekommen war, konnte Alicia ihren Hunger stillen, doch immer noch ließ ihr Gewissen es nicht zu, daß sie sich darüber freute. Rudolpho wäre niemals damit einverstanden gewesen, was sie tat. Zigeuner übten die Wahrsagerei nie unter sich aus. Nur die *Phuri Dai* hatte die seherische Kraft.

›Es tut mir leid, Papa‹, dachte sie bei sich und schaute zu einem der Sterne auf, der in der dunkelgrauen Dämmerung blinkte. Sie erinnerte sich an einen seiner Aussprüche, ›Augen, die nicht sehen, brechen kein Herz‹, doch der Stern schien durch sein leuchtendes Schimmern zu zeigen, daß er mit dem, was sie tat, einverstanden war, und dieser Gedanke beruhigte Alicia ein wenig. Die Wahrsagerei war ein Spaß, der an *Gorgios* ausgelassen wurde, um Geld zu verdienen. Arme, törichte *Gorgios,* die so sehr an die Zukunft glaubten! Die Zigeuner wußten, daß die Gegenwart, das Jetzt, wichtiger war. Wenn man heute gut lebte, brauchte man sich weder um die Zukunft Gedanken zu machen, noch der Vergangenheit nachzutrauern. Und das war genau das, was Alicia tun wollte. Sie mußte ihre Gedanken an das, was gewesen war, überwinden und von Tag zu Tag leben. Irgendwie hatte sie das Gefühl, daß Rudolpho das verstehen würde.

Immerhin war sie bei dem, was sie machte, ehrlich. Sie verlangte von den *Gorgios* kein Geld, sondern nahm nur, was sie ihr von sich aus anboten. Aber auch so machte man sich häufig über sie lustig, so daß sie schließlich andere Mittel suchte, ihren Hunger zu stillen, zusätzlich zum Handlesen.

Als sie so über den belebten Marktplatz schaute, kam Alicia der Gedanke, daß sie es ja auch einmal mit Tanzen versuchen könnte. Die vielen fein gekleideten Städter, die durch die Straßen schlenderten, stillten an den Marktständen ihren Hunger mit Fleischspießen, gebackenem Gemüse, Fisch oder Käse. Wenn sie ihre Bäuche gefüllt hätten, würden sie Unterhaltung suchen, nicht Erkenntnisse über ihre Zukunft. Nach dem Abendessen war es bei den Zigeunern Brauch, zu tanzen oder den Tänzern zuzuschauen. Waren die *Gorgios* darin so viel anders? Sie schlug ihre Hacken auf die Pflastersteine und beschloß, das herauszufinden. Die Hände zur Melodie einer imaginären Gitarre schlagend, setzte Alicia zu einem Flamenco an.

Es lag Kühnheit in ihren Bewegungen, doch diese Kühnheit war gemildert durch eine Reinheit, einen Ausdruck in ihren blitzenden Augen, der sie trotz ihrer zerlumpten Kleider zu einer Dame machten.

»Seht doch, wie anmutig sie ist!« rief ein behäbiger Schmied aus, der seine Arbeit unterbrach, um ihr zuzuschauen. Langsam scharte sich eine Menge von Leuten um sie, die sie staunend betrachteten.

»Sie ist anmutig. Ihre Schönheit würde selbst die Mauren beeindrucken.«

»Wer ist sie?« fragte ein Händler.

»Woher kommt sie?« wollte ein anderer wissen.

»Wir haben sie noch nie gesehen«, flüsterten die Männer.

Die Frauen waren nicht so bezaubert wie ihre Söhne und Männer. »Zigeunerschlampe. Wie kann sie es wagen, so schamlos zu tanzen!«

»Wir sollten sie wegjagen.«

»Nein, laßt sie bleiben! Zigeunerin oder nicht, sie erfreut alle, die sie anschauen«, beharrten die Männer.

Aus dem wilden, von Fußstampfen begleiteten Tanz ging Alicia schließlich in einen langsameren Tanz mit fließenden Bewegungen über. Vor ihrem inneren Auge sah sie Rafael und stellte sich vor, wieder für ihn zu tanzen; sie schloß die Augen, um sich sein Bild noch mehr zu verdeutlichen. Wenn er sie nur geliebt hätte, hätten sich die Dinge anders entwickeln können, dachte sie. Wenn nur...

Eine kalte schneidende Stimme brach in Alicias Stimmung ein. Als sie aufblickte, sah sie eine schwarzgewandtete Gestalt vor sich, die sie mit dunklen Augen anstarrte. »Sie tanzt, als sei sie vom Teufel besessen!« Seine Augen himmelwärts strebend, bekreuzigte er sich rasch. »Wenn euch an eurem Seelenheil gelegen ist, dann verlaßt diesen Platz der Verdammnis, damit ihr nicht von den Feuern der Hölle verschlungen werdet. Diese Frau hier ist schlecht. Sie hat keine Seele!«

Alicia hörte auf zu tanzen, und ein Schauder rann ihr über den Rücken. Der Name Torquemada fiel ihr ein. War das einer seiner bösen Priester? Bestimmt! Sie hatte

Gerüchte gehört, daß Torquemadas Spione überall lauerten.

»Der Priester sagt uns die Wahrheit«, keuchte ein alter Mann und nahm ängstlich Reißaus.

»Zigeuner sind die Nachkommen Satans«, stimmte der schwarzgewandete Priester an, indem er sich erneut bekreuzigte. »Jagt sie fort.« Dann verschwand er so schnell, wie er gekommen war, offenbar zufrieden, die Saat der Verdächtigung und der Furcht ausgestreut zu haben.

»Zigeuner sind wirklich eine Satansbrut. Wir sollten die da aus der Stadt jagen!« kreischte eine alte Frau im Zorn.

So schnell, wie die Leute Alicia bewundert hatten, so schnell wandten sie sich nun gegen sie und nahmen eine drohende Haltung ein. Eine alte Frau warf einen Stein in Alicias Richtung, der sie an der Schulter traf.

»Fort mit dir!« schrie eine andere Frau und warf ebenfalls einen Stein, worauf ein regelrechter Angriff erfolgte. Es hagelte Stöcke und Steine, als die Menge plötzlich gewalttätig wurde. Wäre Alicia nicht so flink gewesen, so hätte sie ernsthafte Verletzungen davongetragen, doch sie entkam ihren Angreifern. Verzweifelt nach einem Versteck suchend, fand sie schließlich Schutz hinter der dicken Tür einer der großen Steinkirchen, die sie fest hinter sich schloß.

Zitternd versuchte Alicia, wieder zu Atem zu kommen, und wartete, bis sich der Aufruhr draußen gelegt hatte, bevor sie die Tür öffnete, um einen Blick hinauszuwerfen. Obwohl sie offensichtlich nicht wußten, wohin sie gerannt war, schlenderten immer noch Leute herum. Sie würde zumindest eine Zeitlang noch bleiben müssen.

»Narren! *Gorgio*-Narren!« flüsterte sie. Sie waren so selbstgerecht. Würden sie ihre Meinung über die Zigeuner niemals ändern? Sie hatte nur versucht, sie zu unterhalten und damit etwas Geld zu verdienen. Was war daran so unrecht? Sie würde sie niemals verstehen und noch viel weniger unter ihnen leben können. Sie würde noch eine Nacht auf Nahrung verzichten müssen, die ihr Kraft gegeben hätte. Eine weitere lange, einsame Nacht.

Mit einem Seufzen hob Alicia die Arme, um das rote Kopftuch loszubinden, das Zeichen, daß sie eine verheiratete Frau war. Seltsam, daß sie es immer noch trug. Sie strich sich mit den Fingern durchs Haar und dachte an die Zeit, die sie mit Rafael verbracht hatte. Sie schien endlos weit weg zu sein. So viele Dinge hatten sich seitdem ereignet: Rudolphos Tod, Stivos Wahl zum Anführer, Alicias Flucht aus der Karawane, der lange, mühsame Weg über das Gebirge bei Toledo in die Täler der Provinz León.

›*Gorgios*‹, dachte sie wütend. Bisher hatte sie von ihnen kaum Freundlichkeit erfahren, und der Gedanke, daß sie eine von ihnen sein sollte, erfüllte sie mit Abscheu. Sie waren rachsüchtig und von Haß erfüllt; sie wollte nicht zu ihnen gehören!

Alicia entfernte sich von der Tür und schaute sich um, fest entschlossen, von jetzt an nur noch aus der Hand zu lesen. Tanzen war gefährlich. Immerhin hatte sie etwas getan, um sich am Leben zu erhalten. Der Winter stand bevor und ohne den Schutz der Stadttore, ohne ihr Volk würde sie sterben, wenn sie wegginge. Ob es ihr gefiel oder nicht, sie konnte nicht wieder weglaufen, gleichgültig, wie sehr sie versucht war, das zu tun.

Als sie sich umsah, fand Alicia eine kleine Nische neben einem Holzaltar und holte aus ihrer Tasche ihre kargen Besitztümer, die sie in den Falten ihrer Röcke verborgen hatte, damit sie ihr nicht gestohlen würden. Sie untersuchte das Band, das Todero ihr gegeben hatte und das ihr Glück bringen sollte, die Scherbe von ihrem

Hochzeitskrug und schließlich Rafaels Ring. Wie seltsam, daß sie daran gedacht hatte, ihn in der Nacht seines Todes aus Rudolphos Hand zu nehmen. Sie hätte ihn mit ihrem Vater verbrennen sollen, doch statt dessen hatte sie ihn behalten. Warum?

Die Wahrheit schmerzte sie. Sie konnte Rafael nicht so schnell vergessen, wie er sie vergessen hatte. Ängstlich hob sie ihren Kopf, um sich umzusehen, ob der schwarzberockte Priester wieder kommen und ihr etwas antun könne; doch es war still, und sie stellte fest, daß sie ganz allein war.

Alicia war noch nie im Innern einer Kirche der *Gorgios* gewesen. Lebte Rafaels Gott hier? Rudolpho hatte ihr immer erzählt, daß sich Gott im Wald aufhielt, nicht in einer Kirche, und doch hatte sie irgendwie das Gefühl, daß er hier war, daß sie nicht ganz allein war.

Mit großen Augen starrte sie auf ihre Umgebung, die flackernden Kerzen auf dem Altar, die bunten Mosaikbilder, den Altar, die Standbilder. Ihre Augen blieben an der Statue einer Frau hängen, die ein Kind auf dem Arm hielt, und sie war angerührt von dem liebevollen Gesichtsausdruck der Frau, als spürte sie Alicias Schmerz und wollte ihr helfen. ›Wer ist diese Frau?‹ fragte sie sich.

Wie in Trance trat Alicia heran und berührte den kalten Stein mit der Hand, als erwartete sie, daß er sich warm anfühlte wie ein lebendiger Mensch.

Ein anderes Standbild fiel ihr ins Auge, das eines Mannes, der an einen Baum, ein Kreuz gebunden war. Er war beinahe nackt, nur mit einem Lendentuch bekleidet, seine bloßen Füße zusammengebunden, eine Dornenkrone auf dem Haupt. Armer Mann, dachte sie, und ihre Augen füllten sich mit Tränen. Sie wollte ihn trösten, seine Schmerzen von ihm nehmen, ihn behutsam von dem Ort wegnehmen, wo er gebunden und gefangen war, und seine Wunden pflegen.

»Bist du der gütige Christus? Der, von dem mir Rafael erzählt hat?« fragte sie, als erwartete sie, daß ihr das Standbild antworten würde, und plötzlich wußte sie in ihrem Herzen, daß es Christus war. Der Ausdruck des Friedens auf dem stillen Gesicht faszinierte sie. Wie konnte jemand wie Torquemada, dieser böse Priester, diesen Mann verehren und trotzdem solchen Haß und solche Bitterkeit in seinem Herzen tragen? Alicia hatte Schwierigkeiten, das zu verstehen. Warum hörten diese *Gorgios* auf haßerfüllte Worte? Warum blickten sie statt dessen nicht tief in die Augen und in das Herz des gütigen Christus?

Alicia war müde, und die Fragen, die ihr durch den Kopf gingen, bedrückten sie. Als sie auf die Tür zuging, um die Kirche zu verlassen, warf sie noch einmal einen Blick auf den Mann am Kreuz und beschloß, doch lieber hier in diesen sicheren Mauern zu bleiben. Seit Wochen fühlte sie zum erstenmal Frieden. Sie suchte sich einen Platz in der Nähe des Kruzifixes, rollte sich zusammen und schlief ein.

42

»Wer bist du? Was tust du hier?« Die Stimme war sanft, doch Alicia öffnete erschreckt die Augen. Als sie sah, daß es wieder eine der schwarzgewandeten Gestalten war, die sich über sie beugte, hob sie die Arme, um sich vor diesem Mann zu schützen.

»Bitte. Bitte. Ich war nur so müde...« Vorsichtig sah sie dem Priester in die Augen, die ihren Blick erwiderten, doch es stand kein Haß in ihnen geschrieben, nur Besorgnis.

»Keine Angst, ich tue dir nichts.« Er legte ihr die Hand auf die Schulter und fragte wieder: »Wer bist du?«

»Ich heiße Alicia.«

»Alicia. Ein hübscher Name für eine schöne Señorita.« Seine sanften blauen Augen glitten prüfend über sie. »Du bietest einen traurigen Anblick, mein Kind. Sag mir, wie ich dir helfen kann.«

Alicia ließ ihren Blick über den Mann gleiten. Er war klein und untersetzt – man hätte ihn beinahe fett nennen können – mit einem runden Gesicht und einem breiten Lächeln. Sie wollte ihm so gern vertrauen, sie sehnte sich nach Freundschaft, doch die *Gorgios,* denen sie bisher begegnet war, hatten sie nur betrogen. »Ich brauche keine Hilfe«, antwortete sie vorsichtig. »Ich bin eine Zigeunerin. Zigeuner sind stark.«

Er faltete seine Hände über seinem runden Bauch und sah sie tadelnd an. »Niemand ist stark, wenn er hungrig ist. Sieh dich nur einmal an. Du bist nichts als Haut und Knochen. Seit wann hast du nichts Ordentliches mehr gegessen?«

Alicia war zu halsstarrig und stolz, um ihm von den Nöten zu erzählen, die sie erlitten hatte. »Ich habe erst gestern etwas gegessen.« Sie erhob sich und klammerte sich trotzig an die zerrissenen Fetzen ihres Schals, den sie um die Schultern trug.

»Gestern? Gestern? Gesegneter Herr, du armes Kind. Nun, wir werden das in einem Augenblick wiedergutmachen. Komm mit.«

Alicia blieb wie festgewurzelt stehen, unsicher, ob sie ihm trauen sollte, doch sie fühlte sich irgendwie zu diesem Priester hingezogen. »Ich brauche keine Mildtätigkeit. Ich arbeite für mein Essen.«

»Natürlich, natürlich. Ich bin sicher, daß du das tust, mein Kind. Ich will dich dein Brot verdienen lassen, hab keine Angst.« Er lachte. »Ich bin ein schrecklicher Koch, wie du sehen wirst.« Er tätschelte seinen runden Bauch. »Wenn du mir ein Frühstück machen willst, will ich es mit dir teilen. Ist das nicht ein gerechtes Angebot?«

Das mußte Alicia zugeben und folgte ihm am Altar vorbei und aus der Kapelle hinaus. Dort waren Leute, die in kleinen hölzernen Gestühlen beteten, und der Priester neigte grüßend sein Haupt, als er vorbeiging.

»Was tun sie da?« wollte Alicia wissen.

»Sie zünden Kerzen an und sprechen mit Gott«, erwiderte er.

»Sie sprechen mit Gott?« Sie dachte an die Statue mit Christus. »Er war doch dahinten.« Zur Kapelle zeigend, warf sie ihm einen fragenden Blick zu.

»Nein, nein. Das war sein Sohn, der für unsere Sünden gestorben ist.« Sie gingen durch den langen, gewundenen Gang und eine Treppe hinunter.

Alicia schwieg eine Weile und fragte dann: »Und wer war die Mutter mit dem Kind?«

»Christus' Mutter, Maria, mit dem Jesuskind.«

Jetzt war Alicia völlig verwirrt. »Jesus? Wer ist dieser Jesus?«

Der Priester lächelte. »Christus. Das wirst du noch verstehen, mein Kind.« Er legte ihr eine Hand auf die Schulter und eilte mit ihr weiter.

Alicia schüttelte den Kpf. »Das ist alles sehr verwirrend.« Sie versuchte, sich den langen Schritten des Priesters anzupassen und mitzuhalten. Die *Gorgios* waren eigenartige Leute. Doch die Erinnerung an das mitleidige Gesicht der Christusstatue kam ihr in den Sinn, und sie hatte das plötzliche Verlangen, mehr zu erfahren. »Wie ist er gestorben, dieser Christus?«

Innehaltend, antwortete er: »Er wurde gekreuzigt, an ein Kreuz geschlagen.« Alicia zuckte zusammen und wollte etwas sagen, doch er bedeutete ihr zu schweigen. »Durch sein Opfer haben wir, die wir an ihn glauben, das ewige Leben.«

»Alle *Gorgios?«*

»Diejenigen, die glauben.« Sie hatten die Küche erreicht, und Alicia sah, daß in dem großen Ofen ein Feuer brannte. Er bemerkte ihren Blick und fügte hinzu: »Böse Menschen sind zum Fegfeuer und Leiden verdammt. Zur Hölle und Verdammnis. Zum ewigen Feuer. Ihr Los ist es, Sklaven des Teufels zu sein.«

»Was für eine schreckliche Strafe.« Alicia hielt den Atem an. Sie wollte noch mehr Fragen stellen, doch ihr Hunger nach Nahrung überwog ihren Hunger nach Wissen, zumindest im Augenblick. »Ich sagte Euch, daß ich Euer Frühstück zubereiten würde...« Der Priester führte sie zu einer Mulde mit frischem Brotteig darin, der bereits zu einem Laib geformt war, und Alicia nahm ihn mit dem hölzernen Spatel und schob ihn in den Ofen. Als ihr Blick auf Hühnereier fiel, schlug sie einige auf, hackte Paprika und Zwiebeln und rührte sie in die Eier. Es erinnerte sie an den Tag, an dem Rafael sie verlassen hatte, und ihre Augen füllten sich mit Tränen, bevor sie sie unterdrücken konnte.

»Du bist traurig, mein Kind. Hat dich jemand verletzt?«

Trotzig schüttelte sie den Kopf. »Nein. Es sind nur die Zwiebeln, sonst nichts.« Obwohl er es besser wußte, schwieg der Priester. Dieses Mädchen hatte Stolz, Mut und Witz, und er bewunderte es. Irgendwie würde er einen Weg finden, um ihr zu helfen, bevor der Morgen verstrichen wäre.

»Ich habe schlechte Manieren gezeigt«, sagte der Priester, anstatt weitere Fragen zu stellen. »Ich habe dir meinen Namen nicht genannt, obwohl du mir deinen gesagt hast. Mein Name ist Pater Julio.« Seine blauen Augen zwinkerten. »Ich bin ein halber Ire, mußt du wissen, daher mein rotes Haar – was davon übrig ist. Ich wuchs in Irland, dem Land meiner Mutter, auf.«

»Irland?« Alicia hatte von diesem fernen Land gehört. »Was macht Ihr hier in León?« Sie hatte angenommen, daß er aus einer der spanischen Provinzen kam, wie all die anderen *Gorgios*, doch nun bemerkte sie, daß er einen schwachen Akzent hatte.

»Ich wurde von Gott hierher gerufen.« Seine Stimme senkte sich, als wollte er nicht, daß andere seine Worte hörten. »Es ist meine Absicht, Gottes Werkzeug zu sein, um diesen barbarischen Verbrennungen ein Ende zu machen. Es ist nicht richtig, daß ein Mensch andere Menschen derartig quält.«

Alicia wußte sofort, daß er auf die Inquisition anspielte. »Torquemada ist ein Dämon!« zischte sie.

Er legte einen Finger an die Lippen, um sie zum Schweigen zu bringen, und nickte. »Torquemada ist ein Verrückter. Man muß ihm Einhalt gebieten. Doch komm, laß uns nicht mehr von diesen grausigen Dingen reden. Erzähl mir statt dessen etwas von dir.«

Alicia erzählte vom Zigeunerlager, während sie in der großen Küche hantierte. Sie war überrascht, wie leicht es war, in einer *Gorgio*-Küche zu kochen, einer Küche, die von steinernen Wänden umgeben war.

Während sie zwei Teller mit Schinkenseiten, Obst und frisch gebackenem Brot füllte, lächelte sie schließlich Pater Julio an. Sie schaufelte die Eier aus der Pfanne und gab ihm die größere Portion, während sie selbst nur wenig nahm und gespannt war, wie ihr diese Eiermahlzeit schmecken würde. »Ich bin wirklich hungrig«, gestand sie und begann diesem Priester zu trauen. Sie hockte sich in Zigeunermanier in der Nähe des Ofens auf den Boden, um zu essen.

Pater Julio, der sich neben sie hockte, um die junge Frau nicht in Verlegenheit zu bringen, machte sich klar, daß Alicia als Zigeunerin nicht mit dem Brauch vertraut war, daß man sich zum Essen an einen Tisch setzte. Nun, sie würde bald die Gewohnheiten der *Gorgios*, wie sie sie nannte, kennenlernen. Vielleicht konnte er ihr helfen.

»Erzähl mir mehr von dir, Alicia.« Zu seiner Überraschung fand er es ziemlich bequem auf dem Boden und überlegte, daß an diesen Zigeunern mehr dran war, als er sich je vorgestellt hatte. »Wie kommt es, daß du in Salamanca bist und nicht bei deiner Sippe?«

Während sie aß, beantwortete sie alle seine Fragen, erzählte ihm vom Tod ihres Vaters, von seiner Enthüllung, daß sie in Wirklichkeit keine Zigeunerin war, von ihrer Angst vor Stivo, der Reise nach León und ihrer Hoffnung herauszufinden, wer sie wirklich war. »Ich glaube nicht, daß ich eine *Gorgio*-Frau sein möchte!«

»Du armes Kind, das kann ich dir nicht übelnehmen. Sicher waren deine eigenen Leute nicht besonders freundlich zu dir. Und so eine lange Reise ganz allein!« Pater Julio murmelte ein paar freundliche Worte und streichelte ihre Hand. »Und wenn man bedenkt, daß du nach allem, was du durchgemacht hast, in Salamanca nur auf Feindseligkeit gestoßen bist. Ich schäme mich für meine Brüder.«

»Sie haben unrecht, was die Zigeuner betrifft. Zigeuner sind ehrenwerte Leute. Rudolpho, mein Papa, war der beste Mensch auf Erden.«

»Das glaube ich, mein Kind.« Während er sich mit dem Ärmel den Mund abwischte, sah Pater Julio zu dem Mädchen hinüber. Er mußte einen Weg finden, ihr zu helfen: Er konnte sie nicht wieder auf die Straße schicken, wo sie verhungern oder Unbill erleiden könnte. Da war jedoch ihr Stolz. Er wußte, daß sie keine Wohltätigkeit annehmen würde. Was sollte er tun?

»Ich vermisse die Karawane«, sagte Alicia. »Besonders Todero und Zuba. Und die Kinder, Palo und Mala.«

»Die Kinder. Ja, die Kinder.« In seine dicken Hände klatschtend, grinste der Priester sie an. Alicias Worte hatten ihn auf einen Gedanken gebracht. »Das ist die Antwort. Kinder.« Er sah sie flehentlich an und sagte: »Alicia, bleib hier. Wir brauchen jemanden, der uns bei den Kleinen hilft, bei den Kindern. Wie du haben sie niemanden.«

»Die Kinder?« Alicias Holzteller fiel klappernd zu Boden.

»Kinder ohne Eltern. Die Kirche hat sie in ihre Obhut genommen, doch ich muß gestehen, daß man sich ihnen nicht so gewidmet hat, wie sie es verdienten. Vielleicht könntest du...« Er lächelte ihr zu, und sie erwiderte sein Lächeln mit aufrichtiger Zuneigung, da sie spürte, daß dieser Mann in vieler Hinsicht wie Rudolpho war.

»Ich würde gerne...«

»Was geht hier denn vor? Pater Julio, was macht Ihr da auf dem Fußboden?« Die Stimme war tief und achtungsgebietend, und Alicia wandte erschreckt den Kopf. In der Tür stand ein Mann, der von Kopf bis Fuß vollständig in Scharlachrot gekleidet war. Er hatte eine große Nase, die Alicia an den Schnabel eines Vogels gemahnte, und prüfte sie mit schwarzen, runden Augen. »Und wer ist dieses zerlumpte Mädchen? Wieder eins Eurer Findlinge, Pater?«

Alicia war augenblicklich auf die Füße gesprungen und starrte diesen Mann herausfordernd an. Wieder so ein feindseliger Adeliger. Nun, sie würde keinen Augenblick länger unter demselben Dach mit einem wie ihm bleiben. Die Enden ihres Schals zusammenraffend, ging sie auf die Tür zu. Der Priester folgte ihr.

»Nein, Alicia. Bleib!« sagte Pater Julio leise. »Hör nicht auf die unfreundlichen Worte dieses Mannes.« Zornig trat er dem mit bunten Federn geschmückten Mann entgegen. »Don Enrique Dorado, ich schäme mich für Euch, daß Ihr eins von Gottes Kindern so schlecht behandelt. Euer Vater, Don Philip Navarro, würde sich niemals so taktlos verhalten.«

»Ha. Mein Stiefvater ist ein Narr, der Geld für Eure törichten Wohltaten verschwendet, bis er uns noch an den Bettelstab bringt. Ich bin nicht so ein Einfaltspinsel wie er.« Wieder glitten seine Augen über Alicia, diesmal mit einem abschätzenden Blick. »Sie ist vielleicht zerlumpt, doch zumindest eine Schönheit. Gib sie mir. Ich werde sie füttern und kleiden.« Das höhnische Lächeln auf seinem Gesicht ließ klar erkennen, was der Mann vorhatte, und Alicia zog die Enden des Schals um sich, als wollte sie sich vor ihm verstecken. Er war nicht besser als Stivo, dieser Kerl. Ein wollüstiges Tier, dem eine Frau nur einem Zweck diente.

»Ich würde niemals mit Euch gehen!« schnaubte sie. »Niemals! Eher würde ich verhungern.«

Den Priester aus dem Weg stoßend, streckte Don Enrique seine Hand aus, um eine lange Strähne von Alicias Haar zu packen. »Witz und Schönheit. Das liebe ich an einer Frau.« Er lachte, und seine dünnen Lippen legten krumme, weiße Zähne frei.

»Laßt sie in Ruhe. Dies ist Gottes Haus.« Pater Julio, der vor Zorn sprühte, stellte sich vor Alicia.

»Eine Zigeunerin dem Aussehen nach. Habt Ihr nicht die Warnung Torquemadas vor diesen Bettlern gehört?«

Einen Augenblick lang hatten die beiden Männer Alicias Gegenwart vergessen, während sie ihren eigenen privaten Kampf führten. Vom Priester zu dem Mann mit der Adlernase schauend, traf Alicia schnell ihre Entscheidung. Sie konnte hier nicht bleiben, gleichgültig, wie freundlich der Priester zu ihr gewesen war. Der federgeschmückte Mann war gefährlich für sie, das spürte sie mit jeder Faser ihres Körpers. Geräuschlos eilte sie zur Tür, wo sie nur einen Moment innehielt, um zu dem einzigen *Gorgio* zurückzuschauen, der ihr mit Freundlichkeit begegnet war. Sie würde ihn lange in ihrem Herzen behalten.

»Ich höre nicht auf Torquemada. Ich höre nur auf Gott und den Papst. Ich gewähre denen, die in Not sind, Liebe und Großmut, wie es Christus von mir verlangt, und nicht Ihr oder tausend Männer wie Ihr werden jemals...«

Das Geräusch einer zuschlagenden Tür unterbrach den Priester mitten im Satz. Ihren Streit vergessend, sahen die beiden Männer, daß das Zigeunermädchen weggelaufen war.

»Alicia. Nein. Komm zurück!« Pater Julio raffte die langen Röcke seines Gewandes, um sie zu verfolgen, doch als er zur Tür gelangte, sah er, daß die dunkelhaarige Frau verschwunden war und jede Hoffnung, ihr helfen zu können, mit fortgenommen hatte.

43

Rafael de Villasandro schritt in seinem Schlafzimmer im Haus der Familie Navarro erregt auf und ab. Er war jetzt seit zwei Wochen in Salamanca und hatte bisher nichts erreicht. Nichts. Hatte er die Frau, die er liebte, verlassen, nur um in einem goldenen Käfig zu sitzen wie die Papageien, die man als Haustiere aus den fernen Ländern des Orients mitbrachte?

Das Haus der Navarros war eine zweistöckige Hacienda aus Stein, die um einen großen, ziegelbedeckten Hof herumgebaut war. Umschlossen von einem schwarzen Eisengitterzaun, war es mit Sicherheit eins der schönsten Häuser der Stadt. Philip Navarro war ein sehr reicher Mann.

Das Haus war gefüllt mit Kunstschätzen – Gemälden, Skulpturen, feinem, mundgeblasenem Glas. Don Philip Navarro war ein Anhänger schöner Dinge. Kein Wunder, daß sein Stiefsohn, Juan Dorado, ein so geschultes Auge für Meisterwerke besaß. Zumindest hierin war er seinem Stiefvater ähnlich, wenn auch in keiner anderen Hinsicht.

Rafael war ein Zimmer im ersten Stock auf der Gartenseite zugewiesen worden. Man konnte das Gebäude unbemerkt von einem privaten Eingang in der Nähe des Hofes betreten, und er konnte nach Belieben kommen und gehen, was Rafael zu schätzen wußte. Es gab Dutzende von Dienern im Haus, doch Rafael hatte bemerkt, daß vor sechs Uhr morgens und nach elf Uhr nachts oder während der Nachmittagsruhe das Haus relativ ruhig war, so daß er es unbemerkt verlassen und betreten konnte.

Rafaels Zimmer hatte eine hohe Decke, ein Podest, das mit Kissen bedeckt war und wo er häufig zu sitzen pflegte, ein großes Bett und eine Kommode. An den Wänden hingen Tapisserien mit ausdrucksvollen Mustern, auf denen Tiere des Waldes abgebildet waren. Die Bilder erinnerten Rafael an Alicia und die kurze, selige Zeit, die sie zusammen verbracht hatten. Oft schon war er versucht gewesen, zurückzugehen und nach ihr zu sehen, sie zu bitten, mit ihm zu kommen, doch er wußte, daß sie bei Rudolpho sicher war. Rafael konnte sie nur in Gefahr bringen.

›Eines Tages werde ich zu dir zurückkehren, Alicia. Eines Tages.‹ Im Moment gefiel ihm der Gedanke, durch das Land zu streifen, und er konnte die Freiheitsliebe der Zigeuner nachempfinden. Die letzten Tage, die er bei der Karawane verbracht hatte, waren die schönsten in seinem Leben gewesen. Eigenartig, daß er dies erst gemerkt hatte, als er sie verlassen hatte.

›Es herrscht Ehrlichkeit unter den Zigeunern, nicht dieses unaufrichtige, gefährliche Ränkeschmieden, das ich unter meinesgleichen ertragen muß!‹ dachte er frustriert. Ein Spion, ein Informant, das war es, was dieser heimtückische Dorado aus ihm machen wollte. Der Gedanke allein machte ihn wütend. Er will, daß ich ein Auge auf einen der Priester hier werfe, deshalb hat er mich hierher geschickt. Pater Julio. Der Name hatte sich in seinem Kopf festgesetzt, doch aus einem anderen Grund.

Rafael hörte auf, in dem Zimmer auf und ab zugehen, um kurz aus dem Fenster zu schauen. Es war Dezember, und das Licht, das von Norden her ins Fenster fiel, war diesig, der Himmel drohte mit Regen. Der Winter war voll hereingebrochen. Wenn irgend etwas für die gefährdeten *Conversos* getan werden konnte, so müßte es bald geschehen, bevor sie auf See von Stürmen heimgesucht würden.

Bisher hatte Rafael erfahren, daß zwei Familien als *Conversos* in Verdacht geraten waren, ein Arzt und ein Geldverleiher, dem, wie Rafael vermutete, Juan Dorado eine Menge Geld schuldete. Indem er sich des Geldverleihers entledigte, würde der Priester seine Schulden los.

Schlau und hinterhältig! Doch es war ja nichts Ungewöhnliches, Leute zu verbrennen, die die eigenen Schulden finanziert hatten, nicht wahr? Königin Isabella selbst hatte die Dienste eines jüdischen Rechtsanwalts in Anspruch genommen, der der verarmten Königin zwanzigtausend Sueldos für ihre Hochzeitszeremonie mit Ferdinand geliehen hatte. Zwar hatte sie ihm die Schulden zurückgezahlt, als sie Königin wurde, doch der Inquisition war er nicht entkommen. Die Inquisition hatte ihre eigenen Gesetze, und wehe denjenigen, die sich dagegen auflehnten. König Ferdinands eigener Leibarzt, Ribor Atlas, ein getaufter Jude, war den Feuertod gestorben. Niemand war sicher vor den Leuten, die ihre Macht aus dem Elend anderer bezogen.

Diejenigen, die zum Christentum übergetreten waren, befanden sich in Gefahr, doch die Juden selbst waren bisher sicher gewesen. Die Inquisition hatte sich nicht zum Ziel gesetzt, Juden zu verfolgen, sondern sorgte sich um die Glaubenstreue derer, die sich zu Christen hatten taufen lassen. Seltsam, dachte Rafael, daß, obwohl man sich bemühte, Nicht-Christen zum Christentum zu bekehren, die eigentlichen Grundsätze der Inquisition die sogenannten Ketzer vor der Verfolgung bewahrten, solange sie nicht getauft waren. Doch auch so fürchtete Rafael, daß Torquemada seine Aufmerksamkeit auf die Juden richten würde. Es gab beinahe eine Viertelmillion von ihnen in Spanien, und es liefen Gerüchte um, daß Torquemada bald auch sie verfolgen würde. Nur das Zögern Ferdinands, ihnen Schaden zuzufügen, verlieh ihnen Sicherheit. Dennoch wurden schreckliche Geschichten über die Juden verbreitet, genauso wie vor dem Tod seiner Mutter. Daß sie versuchten, Christen dem Judentum zuzuführen und christliche Kinder zu opfern, waren die neuesten Gerüchte.

Lächerliche Anschuldigungen! Rafael schüttelte den Kopf, so tief in Gedanken verloren, daß er nicht hörte, wie sein Gastgeber hinter ihm auftauchte, bis Don Philip ihn auf die Schulter tippte. »Don Rafael, Ihr seht bekümmert aus. Gibt es etwas, was ich tun kann?«

Rafael drehte sich auf dem Absatz herum und grüßte seinen Gastgeber mit einem gezwungenen Lächeln. »Nein, es ist alles in bester Ordnung, Don Philip, und ich schätze Eure Gastfreundschaft.« Rafael dachte daran, wie herzlich man ihn im Haushalt begrüßt und willkommen geheißen hatte. Philip Navarro war ein gutaussehender Mann, den Rafael auf etwa fünfzig Jahre schätzte, obwohl sein graues Haar und sein grauer Bart ihn älter erscheinen ließen. Makellos gekleidet mit schwarzem Beinkleid und einem goldbesetzten Wams, war er das Abbild eines vollkommenen Edelmanns.

»Das freut mich«, antwortete Don Philip mit einer leichten Verbeugung und lächelte. Juan Dorados Stiefvater war ein aufrechter, stolzer Mann von Ehre. Wie kam es, daß der Stiefsohn so vollkommen anders war als der Mann, der ihn aufgezogen hatte? Auch für Enrique, Juan Dorados Bruder, empfand er keine Sympathie, da er ein Mann war, der sich nur für Frauen, das Glücksspiel und sein eigenes Wohlergehen interessierte. Ebensowenig mochte er Philips Frau, Doña Luisa, die Mutter von Enrique, Juan und ihrer Schwester Violetta. Trotz ihrer freundlichen, höflichen Manieren erschien sie Rafael selbstsüchtig und gefährlich. Philip Navarro hätte besseres verdient.

Eine verlegene Stille machte sich breit, und Rafael wurde sich plötzlich klar, daß er so sehr mit seinen eigenen Gedanken beschäftigt war, daß er kaum gehört hatte, was Don Philip gesagt hatte.

»Entschuldigt bitte mein unhöfliches Verhalten, Don

Philip, doch ich habe Eure Frage nicht gehört. Ich war, fürchte ich, in den letzten Tagen in meiner eigenen Welt gefangen. Ich habe mein Herz an eine junge Frau verloren und kann kaum an etwas anderes denken.«

Philip Navarro lachte, ein tiefes, melodisches Lachen. »Ich verstehe. Das kann ich gut verstehen.« Seine Augen schauten in die Ferne. »Auch ich habe einmal sehr geliebt.«

»Doña Luisa?«

Der grauhaarige Mann schüttelte traurig den Kopf. »Nein, mein Herz gehörte einer anderen.« Seine Augen füllten sich beinahe mit Tränen, als sei das Thema immer noch zu schmerzlich für ihn, um darüber zu sprechen. »Ich war schon einmal verheiratet, vor langer, langer Zeit. Meine Frau starb im Kindbett; sie schenkte mir eine wunderschöne Tochter.«

»Tochter? Violetta?« Rafael war verwirrt.

»Nein, Violetta ist meine Stieftochter. Meine eigene Tochter ertrank bei einem Unfall, als sie drei Jahre alt war. Ich fürchte, daß die Amme ihre Pflichten vernachlässigt hat, und diese Nachlässigkeit kostete meiner über alles geliebten Tochter das Leben. Über ihren Tod bin ich nie hinweggekommen.« Nach einer langen Pause gewann Philip Navarro seine Haltung wieder. »Aber kommt, laßt uns nicht mehr davon sprechen. Das ist viele Jahre her. Ich kam, um Euch zu fragen, ob Ihr mit mir ausreiten wollt. Ich habe viele gute Pferde in meinen Ställen, Andalusier.«

»Das wäre mir eine Ehre.« Mit einer Verbeugung folgte Rafael seinem Gastgeber aus dem Zimmer und das Treppenhaus hinunter. Er war gespannt, diese Pferde zu sehen. Vielleicht konnte er Don Philip dazu überreden, zwei der Hengste zu verkaufen. Er stellte sich vor, wie überrascht Alicia sein würde, wenn er ihr ein so herrliches Tier als Geschenk mitbringen würde, wenn er zu ihr zurückkehrte.

Beim Gang durch den Hof, durch das Tor zu den Ställen verspürte Philip Navarro Interesse an diesem jungen Mann, der der Freund seines Stiefbruders war. Er stellte Rafael viele Fragen und sagte zum Schluß: »Erzählt mir von dieser jungen Señorita, in die Ihr Euch verliebt habt. Wie heißt sie?«

»Alicia.«

Rafael lächelte, doch sein Lächeln erstarrte, als er bemerkte, wie blaß Don Philip wurde. Er legte ihm fragend die Hand auf den Arm.

»Ich bin in Ordnung. Es ist nur, ... daß... der Name... – Heiliger Christ, das war der Name meiner Tochter! Alicia. Einen Augenblick lang... doch wie töricht von mir, so außer mir zu geraten, wenn ich nur den Namen meiner Tochter höre. Ich muß sie vergessen.« Philip Navarro beschleunigte seinen Schritt und bedeutete Rafael, ihm zu folgen, und für den Augenblick war Alicia vergessen.

44

Rafael betrat das elegante und geräumige Speisezimmer des Hauses Navarro einige Stunden nach einem scharfen und belebenden Ritt. Philip Navarros andalusische Pferde waren in der Tat herrliche Tiere. Rafael hatte es genossen, neben Don Philip zu reiten, und bald festgestellt, daß er ihm große Achtung und Sympathie entgegenbrachte.

»Ach, Señor Rafael, wie gut Ihr ausseht.« Es war Doña Luisa Navarro, die gesprochen hatte und ihn nun eingehend musterte. Vom ersten Tag seit seiner Ankunft an hatte die Frau nicht verbergen können, daß sie mit aller Macht darauf aus war, ihre Tochter Violetta, die ihrer Mutter in jeder Hinsicht ähnelte, mit ihm zu verheiraten. Rafael wußte, daß er sich sehr in acht nehmen mußte.

Lächelnd zeigte Luisa Navarro auf den leeren Stuhl neben ihrer Tochter an der Tafel und bedeutete ihm, dort Platz zu nehmen. Schulterzuckend, den hohen Kragen an seinem grauen Samtwams zurechtzupfend, setzte sich Rafael.

»Guten Abend, Señor de Villasandro.« Violetta Dorado blickte schüchtern auf ihren Teller, so wie man es sie als Tochter aus gutem Hause gelehrt hatte. Groß, schlank und grobknochig, wirkte sie etwas plump in ihren Versuchen, sich mädchenhaft zu benehmen, womit sie lediglich erreichte, daß sie einen unbeholfenen Eindruck machte. Gekleidet in einem reich gemusterten Gewand aus smaragdgrünem und goldenem Brokat, das sie über den hölzernen Reifen ihres *Verdugado* trug, neigte sie dazu, zu viel Schmuck zu tragen, vielleicht, um ihr unbedeutendes Aussehen zu überspielen. Die Farben des Gewands trugen wenig dazu bei, ihr zu schmeicheln; statt dessen machte das Grün sie nur noch blasser. Rafael bemerkte, daß Violetta mit der gleichen großen Nase wie ihre Brüder ausgestattet war. Ihr tiefschwarzes Haar war hinter dem Kopf zu einer ungünstigen Frisur gebunden, die die Länge ihrer Nase nur noch hervorhob. Unwillkürlich stellte Rafael Vergleiche zwischen dieser jungen Frau und Alicia an.

›Oh, Alicia, was war ich für ein Narr, dich zu verlassen‹, dachte er ärgerlich. ›Ich kann niemals eine andere Frau heiraten, solange mein Herz einer grünäugigen Zigeunerin gehört.‹ Der Gedanke, Alicia vielleicht nie mehr wiederzusehen, sie nie wiederzufinden, quälte ihn. Würde er in diesem Fall ohne sie leben können? Nein. Nein.

»Señor, ist etwas nicht in Ordnung?«

Señorita Violetta hatte sein Stirnrunzeln bemerkt und sah nun allen Konventionen zum Trotz zu ihm auf. Etwas in diesem Blick weckte Rafaels Sympathie, und er lächelte ihr zu. War es ihre Schuld, daß Doña Luisa wie eine Glucke um sie herumschwirrte?

»Ihr seid schön, Señorita Violetta«, log er.

Sie warf ihm ein strahlendes Lächeln zu. Sie hatte volle Lippen, ihre Zähne waren vollkommen gestaltet und so weiß wie Perlen. Ihr Mund war wirklich schön. Wenn sie nur öfter lächeln würde!

»Danke für Euer Kompliment«, sagte sie leise und schlug ihre Augen nieder, wie sie es gelehrt worden war. Für Rafael war es offensichtlich, daß sie ihn attraktiv fand, und das Mädchen tat ihm irgendwie leid.

Wie viele Mädchen ihrer Herkunft schien auch sie nur ein Ziel im Leben zu haben: Ehefrau und Mutter zu werden. Violetta würde einen Mann akzeptieren, den ihre Eltern ihr aussuchten, eine arrangierte Hochzeit. Fügsam würde sie ihr Leben einem Mann opfern, ob sie ihn liebte oder nicht, ohne auch nur einmal ihr eigenes Herz zu befragen.

Genauso, wie ich es einstmals getan hätte. Doch heute nicht. Niemals mehr. Oh, Alicia... Rafael schloß die Augen und haderte mit sich. Glück war so zerbrechlich wie eine Spinnwebe. Hatte er diesen zarten Faden zerrissen, als er weggeritten war?

»Wir haben Euch alle Eure Lieblingsgerichte zubereitet. Schmecken Euch die Muscheln nicht? Ist Euch zuviel Knoblauch in der Sauce? Ihr habt fast keinen Bissen angerührt.« Doña Luisa hatte Rafaels Stirnrunzeln offensichtlich mißverstanden.

»Das Essen ist köstlich. Ich bin nur nicht besonders

hungrig.« In dem Bemühen, seiner Gastgeberin zu gefallen, hob Rafael den Löffel an die Lippen.

»Nach unserem Ausritt bin ich so hungrig wie meine Pferde«, lachte Don Philip und zwinkerte Rafael zu. »Vielleicht fürchtet unser Gast, seine Freiheit zu verlieren.«

Violetta errötete und starrte auf ihren Teller, während Doña Luisas graue Augen Funken sprühten. »Halt deine Zunge im Zaum, Mann«, zischte sie ihn an, um gleich darauf ihre Haltung wiederzugewinnen und Rafael anzulächeln. Ihre Augen blieben jedoch starr, und Rafael wunderte sich, was Philip Navarro an dieser Frau gefunden hatte. Sie paßten ganz offensichtlich nicht zueinander.

Mit einem finsteren Blick reagierte Philip auf den Zorn seiner Frau, und schweigend trug er mit ihr ein stummes Duell aus, während sie vor den anderen die Fassade untadeliger Herzlichkeit aufrechterhielten; doch Rafael spürte Don Philips Unglück. Was war vor so langer Zeit geschehen, was ihn an diese Frau gebunden hatte? Darüber konnte er nur rätseln.

Es dauerte lange, bis Philip Navarro wieder lächelte, doch als er es tat, galt es Rafael, und Rafael war erstaunt über das natürliche Zusammengehörigkeitsgefühl, das zwischen ihnen entstanden war.

»So gefallen Euch meine Pferde?« fragte Don Philip und lächelte stolz, als Rafael zustimmend nickte. »Hat Juan Euch nicht von unseren Pferden und unseren Stieren erzählt?«

»Nein.«

»Ich züchte Kampfstiere für die Arenen von Madrid, die besten Stiere in ganz Spanien. Es ist eine meiner Liebhabereien, die sich als ziemlich gewinnbringend erwiesen hat.«

Rafael hob überrascht die Augenbrauen. »Für die Stierkämpfe?«

»Ja. Wir haben hier in Salamanca jeden Samstag Stierkämpfe. Wir müssen einmal zusammen hingehen, dann werdet Ihr selbst sehen, welche schönen Tiere von meinem Land kommen.«

»Gerne.« Rafael erinnerte sich daran, daß er auf einer eingezäunten Fläche in der Nähe der Ställe die mächtigen gehörnten Tiere hatte grasen sehen. Es waren herrliche Tiere, und obwohl er selbst für den Stierkampf nicht besonders viel übrig hatte, meinte er, daß er doch gerne zuschauen würde, wie diese Tiere sich mit einem Matador messen würden. Außerdem wäre das eine gute Gelegenheit für ihn, sich unter die Menge zu begeben und etwas über die Pläne Torquemadas zu erfahren.

»Gehen wir also.«

Doña Luisa Navarro schnaubte verächtlich, offensichtlich pikiert, daß man sie und ihre Tochter ignorierte. »Du und diese dummen Stiere«, flüsterte sie leise. »Manchmal denke ich, daß du ihnen mehr Aufmerksamkeit schenkst als mir, deiner Frau.«

»Wenn ich das tue, Frau, dann deshalb, weil sie mich nicht mit ihren bösen Zungen verfolgen.« Philip Navarro reckte die Schultern und hob den Kopf. »Wir wollen jedoch an diesem Tisch nicht länger streiten. Wir haben einen Gast, Doña Luisa, vergiß das nicht!« Er nahm sein Weinglas und leerte es, während er Rafael mit der Hand bedeutete, es ihm gleichzutun.

Diesen Augenblick wählte Don Enrique für seinen Auftritt; er stürmte in das Zimmer und brach mit dröhnender Stimme in die Stille ein, so daß Rafael vor Schreck beinahe seinen Wein verschüttete.

»Dieser Idiot von einem Priester. Er hat es schon wieder getan!« Seine Arme über der Brust gefaltet, blieb er so unbeweglich stehen wie eine Statue. Alle Augen richteten sich auf ihn.

»Was getan?« fragte Philip, verärgert über die Aufdringlichkeit seines Stiefsohnes. Er warf dem dunkelhaarigen, rot gekleideten Mann einen unheilverkündenden Blick zu, während er auf die Antwort wartete.

»Wieder einen Bettler aufgenommen, oder es zumindest versucht. Man könnte meinen, daß er sich für eine Art Heiligen hält, während es die ganze Zeit unser Geld ist, das er zum Fenster hinauswirft. Ich habe ihn daran erinnert.«

»Nicht unser Geld, mein Geld. Wie oft muß ich dir das noch sagen? Es steht dir nicht an, dich bei Pater Julio einzumischen.«

Doña Luisa warf ihren Löffel hin und ergriff prompt die Partei ihres Sohnes. »Es mag wohl dein Geld sein, doch mit den ganzen Münzen, die du diesem fetten Priester gibst, wirst du uns bald alle ruinieren.«

Don Philip warf Rafael einen entschuldigenden Blick zu, peinlich berührt, daß seine Familienmitglieder so schnell ihre Manieren vergaßen und so freimütig vor einem Gast sprachen. Trotz seiner augenscheinlichen Wut hielt er seine Stimme in Schach, als er sprach. »Eine Lektion in Armut und Demut würde dir und deinen Kindern vielleicht guttun. Hast du vergessen, daß auch du vor unserer Heirat Hunger gekannt hast? Wie kannst du dann so wenig Gefühl für diese Opfer des Unglücks zeigen?«

Doña Luisa hatte eine ordentliche Abfuhr erhalten, und jetzt senkte auch sie die Stimme, während sie wieder die hochgeborene Dame spielte. »Es ist Gottes Wille, daß sie leiden. Sie leiden für ihre Sünden. Armut ist ihre Strafe.«

»Ihre Strafe?« Don Philip schüttelte bei diesen Worten

ungläubig den Kopf. »Wenn Armut die Strafe für Sünde wäre, würde unsere Stadt von Bettlern nur so wimmeln.« Sein Blick traf den ihren, und sie starrten einander an, so daß Rafael sich wunderte, welche Geheimnisse diese Familie teilte, welche Verbitterung sich innerhalb dieser Wände verbarg.

Don Philips Frau antwortete nicht. Statt dessen sprang sie auf und verließ mit raschelnden Röcken das Zimmer. Obwohl ihre Tochter ihr nachschaute, folgte sie ihr nicht, und Rafael fragte sich, wie oft die junge Frau wohl zwischen ihren Eltern hin und her gerissen wurde, wenn sie ihre Kämpfe austrugen.

»Ich wollte dich nicht erzürnen.« Don Enrique lächelte und verneigte sich tief vor seinem Stiefvater. »Ich wollte es dir nur zur Kenntnis bringen, Vater. Wohltätigkeit ist eine löbliche Tugend, doch weder du noch ich noch Pater Julio können jeden Bettler und zerlumpten Zigeuner kleiden und nähren, der in unseren Straßen herumstreift.«

Beim Wort Zigeuner wurde Rafael steif. »Ich zweifle daran, daß man viele Zigeuner sieht, die um Nahrung betteln. Sie sind ein stolzes und edles Volk, das für sich selbst sorgt. Aus ihrem Beispiel könnten wir Lehren ziehen, meine ich.«

Don Enrique wandte seine Aufmerksamkeit dem Gast zu. »Und was wißt Ihr über Zigeuner?«

»Ich habe unter ihnen gelebt.«

»Unter ihnen gelebt? Wie interessant. Ich hatte keine Vorstellung...«

»Eine junge Zigeunerin rettete mich vor dem Ertrinken. Vor dieser Zeit, das muß ich leider zugeben, hatte ich dieselben falschen Vorstellungen wie Ihr über sie. Doch ich sehe jetzt, daß ich unrecht hatte. Wir könnten eine Menge von ihnen lernen.«

Ein höhnisches Lächeln umspielte Don Enriques Lippen. »So vertretet Ihr auch ihre Sache. Wie kommt es dann, daß Ihr so gut mit meinem Bruder zurechtkommt? Er verabscheut Zigeuner genauso wie Juden.«

Etwas in seinem Auftreten warnte Rafael zur Vorsicht. Schweigend hörte er sich die Geschichte Don Enriques an, wie er das junge Zigeunermädchen bei Pater Julio angetroffen hatte. »Sie war, das gebe ich zu, eine Schönheit. Leider rannte sie weg. Ich hätte sie ihr Geld verdienen lassen. Ich hätte eine bessere Verwendung für sie gefunden als irgendein Eunuche von Priester.« Sein Lachen machte kein Geheimnis aus seiner Absicht. »Aber nun ist es auch egal, da ich heute abend noch zum Hof von Königin Isabella aufbrechen werde.«

Rafael hätte Enrique vor Wut zerreißen können. Er war nur dankbar, daß er Alicia in der sicheren Obhut Rudolphos wußte. Sie war viele Meilen weit entfernt von hier, doch drängte Rafael irgend etwas tief in seinem Innern, diesem Zigeunermädchen zu helfen. Er erinnerte sich an Zuba, die so ruhig und heiter gewesen war. Wenn nun dieses arme Zigeunermädchen so war wie Zuba? Wie lange würde sie sich am Leben halten können? Er hatte Geld. Er würde die Hilfe des Priesters in Anspruch nehmen, um sie zu finden, und dann würde er ihr genug Geld geben, um sie von Männern wie Enrique Dorado für immer fernzuhalten.

»Beim Grab meiner Mutter, ich schwöre, daß ich alles tun werde, was in meinen Kräften steht«, flüsterte er. Violettas fragenden Blick ignorierend, erhob er sich und verließ den Raum.

45

Rafael verbrachte eine unruhige Nacht, von Träumen und Visionen verfolgt. Alicia stand vor ihm, in ihrem Hochzeitskleid, mit Bändern und Blumen in ihrem langen dunklen Haar. Lächelnd ging sie auf ihn zu, doch als er versuchte, sie zu berühren, entschwand sie im frühen Morgendunst und ließ ihn allein zurück.

»Alicia, komm zurück«, murmelte er und kämpfte mit den Leintüchern. Lauernde Gesichter starrten auf ihn nieder. Juan Dorado in den schwarzen Gewändern seines heiligen Ordens, der das Wort ›Zigeuner‹ ausstieß, als sei es ein Fluch; Enrique Dorado, ganz in Scharlach, der Farbe des Blutes, gekleidet, lachend, lüstern seine Hand nach Alicia ausstreckend, als sie plötzlich wieder erschien. Sie beide beiseitestoßend, versuchte er verzweifelt, sie zu ergreifen, doch ein Mann stellte sich ihnen direkt in den Weg. Sein Vater! Wie ein dämonisches Wesen hielt sein Vater ihn davor zurück, auf Alicia zuzugehen, und er konnte nur zusehen, wie ihre Kleider langsam heruntergerissen wurden, bis sie zitternd auf Knien und Händen kauerte.

»Zigeuner. Jude. *Marranos. Conversos.* Zigeuner. Jude. Zigeuner. Verbrennt sie, verbrennt sie!« schrien Stimmen in seinem Kopf.

Rafael warf sich herum, kämpfte mit dem Mann, der ihn festhielt, und fing vor Angst an zu schreien. De Torga. Wo war er? Carlos hilf mir, bitte. Bitte.

Rafael erwachte mit einem Schlag, sein Herz klopfte wild. Er wußte, was der Traum bedeutete. Wie die Juden würden auch die Zigeuner bald in Gefahr sein. Schon gab es Leute, die die Zigeuner Ketzer nannten und drohten, ihnen die Zungen herauszuschneiden. Der höchste Rat der Inquisition suchte bereits nach einem Weg, die

Zigeuner loszuwerden. Bisher waren noch keine Zigeuner verhaftet oder bestraft worden, doch was, wenn solche Reden zum Gesetz würden? Er hatte Alicia verlassen, um Menschen zu helfen, die er nicht einmal kannte. War er ein edler Mensch, oder war er ein Narr?

»Alicia«, stöhnte er und spürte, wie sich seine Brust verengte, als er ihren Namen aussprach. Würde sie ihn verstehen? Er hatte sie nicht willentlich verlassen, wenn er auch vielleicht zuerst gedacht hatte, daß sie nicht gut genug sei, seine Frau zu werden, daß die heidnische Zeremonie nichts zu bedeuten habe. Nun wurde ihm klar, daß sie in jedem Sinne des Wortes seine Frau war, so als hätte ein Priester die Worte über sie gesprochen. Er war einmal seinen Gefühlen gegenüber blind gewesen, doch niemals wieder. Die kostbare Erinnerung an die Leidenschaft, die sie geteilt hatten, würde für immer in seinem Herzen leben. Sie war seine Liebe, sein Leben.

Rafael hörte von unten ärgerliche Stimmen. Es waren Don Philip und Doña Luisa, die sich stritten. Er hörte, wie Don Philip seiner Frau mitteilte, daß er in die Stadt reiten würde, irgendwohin, wo er vor ihrer bösen Zunge in Sicherheit wäre. Dann fiel mit einem lauten Schlag die Haustür ins Schloß. War das die Art von Ehe, die ihm gefallen hätte? Rafael legte die Hände übers Gesicht, schloß die Augen und wußte, daß er einzig und allein Alicia wollte. Er hätte sie mitnehmen sollen, um sie an seiner Seite zu haben. Er war schlimmer als ein Narr! Doch war es wirklich zu spät? Würde er sie noch finden können?

Er sprang aus dem Bett und zog sich an, außer sich vor Aufregung. Er wußte, was er zu tun hatte. Er mußte das Zigeunermädchen finden und es mit einer Botschaft in Rudolphos Lager schicken, in der er Alicia um Verzeihung bitten und sie fragen würde, ob sie mit ihm gehen wolle. Das Zigeunermädchen würde ihm helfen. Alicia hatte ihm oft erzählt, daß das Volk der Roma eins sei, daß alle Zigeuner einander halfen und ein Nachrichtennetz unterhielten, so daß sie immer miteinander Kontakt aufnehmen konnten.

Während er in seine weichen Lederstiefel glitt und sein Wams band, haderte er mit sich selber. Er hatte Glück und Liebe gefunden, und war davor davongelaufen. Da war sein Wunsch, Menschen das Leben zu retten und ein Held zu werden. Aber er wußte jetzt, daß er, um seine Mission zu vollenden, Alicia an seiner Seite haben mußte. Er konnte nicht denken, nicht funktionieren ohne sie. Dadurch, daß er gesehen hatte, wie unglücklich Philip Navarro war, waren ihm Herz und Verstand für die Wahrheit geöffnet worden. Er hatte einen Blick in seine eigene Zukunft geworfen, die ihn erwarten würde, wenn er, wie Philip, die Frau verlieren würde, die er liebte.

Als er zum Stall ging, beobachtete er Philip Navarro, der sein Pferd sattelte, und war versucht, mit ihm in die Stadt zu reiten, doch die Miene des Mannes machte deutlich, daß er allein bleiben wollte, und so sah Rafael zu, wie Don Philip hinausritt, bestieg dann sein eigenes Pferd, um den Pfad einzuschlagen, den sein Herz ihm zu folgen befahl.

46

Alicia schlug die Arme um sich und versuchte, sich unter dem kleinen Karren warm zu halten, wo sie ein Obdach für die Nacht gefunden hatte. Zu einer Kugel zusammengekauert, um sich vor unfreundlichen Blicken zu schützen, schloß sie ihre Augen. Verzweiflung überfiel sie, und sie kämpfte gegen den Wunsch an, diesen harten Überlebenskampf aufzugeben. Es wäre leichter, einzuschlafen und nie wieder zu erwachen. Wen kümmerte es in Wirklichkeit, was mit ihr geschah? Sicherlich nicht die *Gorgios*. Rafael hatte sie zweifellos vergessen. Niemand kümmerte sich um sie, niemand hatte ihr auch nur ein Fünkchen Freundlichkeit gezeigt.

Niemand außer Pater Julio, dachte sie. Er allein sorgte sich darum, was mit ihr geschah. Der Gedanke, daß es doch eine Person gab, die wirklich etwas für sie übrig hatte, belebte ihre Geister. Sie fuhr sich mit den Händen durchs Haar und machte sich klar, wie unordentlich sie aussehen mußte. Sie, die immer so reinlich gewesen war, hatte noch nicht einmal gebadet, seit sie in Salamanca angekommen war. Sie war schmutzig und zerlumpt. Schamerfüllt erinnerte sie sich daran, wie ein kleines Kind auf sie gezeigt hatte, als sie um Brot bettelte, und die schneidenden Worte der Mutter klangen ihr in den Ohren: »Laß dich nicht von ihr täuschen. Ich kenne die Zigeuner.«

Warum haßten sie sie so? Sie verstanden nicht einmal die Wesensart der Zigeuner. Kein Zigeuner würde jemals zusehen, wie ein anderes menschliches Wesen verhungerte, ohne ihm Brot anzubieten. Die *Gorgios* waren grausam, außer Pater Julio. Pater Julio. Sie war versucht, zur Kirche zurückzugehen, um ihn aufzusuchen, doch die Erinnerung an den Mann in Rot hinderte sie daran. Der Mann mit dem Aussehen eines Habichts und den Augen des Teufels würde ihr Böses antun, wenn er auch nur die kleinste Chance bekäme. Nein, sie konnte nicht zurückgehen, doch der Gedanke, zu sterben, niemals wieder aufzuwachen, behagte ihr auch nicht. So beschloß sie weiterzukämpfen, trotz dieser *Gorgios*.

Die Hähne hatten gerade mit ihrem Morgenkonzert begonnen, und dieser Laut lenkte sie für einen Augenblick ab. Wo es Hähne gab, da waren auch Hennen. Dem

Laut folgend, malte sie sich ihr Frühstück aus. Es gab kein Feuer, über dem man ein Huhn braten konnte, doch Hennen bedeuteten Eier, und sie war hungrig genug, um sich ein paar für ihr Frühstück zu stibitzen. Wenn man so hungrig war, konnten vielleicht auch rohe Eier den Magen beruhigen. Auch wenn Zigeuner nie Eier aßen, so hatte sie doch festgestellt, daß sie sowohl Pater Julio als auch Rafael geschmeckt hatten.

Alicia fand die Hühner in einem kleinen Schuppen, der an ein einstöckiges Holzhaus unten an der Straße angebaut war. Sie drückte sich in die Hauseingänge und gelangte zu dem Schuppen, ohne gesehen zu werden, doch als sie sich dem Gebäude näherte, begannen die Hühner wild zu gackern.

Alicia schimpfte leise vor sich hin, während sie ihre schlanken Finger unter die weiche Unterseite eines Huhns streckte. Sie nahm ein Ei, öffnete es mit einem leichten Schlag und ließ sich die warme, klebrige Flüssigkeit in den Mund rinnen. Mit gekrauster Nase, voller Abscheu vor dem Geschmack, schluckte sie das rohe Ei rasch hinunter und griff nach dem nächsten, das nicht mehr halb so schlecht schmeckte wie das erste. War es möglich, daß sie an ihnen Geschmack finden würde? Sie fühlte sich bereits ein wenig gestärkt, obwohl der Gedanke, etwas genommen zu haben, was ihr nicht gehörte, sie bekümmerte. Aber hier gab es viele Eier, und die Hühner würden bestimmt wieder für Nachschub sorgen. Mit diesem Gedanken griff sie noch eins und wieder eins, bis sie durch das Kreischen einer Frau hinter sich aufgeschreckt wurde.

»Diebin! Diebische Zigeunerin. Meine Hühner, meine Hühner!« Im Eingang des Schuppens stand eine untersetzte Frau, die mit ihrem Umfang Alicias Fluchtweg blockierte.

»Nein, ich stehle keine Hühner...« Alicia versuchte zu erklären, doch die Schreie der Frau erschreckten das Federvieh, und die Hühner pickten und kratzten Alicia blutig, bevor sie ihre Hände wegziehen konnte. »Bitte, ich will Eure Hühner nicht. Ich war hungrig. Ich habe nur ein paar Eier genommen.« Sie erhob sich und stand nun Auge in Auge mit der Frau, sie stumm um Nachsicht bittend.

»Lügnerin, ich habe dich auf frischer Tat ertappt. Ich werde dafür sorgen, daß du dafür bestraft wirst.« Zum Torbogen eilend, hielt die Frau Ausschau nach einem Soldaten, um Alicia festnehmen zu lassen, doch Alicia stieß sie mit einer Kraft, die aus der Verzweiflung kam, zur Seite. Sie würde sich nicht von diesen *Gorgios* einsperren lassen! Sie floh die gepflasterte Gasse hinunter, verfolgt von zwei Männern, und rannte um ihr Leben. Zwischen den kleinen Häusern hin- und herspringend, stolperte sie ein- oder zweimal und fiel zu Boden, wobei sie sich Arme und Beine wundstieß, um schnell wieder aufzuspringen und ihre Flucht fortzusetzen. In ihrer Panik vergaß Alicia jegliche Vorsicht und rannte einem Pferd mit Reiter in den Weg.

»Mach Platz für Señor Navarro, Zigeunerweib!« rief ein Soldat, aber es war zu spät. Über einen losen Stein stolpernd, wurde Alicia zu Boden geschleudert. Der Sturz raubte ihr den Atem, und sie blieb liegen, während der donnernde Hufschlag näherkam.

»Madre de Dios!« Philip Navarro sah die junge Frau in seinem Weg und versuchte vergeblich, sein Pferd zu zügeln. Die einzige Chance, die junge Frau zu retten, würde darin bestehen, über sie hinwegzuspringen und sie dabei der Gefahr auszusetzen, daß sie von den Hufen des Pferdes getroffen würde. »Heiliger Christ!« Nach dem Sprung wagte er kaum, sich umzuwenden, doch

dann stellte er zu seiner Erleichterung fest, daß sie unverletzt war. Wäre er ein weniger geschickter Reiter gewesen, so hätte das für das Zigeunermädchen den Tod bedeuten können.

Don Philip sprang vom Pferd und rannte zurück, um der jungen Frau auf die Füße zu helfen. »Señorita, ist alles in Ordnung?« Sie war so blaß, so dünn, daß sie ihn dauerte. War dies das Mädchen, von dem Enrique ihm erzählt hatte? »Hier, nehmt mein Taschentuch.« Vorsichtig wischte er ihr den Schmutz vom Gesicht und strich ihr dabei die Haare aus den Augen. »Ich habe Euch nicht gesehen. Ihr seid vor meinem Pferd aufgetaucht, bevor ich überhaupt denken konnte...«

»Es geht mir gut.« Alicias Stimme war kaum mehr als ein Wispern, während ihre Augen hin und her schossen, um nach einem Anzeichen ihrer Verfolger zu schauen. »Bitte, laßt mich jetzt gehen.« Sie versuchte aufzustehen, doch Don Philips Hände hielten sie zurück.

»Ihr könntet verletzt sein. Laßt mich Euch aufhelfen.« Erst als er seine starken Arme um sie legte, sah er ihr Gesicht. *»Madre de Dios!«* keuchte er erneut, das Mädchen ungläubig anstarrend, als sähe er einen Geist. Sein Herz setzte einen kurzen Augenblick aus, dann begann es mit einem gewaltigen Pochen, wieder zu schlagen. Dieses Zigeunermädchen. Sie war schön, die schönste Frau, die er jemals gesehen hatte. Ihr Haar, dunkel, tiefbraun, leuchtend mit roten Glanzlichtern in der frühen Morgensonne, erinnerte ihn an das Haar, das er einst so gern berührt hatte. Die Nase, klein und gerade, die Haut so glatt, all das erinnerte ihn an ein anderes Gesicht; doch es waren die Augen, diese beiden Smaragde, die mit einem so feurigen Stolz seinen Blick erwiderten, die ihn völlig aus dem Gleichgewicht brachten. Wie gut er diese Augen kannte, die ihn so lange Jahre verfolgt hatten.

»Bitte laßt mich gehen.« Alicia war erschrocken über den Blick, mit dem der Mann sie musterte.

»Catalina! Catalina«, seufzte er und trat einen Schritt nach vorn. Er glaubte, den Verstand verloren zu haben. Catalina war tot. Tot. Dieses Mädchen konnte nicht seine geliebte Frau sein, und doch... Die Ähnlichkeit war überraschend und machte ihn zittern, er wurde von quälenden Erinnerungen zerrissen.

»Ich muß gehen. Sie sind hinter mir her. Bitte. Bitte.« Alicia versuchte verzweifelt, sich aus seinen starken Händen zu befreien, doch sie war zu erschöpft von ihrer schweren Prüfung und stand hilflos vor ihm.

Philip Navarro spürte die Angst des Mädchens, brachte es jedoch irgendwie nicht über sich, sich von ihm zu trennen. Es war, als hätte sie eine andere Zeit zurückgebracht. »Catalina.«

»Mein Name ist nicht Catalina.« Alicia schüttelte den Kopf.

Philip Navarros Augen waren umwölkt von Traurigkeit. »Nein, natürlich nicht. Es tut mir leid. Ihr habt mich nur an sie erinnert. Sie war meine Frau. Ich habe sie so geliebt, doch sie ist tot, und ich kann sie nicht vergessen, wie sehr ich das auch versuche.«

Alicia war von seiner Traurigkeit ergriffen und legte ihm die Hand auf den Arm. »Es tut mir leid, daß sie tot ist.« Sie fühlte sich seltsam zu diesem Mann hingezogen und fragte sich warum. Er war ein *Gorgio,* ein vollkommen Fremder, und doch erzählte sie ihm plötzlich die Geschichte von den Eiern und den Hühnern, von ihrer Unschuld und der Angst, daß man sie ins Gefängnis werfen könnte.

»Ich weiß, daß Ihr die Hühner nicht stehlen wolltet«, flüsterte er, indem er sie zu seinem Pferd führte. »Ihr müßt mit mir kommen. Ich werde Euch nicht hier auf diesen Straßen zurücklassen und zusehen, wie Ihr wieder unter der Ignoranz der Leute zu leiden habt.«

Alicia blickte zu diesem schönen, ebenmäßigen Gesicht auf, das kaum Falten aufwies. Sie war fasziniert von ihm, dennoch sagte sie leise: »Ich kann Eure Freundlichkeit nicht annehmen. Ich bin eine Zigeunerin, und Zigeuner müssen frei sein.«

»Ihr werdet frei sein«, versicherte ihr Philip Navarro. »Ihr könnt kommen und gehen, wann Ihr wollt, doch Ihr werdet Nahrung und ein Dach über dem Kopf haben und meinen Schutz, wenn Ihr ihn wünscht.«

»Ich will für Essen und Herberge arbeiten«, sagte sie bestimmt und warf stolz ihren Kopf zurück.

»Wenn Ihr darauf besteht. Nur kommt mit mir. Bitte.« Seine Augen bildeten einen auffälligen Kontrast zum dunklen Teint seines Gesichts – blaue Augen, die sie voller Freundlichkeit anschauten. Alicia musterte sein Gesicht, sein graues Haar, das von silbernen Fäden durchzogen war, die in der Morgensonne glänzten. Sie kam zu dem Schluß, daß es wohl richtig sei, mit ihm zu gehen.

Als Philip Navarro sie auf sein Pferd hob, fühlte er sich wieder jung, als seien die Jahre dahingeschmolzen.

47

Alicia hielt sich an der Taille des silberhaarigen Edelmanns fest, als sie durch die engen Straßen der Stadt ritten. Von den entsetzten Gesichtern der Leute keine Notiz nehmend, die den stolzen *Caballero* und das zerlumpte Zigeunermädchen mit aufgerissenen Augen anstarrten, hatte Alicia das übermächtige Gefühl, daß dieser Mann ihr vom Schicksal gesandt worden war.

So ritten sie in die Vororte hinaus, und Alicias Augen weiteten sich, als eine riesige Hacienda, von einem eisernen Zaun umgeben, vor ihnen auftauchte. Das Sonnenlicht tanzte auf den Ziegeln des Daches, und es sah alles ganz unwirklich aus, wie eine Vision, entstanden aus Hunger oder Schlafwandelei. »Das ist mein Heim«, flüsterte der Mann stolz, und Alicia staunte. Fasziniert starrte sie das Haus an.

Als sie angekommen waren, half ihr der Mann vom Pferd, das er mit einem Schnalzen der Finger dem Stallknecht übergab.

Auf dem gepflasterten Weg zum Haus wandte sich Alicia noch einmal um und fragte sich, ob es wohl klug gewesen war, daß sie mitgekommen war. Sie kannte diesen Mann nicht einmal. Warum war sie dann mit ihm gegangen? Was war an ihm, daß ihre Entscheidung ihr so leicht gefallen war?

»Es wird Euch hier gefallen«, sagte Don Philip. »Ich werde dafür sorgen, daß Ihr es hier gut habt.« Hier und dort ragte im ersten Stock ein runder Balkon aus der Wand, umgeben von dem gleichen Eisengitter, das das ganze Haus umgab. An den Wänden wuchs eine moosartige Pflanze empor, deren Zweige wie Flammen eines grünen Feuers aussahen.

»Wie schön«, seufzte Alicia, als ihre Augen auf eine weiße Marmorstatue eines nackten Engels fielen, die an einem Brunnen neben der Eingangstür stand.

»Sie wurde in Venedig hergestellt«, sagte Philip Navarro stolz, der sie mit dem beschwingten Schritt neugewonnener Jugend zur Tür führte. Die Tür wurde von einem jungen Mauren mit weißem Turban geöffnet, der lächelte, wobei seine glänzenden weißen Zähne einen scharfen Kontrast zu seiner dunklen Haut bildeten.

»Hadaj, sag Juanita, sie soll einen Teller mit Feigen

und Käse vorbereiten. Und laß der jungen Dame Badewasser hochschicken. Sie ist unser Hausgast.« Der Maure verbeugte sich schweigend und eilte davon, um die Befehle auszuführen.

»Euer Gast?« flüsterte Alicia. »Nein. Nein. Ich kann hier nicht leben, ohne Euch auf irgendeine Weise für Essen und Unterbringung zu bezahlen.« Die alte Halsstarrigkeit, die sie bei Pater Julio an den Tag gelegt hatte, überkam sie wieder, und sie hob trotzig das Kinn, doch als ihre Augen die des silberhaarigen Mannes trafen, schmolz ihr Herz. Es war eine solche Traurigkeit in seinen Augen, daß sie ihren eigenen Stolz völlig vergaß und fragte: »Warum seht Ihr so traurig aus, wenn Ihr mich anschaut? Ist es deshalb, weil ich Euch an sie erinnere, an Catalina?« Seltsam, wie tröstend dieser Name jetzt auf ihren Lippen klang.

Er nickte, erzählte ihr vom Tod seiner Frau, nachdem sie ihm eine Tochter geboren hatte, wie sehr er beide geliebt hatte, und er sprach von seinem Kummer, als er auch das Kind verlor.

Alicia fühlte seine Qual und berührte seine Hand. »Ich verstehe Eure Traurigkeit. Auch ich habe jemanden verloren, den ich liebte, meinen Vater.«

»Es tut mir leid, mein Kind.« Es herrschte langes Schweigen, bevor er flüsterte: »Vielleicht können wir unseren Kummer gemeinsam überwinden.« Er führte sie eine gewundene Treppe hinauf und stand einen langen Augenblick vor der dicken Holztür, bevor er sagte: »Als ich Euch sah, fühlte ich mich wieder lebendig.«

»Ihr seid mir mit Freundlichkeit begegnet. Ihr seid ein wahrhaft guter Mensch.«

»Nein. Ich bin nicht gut, wenn ich Euch hierherbringe, sondern selbstsüchtig. Wenn ich Euch sehe, in Eurer Gegenwart bin, kann ich mir, wenn auch nur für wenige

Augenblicke, vorstellen, daß Catalina nicht tot ist. Vergebt einem alten Mann, daß er Euch in dieser Weise benutzt, doch wenn ich Euch sprechen höre, Euer Gesicht sehe, Euer Lächeln, kommt mir eine Zeit ins Bewußtsein, in der ich glücklich war. Ich verdanke Euch wirklich viel.«

Er öffnete die Tür, und Alicia trat in den Raum ein. Das erste, was sie sah, war das Feuer, das in dem großen steinernen Kamin brannte, und eilte schnell darauf zu, um ihren steifen Körper zu wärmen.

»Ich habe veranlaßt, daß Euch Essen und Badewasser heraufgeschickt wird. Mein Haus ist Euer Haus.«

Er ging hinaus, und Alicia merkte, daß sie allein war. Als sie sich in dem großen Zimmer umsah, fühlte sie sich ziemlich unbehaglich. Das seltsame, hohe Bett in der Mitte des Zimmers war beinahe so groß wie Rudolphos Wagen und hatte einen großen Himmel darüber. Sie ging vom Kamin zum Bett hinüber und bemerkte die vier dikken Pfosten, die an den Ecken standen und sie an die Bäume des Waldes erinnerten. Sie erkannte Muster, die in das Holz geschnitzt waren, Muster mit Blättern und Ranken. Während sie ihre Finger darübergleiten ließ, fragte sie sich, was Rudolpho wohl sagen würde, wenn er sie sehen könnte.

›Oh, Vater, ist es das, was du für mich wolltest, als du auf dem Sterbelager das Wort ›León‹ geflüstert hast?‹ Sein Geist schien ihr aus den Tiefen ihres Herzens mit ›Ja‹ zu antworten. Sie war nun zu ihrem eigenen Volk zurückgekehrt, doch würde sie hier das Glück finden?

Sie betrachtete eingehend die schönen handgewebten Läufer und die Tapisserien mit ihren vielen Farben und war geblendet von der feinen handwerklichen Ausführung. Es gab vier Tische mit hohen Rücken neben dem Bett, drei davon mit dicken Kissen bedeckt, und sie fragte sich, wofür man sie wohl brauchte. Bevor sie eine Antwort fand, betrat eine kleine alte Frau den Raum und brachte ein Tablett, das voll mit Speisen beladen war. Das stellte sie auf den blanken Tisch und deutete auf einen der kissenbedeckten Tische.

»Setzt Euch und ruht Euch aus. Señorita, während Ihr von diesen Köstlichkeiten probiert«, sagte die Alte.

Alicia füllte sich einen Teller mit Feigen, Käse und Äpfeln und setzte sich auf den Fußboden neben den kissenbedeckten Tisch. Das Tablett in der einen Hand balancierend, lehnte sie die andere auf die Samtkissen und begann zu essen; sie blickte erst auf, als sie einen Seufzer der Frau hörte.

»Nein, nein.« Ihre Augenbrauen hoben sich, der Blick und der Ton der Frau waren tadelnd. »Setzt Euch auf die Stühle, nicht auf den Fußboden.«

Alicia wunderte sich, was sie wohl falsch gemacht hatte. »Ich sitze bequem.« Sie war abweisend, doch nahm sie Notiz von dem Namen, den die Frau den seltsamen Tischen gegeben hatte. Stühle. Sie würde sich dieses Wort merken, und daß diese närrischen *Gorgios* sie dazu benutzten, um ihr Hinterteil darauf ruhen zu lassen.

Sie begann wieder zu essen und schmeckte kaum die Speisen, die sie hinunterschluckte. Die alte Frau von oben bis unten musternd, fragte sie sich, ob sie Freund oder Feind sei. Juanita hatte er sie genannt. Alicia kam zu dem Schluß, daß sie, obwohl sie eine *Gorgio*-Frau war, ihr wohl freundlich gesonnen war. Das konnte sie ihr an den Augen ablesen, die Alicia mit mütterlicher Besorgnis betrachteten.

»Nun legt diese zerrissenen und schmutzigen Kleider ab«, befahl sie, nachdem drei Knaben eimerweise dampfend heißes Wasser in einen großen Zuber geschüttet hatten, den sie am Feuer aufgestellt hatten. »Ihr nehmt

Euer Bad, während ich Euch etwas zum Anziehen suche.«

Alicia streifte ihre Bluse, Röcke und die weichen Lederschuhe ab und näherte sich dem Zuber. Sie war fasziniert von dem süßen Duft des Wassers. Bisher hatte sie stets in Flüssen und Seen gebadet oder hatte sich im Winter mit dem Schwamm gewaschen und wunderte sich jetzt, wie sie in diesem großen Eimer baden sollte. Sie tauchte ihre Hand ein und war überrascht, wie heiß das Wasser war.

Aus einem Eimer, der neben dem Zuber stand, goß sie kaltes Wasser dazu und stieg hinein. Bald gewöhnte sie sich an die Wärme und genoß das wohltuende Wasser, das ihre Beine umfing. Sie bückte sich und schöpfte das Wasser mit hohlen Händen, um es sich über den Körper laufen zu lassen, bis sie eine Stimme hinter sich hörte. Juanita war zurückgekehrt.

»Setzt Euch nur hinein, Señorita, habt keine Angst. Und nehmt etwas von der Seife, um Euch zu reinigen. Schaut her.« Sie griff den kleinen weißen Gegenstand und zeigte Alicia, wie man die Seife zum Schäumen brachte. Die Seife duftete wie die wilden Blumen des Waldes im Frühling, und Alicia seifte sich von Kopf bis Fuß ein, lachte über die Blasen, die sich bildeten, und wischte sich stirnrunzelnd die Augen, die von der Seife brannten. »Ich mag diese Seife«, sagte sie laut, während sie sich mit geschlossenen Augen zurücklehnte, um sich von der Wärme ganz einhüllen zu lassen. Zumindest dieser Brauch der *Gorgios* gefiel ihr.

Schließlich, als das Wasser kalt wurde, stand Alicia auf, nahm ein weiches Leinenhandtuch aus Juanitas ausgestreckter Hand und trocknete sich ab.

»Ich habe bei Doña Violettas Sachen ein Kleid für Euch gefunden«, rief die Dienerin aus und hielt ihr ein Gewand aus blauem Brokat hin. Obwohl es offensichtlich bessere Tage gesehen hatte und jetzt verblaßt und abgetragen war, fand Alicia es wunderschön und strich fasziniert über seine Muster und die tiefblauen Fäden. »Es ist zu groß für Euch, doch wird es gehen, bis ich ein anständiges Kleid für Euch finde.«

»Danke, Juanita«, flüsterte sie und lächelte die alte Frau an.

»Ihr könnt Euch jetzt ausruhen«, sagte die Dienerin und gab Alicia ein anderes Leinenhandtuch, das sie sich um den Kopf wickelte. »Wenn Ihr etwas braucht, ruft mich nur. Señor Navarro wünscht, daß Ihr es hier bequem habt.« Zögernd blickte sie sich um, als fürchtete sie, belauscht zu werden. »Seid gewarnt vor Doña Luisa. Geht ihr aus dem Weg, sonst werdet Ihr hier nicht glücklich sein.« Mit dieser Warnung verließ sie das Zimmer.

Doña Luisa... Warum klang dieser Name nur so vertraut? Warum erfüllte er sie mit Furcht? Alicia war dieser Frau noch nicht begegnet, doch sie hatte das Gefühl, den Namen schon einmal gehört zu haben. »Seltsam.« Eine dunkle Ahnung legte sich wie ein Schatten auf sie.

48

Die Tür der Kirche fiel mit einem lauten Schlag ins Schloß, und Rafael war erschrocken, daß seine Gefühle ihn zu dieser Respektlosigkeit verleitet hatten. Es war nur einfach so, daß er verzweifelt versuchte, das Zigeunermädchen zu finden, um Alicia eine Botschaft zukommen zu lassen, und es lag nahe, hier in der Kirche zu beginnen, wo Enrique sie gesehen hatte.

»Kann ich Euch helfen, mein Sohn?« Rafael fuhr herum und fand sich einem lächelnden Priester gegenüber, dessen rundes Gesicht und seine Gestalt ihn an einen Cherub erinnerten.

»Seid Ihr Pater Julio?«

»Das bin ich.«

»Dann könnt Ihr mir sicher etwas über das Zigeunermädchen sagen, dem ihr vor einigen Tagen Schutz geboten habt. Ich muß sie finden!« Rafael konnte seinen Herzschlag so laut in seinen Ohren vernehmen, daß er sicher war, daß ihn auch der Priester hören konnte. »Wohin ist sie gegangen?«

Pater Julio schwieg, doch sein Gesichtsausdruck machte deutlich, daß er nicht recht wußte, ob er Rafael trauen könne und entschlossen war, das Mädchen zu schützen.

»Bitte, Ihr müßt es mir sagen. Ich möchte ihr nur eine Botschaft für ein anderes Zigeunermädchen mitgeben, eine Frau, die ich von ganzem Herzen liebe.« Seine Augen blickten so flehentlich, daß der Pater in dem dunklen Talar beruhigt war. »Ich bin nicht wie Enrique Dorado und gehöre nicht zu den Menschen, die die Zigeuner verachten. Ich will ihr nichts Böses tun. Bitte.«

»Nun, ich glaube Euch, mein Sohn, doch leider weiß ich nicht, wohin sie gegangen ist.« Er schüttelte den Kopf. »Leider, leider. Ich wollte ihr helfen. Sie war so dünn, kaum mehr als Haut und Knochen, und doch so ein stolzes Mädchen.« Das runde Gesicht erfüllte sich mit Zorn. »Ich hätte sie dazu bringen können, hier bei uns zu bleiben, wo sie nur Freundlichkeit gefunden hätte, doch Enrique Dorado brach wie der leibhaftige Teufel hier ein und erschreckte sie so, daß sie davonlief.«

»Er erzählte mir die Geschichte. Ich kam jedoch hierher in der Hoffnung, daß das Zigeunermädchen zurückgekommen ist oder daß Ihr eine Idee habt, wohin sie gegangen sein kann. Habt Ihr irgendeine Ahnung, weshalb sie sich von ihrer Karawane getrennt hatte? Hat sie irgend etwas erzählt, was mir helfen würde, sie zu finden? War sie verbannt worden?«

»Die junge Frau verließ die Sippe freiwillig nach dem Tod ihres Vaters, der der Anführer der Karawane war. Mit seinen letzten Worten forderte er sie auf, nach León zu gehen. Armer Mann. Hätte er von der Feindseligkeit gewußt, auf die sie stoßen würde, hätte er niemals diesen Vorschlag gemacht. Ihr seht, Enrique Dorado ist nicht die Ausnahme, sondern die Regel. Wir Christen reden wohl über Mildtätigkeit und Nächstenliebe, doch das sind nur leere Worte.« Er bedeutete Rafael, ihm zu folgen. »Kommt, laßt uns in meine Wohnung gehen und ein wenig Trost suchen. Vielleicht ein Glas Wein?« Als sie nebeneinander hergingen, verglich Rafael Pater Julio mit diesem anderen Kirchenmann, Juan Dorado. Sie waren so verschieden wie Tag und Nacht, und doch waren beide Priester Gottes.

Während die Wände bei Juan Dorado mit Kunstgegenständen gepflastert waren, war Pater Julios Zimmer von Bücherregalen gesäumt. Er machte eine ausholende Geste und lächelte. »Das sind meine Freunde, diese Bücher. Mit ihnen kann ich durch die Zeit reisen und die Geheimnisse der größten Geister aufschließen. Leider gibt es Leute, die uns dieses Geschenk wegnehmen und uns zurück in jene Zeit führen wollen, in der der Mensch eine unwissende Kreatur war. Ich hoffe jedoch immer noch, daß die Vernunft siegen wird, denn der Geist des Menschen ist seine Verbindung zu Gott.« Der Priester deutete auf einen Lehnstuhl. »Setzt Euch. Nehmt Platz.« Er schenkte Rafael ein Glas Wein ein und nahm auf einem ähnlichen Stuhl Platz. »Aber ich möchte meine Gedanken nicht weiterspinnen. Ihr habt mich nach dieser jungen Zigeunerin gefragt.«

»Ich fragte Euch, ob sie von ihrer Sippe verbannt worden sei. Ich habe gehört, daß dies öfter geschieht. Ihr sagtet, sie hätte ihre Sippe nach dem Tod ihres Vaters aus eigenem Willen verlassen, doch da ich die starke Loyalität kenne, die unter Zigeunern üblich ist, verstehe ich nicht, weshalb ein solches Ereignis sie hätte veranlassen sollen, ihre Sippe zu verlassen.«

»Stolz. Furcht. Der Mann, der den Platz ihres Vaters übernahm, war ihr Feind und hätte sie als Frau die schlimmste Schmach erleiden lassen. Er drohte ihr, sie sich jederzeit gefügig zu machen, wenn es ihm in den Sinn käme. Wundert es Euch, daß sie weglief?« Pater Julio preßte die Hände zusammen. »Es gibt überall schlechte Menschen. Armes Kind. Armes, schönes Kind. Wenn ich ihr nur hätte helfen können.«

»Wenn ich sie finde, werdet Ihr vielleicht Gelegenheit dazu haben.« Auch wenn Rafael die junge Frau nicht kannte, ließ die Geschichte ihrer Flucht nach León tief in seinem Innern eine Saite anklingen. Er konnte sich der Vorstellung nicht erwehren, daß ein solches Schicksal auch Alicia treffen könnte. Sollte Rudolpho sterben und Stivo seinen Platz übernehmen, hätte auch sie es mit einem gefährlichen Feind zu tun.

»Ihr müßt sie finden, bevor es zu spät ist. An dem Tag, als sie zu mir kam, war sie gerade eben der Menge entkommen. Ich habe solche Angst um sie. In meinen Träumen sehe ich ihre Augen, leuchtend grüne Augen, die mich um Hilfe anflehen.«

»Grüne Augen!« Rafael brachte kaum ein Wort heraus. Zigeunerinnen mit grünen Augen waren eine Seltenheit... doch was für ein Narr war er, überhaupt daran zu denken, daß... nein... es konnte nicht sein. Trotzdem hörte er sich fragen: »Wie hieß sie?«

»Sie hatte für eine Zigeunerin einen seltsamen Namen,

doch dann kann ich es mir nur so vorstellen, daß sie schließlich keine wirkliche Zigeunerin war. Ihr Vater hatte sie adoptiert. Auf seinem Sterbelager enthüllte er ihr die Wahrheit. Welch ein Schock muß das für sie gewesen sein.«

»Keine Zigeunerin!« Rafael mußte daran denken, wie stolz Alicia auf ihr Erbe gewesen war.

»Und dann wurde sie hier in Salamanca von den Leuten so grausam behandelt. Sie sagte mir, sie könne niemals unter ihren eigenen Leuten leben. Arme Alicia. Armes Kind, zerrissen zwischen zwei Welten.«

»Alicia«, keuchte Rafael und hielt den Atem an. »Nein, das kann nicht sein.«

»Alicia war ihr Name. Ich erinnere mich genau daran, mein Sohn.« Pater Julio sprang aus seinem Stuhl auf Rafael zu und legte ihm seine Hand auf die Schulter. Der junge Mann war totenblaß, als habe er gerade eine Erscheinung gesehen. »Ihr Vater... Erinnert Ihr Euch an den Namen ihres Vaters?«

»Daran erinnere ich mich nicht.« Er legte eine Hand auf die Stirn und schloß die Augen, um sich zu konzentrieren. »Ricardo... Ramondo... Rodrigo...«

»Rudolpho?«

»Rudolpho? Ja, richtig, das war sein Name.«

»*Madre de Dios!*« In seinem Schockzustand fluchte Rafael laut, was Pater Julio mit einem Stirnrunzeln bedachte. Sie war es, Alicia! Sie mußte es sein. Dennoch hoffte er gleichzeitig, daß sie es nicht war, denn der Gedanke, sie einem solchen Schicksal überlassen zu haben, war mehr, als er ertragen konnte. »Woher kam sie? Hat sie Euch das gesagt? Hat sie erzählt, woher die Karawanen kamen?«

»Aus der Gegend von Toledo. Sie sprach von einem Wald dort.« Pater Julio wurde plötzlich klar, weshalb Rafael all diese Fragen stellte. »Ihr kennt sie. Sie muß die Frau sein, von der Ihr sagtet, daß Ihr sie liebt. Ja, es lag eine solche Traurigkeit in ihrem Blick...« Pater Julio schloß nur einen Moment lang die Augen. Als er sie wieder öffnete, war der Stuhl, in dem Rafael gesessen hatte, leer.

49

Rafael dröhnte der Kopf, als er durch die Straßen von Salamanca ritt. Alicia! Er mußte sie finden! Was hatte er angerichtet? Er hatte die einzige Frau im Stich gelassen, die er jemals geliebt hatte. Seine geliebte, stolze Zigeunerin irrte durch die einsamen Straßen von Salamanca, verlassen und hungrig.

Und Rudolpho war tot! Der Gedanke durchbohrte ihn wie ein Messer. Dieser stolze, edle Mann, dessen einziges Streben das Glück seiner Tochter gewesen war. Tot. Für immer gegangen. Arme Alicia, die diesen Kummer erlitten hatte, ohne in seinen Armen Trost zu finden, dachte Rafael bitter. Und er war mit seinem Bruder davongeritten, als er auf sein Herz hätte hören müssen! Jetzt war Alicias Leiden seine Strafe, sein Fegefeuer.

»Alicia!« Sein Schrei vermischte sich mit dem Heulen des Windes. Hatte er wirklich geglaubt, es wäre so einfach, sie zu finden? Wie viele Straßen gab es in der Stadt? Er würde jede Gasse, jede Kirche, jedes Haus absuchen!

Rudolpho hatte gewußt, daß er sterben würde! Deshalb war er so darauf erpicht gewesen, seine Tochter mit Rafael zu verheiraten, um sie vor der Bosheit und Gier Stivos zu schützen. Er hatte Rafael sein kostbarstes Gut anvertraut, und Rafael war mit solcher Blindheit geschlagen gewesen, daß er Rudolphos Vertrauen verraten hatte. Würde Alicia ihm jemals verzeihen? Könnte er sich jemals selbst verzeihen?

Rafael ritt, rannte und lief durch die gewundenen Straßen und Gassen, hielt Fußgänger an, klopfte an jede Tür, in der verzweifelten Hoffnung, zumindest einen Menschen zu finden, der ihm sagen würde, daß er ein Zigeunermädchen gesehen hatte. Er klammerte sich an den kleinsten Fetzen Hoffnung, doch obwohl er auf mehrere Leute stieß, die meinten, vor ein paar Tagen eine junge Zigeunerin gesehen zu haben, konnte ihm doch keiner mit einiger Sicherheit sagen, daß sie sich zur Zeit irgendwo in der Nähe des Marktplatzes aufhielt.

Schließlich wurde es dunkel, und Rafael mußte sich seine Niederlage eingestehen, zumindest für den Augenblick. Doch er wollte weder in den bequemen Luxus der Navarros zurückkehren, noch wollte er seinem Hunger nachgeben und etwas zu essen kaufen. Irgendwo in dieser Stadt lief Alicia herum, zerlumpt und hungernd. Wie konnte er da etwas essen? Wie konnte er tröstenden Schlaf in seinem weichen Bett suchen, während sie auf kalten, harten Steinen schlafen mußte?

Die Glocken einer nahen Kirche schlugen die achte Stunde, als Rafael durch die Straßen wanderte, nachdem er sein Pferd für die Nacht in einem Stall untergestellt hatte. Das Viertel, das er aufsuchte, war ein Schlupfwinkel für Diebe, Dirnen, Soldaten, Glücksritter und Trunkenbolde – ein gefährlicher Platz für einen Adeligen. Es war der einzige Ort in der Stadt, der einem Zigeuner Zuflucht bieten würde, und er hielt sich an der Hoffnung fest, daß Alicia hierher kommen würde, um die Nacht zu verbringen.

Die Hand an sein Schwert gelegt, ließ Rafael seinen Blick forschend durch die Gegend streifen. Dunkle Schatten schwebten über dem Mond wie böse Geister und verbargen sein Licht, doch schließlich fand Rafael, durstig, hungrig und müde, wie er war, einen Ruheplatz. Seinen Kopf in die Arme bettend, versuchte er, Trost in seinen Gedanken zu finden, doch der Schlaf wollte sich nicht einstellen. Alicia! Ihr Name war für immer in sein Herz gebrannt, ihr Gesicht ein lieblicher Traum.

›Ich bin eine Zigeunerin, *Gorgio*‹, meinte er ihre Stimme zu hören, mit diesem hochfahrenden Ton, aus dem ihr Stolz klang. Eine Zigeunerin! So verschieden von seiner eigenen Art, hatte er gedacht, wild und ungezähmt. Zigeuner, die von seinen eigenen Landsleuten verachtet wurden. Er war genauso blind gewesen wie jene, die seine Mutter verfolgt hatten. Christ. Jude. Zigeuner. Maure. Was machte ein Name aus? Waren es nicht alles Menschen?

Zigeunerin! Wenn Alicia die Tochter eines Adeligen gewesen wäre, hätte er sie dann verlassen, um seinem Schicksal nach Toledo zu folgen? Zigeuner! In seiner Torheit hatte auch er sie verachtet. Doch gab es irgendeinen großartigeren Menschen als Rudolpho? Irgendeine Frau, die seiner Liebe so würdig gewesen wäre wie Alicia? Zigeuner! Doch selbst hier hatte der Teufel ihn genarrt und zu einem Opfer seiner eigenen Blindheit gemacht. Alicia war keine Zigeunerin, sie war Spanierin. Welch grausame Ironie!

»Nein!« Ungeachtet der Gefahren, die um ihn lauerten, stieß Rafael einen Schrei aus, der dem eines verwundeten Tieres glich. Er war in Gefahr, sie zu verlieren, die schönste aller Seelen, die je in sein Leben getreten war.

Und wie hatte Alicia sich gefühlt, als Rudolpho ihr schließlich die Wahrheit gesagt hatte? Hatte sie geweint? War sie außer sich gewesen? Arme Alicia, die erfahren mußte, daß sie doch keine Zigeunerin war.

Die Nacht war kalt, und in dem Versuch, sich warmzuhalten, umfaßte Rafael seine Knie und zog sie an den Körper, wie er es als kleiner Junge getan hatte. Es gab nur einen Weg für ihn. Verschwunden waren nun alle Gedanken an Juan Dorado, alle Vorstellungen von Heldentum. Er beschloß in Salamanca zu bleiben, bis er sie gefunden hätte. Morgen würde er eine Botschaft an Don Philip senden, um sein Fortbleiben zu erklären, und hoffte, eines Tages mit Alicia an seiner Seite in das Haus dieses edlen Mannes zurückkehren zu können.

50

Das weiche Licht der frühen Morgensonne kitzelte Alicias geschlossene Augenlider, und verwirrt öffnete sie ihre Augen und starrte an die Decke. Wo war sie? Die Erinnerung an freundliche, blaue Augen beruhigte sie, als sie an den Edelmann dachte, in dessen Haus sie sich befand. Ausgestreckt auf einer Decke neben dem großen Bett – das Bett war ihr viel zu weich gewesen – dehnte Alicia ihre Glieder und sah sich um. Ein großer Wandteppich auf einer der Wände fiel ihr als erstes ins Auge, eine üppige Waldszene, die so lebensnah war, daß Alicia die Tränen kamen, als sie an das stille Glück dachte, das sie einst erlebt hatte.

›Aber das Gestern ist vorbei, und ich muß heute leben‹, dachte sie und wischte sich die Tränen ab. *O Del* hatte es gut mit ihr gemeint, als er sie hierher gebracht hatte, weg von der Kälte und den grausamen Blicken der zornigen *Gorgios.* Sie hatte eine neue Lebenschance erhalten, und mehr konnte sie nicht verlangen.

Ein leises Klopfen an der Tür kündete einen Eindringling an, und Alicia beobachtete, wie sich die Tür langsam öffnete und Juanitas Gesicht erschien. »Señorita, seid Ihr wach?« Die Frau betrat das Zimmer und stellte verwundert fest, daß Alicia auf dem Boden lag. »Seid Ihr verletzt? Seid Ihr gestürzt?«

Alicia erhob sich rasch, als sie merkte, daß sie die Frau wieder einmal vor den Kopf gestoßen hatte. »Ich bin nicht gestürzt«, war alles, was Alicia sagte, während sie das Tablett musterte, das die Frau hereintrug.

»Frische Milch und Küchlein aus Brotteig, in siedendem Olivenöl ausgebacken, mit Zucker bestreut. Für Euch.«

Alicia fiel die Lektion ein, die sie am Vorabend gelernt hatte, und setzte sich auf einen der Stühle. Es war gar nicht so unbequem, wie sie sich vorgestellt hatte, und sie lächelte Juanita an, als sie ihr das Tablett abnahm. Das gezuckerte Brot war köstlich. Alicia zeigte ihre Anerkennung, indem sie die letzten Körnchen Süße von ihren Fingern schleckte, nur um wieder einmal festzustellen, daß Juanita sie mit entsetztem Schweigen anstarrte.

»Ihr dürft so etwas nicht tun«, schalt die Frau. »Es gibt Tücher, um die Hände zu reinigen.«

»Ich habe doch nur ...« Alicia war von der Zurechtweisung getroffen, da sie Juanita durch diese Geste doch nur ihre Dankbarkeit bezeugen wollte. Das war bei den Zigeunern so üblich.

Juanitas Gesichtsausdruck wurde milder, als sie sah, daß Alicia verletzt war. »Es gibt viele Dinge, die Ihr lernen müßt, Señorita. Ich muß eben geduldig sein. Solche Dinge brauchen Zeit. Don Philip hat mir erzählt, daß Ihr unser geschätzter Gast seid.«

Alicia war abweisend, sie wollte keine Wohltätigkeit. »Ich bin wie Ihr eine Dienerin hier. Ich muß für mein Essen und das Dach über dem Kopf arbeiten.«

»Dann besteht Eure erste Aufgabe darin, Euch anzukleiden.« Juanita verließ kurz das Zimmer und kehrte mit einem Bündel Kleider in den Händen zurück. »Diese müssen ausreichen, bis der Schneider Euch eigene Kleider anfertigen kann. Sie sind etwas aus der Mode.«

Alicia wählte einen leuchtend roten Rock und ein schwarzes Leibchen, das sie über ein weißes Hemd band. Sie nahm an, daß diese Kleider, wie das Brokatgewand, der Frau gehörten, die Juanita Doña Violetta genannt hatte, und war ihr dafür dankbar.

»Diese Kleider gehörten Doña Violetta, als sie ein junges Mädchen war«, schwatzte Juanita munter, während sie mit einem Holzkamm die Knoten in Alicias Haar zu entwirren suchte und die dicken Locken in zwei lange Flechten teilte. »Sie war so ein süßes Kind. Armer Don Philip! Ihr werdet bald sehen, Señorita, daß dies kein glücklicher Haushalt ist. Doch kommt, ich will nicht mehr davon sprechen. Er hat darum gebeten, Euch als erstes zu sehen, und ich gehorche ihm in allen Dingen.«

Alicia wollte Juanita so viele Dinge fragen, über Catalina, über den silberhaarigen *Gorgio,* doch die feste Hand der Frau in ihrem Nacken schob sie aus der Tür und die lange Treppe hinunter. Unter einem breiten Durchgang traf sie auf ihren Wohltäter.

»Was für ein herrlicher Morgen!« Sein Lächeln war heiter, als er ihre Hand nahm. »Habt Ihr wohl geruht?« Sein Haar und gestutzter Bart glänzten silbern in der Morgensonne, und Alicia starrte ihn fasziniert an, während er sie mit seinen verwirrend blauen Augen prüfend ansah. An was erinnerten sie bloß diese Augen?

»Ich habe tief geschlafen, danke.«

»Und das Gewand, das Juanita für Euch ausgesucht hat, steht Euch außerordentlich, wie ich sehe. Ihr seht sehr hübsch aus, Cat...« Er wollte sie beim Namen der anderen Frau nennen, doch unterbrach er sich rechtzeitig. »Nein. Ich darf Euch nie wieder so nennen; Ihr habt Euren eigenen Namen. Verzeiht.« Er hob eine silbrige Augenbraue, wie um zu fragen, wie er sie nennen solle.

»Alicia«, antwortete sie rasch. Bei dieser Antwort wurde er kreidebleich, und Alicia wunderte sich, warum er sie anschaute, als hätte er *o Beng* selbst erblickt.

»Nein. Nein, es kann nicht sein. Es ist nur ein grausamer Scherz.« Seine Stimme war so leise, daß Alicia ihn kaum hörte, doch der verletzte Blick in seinen Augen rief ihr Mitleid hervor. »Gott treibt seinen Spaß mit mir. Warum? Ich bin immer ein rechtschaffener Mann gewesen. Warum läßt er eine Frau über meinen Weg laufen, die wie das Abbild meiner toten Frau aussieht und den Namen meiner Tochter trägt, den Namen meines kleinen Mädchens, das ertrunken ist!« Er umklammerte ihre Schultern und sah ihr forschend in die Augen. »Ihr würdet mich nicht belügen? Das hier ist kein Trick? Eine Verschwörung, um mich zu quälen?« Die weit aufgerissenen Augen, die seinen Blick erwiderten, waren aufrichtig. »Nein, Ihr seid nicht die Art von Frau, die sich mit meiner Frau zusammentun würde. Und wenn Alicia wirklich Euer Name ist...«

In dem Wunsch, ihm zu gefallen, griff Alicia nach seiner Hand. »Wenn mein Name Euch schmerzt, so könnt Ihr mir irgendeinen Namen geben, der Euch beliebt. Ich möchte nicht die Ursache Eures Kummers sein. Ihr seid so gut zu mir gewesen.«

»Alicia!« Sein Händedruck war warm, als er ihre Finger umklammerte. »Alicia. Ich will den Namen wiederholen, bis der Schmerz in mir nachläßt. Alicia. Alicia.« Seine Stirn glättete sich allmählich. »Wenn es irgendeine andere wäre, die diesen Namen trüge, wäre ich ärgerlich, doch zu Euch paßt der Name, mein Kind.« Er bedeutete Juanita, sich zu entfernen, und führte Alicia in einen riesigen Raum, wo er ihr einen Stuhl anbot, der beinahe so groß war wie ein Bett.

»Erzählt mir alles über Euch. Seid Ihr immer eine Zigeunerin gewesen?«

Alicia begann mit ihrer Geschichte von vorn und erzählte diesem *Gorgio*-Edelmann alles über die Güte, die ihr Rudolpho stets entgegengebracht hatte, über ihren Stolz, seine Tochter zu sein, ihr Glück, mit den Mitgliedern ihrer Karawane zusammenzuleben. Sie sprach von Zuba, von Todero, von Mala und Palo und mußte lachen, als sie davon erzählte, wie fröhlich sie sich in ihrer Gesellschaft gefühlt hatte, doch ihre Augen verdüsterten sich, als sie Stivos Namen nannte. Indem sie so sprach, breitete sie ihr ganzes Leben vor dem spanischen Herrn aus und erwähnte sogar den *Gorgio,* der ihr das Herz gebrochen hatte.

»Es war wegen des *Gorgios,* daß Rudolpho, mein Papa, starb«, sagte sie schmerzlich. »Er versuchte, ihm nachzureiten, um ihn zurückzuholen, doch sein Herz...«

»Und nach dem Tod habt Ihr die Sippe verlassen.«

»Stivo wurde zum Anführer gemacht, und ich konnte nicht bleiben, da ich wußte, daß er mein Feind war. Was er von mir wollte, war undenkbar, eine Beleidigung, die er bei einem Mädchen mit Zigeunerblut nie gewagt hätte.« Ihre Augen füllten sich mit Tränen. »Aber er wußte, daß ich nicht als Zigeunerin geboren und nicht Rudolphos leibliche Tochter war.«

Philip Navarro hielt den Atem an und fragte mit erstickter Stimme: »Ihr seid keine Zigeunerin?«

»Rudolpho erzählte mir die Geschichte, bevor er starb, obwohl er wußte, daß es mir das Herz brechen würde. Es war etwas, was ich wissen mußte.« Alicia schloß die Augen und kämpfte die Tränen nieder, die sie bei der Erinnerung an jenen tragischen Tag zu überschwemmen drohten. »Er erzählte mir, daß mich eine Frau ins Lager gebracht habe, eine *Gorgio.* Ich hatte keine Eltern, die für mich sorgten, und so hoffte sie, daß die Zigeuner mich mitnehmen würden. Rudolpho sagte mir, daß ich nach León gehen müsse, um etwas über meine wirkliche Herkunft zu erfahren.«

»Eure wirkliche Herkunft.« Philip Navarro starrte sie an, doch schien er im Geiste meilenweit entfernt zu sein, und Alicia wunderte sich, ob sie ihn mit ihrer Geschichte aufgeregt hatte. »Ja, wir werden bald mehr darüber und über die Intrigen der anderen wissen.« Auf Alicias fragenden Blick wurde sein Ton milder. »Doch mit Eurer Hilfe werde ich vielleicht die Dämonen der Vergangenheit verscheuchen. Werdet Ihr mir helfen, Alicia? Wollt Ihr einen Strahl der Freude in das Leben eines alternden Mannes bringen?«

Alicia nickte bereitwillig und freute sich, daß er wieder lächelte. Der Schmerz war aus seinen blauen Augen gewichen, und sie dachte wieder, was für ein schöner Mann er war, ein starker und gerechter Mann wie Rudolpho. Sie hörte, wie er ihr versprach, eine Dame aus ihr zu machen, wobei sie kaum ermessen konnte, wie groß die Veränderung sein würde, die in ihr Leben treten würde, während sich ihr Schicksal erfüllte.

51

Es regnete. Große Tropfen, *o Dels* Tränen, platschten gegen die runden Fenster. Alicia blickte unzufrieden durch die grünlich-gelben Glasscheiben und sehnte sich danach, draußen zu sein; sie fühlte sich in diesem *Gorgio*-

Haus eingeschlossen, auch wenn es noch so geräumig war. Seufzend ging sie zu den Fenstern, legte die Stirn an das kühle Glas und nahm sich vor, geduldig zu sein. Wenn es das Wetter erlaubte, verbrachte Alicia ihre ganze freie Zeit auf der Terrasse, um im Freien zu sein. Tatsächlich hätte sie viel lieber draußen geschlafen, wenn Don Philip das erlaubt hätte, doch da sie ihn nicht verstimmen wollte, hielt sie sich mit dieser Bitte zurück. Es war sein Wunsch, so hatte er gesagt, eine Dame aus ihr zu machen.

Eine Dame, dachte Alicia verdrossen. Sie war sich nicht sicher, ob sie einen Traum oder einen Alptraum erlebte, denn dieses Leben der *Gorgios* war nicht leicht. Es gab so viele Dinge, die man nicht tun durfte, so viele Regeln und Vorschriften, daß sie sich wunderte, wie die *Gorgios* sie alle behalten konnten. Doch in dem Wunsch, dem Mann zu gefallen, der ihr soviel Gutes getan hatte, gab sie sich Mühe. Ihn lächeln zu sehen, war den Preis wert, den sie zu zahlen hatte.

Im Zimmer auf und ab schreitend, dachte Alicia über die drei Tage nach, die sie in Philip Navarros Haus verbracht hatte. Er war sehr gütig zu ihr gewesen, das konnte Alicia nicht leugnen, doch zuweilen machte er sie mit seinen Fragen und forschenden Blicken verlegen, und sie verstand nicht, weshalb. Es war beinahe so, als versuchte er, sie zu veranlassen, etwas aus der fernsten Tiefe der Erinnerung hervorzuholen, doch seine Fragen verursachten ihr nur Kopfschmerzen. Sie wollte sich erinnern, doch jedesmal, wenn sie nahe daran war, den Schleier der Erinnerung zu lüften, fand sie sich vor einer verschlossenen Tür. Vielleicht wollte *o Del* nicht, daß sie sich erinnerte, zumindest jetzt nicht.

Ebensowenig war sie sich sicher, ob sie in der Welt der *Gorgios* glücklich würde, gleichgültig, wie sehr sie sich bemühte. Es gab Zeiten, da Alicia sich fragte, ob sie der geschätzte Gast war oder eine Gefangene, obwohl Philip Navarro sein Versprechen hielt, sie kommen und gehen zu lassen, wie es ihr gefiel. Dennoch, war es ein Wunder, daß Alicia die Augen der Frauen des Hauses mied, die ihr mit derselben Feindseligkeit begegneten, wie es die Frauen in Salamanca getan hatten? Eingedenk Juanitas Rat hielt sich Alicia von Philip Navarros Frau fern, deren Feindseligkeit sie deutlich spürte. Da sie sich in der Gesellschaft der Köchin, des Stallknechtes und der Hausmädchen wohler fühlte, hielt sie sich gern bei ihnen auf. Sie lernte bald, daß Doña Luisa die Menschen mied, die sie für niedriger erachtete. Die Küche war der einzige Ort, wo sich Alicia vor ihr sicher fühlte.

Das Schlagen des Gongs drang in Alicias Gedanken ein, und sie runzelte die Stirn. Das erste, was Juanita an ihr getadelt hatte, war Alicias Art, mit den Fingern zu essen. Sie hatte ihr zwei seltsam aussehende Gegenstände hinschoben, die nach ihren Worten dazu verwandt wurden, um Speisen vom Teller zum Mund zu führen, und Juanita hatte darauf bestanden, daß Alicia es ihr nachmachte, als sie um den großen Dienstbotentisch beim Essen saßen. Warum aßen die *Gorgios* nicht mit den Fingern? Als sie daran dachte, wie sie Rafael zum erstenmal etwas zu essen gebracht hatte, fiel ihr der entsetzte Blick ein, als er erfuhr, daß er mit den Händen essen müsse. Hatte er sich damals so fremd gefühlt wie sie heute?

»Nehmt die Gabel und haltet das Fleisch damit fest, während Ihr mit dem Messer ein kleines Stück abschneidet«, hatte Juanita gesagt und zugesehen, wie Alicia sich abgemüht hatte, mit dem seltsamen, gezinkten Instrument das kleinere Stück Fleisch zum Mund zu führen. Der Versuch, die Kunst zu beherrschen, ohne daß ihr das Essen in den Schoß fiel, ärgerte sie sehr, und sie fluchte laut, was Juanitas Geduld nur noch mehr auf die Probe stellte. Das Fluchen war nun ganz und gar verboten.

Darf nicht, kann nicht, sollte nicht..., das waren die Phrasen, die Alicia in den letzten Tagen dauernd gehört hatte, so daß sie am liebsten vor der scharfen Zunge Juanitas weggelaufen wäre, doch wenn sich ihr eigener Ärger abgekühlt hatte, drängte sie solche Sachen zurück. Eine Zigeunerin, sei es eine wirkliche oder nicht, würde niemals ein Versprechen brechen, und sie hatte Philip Navarro ihr Wort gegeben, daß sie bleiben würde.

Warum hatte sie dieses Versprechen gegeben? fragte sie sich jetzt. Sie wurde in diesem Haus nicht festgehalten, doch etwas Stärkeres als Türen und Ketten hielt sie fest, eine Zuneigung zu diesem Mann, die von Tag zu Tag tiefer wurde. Seit Rudolphos Tod hatte sie kein so starkes Band gespürt.

Philip Navarro wäre ein guter Zigeuner gewesen, dachte Alicia mit einem Lächeln und war sich nicht sicher, ob sie es wagen würde, ihm ein solches Kompliment zu machen. Wäre er gekränkt, würde er ihre Worte als eine Beleidigung ansehen, wenn sie doch nur als höchstes Lob gemeint waren? Mit diesen Gedanken kam sie die Treppe hinunter, als Doña Luisa ihren Weg kreuzte, mit dem üblichen mürrischen Gesicht.

Armer Don Philip, grübelte Alicia, während sie der Frau geschickt auswich. War es verwunderlich, daß dieses Haus so düster wirkte? Die Tochter der Frau war auch nicht besser. Philip Navarros Familie saß mit so finsteren Mienen am Tisch, daß Alicia angenommen hatte, sie trügen Trauer. Das Abendessen sollte eigentlich ein Anlaß sein, sich zu heiteren Gesprächen und Musik zusammenzufinden. Die Zigeuner wußten das zu schätzen. Sie nahm sich vor, mit Don Philip darüber zu sprechen.

Die Flammen im Kamin waren zu glühender Asche verbrannt. Die verführerischen Düfte aus der Küche, die sich mit dem Geruch von Holzfeuer vermischten, erinnerten Alicia daran, daß sie Hunger hatte. Die Tür zum Flügel der Dienstboten war jenseits der Halle, hinter dem Speisezimmer der Familie, und als Alicia vorbeikam, hörte sie erregte Stimmen von drinnen.

»Wie lange willst du diese... diese Kreatur noch in diesem Hause behalten?« Alicia erkannte die schrille Stimme von Doña Luisa.

»Für lange, lange Zeit«, war Don Philips Antwort.

»Du wagst es, in dieser Angelegenheit gegen meine Wünsche zu handeln?«

»Mit demselben Vergnügen, mit dem du stets gegen meine Wünsche handelst. Die junge Frau macht mich glücklich, in ihrer Gesellschaft finde ich Freude.«

»Sie ist aber eine Zigeunerin. Sie wird alles stehlen, was wir besitzen, und sich in der Nacht davonmachen.« Bei dieser Beleidigung zuckte Alicia zusammen.

»Sie wurde bei den Zigeunern aufgezogen, doch sie ist in Wirklichkeit eine Dame von spanischer Herkunft. Vielleicht ist ihr Blut von höherem Adel als das deine, meine Liebe.« In Don Philips Stimme klang Ironie mit, als wollte er Doña Luisa an ihre eigene Herkunft erinnern.

»Du wagst es, mich zu beleidigen? Wir werden sehen, was geschieht, wenn Enrique vom Königshof zurückkehrt. Er wird ebenso wie ich dagegen sein, daß du diese Frau hierbehältst. Er wird dir was erzählen! Ich hoffe nur, daß du ihm zuhören wirst! Mein Sohn Enrique Dorado ist in jeder Hinsicht ein Edelmann.« Don Enrique Dorado. Der Name erinnerte Alicia an etwas, doch ihr fiel nicht ein, wo sie ihn gehört hatte. Wenn er der Sohn dieser Frau wäre, wäre er sicherlich höchst unangenehm, überlegte sie, und sie war nicht im geringsten scharf darauf, ihm zu begegnen.

»Wenn er ein Edelmann ist, dann nur, weil...« Don Philip sprach seinen Satz nicht zu Ende. »Ich will mich aber nicht mit dir streiten. Ich bin zu glücklich. Ich habe einem Geist gegenübergestanden, der sich als sehr erfreuliche Begegnung erwiesen hat. Ich bin, meine allerliebste Frau, dazu gekommen, daß ich den Worten anderer nicht trauen darf, die die Unwahrheit sprechen, nur um ihre eigenen egoistischen Ziele zu verfolgen. Die Dinge sind nicht mehr so, wie sie scheinen.«

»Du redest Unsinn. Unsinn! Ich verstehe wirklich nicht, was du meinst.« Doña Luisa klang verwirrt.

»Das wirst du noch, Doña Luisa. Mit der Zeit wirst du es verstehen.« Alicia hätte noch länger zugehört, doch sie sah Juanita, die ihr vom Dienstboteneingang her zuwinkte, und eilte weiter, beschämt, daß man sie beim Lauschen ertappt hatte. Doch Juanita sagte nichts, woraus sie schloß, daß dieser Brauch bei den *Gorgios* üblich war. Würde sie jemals diese seltsamen Gewohnheiten verstehen? Nein. Doch nachdem sie Doña Luisas haßerfüllte Worte gehört hatte, war sie noch entschlossener als zuvor, es zu versuchen. Philip Navarro hatte gesagt, daß sie ihn glücklich und froh mache, und sie würde ihn nicht enttäuschen. Sie würde dafür sorgen, daß er stolz auf sie wäre und daß dieses düstere Weib ihre üblen Worte zurücknehmen würde. Das schwor sie beim Augenlicht ihres Vaters.

52

Unrasiert, abgekämpft und hager glich Rafael de Villasandro eher den Bettlern und anderen abgerissenen Gestalten, die die schmutzige Straße bevölkerten, als einem jungen Edelmann, doch das machte ihm wenig aus.

Überwältigt von seinem Kummer, hatte er seinen Stolz vergessen. Er hatte jeden Zoll der Stadt abgesucht und nur Enttäuschungen und Niederlagen erlebt. Alicia war nirgendwo zu finden, und er mußte mit dem Schlimmsten rechnen.

Zwei Wochen waren inzwischen vergangen, und er wurde schließlich von Schwäche und Hunger überwältigt, so daß er sich doch entschloß, sein Hungern aufzugeben. Also kaufte er Brot und Ziegenmilch von einem der Straßenhändler, um seinen Körper am Leben zu erhalten, obwohl sein Herz und seine Seele für ihn nutzlose Dinge geworden waren. In seinem Elend wollte er nur in Ruhe gelassen werden. Verflogen waren seine hohen Ideale, sein fester Vorsatz, anderen zu helfen.

In einer schattigen Straßenwirtschaft saß er allein, obwohl die roh behauenen Holztische von vielen Menschen belagert waren. Hier versammelten sich die ärmsten und abstoßendsten Menschen, ein Ort, den er früher unter allen Umständen gemieden hätte, zu dem er sich jetzt jedoch in seinem Elend hingezogen fühlte.

Der Lärm der durcheinanderredenden Leute vermischte sich mit dem Klang der Gläser, während unglaubliche Geschichten zum besten gegeben wurden und die Zungen nicht stillstanden, um die letzten Gerüchte zu verbreiten. Rafael lehnte sich in seinem Stuhl zurück, leerte sein Glas Wein und versuchte, das ganze Gerede zu ignorieren, doch dann und wann trafen Bruchstücke der Gespräche sein Ohr.

»Der Krieg in Granada ist zu Ende.«

»Das ist aber auch Zeit.«

»So viele Tote! Doch immerhin hat Spanien gesiegt.«

»Soviel Geld! Jesus! Ich wünschte, ich hätte auch nur ein Tausendstel der ausgegebenen Gulden.«

Der Krieg ist also vorbei, dachte Rafael. Immerhin etwas, worüber man sich freuen konnte. Die letzte Festung der Mauren in Spanien war erobert worden. Was würden König Ferdinand und Königin Isabella jetzt tun?

»Ich bin gerade aus Aragon zurückgekehrt. Dort hat es Aufstände wegen der Heiligen Inquisition gegeben. Ein Inquisitor wurde getötet. Niemand ist für diese Verbrennungen.«

Rafael hörte dem Gemurmel plötzlich mit ganzer Aufmerksamkeit zu, und ihm fiel Juan Dorado ein. Es geschähe ihm recht, wenn ihm etwas zustieße; doch wenn es um den Tod ging, so wünschte Rafael niemandem etwas Böses.

»Ihr könnt nur für Euch sprechen. Ich meine hingegen, daß alle Ungläubigen aus unserem Land verjagt werden sollten. Was ist mit den Ungläubigen, die mitten unter uns sind? Den Juden?«

»Sie haben aber doch der Königin große Geldsummen gegeben, um Spanien im Krieg zu helfen!«

»Das ist wieder nur ein Beweis für ihren Reichtum. Sie sind alle reich, während Leute aus León so wie wir im Dreck hausen.«

»Torquemada hat gesagt, daß Gott Spanien über die Ungläubigen siegen ließ, damit Spanien gesäubert werden könne. Von Mauren, von Juden und auch von Zigeunern.«

»Verjagt diese verfluchten Bastarde mitsamt ihrem bösen Blick!«

Wie ein Stier vor der *capa* eines Toreros sah Rafael rot. Angefeuert vom Wein und seinem eigenen Elend, riß er sein Schwert aus der Scheide und sprang mit einer so heftigen Bewegung auf, daß er den Tisch umstieß.

»Spanien sollte von solchen Narren wie euch gesäubert werden!« schrie er. Rafael war deutlich unterlegen, doch mußte er einfach losschlagen und kümmerte sich wenig um die Folgen. Es waren Menschen wie diese, die Alicia hatten leiden lassen.

»Wer ist das?« fragte einer der Männer, ein großer, stämmiger Hufschmied.

»Das weiß ich nicht, es ist mir auch egal, doch niemand nennt mich einen Narren!« Der Mann und vier seiner Kumpane standen auf und umringten Rafael drohend. »Nehmt Eure Worte zurück, oder Ihr werdet für Eure Arroganz büßen, Señor!«

Bevor Rafael Zeit hatte, auch nur ein Wort zu sagen, waren sie über ihm, mit Flaschen, Messern und Schwertern, nach seinem Blut lechzend. Die Luft war erfüllt vom Klang aufeinanderschlagender Klingen und den wilden Flüchen zorniger Männer.

»Er kämpft wie ein Rasender!«

Rafael kämpfte in der Tat wie ein Besessener, doch auch der geschickteste Krieger Spaniens hätte sich nicht endlos gegen diese Übermacht behaupten können. Langsam, aber sicher wurde Rafael in die Enge getrieben, und die wilden Blicke der Männer verrieten, daß sie nicht sanft mit ihm umgehen würden, als er zu seiner Überraschung feststellte, daß er nicht allein war. »Es scheint, Ihr braucht Hilfe, Signore!« sprach jemand und zog sein Schwert. Er wies sich als sehr fähiger Kämpfer, der sein Schwert mit erstaunlichem Geschick führte. Obwohl Rafael und dieser Fremdling in der Minderheit waren, hatten sie den Feind bald zum Rückzug gezwungen. Erst dann wagte Rafael einen näheren Blick auf seinen Retter zu werfen, und er war beeindruckt von dem, was er sah. An seiner Seite stand ein imposanter Mann in den Dreißigern, nach der italienischen Mode gekleidet, mit einer ärmellosen Tunika in dunkelgrünen, orangefarbenen und roten Streifen, mit einem dunkelgrünen Unterkleid und passendem Beinkleid. Sein dichtes dunkles Haar unter der grünen Kappe, die mit einer bunten Feder geschmückt war, wies die ersten grauen Strähnen an den Schläfen auf. Vielleicht war er nicht schön, doch ein Mann, den man nie vergessen würde.

»Wer seid Ihr?« fragte Rafael neugierig.

Der dunkelhaarige Mann verneigte sich höflich. »Giovanni Luigi Alberdici, zu Diensten, Signore, und Ihr?«

»Rafael Cordoba de Villasandro.« Sie tauschten nur einen Blick aus, doch in dieser kurzen Zeitspanne hatten sie ihr Urteil übereinander gebildet. »Warum habt Ihr mir geholfen?«

»Ich liebe es nicht, wenn jemand einer solchen Übermacht ausgesetzt ist, und mir gefiel es gar nicht, was gesprochen wurde. Vielleicht haben wir ihnen eine Lektion erteilt.«

»Das würde ich gerne glauben. Ich war voreilig, doch als sie so von den Zigeunern sprachen, mußte ich handeln. Ich hasse Menschen, die andere verfolgen, seien es nun Zigeuner, Mauren oder Juden.« Während er sich bückte, um den umgestoßenen Tisch wieder aufzurichten, lud Rafael seinen neuen Bekannten ein, sich zu ihm zu setzen. »Giovanni Luigi Alberdici, Euer Name klingt mir vertraut.«

»Ich bin nur ein einfacher Schiffskapitän. Ein Kaufmann aus Venedig. Zur Zeit befinden sich mehrere Schiffe von mir im Golf von Biskaya.«

»Im Golf von Biskaya? Was bringt Euch so nahe ans Binnenland?«

Giovannis Augen zogen sich für einen Augenblick zusammen. »Es gab jemanden, den ich suchte, und ich habe herausgefunden, daß er ein äußerst widriges Schicksal erlitt. Laßt es dabei bewenden.«

»Ein Kapitän. Wie viele Schiffe besitzt Ihr?«

»Fünf. Ich bin im Export und Import beschäftigt. Ich bringe venezianisches Glas in Euer Land und nehme Oliven, Paprika, Gewürze und kastilische Spitze wieder mit.«

Fünf Schiffe, dachte Rafael. Fünf Schiffe auf dem Weg nach Venedig. Obwohl Fernando de Torga, der Kartograph und Navigator, es übernommen hatte, Schiffe aufzutreiben, um die Konvertiten in Sicherheit zu bringen, überlegte sich Rafael jetzt, wie wertvoll die Hilfe dieses Mannes sein würde. Fünf Schiffe! »Befinden sich alle Eure Schiffe im Golf?«

»Nein, zur Zeit nur vier.«

›Vier Schiffe‹, korrigierte sich Rafael, genug, um eine große Zahl von Flüchtlingen nach Rom oder Konstantinopel zu bringen. Dieser Mann war ehrenwert und mutig, doch würde er eine Strafe von fünfhundert Gulden riskieren? Für ihn als Venezianer und damit Christ war diese Sache der Juden und Konvertiten kein Problem, und doch fühlte Rafael, daß dieser Giovanni gewillt sein würde, ihm zu helfen. Doch wie konnte er das Thema ohne Gefahr anschneiden? Torquemadas Spione waren überall, doch dieser Kapitän war sicherlich keiner von ihnen.

»Vielleicht geht es mich nichts an, doch ich habe das Gefühl, daß Euch mehr im Kopf herumgeht als Schiffe. Ihr seht bekümmert aus. Ich bin ein guter Zuhörer, *amico mio.*« Die dunklen Augen hatten etwas Bezwingendes an sich, und Rafael begann, diesem Mann, den er gerade erst kennengelernt hatte, alles über Alicia und seine Suche nach ihr zu erzählen. »Und Ihr glaubt also, daß sie von einem schlimmer Schicksal getroffen wurde?«

»Ich möchte gerne glauben, daß sie am Leben ist und daß ich sie wieder finden werde, doch ich fürchte, diese Gedanken sind Fantasien. Sie ist fort, und ich bin der unglücklichste aller Männer.«

Der Kapitän aus Venedig schüttelte den Kopf. »Glaubt Eurem Herzen, nicht Eurem Kopf. Die Dinge sind nicht immer so, wie sie scheinen. Ihr werdet Eure geliebte Alicia bestimmt wiedersehen!« Er nahm seine federgeschmückte Kappe ab und legte sie auf den Tisch.

»Ich bete zu Gott, daß Ihr recht habt!«

»Und wenn Ihr sie nicht findet, dann wird sie vielleicht Euch finden. Das war so mit meiner Isabella, und nun hat sie mich zum glücklichsten Menschen gemacht; doch das ist eine andere Geschichte.« Giovanni ließ noch Wein bringen und fuhr fort: »Um nun auf meine Schiffe zurückzukommen – Ihr scheint Interesse an Ihnen zu haben. Seid Ihr vielleicht ein Seemann?«

»Ein Seemann? Nein. Ich besitze Olivenhaine im Grenzgebiet zu León. Ich hoffe nur, daß ich sie für andere Dinge einsetzen kann, als Oliven darauf anzubauen.« Rafael beschloß, die Gelegenheit zu ergreifen und diesem Mann sein Anliegen anzuvertrauen. »Ich interessiere mich für Eure Schiffe, da ich den Menschen helfen will, die durch die Inquisition gefährdet sind. Kennt Ihr einen Mann namens Fernando de Torga? Er ist ein Kartograph und Navigator, halb Spanier und halb Italiener, ich glaube, sogar Venezianer.«

»De Torga? Ja, ich kenne ihn. Ich bin ja seinetwegen nach Salamanca gekommen.«

»Und habt Ihr ihn getroffen?«

Giovanni schüttelte den Kopf, und sein Blick verfinsterte sich. »Dann wißt Ihr also noch nichts.«

»Was sollte ich wissen?«

»Fernando de Torga ist verhaftet worden.«

53

Rafael schlug das Herz bis zum Halse. »De Torga wurde verhaftet?«

»Nicht so laut, *amico mio.* Er wird verhört, das ist alles. Laßt uns hoffen, daß er nicht zuviel sagt.«

Rafael umklammerte sein Glas so fest, daß er es beinahe zerbrach. »Ihr kennt die Mittel der Inquisitoren nicht. Mit ihren Foltermethoden können sie den stärksten Mann zum Reden bringen. Und sie nennen sich Christen! Anhänger des Mannes, der Sanftmut und Liebe gepredigt hat.«

»Was mich betrifft, so habe ich schon größeren Gefahren die Stirn geboten. Wenn wir vorsichtig sind und einen schnellen Zug machen...« Giovanni musterte Rafael mit einem prüfenden Blick. »Falls sich Eure Meinung nicht geändert habt.«

Rafaels Augen glänzten wie im Fieber. »Meine Meinung geändert? Keineswegs! Ich bin entschlossener denn je. Durch meine Schuld habe ich die Frau verloren, die ich liebte. Der Gedanke an den Tod schreckt mich nicht. Nichts hat sich geändert, Señor, außer, daß ich jetzt neben meiner Mission noch die Aufgabe de Torgas auf meine Schultern nehmen muß. Ende Januar wollen wir unser erstes Schiff mit Flüchtlingen losschicken. Ich werde Euch eine ausführliche Karte geben, damit Ihr seht, wo mein Besitztum liegt. Ich werde es übernehmen, die Familien herauszufinden, die in Gefahr sind, und sie auf meine Ländereien bringen. Dort werde ich ihnen Nahrung und Unterkunft bieten.«

»Ich werde die Schiffe vorbereiten und Euch helfen, unsere Fracht über das Land und durch die Städte zu schleusen.« Er erhob sein Glas und brachte einen Trinkspruch aus. »Auf unseren Erfolg. Möge Gott mit uns sein.«

Rafael zögerte. »Fürchtet Ihr nicht Torquemadas Zorn?«

»Ich habe keine Angst vor diesem verrückten Priester. Ich fürchte mich vor niemandem. Das einzige, was ich fürchte, sind Ungerechtigkeit und Haß.« Sie stießen mit ihren Gläsern an und ließen sich den Wein schmecken. Dann besprachen sie kurz ihre Pläne. »Bei den Priestern ist einer, der auf unserer Seite steht.« Giovannis Stimme war leiser als ein Flüstern. »Pater Julio. Kennt Ihr ihn?«

»Nicht so, wie ich es wünschte. Doch welchen Part hat er in dieser Angelegenheit?«

»Er spielt eine doppelte Rolle. Einerseits wird er Euch dabei helfen, die Leute zu finden, die in Gefahr sind. Zweitens wird er die Dokumente fälschen, die wir brauchen, um unsere Schiffe mit den Verfolgten aus dem Hafen freizubekommen.« Giovanni verabschiedete sich von Rafael mit einem warmen, freundschaftlichen Händedruck. »Gott sei mit Euch.«

»Und mit Euch.«

»Und mögt Ihr Eure geliebte Zigeunerin finden, wenn alles überstanden ist.« Seine federgeschmückte Kappe auf den Kopf drückend, schritt er aus dem Gasthaus, ohne einen Blick zurückzuwerfen. Rafael hatte es ebenso eilig zu gehen, denn jetzt hatte er das Gefühl, daß er mit Pater Julio sprechen müsse. Er eilte zur Kirche und trat ein.

Es war dunkel, bis auf das Geflacker der Kerzen auf dem Altar, und Rafael fiel auf die Knie und betete.

»Ihr seid also zurückgekommen, mein Sohn.« Pater Julios Stimme sprach aus der Tiefe der Kirche, doch mit ein paar schnellen Schritten stand er neben Rafael, außer Atem vor Anstrengung.

»Ich mußte mit Euch reden. Entschuldigt, daß ich Euch so eilig verlassen habe.«

»Ich verstehe.«

»Ich mußte sie finden.«

»Und habt Ihr sie gefunden?«

»Nein.« Pater Julio griff nach einer der Kerzen und hielt sie Rafael vor das Gesicht; bei seinem Anblick schreckte er zurück. »Ich fühle mich, als sei ich im Fegefeuer gewesen und zurückgekehrt.«

»Und so seht Ihr auch aus, mein Sohn. Doch es war so nutzlos. So überflüssig. Wenn Ihr nur gewartet hättet, hättet Ihr erfahren, daß Gottes Weisheit auf geheimnisvolle Weise wirkt.« Mit einer beruhigenden Geste berührte er Rafael am Arm. »Eure Zigeunerin ist gefunden worden.«

»Alicia? Wann? Wo?« Die Hand des Priesters abschüttelnd, ließ Rafael seinen Blick durch die Kirche gleiten, als glaubte er, sie hier zu finden. »Sie ist unversehrt? Wo ist sie?«

»Sie ist nicht hier. Sie ist nicht zu mir gekommen. Ich habe die Geschichte erst gestern gehört. Das arme Kind war beinahe in den Straßen niedergetrampelt worden, wurde jedoch von einem ehrenhaften Mann gerettet und befindet sich jetzt in seinem Haus.«

»Seinem Haus? Wessen Haus?« In seinem Eifer, Näheres zu erfahren, klammerte er sich an Pater Julios Gewand. »Sagt es mir, Pater, Ihr müßt es mir sagen.« Den finsteren Blick des Paters bemerkend, ließ er seinen Arm fallen. »Bitte.«

»Nun. Philip Navarros Haus. Er brachte sie an dem selben Tag dorthin, als Ihr zu mir kamt.«

»Philip Navarro!« Rafaels Mund blieb vor Schreck weit offen stehen.

»Ja. Philip Navarro.« Pater Julio beobachtete, wie Rafael seinen Kopf zurückwarf und in ein unheimliches Gelächter ausbrach. »Mein Sohn, ich bitte Euch. Dies ist ein Gotteshaus.«

»Oh, was war ich für ein Narr! Die ganze Zeit, während ich sie suchte, lebte sie vor meiner Nase. Was war ich für ein Dummkopf! Aber Giovanni hatte recht, wenn eine solche Liebe zwischen zwei Menschen herrscht, wird schließlich alles gut. Ich habe sie gefunden! Egal wo, ich habe sie gefunden!« In seinem Überschwang umarmte Rafael den Priester und rannte davon, um seine Geliebte aufzusuchen.

54

Der Mond hatte einen schimmernden Hof von Gold und Silber, seine Strahlen tanzten auf den Ziegeln der Terrasse und verliehen ihr ein verzaubertes Aussehen; Alicia starrte fasziniert aus dem Fenster ihres Zimmers in Don Philip Navarros Haus, in Gedanken versunken.

Sie war inzwischen mit dem Haus vertraut geworden, denn sie durfte sich frei darin bewegen. Es war um einen Hof herumgebaut, und jedes Schlafzimmer besaß einen Balkon, von dem aus man einen Blick auf den Garten hatte.

›Wie lange bin ich bereits in diesem Haus?‹ fragte sie sich, da sie vergessen hatte, die Tage zu zählen. Lange genug, um keine richtige Zigeunerin mehr zu sein. Sie hatte sich verändert, gefangen zwischen zwei Welten, und versuchte, auf zwei Pferden gleichzeitig zu reiten, genau das, wovor Rudolpho sie gewarnt hatte.

Rudolpho. Er würde sie nicht wiedererkennen, wenn er sie jetzt sehen könnte, noch irgend jemand sonst aus der Sippe. Sie war inzwischen zur spanischen Dame geworden, wie es Philip Navarro gewollt hatte. Die dichte Masse ihres dunklen Haares war in dicken Zöpfen zu einer raffinierten Frisur verschlungen. Ihre Haut war in der langen Zeit, die sie im Haus verbrachte, viel heller geworden. Auf ihren Wangen leuchtete immer noch ein gesunder, rosa Schimmer, ihre Lippen waren von einem natürlichen Rot, doch in ihren Augen lag ein gehetzter, verlorener Blick. Alicia gehörte einfach noch nicht zu dieser Welt, einerlei, wie kostbar sie gekleidet war.

›Ich sehe aus wie eine spanische Dame‹, dachte sie, als sie ihr Bild in dem großen Spiegel sah. War das Alicia, die sie anstarrte, oder jemand anders? Verschwunden waren ihre Bluse und die vielen Röcke, und an ihre Stelle war das Kleid mit dem steifen Rock getreten, das die Frauen von León zur Zeit zu tragen pflegten. Das Kleid, das sie heute anhatte, war von leuchtendem Rot, übersät mit Blumen aus Goldbrokat, und mit seinen bauschigen Ärmeln fand Alicia es sehr schön. Getragen von einem Unterrock, der am Saum herausschaute, war diese Art von Gewand, wie Don Philip ihr erzählte, der letzte Schrei am spanischen Hof. Königin Isabella selbst, wurde berichtet, habe das geschnürte Leibchen eingeführt. Über einem Korsett getragen, ließ es die Taille im Vergleich zu dem voluminösen Rock sehr zierlich erscheinen.

Korsetts, dachte sie ärgerlich, als sie dieses Folterwerkzeug anfaßte, das sie so verabscheute. Wie das Eisengitter um das Haus war es ein Symbol für ihre verlorene Freiheit und ihre Entfremdung von den Lebensgewohnheiten der Zigeuner.

Törichte *Gorgio*-Frauen. Wie hielten sie diese närrischen Kleider aus? Es war schwierig, mit den lächerlichen hölzernen Reifen, die an den Röcken befestigt waren, zu sitzen und zu laufen. Alicia versuchte zum hundertstenmal, es sich bequem zu machen. Immer wieder waren die *Verdugos*, die glockenförmigen Reifen, die in das Kleid eingenäht waren, Gegenstand ihrer Verwünschungen, und hätte Don Philip nicht darauf bestanden, daß sie sie trug, so hätte Alicia sie ins Feuer geworfen. Aber er war so gut zu ihr gewesen, und wenn sie ihm einen Gefallen tat, indem sie diese dummen Röcke trug, dann war das Opfer nicht mehr so groß.

»Ach, hier bist du, wieder einmal schmollend in deinem Zimmer.« Alicia fuhr herum und sah Doña Violetta in der Tür stehen, wie üblich mit herabgezogenen Mundwinkeln. Don Philip war gut zu Alicia gewesen, was man von dieser jungen Frau oder ihrer Mutter nicht sagen konnte, trotz Alicias Bemühungen. Erzürnt durch Don Philips wachsende Zuneigung zu dem Zigeunermädchen, war Violetta ihr bisher nur mit Geringschätzung begegnet.

»Ich habe nicht geschmollt«, antwortete Alicia, »nur nachgedacht.«

»Nun, das kannst du unten auch! Mein Vater hat mich heraufgeschickt, um dir zu sagen, daß das Essen fertig ist.« Mit raschelnden Röcken war Violetta gegangen, gefolgt von Alicia.

Die anderen saßen bereits am Tisch, und als sie den Raum betrat, spürte Alicia die kalten Augen Doña Luisas auf sich. ›Immer dieser Haß in ihren Augen, Haß und Angst‹, dachte Alicia bei sich. Neuerdings verfolgten diese bösen, grauen Augen Alicia noch im Schlaf, und obwohl sie versucht hatte, solche törichten Gedanken nicht aufkommen zu lassen, hatte sie das Gefühl, daß sie diese Augen schon einmal gesehen hatte. Jetzt beobachteten diese Augen sie wieder und flatterten ärgerlich zwischen Alicia und ihrem Mann hin und her. Hatte sie Angst vor dem, was er sagen würde?

»Ah, du siehst wunderschön in Rot aus, aber das wußte ich vorher, Alicia.« Don Philip schaute Alicia mit einem warmen und liebevollen Blick an. »Komm, setz dich.«

Alicia setzte sich zögernd, sie fand wenig Gefallen an den angespannten Beziehungen zwischen diesen Menschen, die an der Tafel saßen, und dem Unbehagen, das immer in der Luft hing. Für sie war die Wichtigkeit von ›Manieren‹ so neu, daß sie im Hinterkopf immer die Angst spürte, daß sie etwas falsch machen würde, und wenn sie hörte, wie Doña Luisa in Don Philips Abwesenheit von ihr als ›dieser Heidin‹ sprach, wurde ihr Unbehagen noch stärker.

»Hast du keinen Hunger, Niña?« fragte Don Philip sie besorgt. »Iß! Iß!«

»Sie ist zu spät gekommen, um das Tischgebet zu sprechen!« Violettas Blick war spöttisch. »Sollte sie nicht lernen, rechtzeitig an den Eßtisch zu kommen? Oder muß sie Gott nicht für ihr Essen danken?«

»Violetta!« Don Philips Mund zitterte vor Wut, so daß sein grauer Schnurrbart tanzte. »Das will ich nicht noch mal hören. Alicia ist unser Gast!«

»Vergib mir, Vater.« Mit niedergeschlagenen Augen verstummte Violetta, während Doña Luisa einen triumphierenden Blick aufsetze. Alicia vermutete richtig, daß Doña Violetta sie absichtlich zu spät zum Essen gerufen hatte, um sie bloßzustellen. Warum waren diese beiden Frauen nur so böse zu ihr?

Don Philip schwieg, in Gedanken versunken, während er sich weiter seinem Essen widmete; dann sah er Alicia an und sagte: »Violetta hat mich daran erinnert – obwohl das nicht in ihrer Absicht lag, daß es Zeit für dich ist, die heilige Schrift zu studieren, mein Kind. Ich werde dich von Pater Julio unterweisen lassen.« Alicia erinnerte sich an den freundlichen Priester in der Kirche und lächelte zustimmend. »Weißt du überhaupt irgend etwas über die Gebräuche der Christen?«

»Ich weiß, daß sie Kerzen anzünden und mit Gott sprechen. Und ich weiß von Eurem Christus«, antwortete Alicia stolz, die sich an den Tag in der Kirche erinnerte. »Ich weiß, daß Maria seine Mutter und die Mutter des Jesuskindes war.«

»Christus und Jesus sind dieselbe Person, mein Kind. Das wirst du noch lernen müssen. Doch ich bin erfreut, daß du schon so gut Bescheid weißt.«

Nach Don Philips Lob fuhr Alicia mit größerer Zuversicht fort: »Er wurde an einen Baum genagelt, damit alle *Gorgios* ewig leben könnten. Er wollte sie vor den Feuern von *o Beng* retten, damit sie keine Sklaven würden.« Ihre Augen bekamen einen nachdenklichen Ausdruck. »Vielleicht war dieser Christus sogar ein Zigeuner, denn er war arm und wanderte durch das Land, und wie die Zigeuner war er...«

»Ein Zigeuner? Jesus ein Zigeuner!« Doña Luisa war deutlich erzürnt. »Wenn nur Juan hier wäre, um solche Reden zu hören. Sie ist eine Ketzerin!« Die grauen Augen der Frau funkelten vor Zorn, und einen Augenblick lang dachte Alicia, sie würde vom Tisch weggeschickt, doch wie immer kam ihr Don Philip zu Hilfe.

»Frau, halte deine Zunge im Zaum! Sie ist keine Ketzerin, sondern ein unschuldiges Kind, das im Glauben unterwiesen werden muß! Wäre sie nicht so grausam verraten worden...« Don Philip hatte keine Zeit mehr, fortzufahren, denn mitten in dieser Szene platzte Rafael de Villasandro herein. »Don Rafael!« Philip Navarro war offensichtlich entsetzt über die ungepflegte Erscheinung seines Gastes, doch als Edelmann verlor er kein Wort darüber. »Ich habe mir Sorgen um Euch gemacht. Die Botschaft, die Ihr mir sandtet, war unbestimmt...«

Rafael hörte jedoch nicht auf Philip Navarro; seine Aufmerksamkeit war auf diese unvergeßlichen Augen gerichtet, die ihn nun zorn- und schmerzerfüllt ansahen. »Alicia?« Seine Stimme klang ungläubig, als er dieses liebreizende Bild in sich aufnahm. Verschwunden war das Zigeunermädchen, und an seiner Stelle war die schönste spanische Dame, die er je erblickt hatte. »Alicia!«

Beim Klang ihres Namens erstarrte Alicia, und Rafaels Gesicht verschwand hinter einem Schleier von Tränen. Sie war aufgewühlt, doch beim Gedanken an seine Treulosigkeit verhärtete der Zorn ihr Herz. Sie konnte nicht denken, konnte kaum atmen. Sie fühlte sich wie ein gefangenes Tier und zitterte unter der Intensität seines Blicks.

»Alicia!« Die anderen um sich herum vergessend, trat Rafael einen Schritt vor; mit allen Fasern seines Herzens verlangte es ihn danach, sie in seine Arme zu reißen. Er hatte sich auf dem Weg zu Don Philips Haus diesen Augenblick der Versöhnung ausgemalt und war auf die ablehende Haltung Alicias nicht gefaßt gewesen. »Alicia?«

»Nein!« Ihre Stimme war kaum zu hören. »Geh weg!« All die Kränkungen und all der Groll, die unter der Oberfläche geschwelt hatten, kamen zum Ausbruch. »Ich hasse dich. Ich wollte dich nie wiedersehen.« Sie drehte ihm den Rücken zu und floh aus dem Zimmer.

55

»Alicia!« Rafael versuchte, ihr zu folgen, doch Don Philip hielt ihn zurück. »Laßt mich zu ihr gehen; es gibt so viele Dinge, die ich ihr sagen muß.«

»Laßt ihr Zeit für ihre Tränen und Gedanken, sie muß

sich ihre Gefühle aus dem Leib weinen. Das ist nun einmal so bei den Frauen.« Don Philip blieb fest und warf sowohl Violetta als auch Doña Luisa einen warnenden Blick zu. Und dieses eine Mal war Doña Luisa still. Sie erhob sich, winkte ihrer Tochter, ihr zu folgen, und beide Frauen verließen das Zimmer. Ihr Essen hatten sie fast nicht angerührt.

»Ich bin froh, daß sie hinausgegangen sind. Es gibt so viel, was ich Euch sagen möchte, vieles, was ich wissen möchte. Doch kommt, dies hier ist nicht der richtige Ort. Es gibt zu viele Augen und Ohren.« Er nickte in Richtung der Dienstboten.

Widerstrebend folgte ihm Rafael in die Bibliothek, einen langen, schmalen, mit Büchern gesäumten Raum mit Lederstühlen und einem großen Tisch aus Eichenholz.

»Woher kennt Ihr Alicia?« fragte Philip Navarro direkt. »Ist sie die junge Frau, von der Ihr mir erzählt habt?«

»Alicia ist die Frau, die ich liebe. Sie rettete mir das Leben und nahm mich mit in das Zigeunerlager. Seit jenem Tag hat sich mein Leben verändert.«

Diesmal lachte Philip Navarro. »Nein, wirklich? Sie ist voller Temperament, doch habe ich noch nie ein sanfteres Herz kennengelernt. Sie ist mir eine Freude!« Philip Navarro hieß ihn, Platz zu nehmen. »Erzählt mir Eure Geschichte, und vielleicht kann ich Euch in dieser Herzensangelegenheit helfen.«

In einem ungezügelten Redefluß legte Rafael seine Seele bloß. Er erzählte davon, wie er Alicia verführt und dann verlassen hatte, um die Diebe zu stellen, die ihn beraubt hatten, von seiner Angst, daß Alicia ein Opfer des brutalen Überfalls der Dorfbewohner auf das Zigeunerlager geworden war, von seiner vergeblichen Suche nach ihr und von der Entführung durch Rudolphos Leute.

»Er ist ein Mann meines Herzens, dieser Rudolpho. Ihr hättet ihn kennenlernen sollen!«

»Er war weise und stark, und ich werde ihn nie vergessen. Er hatte beschlossen, mich mit seiner Tochter zu verheiraten. Nach dem Gesetz der Zigeuner ist Alicia meine Frau.« Aus einer versteckten Falte in seinem Hemd holte Rafael die Scherbe des Hochzeitstopfes. »Früher hätte ich über eine solche Zeremonie die Nase gerümpft, doch heute... Alicia ist meine Frau, gleichgültig, was die Priester sagen mögen.«

»Eure Frau?« Don Philip zog eine silberne Braue hoch, dann schien er an der Vorstellung Gefallen zu finden. »Doch warum war sie dann in Salamanca allein? Warum habt Ihr sie nicht mitgebracht?«

»Weil ich ein Narr bin!« Rafael verschwieg seine Gründe, nicht weil er kein Vertrauen gehabt hätte, sondern weil er Don Philip nicht in seine Pläne verwickeln wollte. Selbst ein Mann in Don Philips Position war nicht völlig sicher vor Torquemada. »Doch ich habe für meine Torheit gebüßt! Ich habe wochenlang im Elend gelebt, um sie zu finden. Als mir Pater Julio erzählte, daß sie hier sei, kam ich sofort her.«

»Nur um eine weinende Frau anzutreffen, die von Euch anscheinend tief verletzt worden ist.«

»Sie versteht es nicht; deshalb muß ich es ihr erklären! Ich liebe Alicia mehr als mein Leben. Wenn ich es bisher noch nicht wußte, so weiß ich es jetzt. Als ich fürchtete, sie für immer zu verlieren, sah ich der Trostlosigkeit ins Auge, die mir ohne sie bevorstehen würde. Sie muß mir vergeben! Sie muß mich wieder lieben!« Rafael fühlte sich von einer großen Last befreit, doch jetzt merkte er, daß er pausenlos geredet hatte, anstatt Don Philip zuzuhören. Eine plötzliche Eifersucht überfiel ihn. Was, wenn Philip Navarros Absichten ebenfalls etwas mit Liebe zu tun hatten? Er hatte Alicia Nahrung und Herberge geboten, und sie war gekleidet wie ein Engel. Das alles nur im Namen der Nächstenliebe? Er bezweifelte das und nahm sich vor, die Absichten dieses Mannes in Erfahrung zu bringen. »Jetzt kennt Ihr meine Gefühle. Doch welches Interesse habt Ihr an Alicia?«

Don Philip lächelte, amüsiert über Rafaels offenkundige Eifersucht. »Ich rettete eine junge Zigeunerin und fand das getreue Abbild meiner Frau, der Frau, die ich vor so langer Zeit verlor. Ich brachte sie hierher, und ich muß zugeben, daß meine Motive nicht ganz selbstlos sind.« Als er sah, wie Rafaels Rücken steif wurde, fügte er hastig hinzu: »Sie hat dasselbe Alter, wie es meine Tochter heute hätte.«

»Eure Tochter?«

»Es scheint zu schön, um wahr zu sein, ich selber habe noch Zweifel, doch es muß so sein. Der Name Alicia ist eigentlich kein spanischer Name, sondern eine Form des Namens Alice. Es war der Name meiner Urgroßmutter, den wir unserer Tochter gaben, als sie geboren wurde. Ich hielt es für den unwahrscheinlichsten Zufall, bis ich erfuhr, daß Alicia keine echte Zigeunerin ist.«

»Und das ist die größte Ironie von allem«, sagte Rafael zu sich und dachte an seine eigenen Vorurteile gegenüber Alicias angeblichem Erbe.

»Sie wurde in das Zigeunerlager gebracht! Ich kann den Grund nur vermuten, doch ich habe meine Verdachtsmomente.«

»Und Ihr glaubt...?«

»Man sagte mir, daß meine kleine Tochter einen Unfall erlitten hätte, daß sie bei einem Ausgang mit ihrem Kindermädchen ertrunken wäre. Obwohl ich keinen Grund hatte, die Geschichte anzuzweifeln, wurde ihre Leiche nie gefunden. Jetzt fühle ich mit Sicherheit, daß man mir eine Lüge aufgetischt hat. Ich glaube mit jeder Faser meines Seins, daß Alicia meine Tochter ist. Ich habe versucht, ihrem Gedächtnis nachzuhelfen, doch bisher ohne Erfolg. Sie hat die Erinnerung immer verdrängt, doch eines Tages wird sie zurückkehren.«

Rafael und Philip ahnten nicht, daß sie in diesem Moment belauscht wurden. Ihr Ohr an die Tür gedrückt, konnte Doña Luisa kaum glauben, was sie hörte. War es möglich, daß diese junge Frau das Kind war, das sie zu den Zigeunern gebracht hatte? Das Alter, der Name, die grünen Augen... Sie konnte nichts tun, doch sie war fest entschlossen, daß ihr Mann niemals von ihrem Verrat erfahren durfte. Nun war alles verändert. Alles, was sie geplant und wofür sie gearbeitet hatte, wäre verloren, wenn Alicia sich erinnerte. Waren alle ihre Pläne umsonst gewesen? Juan, Enrique, Violetta? Was geschah mit ihnen? Und wie stand es um sie selbst? Sie würde niemals vergessen, was Armut bedeutete, und sie würde nicht wieder in dieses Elend zurückkehren!

Enrique. Enrique würde wissen, was zu tun war. Sie mußte Geduld haben. Sie mußte warten, bis er zurückkäme, und dann würden sie das Haus irgendwie von diesem Zigeunermädchen befreien.

56

Vom Balkon ihres Zimmers aus blickte Alicia auf den regennassen Garten und fühlte, wie sich die Regentropfen auf ihren Wangen mit ihren eigenen Tränen vermischten. Ihr Kleid war feucht, doch sie nahm es kaum wahr. Ihr Herz schlug wild, während sie auf jeden Laut horchte, in dem Wunsch, daß er ihr folgen würde, während sie sich gleichzeitig vor einer zweiten Konfrontation fürchtete.

Als die Tür zu ihrem Zimmer aufging und sie in Rafaels dunkle Augen blickte, wäre sie am liebsten fortgelaufen. Nur das Bewußtsein, daß es keinen Ort für sie gab, wohin sie entkommen konnte, hinderte sie daran, die Flucht zu ergreifen.

»Alicia! Ich muß mit dir sprechen!«

»Es gibt nichts, was ich hören will, *Gorgio!*« Sie preßte die Zähne aufeinander, als er ihr näher kam.

»Das mag zwar stimmen, doch ich bin fest entschlossen, mit dir zu reden.« Als Alicia merkte, daß er sich nicht abweisen lassen würde, seufzte sie tief und ging in die Wärme und das Licht des Zimmers zurück. Rafael musterte sie eingehend und bemerkte die Veränderungen an ihr, die weit über die Kleider, die sie trug, und ihre neue Haartracht hinausgingen. Als sie das letzte Mal zusammengewesen waren, war sie weder Kind noch Frau gewesen; nun war sie voll erblüht, von einer erregenden Schönheit, einem Liebreiz, dem selbst ihr Unglück nichts anhaben konnte. »Ich liebe dich, Alicia!«

»Liebe? O *Gorgio,* du kennst die Bedeutung dieses Wortes nicht. Liebe ist mehr als die Vereinigung von Körpern; sie ist etwas, was vom Herzen kommt. Schmeichelnde Worte sind bedeutungslos; was zählt, sind Taten. Dein treuloses Verhalten hat mir gezeigt, wie wenig dir wirklich an mir lag.«

»Mir lag viel an dir, deshalb ging ich so ungern fort...«

»Warum hast du es dann getan? Wir waren glücklich. Ich hätte dir die Sterne vom Himmel heruntergeholt, wenn du es gewünscht hättest. Du hast mir damals gesagt, daß du mich liebtest, und ich wollte dir glauben.

Aber ich bin nicht mehr das dumme Zigeunermädchen, das so töricht ihr Herz feilbietet.«

»Ich hatte meine Gründe. Mein Bruder kam mich suchen. Ich konnte nicht das Risiko auf mich nehmen, daß eurem Volk wieder ein Leid zugefügt worden wäre.« Er wagte nicht, ihr die ganze Geschichte zu erzählen, um nicht auch ihr Leben in Gefahr zu bringen.

»Du machtest dir Sorgen um mich, *Gorgio,* und doch gingst du ohne ein Wort des Abschieds.«

»Du mußt mir glauben, ich hatte die Absicht, zu dir zurückzukehren. Deshalb habe ich den Ring zurückgelassen. Es war ein Pfand, ein Gelübde.«

»Der Ring?« Sie spürte die kühle Härte von Metall auf ihrer Haut, wo der Ring an einem Band auf ihrer Brust hing. »Solis gab mir den Ring, von dem du sprichst. Sie sagte mir, er sei als Bezahlung für mich gedacht. Sie erzählte mir, daß du froh warst wegzugehen.«

»Diese gemeine Lügnerin!«

»Sie schwor beim Grabe ihres Vaters!«

»Trotzdem hat sie gelogen. Wenn sie jetzt vor mir stünde, würde ich sie dazu bringen, ihre Worte zurückzunehmen. Ich habe dich damals geliebt, und ich liebe dich jetzt.« Er kam näher und beugte seinen Kopf, so daß seine Lippen beinahe ihr Ohr berührten. Ihr lief ein Schauer über den Rücken, und sie zitterte. »Aber du bist ja ganz kalt, dein Kleid ist feucht vom Regen. Laß mich dich wärmen, Alicia.«

Sie hätte sich fast seiner Umarmung hingegegeben, doch die Erinnerung an den Tod ihres Vaters erhob sich wie eine Wand zwischen ihnen. Rudolpho war bei dem Versuch gestorben, Rafael ins Lager zurückzubringen. »Nein! Rudolpho starb, weil er dich verfolgte. Sein Herz... das werde ich nie vergessen können.«

»Es tut mir leid, daß er gestorben ist. Er war ein edler

Mensch. Aber ich habe ihn nicht getötet, Alicia! Er war ein todgeweihter Mann, darum war er so sehr daran interessiert, daß wir heirateten. Er wollte, daß du jemanden hättest, der für dich sorgte, wenn er einmal nicht mehr da wäre.«

Was er sagte, entsprach der Wahrheit, sie konnte ihn nicht wirklich für Rudolphos Tod verantwortlich machen, doch was war mit allem Übrigen? Hätte er sie nur einmal verlassen, wäre sie gewillt gewesen, ihm zu verzeihen. Doch Rafael hatte sie zweimal im Stich gelassen. Sie hatte ihm vergeben, hatte sich wieder seiner Liebe geöffnet, nur um ihn wieder zu verlieren. In ihrem Herzen waren noch Wunden, die niemals heilen würden.

»Hättest du mich verlassen, wenn ich eine von euch und keine Zigeunerin gewesen wäre?« fragte sie leise. Mit weit aufgerissenen Augen suchte sie in seinem Gesicht nach Wahrheit.

»Alicia...!« Er konnte ihr keine Antwort geben, denn er wußte es selbst nicht.

»Aber nun bin ich überhaupt keine Zigeunerin! Und jetzt denkst du, daß ich deiner Liebe würdig bin? Ist es nicht so?« Sie erging sich in Beschimpfungen und war sich kaum dessen bewußt, was sie sagte, während Stolz und Zorn sie überwältigten. »Und glaubst du, daß ich so leicht vergessen kann, daß du mich verachtet hast? Wenn du das tust, dann bist du ein Narr! Ich werde dir niemals vergeben. Niemals! An dem Tag, an dem du mich verlassen hast, starb meine Liebe! Sie starb mit Rudolpho.«

»Dann gibt es dazu nichts mehr zu sagen. Sei glücklich, Alicia. Wie du, bin auch ich ein Gast Don Philips, doch ich werde dich nicht mehr mit meinen Bitten belästigen.«

»Rafael...« Sie wollte ihm sagen, daß sie log, daß ihre

Liebe niemals sterben würde; doch da sie Angst hatte, ihm wieder zu vertrauen, ihm ihr Herz zu öffnen, nur um wieder betrogen zu werden, ließ sie ihn gehen.

Rafael zögerte, die Hand auf der Klinke. Er drehte sich nur einmal kurz um und ließ seine Augen auf ihrer Schönheit ruhen. »Ich habe dich eigentlich mit offenem Haar lieber gemocht«, sagte er. »*Querida*, meine geliebte Zigeunerin!« Dann war er gegangen. Alicia hatte ein Gefühl, als hätte der Winterwind, der über die Berge wehte, sie berührt. Sie hätte ihn am liebsten zurückgerufen, um ihm zu sagen, daß sie ihn auch liebte, doch ihre Stimme war nur ein tonloses Flüstern.

Die nächsten Tage waren qualvoll, denn obwohl Alicia Rafael unbedingt meiden wollte, um nicht an ihren Schmerz erinnert zu werden, gab es keine Möglichkeit, ihm aus dem Weg zu gehen. Sie fühlte sich wie ein Vogel im Käfig. Gefangen. Und so schlimm es auch war, ihn zu sehen, ihm so nahe zu sein, so war der Gedanke, ihm ganz zu verlieren, noch quälender.

Die Tage schienen endlos, doch die Zeit verging schnell, wenn Rafael im Zimmer war. Dann, bei Nacht, allein und voller Sehnsucht nach seinen Armen, überließ sie sich ihren Träumen. Er war ihre erste Liebe, ihre einzige Liebe, und das Wissen, daß sein Zimmer nur auf der anderen Seite der Halle lag, war eine große Versuchung, einfach zu ihm zu gehen, ihn zu lieben, das lodernde Feuer ihrer Leidenschaft jetzt und immer zu spüren. Alicia kämpfte mit sich, doch der Stolz hielt sie von Rafaels Armen und seinem Bett fern. Er war derjenige gewesen, der sie verlassen hatte, und sie mußte annehmen, daß er das getan hatte, weil er sich schämte, eine Zigeunerin zu lieben.

Auch Doña Luisas Versuche, Rafael für Violetta zu interessieren, schwächten Alicias Entschlossenheit nicht.

Beim Frühstück und Abendessen saß Violetta immer an seiner Seite, ihre dunklen Augen auf Rafael gerichtet, eine Mahnung an Alicia, daß Violetta Dorado auf eine Weise zu Rafaels Welt gehörte, wie sie es niemals wirklich könnte. Trotz ihrer neuerworbenen Manieren und ihrer eleganten Kleider würde Alicia im Herzen immer eine Zigeunerin sein, und jeder verächtliche Blick, den Violetta in ihre Richtung sandte, erinnerte sie daran.

An diesem Abend trafen sich Alicia und Rafaels Blicke über dem Eßtisch, und sie setzte zu einem Lächeln an; doch bevor ihr Mund ihr gehorchte, erinnerte Violettas perlendes Gelächter Alicia an ihre Gegenwart, und sie blickte hastig weg.

Während des Abendessens hatte Doña Luisa den festen Plan, daß Violetta Rafaels Blicke auf sich lenken sollte, und obwohl aus Rafaels Miene die klare Botschaft zu lesen war, daß die junge Frau ihm nichts bedeutete, kannte Alicias Schmerz und Eifersucht keine Grenzen.

Soll er doch die hausbackene Frau bekommen, das machte ihr nichts aus! Sie aß, aber schmeckte nichts, trank zu viel Wein und konnte sich doch nicht Rafaels quälender Gegenwart entziehen.

Violetta zwitscherte und gurrte, und obwohl Rafael ihre Aufmerksamkeiten nicht erwiderte, war Alicia immer noch verletzt, ihn an ihrer Seite zu sehen. Heimlich verwünschte sie Violetta und Rafael. Violetta war von seiner Art; er verdiente diese schreckliche Frau, die an seinem Ellbogen hing. Sie machte sich nichts daraus. Und doch, sobald Alicia einen Vorwand fand, den Tisch zu verlassen und in ihr Zimmer zu entfliehen, spürte sie die qualvolle, heiße Flut ihrer Tränen in sich aufsteigen.

57

Wie eine düstere, fremde Gestalt machte sich die Gefahr an Rafael heran. Die Spione Torquemadas waren überall. Unter der Zurückweisung Alicias leidend, war er geradezu besinnungslos tapfer und in dieser kühnen Furchtlosigkeit erfolgreich. Eng mit Pater Julio zusammenarbeitend, gelang es ihm, den geheimen Emissären des fanatischen Juan Dorado immer einen Schritt voraus zu sein und auf diese Weise eine Gruppe von *Conversos* zu sammeln, die ohne seine Hilfe nicht nur der Folter, sondern auch dem Scheiterhaufen der Inquisition zum Opfer gefallen wären.

Reiche und Arme, Kaufleute, Edelleute und Bauern waren in Gefahr, und Rafael spürte eine starke Erbitterung gegenüber den Menschen, die gewillt waren, mit ihren losen Zungen über ihre Nachbarn solche Schrecken zu bringen. Alles, was man erzählen mußte, war, daß ein bekehrter Christ sich weigerte, Schweine- oder Kaninchenfleisch zu essen, einen jüdischen Feiertag feierte oder gesehen wurde, wie er in der Thora las, um ihn der Verhaftung und dem Verhör zuzuführen. Sobald ein Mann einmal verdächtigt wurde, war seine ganze Familie in Gefahr, da die Beamten der Inquisition auf die grausamste Weise nach Beweisen suchten. Es gab keine Gnade außer dem Tod, kein Ende der Folter außer durch Geständnisse, keinen Urteilsspruch, sondern das Feuer für diejenigen, die für schuldig befunden wurden.

Zu Rafaels großer Sorge schien auf jeweils zwei angeklagte *Conversos,* die er rettete, mindestens einer zu kommen, dem nicht mehr zu helfen war.

»Ich hätte schneller reagieren sollen!« sagte Rafael zu Pater Julio, als sie die Verhaftung eines Gewürzkaufmanns beobachteten, eines der unglücklichen Opfer, denen sie nicht zur Flucht hatten verhelfen können.

»Ich habe genausoviel Schuld wie Ihr. Straft Euch nicht mit Vorwürfen. Wer hätte das wissen können? Wer hätte das ahnen können?« Pater Julios Augen schauten traurig. »Er wurde von einem Mann denunziert, der ihm eine beträchtliche Geldsumme schuldete. Eine außerordentlich gemeine Art und Weise, sich einer Schuld zu entledigen.«

»Und jetzt muß seine Frau auch noch leiden!« Rafael legte die Hand über die Augen und sah zu, wie die Gefangenen mit nackten Füßen, begleitet von einem unheimlichen Trommelwirbel, durch die gewundenen Straßen der Stadt geführt wurden. Der Kaufmann war ein vermögender junger Mann in den Zwanzigern, der in der ganzen Stadt für seine Ehrlichkeit bekannt war. Nun war er verurteilt, auf dem Scheiterhaufen zu verbrennen, und Rafael mußte daran denken, daß er es nur der Gnade Gottes zu verdanken hatte, daß er nicht an der Stelle des jungen Kaufmanns war. Alles, was man brauchte, waren Feinde. »Pater Julio, gibt es irgendeinen Weg...?«

»Ihnen jetzt zu helfen? Nein, mein Sohn. Nein! Schlagt Euch solche törichte Gedanken aus dem Kopf. Jeder Versuch würde nur Euren eigenen, vorzeitigen Tod herbeiführen.«

Rafael wußte in seinem Herzen, daß Pater Julio recht hatte, doch als er den eintönigen Schlag der Trommel hörte, die blassen Gesichter und erschreckten Augen des Kaufmanns und seiner Frau sah, kamen ihm kühne Gedanken. Wie sehr er sich wünschte, diese unglücklichen Opfer den Inquisitoren unter der Nase wegzuschnappen!

»Herzlose Bastarde!« fluchte er leise. Obwohl niemand sonst den Fluch gehört hatte, hatte Pater Julio ihn vernommen und mit einem Stirnrunzeln quittiert.

Die Prozession setzte sich insgesamt aus zehn Gefangenen zusammen, die in gelbe, sackähnliche Gewänder gekleidet waren, geschmückt mit den Bildern von Teufeln und den Flammen der Hölle an den Säumen. Sie liefen mit niedergeschlagenen Augen, und jeder trug eine Kerze, die nicht angezündet war. Rafael wußte wohl, was ihnen bevorstand: Pfähle, die in die Erde gerammt waren, und an denen die Gefangenen festgebunden und lebendig verbrannt würden.

Gnädiger Gott, warum? Rafael konnte den religiösen Eifer nicht verstehen, der einen Mann dazu bringen konnte, einem anderen Menschen das Leben zu nehmen. Gott war Gott. Welchen Unterschied machte es, wie man Ihm huldigte? Er würde niemals Torquemadas fanatischen Eifer verstehen. Er hatte diese Gedanken Pater Julio gegenüber geäußert und die Antwort erhalten, er verstehe das nicht, weil er ein nüchterner, vernünftiger Mensch sei.

Sie hatten in Pater Julios Bibliothek gesessen und sich in theologische Diskussionen vertieft. Rafael hatte mit der Frage an den Priester begonnen, warum so viele der Konvertiten es riskierten, jüdische Bräuche und das jüdische Gesetz zu praktizieren, denn viele hatten tatsächlich Bestrafung und Tod getrotzt, um ihren früheren Glauben beizubehalten.

»Viele Juden sehen die Christen als Menschen an, die das eine sagen und etwas anderes tun, Menschen, die Jesus verehren, der Nächstenliebe und Selbstlosigkeit predigte, und dennoch von Gier getrieben werden. Während es Menschen gibt, die auf unseren Straßen verhungern, kleiden wir uns in prächtige Gewänder und Juwelen. Wir reden von Keuschheit, während viele unserer Priester, Mönche und Bischöfe sich mit Geliebten und Liebhabern vergnügen. Ein Papst, Rodrigo Borgia, bekannt als Papst Alexander VI., prahlte mit seinen Bastarden. Manchen Menschen müssen wir wirklich so vorkommen, als ließen wir es an Gottesfurcht fehlen.«

»Aber für ihren Glauben sterben?«

»Ich habe Achtung vor Menschen, die solchen Mut haben. Ich kann nur hoffen, daß eines Tages alle Auswüchse unseres Glaubens korrigiert werden, daß wir wieder den Glauben der Nächstenliebe praktizieren werden. Eines Tages vielleicht, wenn dieser Irrsinn der Scheiterhaufen vorüber sein wird...«

›Dieser Irrsinn mit den Scheiterhaufen‹, dachte Rafael traurig. Er fragte sich, was Alicia von den christlichen Lehren hielt, in denen sie nun unterwiesen würde, und fühlte sich plötzlich traurig. Es lag eine solche unschuldige Schönheit in dem, woran ihr Volk glaubte. Würde sie diese Mission, die er übernommen hatte, verstehen? Wenn er ihr sein Geheimnis verriete, seine Entscheidung, den Konvertiten zu helfen, würde sie das gutheißen? Würde sie ihm vergeben, wenn er ihr von Giovanni, de Torga und den Schiffen erzählte, die wartend in der Bucht lagen? Er war so oft versucht gewesen, es ihr zu erzählen, und hatte nur aus Vorsicht geschwiegen. Er konnte Alicia nicht in Gefahr bringen, auch wenn er dabei ihren Zorn riskierte. Und so hatte er es in den letzten Wochen fertiggebracht, sich in der Arbeit zu verlieren, und versucht, seinen Schmerz dabei zu vergessen. Würde sie ihn je wieder lieben? Alles, was er tun konnte, war hoffen. Zwei Schiffe mit Flüchtlingen waren nach Rom abgesegelt, zwei Schiffe warteten noch in der Bucht, und Rafael gelobte, daß er, wenn die letzten dieser Schiffe Spanien verlassen hätten, seine Mission beenden würde. Wenn die Gefahr vorüber wäre, würde er Alicia alles erzählen und hoffen, daß in ihrer Brust noch ein kleiner Funken ihrer Liebe brennen würde.

»Gott möge seiner Seele gnädig sein, denn ich fürchte, ich bringe es nicht über mich, ihm Vergebung zu gewähren.« Pater Julios geflüstertes Geständnis brachte Rafael in die Gegenwart zurück, und er sah an der Spitze des Zuges den Gegenstand der zornigen Worte Pater Julios, einen Priester mit dem grünen Kreuz der Inquisition, umhüllt von einem schwarzen Grabtuch. Es war Juan Dorado, der von Toledo nach Salamanca gekommen war.

58

Rafael brauchte nicht lange, um herauszufinden, weshalb Bruder Juan Dorado in Salamanca war, da er es aus dem Mund des Priesters selbst erfuhr. Nachdem er es sich in Pater Julios Kirche bequem gemacht und die Bibliothek dieses liebenswürdigen Priesters zu seiner Amtsstube gemacht hatte, rief Torquemadas Inquisitor und Beamter des Autodafé Rafael zu sich.

Die Nacht war kalt, und der Mond hatte einen unheilverkündenden Hof, als Rafael der Kirche zustrebte. Alle möglichen Befürchtungen gingen ihm durch den Kopf: daß Juan Dorado irgend etwas über die Schiffe in Erfahrung gebracht hätte, daß de Torga mit dem letzten Atemzug seines Geständnisses seinen Namen genannt hätte, daß Giovanni, der wagemutige Kapitän, gefangengenommen worden wäre, daß die Schiffe abgefangen worden wären, daß dieser verschlagene Priester irgendwie von seinem jüdischen Blut und der Exekution seiner Mutter gehört hätte. Der scharfe Rauchgeruch hing noch in der Luft, eine bittere und makabre Erinnerung an die Verbrennungen des heutigen Tages und eine Vorahnung seines eigenen Schicksals, falls er ertappt würde. Doch als er sich an die qualvollen Schreie derer erinnerte, die gestorben waren, und sich bewußt wurde, daß er andere vor diesen Flammen gerettet hatte, festigte sich Rafaels Entschlossenheit wieder. Er bedauerte nicht, was er getan hatte, nur, daß er dabei Alicias Herz gebrochen hatte. Alicia. Sie wäre das einzige, was er ungern hinterlassen würde, wenn er selber in Ungnade fallen würde.

Rafael war bestrebt, die Konfrontation mit Juan Dorado so schnell wie möglich hinter sich zu bringen. Vom flackernden Kerzenlicht beleuchtet, war Juan Dorados Gesicht mit den schmalen, spöttischen Lippen genauso blaß, seine Augen glitzerten genauso böse, wie Rafael es in Erinnerung hatte. Von einem Stapel Dokumenten umgeben, schien er zu lächeln, als er eine Pergamenturkunde durchsah. Er war so vertieft, daß Rafael einen Augenblick lang dachte, daß der Priester ihn nicht gehört hätte, doch er hob eine dünne Augenbraue und murmelte: »Tretet ein«, bevor Rafael einen Laut von sich gab.

»Ihr habt mich kommen lassen, Hochwürden.« Rafael war zornig auf sich selbst, daß er so unterwürfig war, doch es war Vorsicht vonnöten.

Juan Dorado sah ihn mit teilnahmsloser Miene an, die seine Stimmung nicht erkennen ließ. »Setzt Euch.« Die kalten Augen, die Rafael musterten, waren hart. »Ich hatte erwartet, von Euch zu hören, doch leider habt Ihr Euch nicht gemeldet.«

»Verzeiht. Meine einzige Entschuldigung ist, daß ich beschäftigt war. Euer Vater ist ein sehr interessanter Mann.«

»Mein Stiefvater. Ich weiß sehr wohl, wie er seine Zeit herumbringt. Diese dummen Stiere! Doch Eure Pflicht ist es, mir zu helfen, gleichgültig, welche Ablenkung Ihr habt. Das war unsere Abmachung, nicht wahr?«

»Ich habe mich eifrig meiner Aufgabe gewidmet; nur habe ich nichts zu berichten.«

Juan Dorados Augen zogen sich gefährlich zusammen. »Nichts? Wollt Ihr mir erzählen, daß es in ganz Salamanca keinen Klatsch gibt, keinen einzigen Konvertiten, keinen einzigen Juden, deren Aktivitäten für mich von Interesse wären? Soll ich daraus schließen, daß Salamanca eine vollkommene Stadt ist, ein wahres Paradies von ehrfürchtigen Christen?« Er schlug mit der Faust auf den Tisch, so daß die Dokumente hochflogen. »Pah! Wenn das stimmte, hätte ich heute nicht den Verbrennungen beigewohnt. Wie kommt es, daß Ihr nicht derjenige seid, der mir diese Verstöße meldete?«

Rafael zitterte innerlich vor unterdrückter Wut, doch er brachte ein liebenswürdiges Lächeln zustande. »Es tut mir leid. Ich werde in Zukunft fleißiger sein.«

»Und habt Ihr nichts von dem Kaufmann gewußt? Man sagte mir, daß Ihr mit ihm mehr als einmal zu tun hattet.«

»Er erschien mir der gottesfürchtigste aller Menschen, doch schließlich fehlt mir Eure Wahrnehmungsgabe, Hochwürden.«

Juan Dorado rang sich ein Lächeln ab. »Ich sehe auf einen Blick, was im Herzen eines Menschen vor sich geht. Was Euch betrifft, so habe ich gehört, daß Ihr ein Mann seid, der sein Herz an eine schöne Frau verloren hat. Vielleicht kann ich Euch diesmal nicht wegen Eurer Schwächen gram sein.«

Rafael hielt den Atem an. Hatte dieser listige Fuchs irgend etwas über Alicia erfahren? »Eine Frau?« fragte er mit gespielter Unschuld.

»Keine Sorge, ich bin damit einverstanden, daß Ihr meine Schwester verehrt. Violetta wird eine hohe Mitgift erhalten und ist so erzogen, daß sie einmal eine gehorsame Ehefrau sein wird.«

»Violetta?« Schon der Gedanke war lächerlich, doch

Rafael ging rasch auf dieses Spiel ein. »Ich hoffte, meine Gefühle geheimzuhalten; doch zu wissen, daß ich in dieser Hinsicht mit Eurem Wohlwollen rechnen kann, erleichtert mir die Sache.« Ihm war klar, woran Juan Dorados Informationen stammten: von Doña Luisa. ›Ehefrau!‹ dachte er, ›nur Alicia kann jemals meine Braut sein! Niemals Violetta! Dann noch lieber allein!‹

Juan Dorado schien in einer freundlicheren Stimmung zu sein, vielleicht in der Zuversicht, endlich einen Bewerber um die Hand seiner Schwester gefunden zu haben, und er sprach von vielen Dingen. Daß er seine Mutter und Violetta sehr mochte, konnte man jedem seiner Worte, jedem Lächeln entnehmen. Er vertraute Rafael an, daß er immer der Lieblingssohn seiner Mutter gewesen war, daß sie in vielerlei Hinsicht ähnliche Ansichten hatten. Seine Zuneigung erstreckte sich jedoch nicht auf Don Philip, von dem er im Zorn sprach, verärgert, weil Philip Navarro die Hand auf seinem Geld hielt. Da er kein eigenes Vermögen gehabt hatte, war Juan Dorado Priester geworden, doch das bedauerte er inzwischen nicht mehr. Tomas de Torquemadas Familie war noch ärmer gewesen als Juan Dorados und trotzdem war Torquemada schließlich Großinquisitor geworden, und Juan Dorado hoffte offensichtlich, daß er auf diesem Wege einmal genauso vermögend würde.

Plötzlich schien Dorado genug von dem unverbindlichen Geplauder zu haben und nahm eins der Dokumente in die Hand, um sich ernsthaften Dingen zuzuwenden.

»Habt Ihr irgendeine Vorstellung, was ich gerade in der Hand halte?« Rafael verneinte. »Das Werkzeug, mit dem wir Spanien von aller Gefahr befreien können.«

»Haben die *Conversos* aufgehört, eine Gefahr zu sein?«

Juan Dorados Lachen enthielt eine Drohung. »Die

Konvertiten sind nicht mehr von Bedeutung. Es ist ein größerer Fisch, der gefangen werden muß, und jetzt, da der verhaßte Krieg mit den Mauren zu Ende ist, kann er geködert werden.« Seine Stimme senkte sich zu einem Flüstern, als fürchtete er, belauscht zu werden. »Die Juden selbst.«

»Die Juden?« Rafael wurde blaß. Er hatte die Gerüchte gehört, doch er konnte nicht glauben, daß Torquemada es wagen würde, die Leute offen anzugreifen, die zu Spaniens loyalsten Bürgern gehörten. Das Tribunal der Inquisition war errichtet worden, um sich mit den Menschen zu befassen, die von der christlichen Kirche abgefallen waren, nicht mit den Juden allgemein. Doch er wußte, daß man die Juden haßte, weil sie trotz all der Gesetze und Verordnungen, in denen vorgeschrieben war, was sie tragen, welche Gewerbe sie ausüben und wo sie leben durften, es zu etwas gebracht hatten. Ihre Wohlhabenheit verursachte Neid, der sich leicht zu Haß ausweiten würde. Rafael hatte sogar ein törichtes Gerücht gehört, daß christliches Blut von einem dunkleren Rot sei, als ob Blut plötzlich seine Farbe ändern könnte, wenn man umgetauft wurde.

»Der Triumph des Kreuzes wird nie vollkommen in diesem Land sein, solange Juden zu den Bewohnern Spaniens gezählt werden.«

»Was sagt Ihr da?« Rafael fand es immer schwieriger, seine Gefühle im Zaum zu halten.

»Wir werden von ihnen verlangen, daß sie konvertieren, oder sie werden ins Gefängnis gesteckt. Es ist kein Wunder, daß die *Conversos* so leicht beeinflußt werden können, wenn sie sehen, wie milde wir mit diesen Juden umgehen. Die Übel der Juden sind bekannt und nicht zu überwinden. Trotz der Maßnahmen, die ergriffen wurden, um Christen und Juden auseinanderzuhalten, trotz der Inquisition besteht das Übel weiter fort. Die Juden versuchen böswillig, neue Christen wieder für ihren eigenen Glauben zurückzugewinnen. Sie haben viele verführt, zurück in den Irrtum zu verfallen, und die Feuer der Inquisition können sie nicht alle verbrennen! Ich halte den ersten Entwurf eines Verbannungsedikts in der Hand. Es braucht nur noch die Genehmigung des Königs, um Gesetzeskraft zu erlangen.

Verbannung! Aus dem eigenen Land vertrieben zu werden, wäre die größte aller Ungerechtigkeiten.

»Der König und die Königin haben die Entscheidung in dieser Angelegenheit verschoben, trotz der Bitten Bruder Torquemadas, doch ich bin der Meinung, daß Torquemada sie in der Hand hat. Sie werden seinem Ratschlag folgen.«

»Aber die Juden haben doch ihre Treue bewiesen!«

Juan Dorado kniff die Augen drohend zusammen. »Jüdisches Geld wurde für den Krieg mit den Mauren gebraucht, doch nun ist der Krieg vorbei.« In seinen Augen war ein böses Glimmen. »Obwohl die Juden Torquemadas Absicht spüren und in ihren Appellationen ganz gewandt argumentierten, indem sie Isabella und Ferdinand daran erinnerten, daß sie es waren, die das Geld für den Feldzug gegen den Feind des Kreuzes lieferten, wird Torquemada der Sieger sein.«

›Nein!‹ dachte Rafael. ›Das kann nicht sein.‹ Isabella und Ferdinand konnten nicht so grausam sein und dieser Treue die kalte Schulter zeigen, sie konnten nicht so blind gegenüber der Wahrheit sein.

»Sie werden gezwungen sein, der Sache ins Gesicht zu sehen. Torquemada wird sie nicht in Frieden lassen. Es ist nur eine Sache der Zeit. Und deshalb habe ich Euch gerufen. Um Torquemadas Sieg vorzubereiten. Wenn das Verbannungsedikt unterzeichnet ist, will ich mit Eurer Hilfe bereit sein.«

Langsam erhob sich Rafael, sein Blick auf Juan Dorados Gesicht geheftet. »Was soll ich tun?«

»Ich möchte, daß Ihr eine Liste aller Juden in Salamanca sowie eine Übersicht über ihre Besitztümer anlegt. Dann würde ich den Wert ihres Reichtums kennen, damit wir vorbereitet sind.«

›So daß Ihr es Euch selbst unter den Nagel reißen könnt‹, dachte Rafael bei sich. Er wollte Juan Dorados Ansinnen ablehnen, ihm in sein höhnisches Gesicht spucken, doch er schwieg. Er würde nach Kräften versuchen, Torquemada und dieser Schlange, die die Arbeit für ihn machte, entgegenzuarbeiten. Er würde eine Liste der Juden aufstellen, doch nicht für den Zweck, den sich Juan Dorado ausgedacht hatte. Rafael mußte die Juden der Stadt warnen, daß ein Sturm losbrechen würde, so daß sie Zuflucht suchen könnten. Wenn die jüdischen Anführer gewarnt würden, könnten sie vielleicht erfolgreich für ihre Sache plädieren. Rafael konnte sich einfach nicht vorstellen, daß irgendein Land so viele seiner Bewohner ins Gefängnis stecken könnte. Das wäre gegen alle Gesetze Gottes und der Menschheit. Und wenn es wirklich nach Torquemadas Willen gehen sollte, wer wäre dann überhaupt sicher vor seiner Bosheit?

Er mußte alles versuchen, um den Juden ebenso zu helfen, wie den Konvertiten. Er hatte zwei Schiffe in Bereitschaft. Er konnte nur zu Gott beten, daß sie nicht gebraucht würden, daß Torquemada und seinem ehrgeizigen Inquisitor auf irgendeine Weise das Handwerk gelegt würde.

59

Die Straßen außerhalb Salamancas waren belebt, und Alicia versuchte, mit Philip Navarro Schritt zu halten. Heute hatte er ihr ein besonderes Vergnügen versprochen, eine Gelegenheit, beim Stierkampf zuzuschauen, in dem einer seiner Preisstiere auf einen der geschicktesten Stierkämpfer in ganz León treffen sollte.

»Señor Navarro!« Ein junger Mann verneigte sich vor Don Philip und öffnete das schmale Gatter zur holzumzäunten Arena. Alicia fand sich inmitten einer aufgeregten Menge, die so begeistert ›olé‹ schrie, daß sie dachte, der Stierkampf habe bereits begonnen. Verwirrt stand sie am Tor, doch Don Philip lächelte ihr beruhigend zu und bedeutete ihr weiterzugehen.

»Señor Feroz ist vielleicht der größte Torero in ganz Spanien, doch ich glaube, mein Diablo wird ihm ebenbürtig sein.« Don Philip legte beschützend seinen Arm um Alicias Taille und schob sie durch die Menge, die Alicia an eine wilde Herde erinnerte. Ihre Angst, daß jemand stolpern könnte und dann von der Menge niedergetrampelt würde, legte sich etwas, als Don Philip sie zu einer Bank auf einer erhöhten Plattform führte, von der aus sie dem Kampf zusehen würden.

Lauter Hörnerklang erschreckte Alicia; an einem Ende der Arena hatte sich eine Prozession von Reitern und Fußgängern in Bewegung gesetzt, farbenprächtig gekleidet wie bunte Vögel. Ein Laut der Bewunderung und Erwartung ging durch die Menge wie ein Windstoß, als der Zug bis zur Mitte des Rings gelangte. Mit der Anmut von Tänzern bewegten sich die Stierkämpfer vorwärts und verneigten sich inmitten der Rufe »Torero! Torero!« vor der Menge. Einer Gestalt jedoch wurde die größte Verehrung zuteil. Von Kopf bis Fuß in leuchtendes Rot gekleidet, nahm der berühmte Feroz seine Kappe ab und warf sie in die Menge.

»Bravo! Bravo! Torero! Torero! Feroz! Feroz!« Einen Augenblick lang war dieser größte aller Stierkämpfer für die Zuschauer der König, und Alicia war genauso gespannt wie alle anderen Zuschauer. Sicher war dieser Stierkampf etwas ganz Großartiges, daß alle so begeistert waren. Sogar Don Philip, der normalerweise so ruhig war, fiel in die Rufe der Menge ein. Steif auf der Kante ihres Platzes sitzend, hielt Alicia den Atem an und wußte nicht recht, was sie zu erwarten hatte. Wie würde ein Mann gegen einen Stier kämpfen?

Als sich der anfängliche Lärm gelegt hatte, lächelte Philip Navarro und sagte: »Ich bin froh, daß ich Euch gebeten habe mitzukommen. Seit Wochen ist es das erste Mal, daß ich Euch mit einem fröhlichen Gesicht sehe.« Er blickte sie fragend an. »Irgend etwas hat Euch tief beunruhigt, und ich würde Euch gern helfen, wenn ich es kann.«

»Es ist nichts!« Alicias Augen konnten ihren Schmerz nicht so leicht verbergen, wie ihre Lippen logen.

»Aber dieses Nichts frißt Euch innerlich auf. Es wird eine verbitterte Frau aus Euch machen. Sagt mir, Alicia, habe ich mich nicht als Euer Freund erwiesen?« Er hatte ihr so oft schon erzählen wollen, daß er sicher sei, daß sie seine Tochter war, doch ein kleiner Vorbehalt hinderte ihn noch daran. Er würde es ihr rechtzeitig mitteilen. »Wer hat Euch unglücklich gemacht? Doña Luisa?«

Alicias Miene nahm ihre Antwort vorweg. »Sie ist nicht freundlich. Ich habe auf jede Art versucht, ihr zu gefallen, denn sie ist die Hausherrin, doch... doch...«

»Sie setzt ständig Eure Vorzüge herab. Ich habe das oft bemerkt und sie gewarnt. Sie ist eifersüchtig, *Niña.* Ihr dürft nicht auf ihre scharfe Zunge hören. Ich will nicht, daß Ihr ein Opfer ihrer Bosheit werdet. Ihr erfrischt mein müdes Herz und habt mir neues Interesse am Leben gegeben, und ich bin dankbar, Alicia. Vergeßt die schlechten Manieren meiner Frau!«

Alicia setzte an, um noch mehr zu erzählen, denn Doña Luisa war nur ein Teil ihrer Kümmernisse, doch, unsicher, wie sie ihm von ihrem Kummer mit Rafael erzählen sollte, schwieg sie und beobachtete den Umzug. Schon an Rafael zu denken, verursachte ihr Qual, die Qual unerfüllter Sehnsucht. Sie hätte nie gedacht, daß der bloße Gedanke an einen Mann ihr solchen Kummer bereiten würde, und doch war es so, und sie trauerte immer wieder über den Verlust ihrer Liebe.

Bevor sie zum Stiefkampf aufgebrochen waren, hatte Alicia Doña Luisas Worte an ihre Tochter gehört. Es war nicht das erste Mal gewesen, daß die Frau für die Eignung Rafael de Villasandro als Ehemann und seinen Charme eingetreten war. »Das wäre ein ideales Arrangement, eine Hochzeit zwischen dir und Juans wohlhabendem Freund«, hatte Doña Luisa gesagt. »Er ist Landbesitzer. Olivenhaine. Es wäre sehr passend, wirklich sehr passend.«

»Und er sieht so gut aus...« Violettas Stimme hatte Alicia an das Muhen einer liebeskranken Kuh erinnert. Sie war nicht blind gegenüber dem, was da gespielt wurde, noch war sie taub. Der bloße Gedanke, daß Rafael und Violetta...

›Er ist mein Mann! Meiner‹, hätte sie am liebsten gesagt, während sie die Tonscherbe auf der Haut spürte, den endgültigen Beweis ihres Gelübdes. Sie hatte Mühe gehabt, ihre Eifersucht zu unterdrücken. Sie wußte, daß Rafael ihre Ehe nicht anerkannte. Er war frei, zumindest in seinen Augen, und doch hatte er behauptet, sie zu lieben. So oft hatte sie sich ihm in die Arme werfen wollen.

War es dazu nun zu spät? Durch das abgehackte Schlagen einer Trommel aus ihren Gedanken gerissen, wandte sie ihre Aufmerksamkeit wieder der Arena zu und sah, daß die Stierkämpfer fort waren. An ihrer Stelle stand ihr Gegner, ein einsamer Stier.

»Ist das Diablo?« Don Philip schüttelte den Kopf und zeigte seine Geringschätzung für das winzige Tier. Für Alicia sah das Tier mit seinen drohenden Hörnern und mächtigen Beinen dennoch gefährlich aus. Als sie den Torero in seinen prächtigen grünen und schwarzen Kleidern beobachtete, der seine *Capa* weit ausbreitete, während der Stier mit den Hufen scharrte, kam ihr das alles doch als ein seltsames Vergnügen vor. Plötzlich griff der Stier an, und Alicia konnte den Schrei nicht zurückhalten, der sich aus ihrer Kehle löste. Sie schien sich in den Tiefen ihres Gedächtnisses an ein anderes Mal zu erinnern, und instinktiv schrie sie: »Er wird getötet werden. Oh bitte, tu etwas, *cariñoso Papa!*«

»*Cariñoso Papa*«, wiederholte Don Philip leise, erschüttert, als er sich an das kleine Kind erinnerte, das ihn so genannt hatte. Geliebter Vater, so hatte seine Tochter ihn immer gerufen. Wenn es noch irgendwelche Zweifel an Alicias Identität gegeben hatte – nun hatte er keine mehr. »Es geht alles gut. Der Stier wird ihn nicht töten.« Er nahm sie schützend in die Arme. »Oh, Alicia, Alicia, jetzt gibt es keinen Zweifel mehr.« Mit großen, fragenden Augen blickte sie ihn an, und sie wunderte sich über die Worte, die sie gerade ausgesprochen hatte, Worte, die aus einer anderen Zeit und von einem anderen Ort jenseits ihres Erinnerungsvermögens kamen. »Hast du es nicht erraten, weißt du es nicht? Alicia, ich bin dein Vater!« rief Don Philip freudig aus.

Rufe wie ›Bravo‹ und ›Olé‹ übertönten ihre Antwort, doch Don Philip konnte an Alicias Gesichtsausdruck sehen, daß seine Enthüllung sie aus dem Gleichgewicht gebracht hatte. Er hatte es ihr schon so lange sagen wollen! Er konnte das Geheimnis einfach nicht mehr für sich behalten.

»Alicia! Alicia!« Ihr Schweigen beunruhigte ihn. »Alle diese Jahre habe ich gedacht, daß du tot seist. Sie sagte mir, daß du ertrunken seist. Aber wie in so vielen anderen Dingen hatte sie mich angelogen!«

»Ihr seid mein Vater?« Alicia ließ diesen Gedanken in sich einsinken. »Mein Vater!« Sie streckte eine Hand aus, strich mit den Fingern über seinen Bart und lächelte. So oft hatte sie Don Philip mit Rudolpho verglichen und festgestellt, daß er ihm in allen Dingen ebenbürtig war, so gut es überhaupt ein *Gorgio* sein konnte. Rudolpho würde sich freuen, das wußte sie instinktiv, und dieses Wissen beruhigte sie. »Ich fühlte in meinem Herzen, daß das, was Ihr sagt, wahr ist, doch Rudolpho...«

»Wird immer einen ganz besonderen Platz in deinem Herzen haben. Ich verstehe das und würde niemals irgend etwas tun wollen, um mit seiner Erinnerung zu wetteifern. Er gab dir die Liebe, die ich dir nicht geben konnte, und dafür werde ich immer dankbar sein.«

Alicia beobachtete den Stierkampf durch einen Nebel von Tränen, erleichtert, daß Don Philip nicht gelogen hatte und es dem Torero immer gelang, mit einem Schwung seines Mantels den großen Hörnern auszuweichen. Die Handlung in der Arena nahm sie nur undeutlich wahr, während sie versuchte, ihre Gedanken zu ordnen. Ihr Vater! Philip Navarro war ihr Vater. Sie war nicht mehr allein, und dieser Gedanke machte sie froh. War es denn möglich, daß sie von Anfang an gespürt hatte, daß der silberhaarige *Gorgio* etwas Besonderes an sich hatte? War sie ihm aus diesem Grund ohne Furcht in sein Haus gefolgt? Sie ergriff seinen Arm und schmiegte sich an ihn. Er war so gütig gewesen, sie mußte ihn einfach lieben. Doch da waren noch so viele Fragen, noch so vieles, was sie wissen mußte. Sie versuchte, die Bruchstücke zusammenzusetzen, die er ihr erzählt hatte. Seine Tochter war ihm im Alter von vier Jahren genommen worden. Hatte ihr Rudolpho nicht erzählt, daß sie in diesem Alter zu ihm gekommen war? Sie legte die Hand an die Stirn und versuchte verzweifelt, sich zu erinnern, doch alles, was sie vor ihrem inneren Auge sah, waren diese kalten, grauen Augen. Graue Augen! Augen wie die von Doña Luisa!

»Nein!« Das konnte sie nicht glauben! Welche Frau könnte so böse sein, einem Vater sein Kind wegzunehmen? Und doch... Vom ersten Augenblick an hatte die Gegenwart dieser Frau sie beunruhigt. Irgendwie mußte sie es fertigbringen, sich zu erinnern, denn nur dann würde sie wirklich von den alptraumhaften Visionen befreit werden, die sie verfolgten.

»Alicia, schau, da kommt Diablo. Dieses wilde, schwarze Tier ist mein Stier!« Alicia schaute auf und sah, wie das herrliche Tier in die Arena trat, um dort auf den Torero zu treffen, der jetzt ein elegantes rotes Kostüm trug. Alicia hatte mit Schrecken gehört, daß die Belohnung der Stiere für ihre Geschicklichkeit und ihren Mut der Tod war, den ihnen der Torero zum Schluß durch einen Schwerthieb beibrachte. Unwillkürlich drückte sie Don Philips Hand. »Es hängt von den Zuschauern ab, Alicia. Laß uns hoffen, daß sie dafür sind, daß Diablo verschont wird.«

Die Zuschauer saßen auf den Kanten ihrer Sitze. Jene, die keine Sitzplätze gefunden hatten, standen auf Zehenspitzen, bemüht, einen Blick des Dramas zu erhaschen. Mit scharrenden Hufen, verächtlich schnaubend, war dieser Stier ein kraftvoller Gegner, der sich nicht so leicht überlisten ließ. Statt dessen ergriff er die Initiative und parierte jeden Stoß. Mit gesenktem Kopf, mit glänzenden Hörnern griff der Stier schließlich an und brachte dem Torero eine blutende Wunde bei. Ihren Kopf an Don Philips Schulter verbergend, konnte Alicia nicht länger hinsehen. Sie hatte sich gewünscht, daß das Tier verschont bliebe, doch nicht auf Kosten des Stierkämpfers!

»*Toro! Toro!*« Die Menge, die zuvor den Stierkämpfer unterstützt hatte, war jetzt auf der Seite des Siegers, und Alicia verwünschte die unbarmherzige Menge, die nach Blut zu lechzen schien, nach menschlichem Blut. So ein Stierkampf war brutaler, als sie sich je vorgestellt hatte!

Es war ein hartes Duell, das da zwischen Mensch und Tier ausgefochten wurde, während die beiden abwechselnd Punkte machten. Und die Menge begleitete das wechselnde Glück mit donnerndem Gebrüll.

Erst als die Menge verstummte, wagte Alicia, ihre Augen wieder zu öffnen, doch es war weder der Stier noch der Stierkämpfer, der vor ihr aufragte. Ein Gesicht, an das sie sich nur zu gut erinnerte, schwebte in kurzer Entfernung vor ihnen, mit einem breiten Grinsen. Ihn wiederzusehen, machte sie frösteln. In plötzlicher Angst versuchte sie, sich hinter Don Philips breitem Rücken zu verstecken.

»Alicia, was ist?«

»Dieser Mann, der zu uns herüberschaut. Ich erinnere mich an ihn. Er ist der Mann, vor dem ich in der Kirche geflohen bin!«

»Ich weiß.« Don Philip zeigte offen seinen Widerwillen. Bedauernd beantwortete er ihre Frage. »Der Mann ist Enrique Dorado, Alicia. Doch hab keine Angst, ich werde nicht zulassen, daß er dir etwas antut.«

»Enrique Dorado?«

»Doña Luisas Sohn, mein Stiefsohn. Möge Gott in seiner Gnade uns schützen, er ist vom Königshof zurückgekehrt.«

»Dein Stiefsohn?« Alicia sah, wie Enrique Dorado näherkam, und es gelang ihr nur mit der größten Mühe, nicht wegzurennen. Don Philip würde sie beschützen, das hatte er ihr versprochen. Der Mann wandte seine Aufmerksamkeit der Arena zu, als er sich ihnen näherte, die Daumen hochhaltend wie die anderen in der Menge, um zu zeigen, daß Diablo geschont werden sollte. Alicia fragte sich, ob dieser Enrique Dorado mit ihr ebensoviel Erbarmen haben würde.

60

So wie sich der Torero an den Stier herangepirscht hatte, machte sich nun Enrique Dorado an Alicia heran, wobei er jede ihrer Bewegungen mit den Augen verfolgte. Er hatte einen wilden, besitzergreifenden und hinterhältigen Blick, der sie an einen Geier erinnerte, als er in Don Philips Richtung blickte. So sehr Alicia auch um ihre eigene Sicherheit fürchtete, so war sie doch noch mehr um den Mann besorgt, der ihr gerade mitgeteilt hatte, daß er ihr Vater war. Sie zweifelte nicht daran, daß Enrique Dorado auf der Lauer lag, in Erwartung des Augenblicks, in dem er seinen Stiefvater vernichten könnte. Dieser Gedanke veranlaßte sie zu einem stummen Gelöbnis: Genauso, wie Philip Navarro geschworen hatte, sie zu schützen, so würde sie ihn schützen. Enrique Dorado sollte sich nur in acht nehmen!

»Diablo war die Krönung des Tages! Ich bin froh, daß er verschont wurde. Du bist ein wahrer Meister der Stiere.«

Don Enrique lächelte einschmeichelnd, als er zu seinem Stiefvater herüberschaute. Ohne dazu aufgefordert zu sein, setzte er sich neben Alicia, wobei er absichtlich seinen Oberschenkel an ihr Bein drückte. »Aber es sind ganz andere Dinge als Stiere, die mich im Moment interessieren. Wer ist diese edle Señorita, die deinen Arm schmückt?«

»Alicia Maria Navarro, eine liebe Verwandte und ein sehr geschätzter Gast.« Don Philips Miene war abweisend und enthielt eine deutliche Warnung an Don Enrique, jede weitere Vertraulichkeit zu unterlassen.

»Alicia Navarro? Eine entfernte Kusine vielleicht?« Er griff nach Alicias Hand und führte sie zu einem Begrüßungskuß an seinen Mund. »Dann seid Ihr auch meine Verwandte.«

Sein abschätzender Blick verriet, daß er sich nicht an Alicia erinnerte und in ihr nicht die zerlumpte Zigeunerin sah, sondern eine Adelige hohen Ranges. Für den Augenblick war der ganze Stierkampf vergessen, als der gerissene Schmeichler versuchte, Alicia mit seinem falschen Charme zu umgarnen. Seine Aufmerksamkeiten wurden auf dem Weg zu Don Philips Haus fortgesetzt und noch verstärkt, als die Familie um den Eßtisch saß. Enrique Dorado machte keinen Versuch, seine Hingerissenheit zu verbergen – sehr zu Rafaels Mißvergnügen.

›Wenn dieser eitle Kerl es wagt, sie zu berühren, wird er meinen Zorn zu spüren kriegen‹, dachte Rafael wütend. Obwohl er zweifelte, daß Alicia jemals an Enrique Interesse finden würde, war er eifersüchtig. Auch wenn sie seinen Blick mit kühler Geringschätzung erwiderte, konnte Rafael die Augen nicht von ihr wenden. Sie war so schön!

Das Kerzenlicht warf einen schimmernden Glanz auf ihre kunstvolle Frisur und ihren Busen, der nach der Mode des Tages verführerisch entblößt war. Rafael hätte so gern ihre Flechten gelöst, um mit den Fingern durch das seidenweiche Haar zu fahren. So verlockend sie auch in ihrer neuen Kleidermode war, so sehr sehnte sich Rafael danach, seine Zigeunerin wiederzuhaben.

Noch nie hatte sich die Zeit so endlos hingezogen wie jetzt, da Rafael das Opfer von Enriques Geplauder war. Er wollte Alicias Hand nehmen, mit ihr in den Garten entfliehen, ihr dort seine Liebe erklären und ihre Zuneigung wiedergewinnen. Oh, Alicia! Ahnte sie, wie sehr ihre Verachtung ihn verletzte? Er warf ihr einen fragenden Blick zu, und einen kurzen Moment lang wagte er zu hoffen, denn einen Herzschlag lang sah er in ihren Augen Liebe aufblitzen. Doch dann schaute Alicia weg, und Rafaels Illusion war zerstört.

›Er sieht so traurig aus‹, dachte Alicia, ›als ob das Gewicht der Welt auf seinen Schultern ruhte.‹ In ihrem Herzen ging die Saat der Vergebung auf, und als ihre Augen wieder mit Rafaels zusammentrafen, lächelte sie – ein Lächeln, das seine Träume weckte. Irgendwie würde er einen Weg finden, um mit ihr allein zu sein, und wenn, dann würde er ihre ganze Liebe zurückgewinnen. Zur Hölle mit Enrique Dorado!

»Don Rafael! Don Rafael!« Obwohl er sie während des ganzen Mahls ignoriert hatte, begann Doña Luisa zu sprechen und forderte Rafaels Aufmerksamkeit. »Ich glaube, Ihr habt kein Wort von dem gehört, was mein Sohn zu sagen hatte. Seid Ihr nicht interessiert, was am Hof vor sich geht?« Ohne auf Rafaels Antwort zu warten, schwatzte sie weiter, Wort für Wort wiederholend, was ihr Sohn enthüllt hatte, und fragte dann: »Was haltet Ihr eigentlich von diesem Kapitän?«

»Kapitän?« In der Annahme, sie spreche von Giovanni, tat er so, als sei er überrascht. »Kapitän? Ich kenne keinen Kapitän.«

»Aber ganz Spanien hat doch von Christoph Kolumbus gehört. Selbst ich habe ihm Geld für sein verrücktes Abenteuer gegeben. Stellt Euch seinen Mut vor, bei Ferdinand und Isabella zu erschein, um sie von der Notwendigkeit zu überzeugen, daß er für eine Reise von zwei Monaten oder mehr drei Schiffe brauche. *Madre de Dios!* Und dann hat er noch darum gebeten, daß man ihn zum Admiral mache und ihm eine königliche Vollmacht gebe.« Enrique war begierig, die Geschichte fortzusetzen, die seine Mutter begonnen hatte.

»Und was sagten Ihre Majestäten dazu?« Rafaels Interesse war geweckt, er fragte sich, ob es eine Chance gab, diese Schiffe und Vorräte vielleicht für seine eigenen Bedürfnisse einzusetzen.

»Sie erteilten ihm eine Absage, doch ich nehme an, daß er letztendlich seinen Willen bekommen wird. Königin Isabella ist offensichtlich von dem Mann beeindruckt, auch wenn er Italiener ist. Er bestand darauf, spätestens im August abzusegeln. Wir werden sehen. Doch da ist noch dieses andere Problem, das unserem verehrten Königshaus Sorgen bereitet, das Problem mit den Juden!«

»Die Juden? Was wißt Ihr davon?« Zum erstenmal war Rafael wirklich interessiert an dem, was Enrique zu sagen hatte. »Was ich weiß?« Enrique Dorado, der die Gelegenheit genoß, wieder einmal im Mittelpunkt des Interesses zu stehen, setzte seine Geschichte fort. Rafael ignorierend, richtete er seine Worte an Alicia, als sei nur sie anwesend. Er gab absurde Gerüchte wieder, Geschichten, die Rafael schon früher gehört hatte und die von Leuten verbreitet wurden, die die Juden diskreditieren und Torquemadas Macht vergrößern wollten. Er erzählte Lügen – von Juden, die versuchten, christliche Kinder zu opfern, von Schändungen des Kreuzes. Es wurde sogar vermutet, daß die Krankheit des jungen Prinzen Don

Juan auf jüdische Niedertracht zurückgehe. Enrique behauptete, daß die Juden von Toledo in einem Brief von den Juden Konstantinopels aufgefordert worden seien, in ihren Berufen als Händler, Ärzte und Geistliche die Christen zu betrügen. »Es ist bekannt, daß ein jüdischer Arzt in Toledo in seinen Fingernägeln Gift mit sich trägt, so daß Patienten, deren Zunge er berührt, sterben.«

»Davon glaube ich kein Wort!« Bevor Rafael etwas sagen konnte, äußerte Don Philip seinen Protest. »Diese Geschichten sind böswillige Unterstellungen, geschürt durch Neid und Ignoranz. Ich bin erstaunt, daß du, Enrique, dich dazu herabläßt, sie weiterzuverbreiten. Was es noch schlimmer macht, ist, daß man solche lächerlichen Gerüchte für frommen Eifer hält.«

»Mein Bruder hat selbst diese Dinge bestätigt!« verteidigte Enrique sich und seinen Bruder Juan.

»Es ist gut, daß Ferdinand in León und Kastilien nicht dieselbe Macht hat wie unsere gütige Königin. Zumindest Isabella wird sich der Vernunft beugen, sonst sind unsere jüdischen Nachbarn in Gefahr«, meinte Don Philip zuversichtlich, seinen Stiefsohn mit einem strengen Blick zurückweisend.

»Isabella selbst hat schließlich Torquemadas Verlangen nachgegeben«, fuhr Enrique fort. »Wie kann sie gegen die Wahrheit argumentieren? Die Juden weigern sich, Christus als Gott anzuerkennen, sie sind in christliche Länder eingedrungen, sie rauben, stehlen und töten Christen, sogar Kinder. Sie sind immer noch unverschämt, obwohl das jahrhundertelange Leiden, das Gott ihnen auferlegt hat, von seiner Geringschätzung ihnen gegenüber zeugt.«

»Oder seiner Liebe«, brummte Rafael, der diesen eitlen Laffen genauso haßte wie seinen Bruder.

»Genug! Genug! Ich will in meinem Haus solche Verunglimpfungen nicht hören. Die Juden sind Bürger von León, Kastilien, von ganz Spanien, und meine Nachbarn...«

»Sie werden bald nicht mehr eure Nachbarn sein«, meinte Enrique listig. »Torquemada und Juan haben recht, es wird kein vereinigtes Spanien geben, solange sie sich in diesem Land aufhalten. Spanien muß voll und ganz christlich werden!« Seine Augen blitzten vor Zorn, doch es lag ein heimliches Grinsen auf seinem Gesicht. »Wenn du mich zum Schweigen bringen willst, wirst du auch nicht erfahren, was geschehen ist...«

»Don Philip, bitte, laßt ihn reden.« Rafael mußte erfahren, was los war.

»Ich war an dem Tag dort, als die Juden ihre Sache vortrugen, wie sie jammerten, was sie alles für Spanien getan hätten, versprachen, in ihren Ghettos zu bleiben und keine Geschäfte mehr mit Christen zu machen. Ihre Sprecher waren Abraham Seneor und Isaac Abarbanel.« Rafael wußte, daß es sich um die beiden Juden handelte, die die Ausstattung der kastilischen Armee für den Feldzug gegen Granada übernommen und so bewundernswert ausgeführt hatten. »Sie sagten dreißigtausend Dukaten für die Kriegskosten zu. Dreißigtausend Dukaten. Genug, um jeden Mann in Versuchung zu führen, selbst einen König, doch Torquemada war selbst anwesend, um diese Versuchung im Keim zu ersticken. Als er erfuhr, worum es ging, warf er sich selbst dazwischen, um den Majestäten einen solchen Vorschlag auszureden!«

Rafael konnte sich die Szene vorstellen, die sich abgespielt hatte; er kannte die Überredungskunst dieses kalten, haßerfüllten Mannes, der seine giftigen Meinungen und Lügen verbreitete. Er war immer etwas blaß, ein wenig atemlos in seiner Erregung und in dem Zorn, von denen er stets ergriffen war. Seine tiefliegenden Augen hatten sicherlich vor fanatischem Fieber und Empörung geglüht. Rafael stellte sich vor, wie er seine mageren, alten Knochen aufgerichtet und in seinen verschrumpelten, sehnigen Händen das Kreuz emporgestreckt hatte.

»Judas verkaufte einst Gottes Sohn für dreißig Silberlinge. Und nun gedenken Eure Majestäten, ihn für dreißigtausend erneut zu verkaufen? Verkauft ihn, doch sprecht mich von jeder Beteiligung an diesem Geschäft frei!« Enriques Stimme dröhnte, als sei er für einen Moment in die Rolle Torquemadas geschlüpft. »Und damit ließ er das Kruzifix vor den erschreckten Majestäten krachend auf den Tisch fallen und verließ den Raum.« Enrique lächelte selbstgefällig. »Und so wurde das Ausweisungsedikt unterzeichnet.«

»Ausweisung? Das bedeutet die Verbannung.« Rafael war zu sehr von Mitgefühl ergriffen, um wütend zu sein. So war es also doch dazu gekommen. Er verfluchte die Torquemadas dieser Welt und die Juan Dorados dazu. Haß und Vorurteil hatten den Menschen ein schlimmes Ende gebracht, die es nicht verdienten. Er wußte, daß der König und die Königin ein solches Dekret niemals erlassen hätten, wenn nicht Torquemada mit seiner fanatischen Bosheit gewesen wäre.

»Und was ist mit den Zigeunern?« Enrique warf den Kopf zurück und lachte. »Wir werden uns ihrer ebenfalls entledigen. Wie die Juden sollen sie aus diesem Land verbannt werden!«

61

Wie der Blitz floh Alicia aus dem Eßzimmer und rannte durch die langen Gänge, um im Garten allein zu sein.

Es war kühl, ein steifer Märzwind fuhr Alicia ins Gesicht, doch nicht die scharfe Brise war der Grund für ihr Zittern, sondern das, was sie von Enrique Dorado gehört hatte: Verbannung. Das Wort bedeutete viel mehr als bloßes Exil. Es bedeutete das Wiederaufflammen von Haß und Gewalt gegen Menschen, die verachtet worden waren, seitdem sie ihren Fuß auf spanischen Boden gesetzt hatten. Todero, Zuba und die anderen, was würde mit ihnen geschehen? Wohin würden sie gehen? Alicia zog die Enden ihres Schals um sich und schloß die Augen, als sie von einem Gefühl der Hilflosigkeit ergriffen wurde. Sie wußte nicht einmal, wo sie waren. Wie konnte sie ihnen helfen? Gab es denn gar nichts, was sie für sie tun konnte?

Angsterfüllt wandte sie ihr Gesicht zum Himmel, als erwartete sie von den flimmernden Sternen eine Antwort. Sie wußte überhaupt nicht mehr, was sie glauben sollte, noch, zu wem sie beten sollte. Pater Julio sprach von einem Gott der Liebe, dem christlichen Gott, doch sie konnte ihr Gesicht nicht von *o Del* abwenden. Waren sie nicht ein und derselbe? Ein Gott, nur mit verschiedenen Namen? War er nicht auch der jüdische Gott? »Hilf ihnen allen. O bitte, hilf ihnen! Pater Julio sagt, daß du gnädig bist. Laß nicht zu, daß der Teufel den Sieg davonträgt. Sind wir nicht alle deine Kinder?« Pater Julio hatte von den Anhängern Christi als Schafe gesprochen, die einen Schäfer brauchten, und sie hoffte inständig, daß Jesus in diesem Augenblick darüber wachte, daß Torquemada von seiner Herde ferngehalten wurde.

Alicia schritt den Gartenweg entlang und versuchte, ihre Gedanken zu ordnen. So viel war heute geschehen, daß sie kaum wußte, wie sie mit all dem fertigwerden sollte. Der Auftritt von Enrique Dorado, diesem Bösewicht, war ein ernsthafter Grund zur Sorge. Auch über Don Philips Eingeständnis, daß sie seine Tochter war, mußte sie erst nachdenken. Und Rafael. Sie liebte ihn, da gab es kein Leugnen mehr; und heute abend, als sich ihre Blicke trafen, wußte sie, daß auch er sie liebte. War sie eine Närrin, ihren Stolz zu pflegen, der sich trennend zwischen sie stellte? Sie war Don Philips Tochter. Machte es etwas aus, daß Rafael sie jetzt für ebenbürtig halten würde, während er sie früher verachtet hatte? Sollte sie abseits stehen und zusehen, wie Violetta den Mann heiratete, den sie, Alicia, liebte? Nein! Stolz war ein einsamer Bettgefährte, hatte sie das nicht inzwischen herausgefunden?

Die heftige Bewegung eines Zweiges warnte Alicia, daß sie nicht allein war, und sie drehte sich suchend um. Halb verdeckt vom Blattwerk, das den Hof umsäumte, stand eine Gestalt, und in der Annahme, daß es Rafael sei, eilte Alicia hinüber.

»Rafael? Die Gestalt drehte sich nicht um, gab auch keine Antwort. »Rafael?« Vorsichtig verlangsamte Alicia ihre Schritte und versuchte, die Dunkelheit mit den Augen zu durchdringen. »Wer ist da? Wer seid Ihr?«

Mit jedem Nerv ihres Körpers spürte Alicia bohrende Augen auf sich gerichtet. Es war nicht Rafael, da war sie sich sicher, und auch nicht Don Philip.

»Ein schöner Abend, nicht wahr, Señorita?« Die scharfen Umrisse von Enrique Dorados Profil waren deutlich im Mondlicht zu erkennen, als er aus dem Schatten trat.

»Sehr schön, Señor, aber etwas zu kalt. Ich glaube, ich werde wieder hineingehen.« In sicherer Entfernung versuchte sie an ihm vorbeizugehen, doch er streckte seinen langen Arm aus und hielt sie fest.

»Nicht so eilig, Ihr Schöne. Wir sollten einander besser kennenlernen.« Er zog sie grob in seine Arme, seine Absichten waren nur zu offensichtlich.

»Laßt mich gehen!« Alicia versuchte, sich ihm zu entwinden, doch er ließ nicht locker.

Seine einzige Antwort war Gelächter, während er sie zu einem Gebüsch zerrte. Erschreckt, entsetzt über seinen plötzlichen Vorstoß, kämpfte Alicia ebenso heftig, wie sie gegen Stivo gekämpft hatte. Ihr Haar hatte sich gelöst und flog ihr wild um die Schultern, ihre Augen blickten ihn herausfordernd an. Kein Mann würde sie ohne ihre Einwilligung nehmen, sei er *Gorgio* oder Zigeuner. Dieser Mann sprach davon, ein Edelmann zu sein, doch er war nicht besser als Stivo! Und er würde ihren Stich fühlen, genauso wie es Stivo getan hatte.

»Laßt mich los!« Sie warnte ihn ein allerletztes Mal, doch Enrique Dorado wich nicht zurück. In der Annahme, daß sie zu ängstlich war, um zu fliehen, lockerte er seinen Griff. Das war genau die Chance, die Alicia brauchte. In Erinnerung an ihre Zeit als Zigeunerin trug sie immer noch ihr Messer bei sich, versteckt in den Falten ihres Rockes. Jetzt war sie dankbar für den Schutz.

»Philip dachte, daß ich Euch auf seinen Befehl hin in Ruhe lassen würde, doch ich werde ihm zeigen, daß ich mir immer nehme, was ich haben möchte. Und ich möchte Euch haben.«

»Aber Ihr werdet mich nicht haben, *Gorgio!*« Ihr blaues Brokatkleid war vom Kampf zerknüllt und zerrissen, so daß ihr Busen, der vor Zorn bebte, zum Teil entblößt war. Mit hochgestreckten Armen war Alicia bereit, sich zu verteidigen.

»Gorgio?« Enrique Dorado war offensichtlich verblüfft. ›Wie viele schutzlose junge Frauen sind schon seiner frechen Wollust zum Opfer gefallen?‹ fragte sich Alicia. Waren sie alle so leicht erobert worden? Nun, sie nicht! Niemals sie! Die Spitze ihres Messers glitzerte im Licht, und Enriques Augen weiteten sich. *»Dios,* was ist das?«

»Ein Messer, *Gorgio.* Wenn Ihr noch einen Schritt

macht, werdet Ihr die Klinge spüren!« Er nahm von ihrer Warnung keine Notiz. »Ich werde es benutzen! Seht Euch vor! Ich will Euch nicht verletzen, aber ich werde es tun.«

»Vor Euch habe ich keine Angst.« Lüstern starrte er sie an und grinste. Daß er sie vergewaltigen wollte, war offensichtlich, und als er sich auf sie stürzte, stieß Alicia zu. »Ah... Ihr habt mich verletzt!« Statt dies als Warnung zu betrachten, war Enrique nur zornig. »Ich wollte sanft mit euch umgehen, aber *Dios*, es wird Euch leid tun, was Ihr eben getan habt.« An ihren Röcken zerrend, brachte er sie wieder in seinen Griff, und Alicia fand zu ihrem Schrecken, daß ihre dummen Reifen und Röcke sie behinderten. Enrique wich zur Seite aus, um dem Messer zu entgehen, und packte sie am Handgelenk; Alicia gelang es nur mit größter Anstrengung, ihre Waffe festzuhalten. Wild um sich blickend, hoffte sie auf irgendein Zeichen der anderen Mitglieder des Haushalts. Diesen Aufruhr müßte man doch im Haus hören! Doch Enrique erriet ihre Gedanken und lachte grausam. »Sie sind alle vertieft in ihre theologischen Diskussionen. Niemand wird Euch hören.«

»Dann werde ich es ganz allein durchstehen!« Seine arrogante Einbildung ausnutzend, stieß Alicia mit einer Heftigkeit zu, die ihn betäubte. Blut spritzte aus seinem Arm, und Enrique starrte auf den dunkelroten Fleck, der sich ausbreitete.

»Ich wollte Euch nichts antun! Aber ich mußte es! Ich hatte keine andere Wahl!«

»Wer seid Ihr? Was seid Ihr?« Enriques Augen zogen sich vor Wut und Schmerz zusammen, und endlich erkannte er sie. »Pater Julio. Die Zigeunerdirne! Eine Zigeunerdirne! Eine schmutzige Zigeunerin! Was macht Ihr hier?«

»Ich bin keine Zigeunerin, obwohl ich wünschte, ich wäre eine. Ich bin Philip Navarros Tochter.« Die Wut hatte sie zu einem Geständnis verleitet, das sie nie hätte enthüllen dürfen.

»Seine Tochter?« Enrique schaute sie ungläubig an. »Seine Tochter? Er hat eine Stieftochter!« Er war nicht einmal bereit, darüber nachzudenken, was dies bedeuten würde. »Doch wer Ihr auch seid, ich warne Euch. Ihr habt mich zu Eurem Feind gemacht. Niemand vergießt das Blut Enrique Dorados, am allerwenigsten eine Frau. Ihr werdet noch bereuen, was Ihr getan habt. Mit jedem Atemzug, den Ihr tut, wird es Euch leid tun. Ich werde dafür sorgen, daß man es Euch heimzahlt.«

62

Im Raum brannte nur eine Kerze, deren Flamme im Luftzug flackerte und tanzte, während Enrique Dorado und seine Mutter, Doña Luisa, sich leise unterhielten.

»Dann sagt sie die Wahrheit. Dieselbe Zigeunerdirne, die mich angriff, ist die Tochter des alten Mannes. *Madre de Dios!* Wir sind ruiniert!«

»Nein, das sind wir nicht! Ich habe nicht diese ganzen Jahre für deine Zukunft gearbeitet und geplant, nur um durch das Erscheinen dieser kleinen... still, ich höre ein Geräusch!«

»Es ist nur das Heulen des Windes. Alle im Haus schlafen fest... Aber wie fand er sie wieder?«

»Sie kam zu ihm.«

»Pater Julios Zigeunerin?« Auf ihr Nicken hin fluchte er. »Zur Hölle mit ihm, daß er sich eingemischt hat! Hätte ich an dem Tag gewußt, wer sie ist, hätte sie nie eine Chance gehabt, sich in unser Leben zu drängen.«

»Aber sie ist hier und Philip weiß es...«

»Du hättest dich ihrer viel schneller entledigen sollen.«

»Dieses Risiko konnte ich nicht auf mich nehmen. Was sollte ich tun, sie vergiften?« Es folgte ein langes Schweigen. »So etwas könnte ich niemals tun. Ich bin nicht bösartig und erst recht keine Mörderin, Enrique.«

»Wenn du aber eine dauerhaftere Methode angewandt hättest, uns von ihrer Gegenwart zu befreien, hätten wir uns jetzt nicht mit ihr herumzuschlagen! So etwas Dummes, sie zu den Zigeunern zu bringen. Wenn ich nicht noch ein Kind gewesen wäre, hätte ich mir einen besseren Plan ausgedacht.«

»Du bist undankbar. Ich habe nur an meine Kinder gedacht, als ich sie fortschickte. Ich wollte nicht, daß ihr jemals so leiden müßt, wie ich gelitten habe. Deshalb habe ich, als Philips Frau starb, alles getan, um ihn dazu zu bringen, daß er mich heiratete. Ich war erfolgreich. Wie sollte ich wissen, daß er vorhatte, alles seiner Tochter zu hinterlassen, wenn er stirbt?«

»Er hat sein Testament noch nicht geändert?«

»Nein. Noch nicht! Er hat mit mir noch gar nicht darüber gesprochen, doch er weiß es. Ich hörte, wie er es Rafael de Villasandro erzählte. Und wenn sie sich jemals daran erinnert, daß ich an jenem Tag bei ihr war, werden wir alle davongejagt. Philip darf nie erfahren, was ich getan habe.«

»Glaubst du nicht, daß er einen Verdacht hat?«

»Verdacht, ja, aber er weiß es nicht sicher. Ich habe noch Glück gehabt, denn Alicia scheint sich an ihre Vergangenheit überhaupt nicht zu erinnern.« Sie lachte verächtlich. »Sie ist durch und durch Zigeunerin.«

»Zigeunerin!«

»Ich habe gewartet, bis du zurückkommst, in der Hoffnung, daß du wüßtest, was getan werden kann. Wir können keinen Verdacht erwecken, indem wir ihr offen etwas antun. Philip bewacht sie Tag und Nacht, als wäre sie ein kostbares Juwel, und unser Gast, Señor de Villasandro, läßt sie auch nicht aus den Augen. Und Juanita. Ha! Man könnte meinen, sie wäre ihre Mutter, so wie sie sich aufführt. Wenn wir auch nur einen Finger gegen sie erheben... Nein, das ist zu gefährlich.«

»Dann werden wir ihr eben nichts tun.« Die Flamme der Kerze wurde von seinem heftigen Atem gelöscht, und der Raum versank in völliger Dunkelheit. »Sie ist, wie du sagst, eine Zigeunerin!«

»Sie ist Philips Tochter, jeder Dummkopf kann das sehen. Ich brachte sie selbst zu den Zigeunern. Ich weiß...«

»Aber andere nicht! Sie ist eine Zigeunerin! Wie kann dein Mann, dieser Dummkopf, etwas anderes beweisen? Du selbst erzählst mir, daß sich das Mädchen nicht erinnert.«

»Und die Zigeuner sind verbannt worden! *Dios*, welch ein Plan.«

»Sie ist eine Ketzerin, eine Heidin, eine von denen, die nach Torquemadas Willen aus unserem Land verbannt werden sollen. Muß ich noch mehr sagen?« Der Raum füllte sich mit ihrem unheilverkündenden Gelächter. »Du brauchst dich nicht weiter zu sorgen. Wenn die Juden und die Zigeuner vertrieben sind, wird sie unter ihnen sein, darauf hast du mein Wort!«

63

Rafael stapfte in seinem Zimmer herum wie ein gefangener Tiger und sah zu, wie die Kerze an der Wand immer niedriger brannte. Er konnte nicht schlafen, doch hatte er das erwartet, nach dem, was er beim Essen heute abend erfahren hatte? Enrique Dorado, schon der Name versetzte Rafael in Wut, als er sich daran erinnerte, wie er Alicia mit den Augen verschlungen hatte. Sie war in diesem Haus nicht sicher, solange dieser Mensch anwesend war.

Enrique Dorado! Je mehr er von dem Mann sah, desto mehr verabscheute er ihn. Auf seine Art war er genauso gefährlich wie sein Bruder. Und was war mit Alicia? Hatte Enrique sie als das Zigeunermädchen erkannt, das er verjagt hatte? Nein. Er hatte sie mit der größten Verehrung behandelt, obwohl ihm die Wollust aus den Augen schaute.

Schritte in der Halle alarmierten ihn von neuem. Wer war zu dieser Stunde noch auf? Neugierig lugte er durch einen Riß in der Tür und sah Enrique selbst herumstolzieren. Er beobachtete, wie er einen Augenblick vor Alicias Tür anhielt und seine Hand auf die Klinke legte, doch bevor Rafael seinen Zorn auslassen konnte, bewegte sich Enrique weiter den Gang hinunter und verschwand in seinem eigenen Zimmer.

Rafael hatte sich von Alicia ferngehalten, seinem Vorsatz treu, sie nicht um Verzeihung zu bitten, doch nun wußte er, daß er sie sehen mußte, mit ihr sprechen mußte, sie warnen mußte. Alicia, die so arglos war, mußte erfahren, wie schlecht die Brüder Dorado waren.

Er eilte zu ihrem Zimmer und griff an die Klinke, um sie, genau wie Enrique Dorado, verschlossen vorzufinden. Doch er war fest entschlossen, sie aufzusuchen.

»Alicia! Alicia! Öffne die Tür, ich muß mit dir reden!« Seine Stimme war ein drängendes Flüstern. »Alicia, ich bin es, Rafael.«

»Rafael!« Der Klang seiner Stimme war für Alicia in diesem Augenblick der lieblichste Klang der Welt. Alles vergessend außer dem Bedürfnis, seine starken Arme zu fühlen, öffnete sie die Tür.

Rafael kam rasch herein und verschloß die Tür hinter sich, falls Enrique vorhatte, zurückzukommen. Als er sich umdrehte erschrak er über die Angst, die er in Alicias Augen sah. Galt diese Angst ihm? »Alicia, ich bin nicht gekommen, um dir etwas anzutun. Ich muß dich warnen. Ich wollte dich nicht erschrecken. Vielleicht sollte ich wieder gehen.«

»Nein!« Sie zitterte am ganzen Körper, und ohne zu zögern nahm Rafael sie in seine Arme.

»Alicia, was ist? Warum zitterst du so?« Er fühlte, wie sich ihr Körper dem seinen entgegendrängte, und er zog sie ganz an sich, den Duft ihres Haares einatmend. »Alicia?«

»Enrique... heute nacht... im Garten.« Tränen traten ihr in die Augen, und sie klammerte sich an ihn. »Er ist genauso schlecht wie Stivo.«

»Dorado? Ich werde ihn töten.« Seine Armmuskeln versteiften sich, und er preßte seine Kinnbacken aufeinander; doch bald beruhigte sie sich in seiner Umarmung. »Hat er dich angerührt?«

Rafaels Frage wurde von einem spöttischen Lachen beantwortet. »Ich würde mich von keinen Menschen wie ihm so behandeln lassen. Er bekam rasch den Stich meines Messers zu spüren!«

»Dein Messer?« Rafael konnte sich die Szene gut vorstellen, und trotz des Ernstes der Situation lachte er, als er sich Dorados Überraschung vorstellte, sein Opfer nicht so hilflos vorzufinden, wie er es gehofft hatte.

»Du lachst, *Gorgio!*« Alle Wochen des Unterrichts und des Lernens waren verschwunden, und Alicia war wieder einmal so, wie er sie in Erinnerung hatte, wie er sie liebte. Sie war wieder seine wilde Zigeunerin.

»Ich freue mich nur, daß ich meine liebliche Zigeunerin wieder in den Armen halte.« Sie trug ein einfaches Kleid aus weißem Leinen, ihre Füße waren nackt, die langen dunklen Flechten ihres Haars gelöst. Er konnte der Versuchung nicht widerstehen, mit seinen Fingern durch ihr Haar zu fahren, wie er es sich in den vergangenen Wochen so oft gewünscht hatte. »Du wirst niemals wissen, wie sehr ich dich vermißt habe. Doña Alicia ist eine reizende spanische Dame, doch selbst sie kann nicht die Stelle meiner Alicia einnehmen!« Sein Blick glitt langsam über ihren schlanken Körper und blieb an ihrem vollen Busen haften.

Seinen intensiven Blick spürend, hob Alicia ihr Kinn, und aus ihren Augen blitzte Abwehr; doch als sie sah, welche Liebe in seinem Blick lag, erstarben ihr alle Worte des Zorns, die sie ihm hätte sagen wollen, auf der Zunge.

»Ich liebe dich, Alicia. Das habe ich schon oft gesagt, doch ich sage es wieder.« Seine Lippen schlossen sich zu einem grimmigen Strich, die winzigen Falten um seine Augen wurden tiefer. »Ich bin heute nacht zu dir gekommen, um dich vor Enrique Dorado zu warnen, und nun sehe ich, daß meine Warnung zu spät kam. Er ist gefährlich. Alle Dorados sind gefährlich. Ich fürchte, wir befinden uns in einem Schlangennest. Wie sehr wünschte ich, daß ich dich mit fortnehmen könnte.«

»Mich fortnehmen?« Unsicher schaute sie ihn an. Meinte er, was er sagte?

»Würdest du mit mir gehen, Alicia?« Ihren inneren Aufruhr noch verstärkend, nahm Rafael ihre Hand und preßte seinen warmen Mund auf ihre Finger.

In diesem Moment wußte Alicia, daß sie ihn trotz allem immer lieben würde. »Ja, das würde ich, Rafael.« Alle Barrieren ihrer stolzen Abwehr waren niedergerissen, und sie wußte nur, wie sehr sie ihn wollte, wie sehr sie ihn brauchte.

Die neue Harmonie zwischen ihnen war zerbrechlich, und Rafael war vorsichtig, um sie nicht zu zerstören. Er hatte davon geträumt, mit ihr zusammenzusein, und ihr bezauberndes Lächeln ließ ihn an vergangene Wonnen denken; die Rundungen ihres Körpers machten ihn halb verrückt vor Verlangen. Trotzdem nahm er sie ganz behutsam in seine Arme. Alicias Augen waren weit aufgerissen, ihre Wangen gerötet, als sie aneinandergeschmiegt dastanden. Sein Mund kam näher, doch Alicia wich nicht zurück. Er hatte sie gewählt und nicht Violetta! Er liebte doch die Zigeunerin und nicht die Dame!

Sachte senkten sich seine Lippen auf die ihren, und die Berührung seines warmen Mundes tauchte Alicia in den Strudel der verwirrenden, berauschenden Gefühle, die sie so gut kannte. Es war himmlisch, wieder seinen Kuß zu spüren und sein Herz gegen das ihre schlagen zu fühlen. Sie stöhnte leise, während sie die Arme um seinen Nacken schlang, ihre Brüste an seine Brust gepreßt, und ihre Beine an die seinen gedrückt. Ihr ganzer Zorn, all ihr Schmerz war dahingeschmolzen.

Angesichts Alicias Kapitulation vergaß Rafael alles außer dem weichen Körper der geliebten Frau in seinen Armen. Alle Sehnsüchte, die er so lange unterdrückt hatte, brachen sich nun Bahn.

»Alicia!« Seine Lippen waren überall, an ihrem Ohr, auf ihrer Stirn, sie streichelten ihren Hals, dann drückten sie sich wieder auf ihre Lippen, und Alicia wußte, daß sie Rafael liebte und daß es niemals einen anderen für sie geben würde.

Wie im Fieber preßte sie sich gegen ihn, ihr Körper von Verlangen entflammt, und so protestierte sie nicht, als er sie hochhob, durch das Zimmer trug und sanft auf dem riesigen Bett absetzte.

»Du weißt, daß ich mit dir schlafen will, Alicia, doch ich werde in diesem Moment hinausgehen, wenn das dein Wunsch ist.« Er atmete stoßweise, seine Augen waren voller Verlangen, doch Alicia wußte, daß er gehen würde, wenn sie ihn darum bäte.

»Geh nicht weg. Oh, Rafael, ich wollte, daß du zu mir kommst. Ich dachte, daß diese dünne Frau...?«

»Violetta?« Er konnte ein Lächeln nicht unterdrücken. »Da ich dich liebe, Alicia, sind meine Augen blind für jede andere Frau, und wenn Doña Luisa sich noch so bemüht. Sie sucht einen Ehemann für ihre Tochter, doch sie ist so unklug, einen Mann auszuersehen, der bereits eine Frau hat.« Seine erfahrenen Lippen drückten sich sanft auf die ihren, als wollte er ihr Gelübde noch einmal besiegeln. Langsam, sehnsüchtig glitten seine Finger über ihren Körper, zogen das Leibchen ihres Nachthemds herunter, um ihre schwellenden Brüste freizulegen. Als er die Tonscherbe sah, die sie um den Hals trug, berührte er sie ehrfürchtig. »Ich war der größte aller Narren, Alicia. Kannst du mir verzeihen?«

»Ich habe dir schon lange verziehen, ungeachtet der Worte, die über meine Lippen kamen. Ich gehöre zu dir, Rafael. Jetzt und immerdar.« Alicia blickte Rafael lange an. Es war, als ob sie einander zum erstenmal sähen, als hätten sie sich nie vorher getroffen und einander doch schon immer gekannt.

Die Berührung seiner Hand auf ihrer Brust ließ sie erzittern, ihr Puls beschleunigte sich angesichts der Leidenschaft, die in seinen Augen brannte. Ihre Arme um seinen Nacken legend, bot sie ihm ihre Lippen, wollte wieder von ihm geküßt werden. Ineinander verschlungen, ließen sie ihre lange zurückgehaltenen Gefühle frei. Mit ungeduldigen Händen zogen sie sich gegenseitig aus, und mit einem Stöhnen sank Rafael auf sie.

Die Leidenschaft explodierte zwischen ihnen mit einer wilden Hingabe, in der ihre Körper und Seelen miteinander verschmolzen. Wie die Strömung eines Flusses zog ihr Körper den seinen in einem sinnlichen Rhythmus mit sich, ihre langen Beine umschlossen seine Hüften, und sie nahm ihn genauso in Besitz wie er sie. Ihr Körper war ein Gefäß der Süße, das von seiner Wärme und Liebe verzehrt wurde, gefüllt mit süßem, wilden Feuer. Die Ekstase explodierte zwischen ihnen und stürzte sie in einen Abgrund schmerzlicher Wonne. Es gab nichts als diese Glückseligkeit, die sie für immer zu einem Wesen verband und ihre Herzen für alle Zeiten miteinander verschmolz.

»Ich liebe dich, Alicia. Ich werde dich immer lieben. Egal, was geschieht, egal, wie es erscheinen mag, das darfst du nie vergessen. Ich bitte dich, an mich zu glauben, mir zu vertrauen.« Rafael blickte auf ihr Gesicht hinunter und strich ihr behutsam das verwirrte Haar aus den Augen. »Es gibt da eine Mission, die ich auf mich genommen habe, und die ich vollenden muß, bevor wir für immer zusammensein können.«

»Ich will dir vertrauen.« Sie schmiegte sich an ihn, vergrub ihr Gesicht in der Wärme seiner Brust und fühlte sich sicher und glücklich. Einen Augenblick lang waren die Liebenden unberührt von der Grausamkeit und dem Bösen der Welt und kannten nur ihre eigene Erfüllung. Und Rafael war von ihrer Unschuld wie verzaubert. Diesen fließenden Augenblick lang war er imstande, alle seine Sorgen zu vergessen. Es gab keinen Torquemada, keine Inquisition, keinen Haß, keine Gewalt, nur Liebe.

Sie verbrachten den Rest der Nacht miteinander, ihre Körper eng aneinandergeschmiegt, und jeder war darauf bedacht, daß er nicht der erste war, den wunderbaren Zauber zu brechen, der sich wie ein feines Gespinst um sie gelegt hatte. Sie liebten einander noch einmal, sanft, ohne wilde Intensität, doch letztlich genauso süß. Alicia wollte nicht einschlafen, nicht jetzt, doch als Rafael ihren Rücken streichelte und seine Finger sanft über ihr Rückgrat gleiten ließ, entschwebte sie in selige Träume.

»Rafael?« Als sie ihre Augen öffnete, um den Morgen zu begrüßen, fand sie sich allein vor, und einen kurzen Moment fürchtete sie, daß es wieder einmal nur ein Traum gewesen war. Ein Traum! Eine Welle der Enttäuschung überflutete sie, doch als sie ihre Hand ausstreckte, entdeckte sie, was er hinterlassen hatte – eine Tonscherbe neben der ihren. Ein Zeichen, daß er zurückkehren würde, daß ihre Liebe sie für immer vereinen würde, wie es in ihrem Hochzeitsgelöbnis versprochen worden war.

64

Nun, da sie sich der Liebe Rafaels sicher war, sah Alicia die Welt mit anderen Augen. Sie war zufrieden und fühlte sich lebendig. Die Welt war schön! Nicht einmal Doña Luisas beharrliche Bemühungen, Violetta mit Rafael zu verkuppeln, konnten ihrem Glücksgefühl etwas anhaben, denn Alicia wußte jetzt, daß Rafael ihr gehörte. Mit jeder Nacht, die sich herabsenkte, bewies er ihr seine Liebe.

Alicia lernte jedoch, daß das Glück ein zerbrechliches

Ding war. Alicia und Rafael konnten auf die Dauer den Rest der Welt nicht ausschließen. Ein Sturm kündigte sich an, und Rafael befand sich selbst im Auge des Orkans. Alicia merkte ihm seine Besorgnis an, doch obwohl sie ihn bat, sich ihr anzuvertrauen, bewahrte er sein Schweigen, in der Furcht, sie mit hineinzuziehen und zu gefährden. In den folgenden Wochen war er mehrmals länger von Don Philips Haus abwesend. Alicia hätte sich vor Sorge verzehrt, wenn sie sich nicht immer wieder ihren Vorsatz in Erinnerung gerufen hätte, ihm zu vertrauen. Sie wußte jetzt, daß Rafael immer wieder zurückkommen würde.

Natürlich gab es eine Menge, um Alicia beschäftigt zu halten. Ihr Vater begegnete ihr stets mit großer Aufmerksamkeit, und das Band zwischen ihnen war jetzt viel stärker geworden, da sie nun wußte, daß er ihr Vater war. Aus Angst, Enriques Haß auf ihn zu lenken, erzählte Alicia ihm nichts von dem Übergriff im Garten, doch sie ging niemals wieder allein zwischen den Blumen spazieren, trug immer ihr Messer bei sich und hielt sich stets in der Nähe mindestens eines Dienstboten auf. Ihre Schlafzimmertür hielt sie sorgfältig verschlossen und verriegelt. Dennoch fühlte sie sich von Enrique Dorado verfolgt. Sie hatte ihn sich zum Feind gemacht und durfte diese Tatsache nicht vergessen. Ihr war, als läge Enrique Dorado auf der Lauer, aber was er vorhatte, ahnte sie nicht.

Der Sommer lag in der Luft und betörte die Sinne. Obwohl Alicia sich danach sehnte, im Freien zu sein, mied sie geflissentlich den Garten. Dem Beispiel der anderen Frauen des Haushalts folgend, widmete sie sich ihrer Stickerei, der sie allerdings nichts abgewinnen konnte. Daher war sie nur zu glücklich, als ihr Vater sie einlud, mit ihm in die Stadt zu gehen. Doña Luisas tadelnden

Blick und herablassende Bemerkungen ignorierend, entfloh Alicia dem Haus, glücklich wie ein freigelassener Vogel.

Die belebten Straßen waren mit Bannern und Blumen geschmückt, die eine festliche Stimmung verbreiteten, und Alicia wurde von der Fröhlichkeit angesteckt. Eine verliebte Frau war wie ein heller, leuchtender Stern, der seine Strahlen verbreitete. Don Philip entging das nicht, und er war es zufrieden.

»Rafael de Villasandro ist ein feiner Mensch, ein Edelmann. Ich bin froh, daß er neuerdings ein Lächeln auf deine Lippen bringt.«

An ihre leidenschaftlichen Nächte erinnert, errötete Alicia und fragte sich, was ihr Vater denken würde, wenn er es wüßte. »Ich liebe ihn, Vater, und nun weiß ich, daß er mich aufrichtig liebt! Das hat er mir gesagt.«

»Und hast du daran gezweifelt? Ich nie. Nun, ich erinnere mich daran, daß vom ersten Augenblick, als er dich sah, sich diese Liebe in seinem Gesicht widerspiegelte. Er hatte mir einige Monate vorher von seiner Liebe zu einer jungen Zigeunerin erzählt, die er zu finden hoffte. Ich freue mich, daß er sie nun endlich gefunden hat.«

Troubadoure und Minnesänger in farbenfrohen Kleidern, mit Lauten und Harfen auf dem Rücken, mischten sich unter die Menge, stets aufgelegt, für ein paar Geldstücke ein Lied zu singen. Einen der jungen Männer kannte Don Philip persönlich; er ging auf ihn zu und schüttelte ihm die Hand.

»Er gehört einer Nachbarsfamilie an. Sein Name ist Alfonso Suarez. Er hat schon vor geraumer Zeit ein Auge auf Violetta geworfen, doch Doña Luisa hält ihn für unpassend.«

»Warum?«

»Er ist nur der fünfte Sohn. Ohne Vermögen, ohne

Landbesitz und ohne die Hoffnung, jemals reich zu werden, nahm er das Leben eines herumziehenden Troubadours auf. *Dios,* das ist schade. Ich fürchte, meine unglückliche Tochter wird für immer eine Señorita bleiben.«

»Dann tut es mir leid für sie, daß sie nicht weiß, was Liebe ist.«

Der laute Schlag einer Glocke verkündete die Stunde, ihr Klang übertönte das Lachen und Singen der Menge, und Alicia erfuhr von ihrem Vater, daß viele der Müßiggänger auf dem Weg zu einem Turnierspiel waren. Alicia war neugierig.

»Ist so ein Turnier wie ein Stierkampf?«

Don Philip lächelte. »Es ist in vieler Hinsicht ähnlich, doch auch wieder anders. Beim Turnierspiel kämpfen zwei Männer, um Ruhm zu erlangen und ihre Fertigkeiten zu messen. Vielleicht ist es in vielerlei Hinsicht gefährlicher, einem anderen menschlichen Wesen als einem Stier gegenüberzutreten. Ich weiß es nicht.« Sacht berührte er ihre Schulter. »Komm, ich will es dir zeigen.« Er führte sie in den Bereich, der als Turnierplatz abgeteilt war, gesäumt von einer Tribüne mit Bänken unter Baldachinen. Der Anblick der bunten Pavillons und der jungen Männer in ihrer Rüstung erfreute sie. Den Saum ihres langen Rockes hochraffend, um schneller gehen zu können, hielt sie mit Don Philip Schritt.

Wie die Straßen von Salamanca selbst hatten die Pavillons ein festliches Gepräge, doch schien irgendeine Spannung in der Luft zu liegen. Überall tuschelten die Leute über das Vertreibungsedikt.

Don Philip führte Alicia zu einer Bank, die vor der Sonne geschützt war und von wo aus sie die helmbewehrten Männer auf ihren Pferden beobachteten, die sich mit Schwertern und Lanzen schlugen.

Es war ein brennend heißer Tag, und Alicia wurde bald durstig. Sie sah zu den langen Tischen hinüber, die mit frischen Früchten und Erfrischungen beladen waren, und äußerte ihren Wunsch nach einem Getränk. Don Philip nahm ihr das Versprechen ab, daß sie ihren Platz nicht verlassen würde, zog sein Münzsäckchen heraus und ging hinüber zu den Tischen. Alicias Blick folgte ihm, als ihre Augen eine wohlvertraute Gestalt im Schatten zwischen den Tischen und dem Pavillon erblickten. Rafael! Er war hier. Das Versprechen, das sie ihrem Vater gegeben hatte, vergessend, eilte Alicia zu ihm. Als sie näher kam, sah sie jedoch, daß er nicht allein war. Ein großer, dunkelhaariger Mann mit einer bunten Federkappe stand neben ihm, und beide waren in ein Gespräch vertieft. Sie konnte ihre Neugier nicht bändigen und kam etwas näher.

»Wir müssen etwas tun, und zwar schnell, Giovanni«, hörte sie Rafael sagen.

»Die Schiffe werden bereit sein. Ich warte nur auf Eure Fracht, *amico mio.*« Harmlose Worte, doch Alicia ließ sich nicht täuschen. Rafaels allzuhäufige Abwesenheit hatte sie davon überzeugt, daß etwas im Gange war, und ihre Intuition sagte ihr, daß Rafael in Gefahr war. Er hatte zu ihr von einer Mission gesprochen. Was konnte das sein? Wenn sie auf eine Antwort hoffte, so wurde sie enttäuscht, denn als sie sich näherte, unterbrachen die beiden Männer ihr Gespräch, und es herrschte gespanntes Schweigen.

»Alicia! Was machst du hier?« Rafaels erzürnter Blick bedeutete, daß sie unwillkommen war.

»Vater hat mich mitgenommen. Ich habe noch nie ein Turnierspiel gesehen. Rafael...?«

»Aha, das ist also die schöne Alicia, von der Ihr mir erzählt habt.« Der Mann mit dem Namen Giovanni verbeugte sich höflich. »*Bella! Bella!* Kein Wunder, daß Sie Euer Herz bezwungen hat. Jetzt verstehe ich, weshalb Ihr die Straßen von Salamanca so fieberhaft nach ihr durchsucht habt.«

Alicia errötete unter seinem forschenden Blick. Es war etwas an Giovanni, was sie unwillkürlich mochte, und impulsiv erwiderte sie sein Lächeln.

»Aber ich muß mich noch vorstellen. Mein Name ist Giovanni.«

»Giovanni. Ich werde es mir merken.«

»Giovanni ist ein Seemann, ein Kapitän, Alicia, obwohl er hier in Salamanca weit weg vom Meer ist. Er möchte venezianisches Glas gegen Oliven und Rindfleisch aus León handeln.«

»Oliven? Rindfleisch?« Es gab so viele Fragen, die sie stellen wollte, doch Rafaels Verhalten, obwohl höflich, machte ihr deutlich, daß jetzt nicht der richtige Zeitpunkt war, und seine Geheimniskrämerei beunruhigte sie nur noch mehr. Sie bezweifelte, daß er ihr die Wahrheit gesagt hatte, hatte jedoch keine Zeit, weiter darüber nachzudenken, da sie gerade Don Philip erblickte, der wieder zu ihren Plätzen zurückging und nach ihr Ausschau hielt. Bedauernd verabschiedete sie sich, ein hastiges ›Aufwiedersehen‹ murmelnd, und verließ die beiden Männer.

»Ihr habt es ihr nicht erzählt?« Es war mehr eine Feststellung als eine Frage.

»Nein. Es wäre zu gefährlich, wenn sie es wüßte.«

»Es könnte noch gefährlicher sein, wenn sie es nicht weiß.« Giovanni hob eine Augenbraue. »Doch kommt, wir dürfen keinen Verdacht erregen, indem wir hier herumstehen. Laßt uns zu unseren Plätzen zurückkehren und dem Turnier zuschauen. Ich habe gehört, daß einer der Teilnehmer aus Venedig stammt.«

Keiner der beiden Männer bemerkte, daß sie beobachtet wurden, daß ihnen zwei Augenpaare folgten, als sie weggingen. »Diese Frau, die sie grüßten, ist diejenige, von der ich Euch berichtet habe. Sie wohnt zur Zeit im Hause unseres Stiefvaters.«

»Alicia!«

»Unsere Zigeunerin.«

»Ich vermute, daß Rafael de Villasandro ihr Geliebter ist.«

»Ihr Geliebter?«

»Das scheint dich zu beunruhigen.«

»Er ist ein Mann, in den ich mein Vertrauen gesetzt habe. Wenn er etwas mit dieser Frau zu tun hat, könnte das höchst unangenehme Konsequenzen haben. Laßt uns hoffen, daß ich keine Dummheit begangen habe.«

»Er schien beunruhigt, als ich ihm von dem Edikt erzählte. Könnte es sein, daß er ein Wolf im Schafspelz ist?«

»Vielleicht. Er sollte sorgfältiger überwacht werden, Enrique.« Juan Dorado bereitete sich auf die bevorstehenden Dinge vor und setzte Rafael de Villasandros Namen auf die Liste derer, auf die er seine Spione ansetzen wollte.

65

Es war spät, als Rafael zum Hause Navarro zurückkehrte, doch trotz der vorgerückten Stunde sehnte er sich danach, Trost in Alicias Armen zu finden. Vielleicht könnte er dort vergessen, was er heute gesehen hatte. Die Juden Salamancas bereiteten sich auf ihren Exodus vor.

›Christliche Nächstenliebe!‹ dachte Rafael verbittert. Er hatte von Juden gehört, die ihr Haus gegen einen Esel gaben oder einen Weinberg für ein Stück Stoff verkauften. Da die Juden gezwungen wurden, alle ihre Besitztümer abzustoßen, und den Erlös gegen Waren oder Wechsel eintauschen mußten, machten die edlen Christen der Stadt skrupellose Geschäfte. Sie beruhigten ihr Gewissen, indem sie sagten, daß diesen Nachbarn ein noch größeres Unrecht geschehen wäre, wenn man ihren Besitz offen konfisziert hätte; doch war es nicht genau das, was man mit ihnen machte? Sie wurden aus dem Land verbannt, das seit Jahrhunderten die Heimat ihrer Ahnen gewesen war, gezwungen, alles, was sie besaßen, schnell zu veräußern; und es gab viele, die nur allzu begierig waren, diese Zwangsverkäufe auszunutzen – darunter Juan Dorado.

Alles, was Rafael hatte tun können, war, ihnen die Überfahrt auf einem Schiff zu versprechen, und er war sich bewußt, daß dies nicht genug war. Wenn man jedoch entdecken würde, daß er ihnen geholfen hatte, müßte er zweifellos mit Vergeltung rechnen. Es war angeordnet worden, daß kein Christ sich mit ihnen anfreunden oder ihnen helfen dürfe, ihnen Nahrung oder Herberge geben dürfe, wenn er nicht als Helfershelfer von Ketzern zur Rechenschaft gezogen werden wollte.

Nicht einmal an diesem Punkte hatte sich Torquemada zufriedengegeben. In seinem großen Eifer verbot er jedem, den Juden auf den Straßen zu helfen, in der Hoffnung, daß sie, wenn ihr Elend groß genug wäre, ihre Irrwege zugeben und der Taufe zustimmen würden. Auf diese Kampagne hatte er nun seine Armee von Dominikanern angesetzt. Mit königlicher Sanktionierung war ein Edikt veröffentlich worden, das die Israeliten aufforderte, sich taufen zu lassen. Dort wurde die Tatsache betont, daß diejenigen, die dies vor dem Ablauf der für die Emigration festgesetzten drei Monate taten, bleiben dürften. Bleiben, um als *Conversos* auf dem Scheiterhaufen verbrannt zu werden? Glaubte er wirklich, daß diejenigen, die bisher ihren Glauben nicht aufgegeben hatten, bereit wären, dies unter einer so schlimmen Drohung zu tun? Der Mann war entweder verrückt oder ein Narr.

Rafael hatte die Stadt erreicht, bevor die Tore geöffnet wurden, bevor die Händler ihre Stände errichtet hatten. Er war entsetzt gewesen, die schwarz-weiß-gekleideten Dominikaner bereits vorzufinden, die die Juden aufforderten, das Wasser der Taufe zu empfangen. Sie waren so aufdringlich wie die Straßenhändler, und Rafael war angewidert von dem Spektakel gewesen. Kein Ort schien ihnen heilig zu sein. In ihrem Eifer waren sie sogar in die Synagogen eingedrungen.

Einige Juden konvertierten, doch die Mehrheit nicht. Diejenigen, mit denen Rafael Kontakt aufnehmen konnte, waren von Salamanca nach Madrigal, von Bedina del Campo nach La Mota und von dort nach Portugal und zu Giovannis wartenden Schiffen gebracht worden. Venedig und Italien waren ihre Bestimmungsorte. Eine zusammenhängende Kette von Sympathisanten war entlang dieser Route aufgebaut worden, die ebenso loyal in ihrer Unterstützung waren wie Rafael. Es gab doch noch Christen, die sich an die Gesetze der Nächstenliebe gebunden fühlten.

Rafael wollte jedoch nicht mehr darüber nachdenken. Er wollte das alles für einen Augenblick von sich schieben und in Alicias Armen Vergessen suchen.

Als er die Tür aufstieß, war das ganze Haus finster. Nicht eine Kerze beleuchtete den Flur, doch er kannte den Weg zu Alicias Zimmer auswendig. Rasch und geräuschlos schlich er sich zu ihrer Tür und gab das verabredete Klopfzeichen. Er fürchtete, daß sie bereits schlief, und war angenehm überrascht, als sie die Tür öffnete.

»Rafael!« Er trat ein und schloß sie fest in seine Arme, ihre Worte mit einem Kuß erstickend. Ihr langes dunkles Haar war offen, und Rafael war betört von diesen herrlichen, seidigen Locken.

Nur der weiche Schimmer des Mondlichtes erhellte das Zimmer. Als er auf ihr Gesicht niederblickte, konnte er ihr die Sorgen ablesen, verwoben mit der Liebe, die sie nicht mehr zu verbergen versuchte. Eine ganze Weile war er es zufrieden, sie einfach festzuhalten, dann hob er sie in seinen Armen hoch und trug sie zum Bett. Mit einer raschen Bewegung zog er die Dekken beiseite und legte sie auf das glatte Linnen. Er begann wieder, sie zu küssen, drückte seine Lippen auf die ihren, um mit seiner Zunge die Tiefe ihres Mundes zu erkunden. Streichelnd und küssend ließ er keinen Teil von ihr aus, und sie erwiderte seine Zärtlichkeiten mit einer Leidenschaft, die so wild und ungezähmt war wie ihr Herz.«

»Ich liebe dich, Alicia!«

Alicia blickte ihm tief in die Augen und spürte eine fast schmerzliche Zärtlichkeit für ihn. Sie konnte seinen Herzschlag hören und wußte, daß ihr Herz im gleichen Rhythmus schlug. Mit den Händen erkundete sie seinen Körper, so wie er es bei ihr gemacht hatte. Sein Fleisch war warm unter ihrer Berührung, von pulsierender Kraft. Zum erstenmal war Alicia die Angreiferin, brachte Rafael mit ihrer sanften Liebe die Erfüllung und nahm alle Qual von ihm, die ihm das Herz schwer machte. Sie war sein, er gehörte ihr, und Alicia freute sich an ihrem gegenseitigen Besitz. Es gab nichts sonst in der Welt als diesen Mann, der sie erfüllte, sie liebte. Die wilde Süße ihrer Vereinigung erfüllte sie beide.

»Alicia, süße Alicia. Ich bete zu Gott, daß ich dir niemals wieder Kummer machen werde.«

»Der einzige Kummer, den ich jemals haben würde, wäre, ohne dich zu sein!« Sie schmiegte sich enger an ihn und umschloß ihn mit ihren Armen und Beinen, als wolle sie ihn so für immer festhalten. »Oh, Rafael, ich spüre, daß du in Gefahr bist. Dieser Mann, Giovanni...«

»Ist Freund, nicht Feind. Er hilft mir. Mehr kann und will ich dir nicht erzählen. Das Risiko kann ich nicht eingehen.«

»Rafael...!«

»Scht, Liebes.« Sanft drückte er seine Lippen auf ihren Mund, brachte ihre Fragen zum Verstummen und verbannte alle Sorgen und Zweifel aus ihrem Sinn. Im Augenblick war Stille, abgesehen vom Schlagen ihrer Herzen, ihren leisen Seufzern, als in süßem, heißem Verlangen ihre beiden Körper verschmolzen, und sie noch einmal Frieden und Glück verspürten – vor den unheilvollen Ereignissen, die ihnen bevorstanden.

66

Der Sommer stand in voller Blüte, mit sonnigen Tagen und warmen, schlaflosen Nächten. Es war eine Zeit, die Alicia als den Monat ihres größten Glücks und die Zeit drohenden Unglücks im Gedächtnis behalten sollte.

Der Monat Juni begann mit Festen, Musik und Schwelgerei. Es schien eine Zeit zu sein, in der jeder Vorwand zum Feiern herhalten mußte. Zum erstenmal in ihrem Leben ließ sich Alicia vollkommen von ihren Gefühlen leiten und ergab sich der ansteckenden Stimmung, die überall herrschte. Nur Rafaels häufige Anfälle von Melancholie bedrohten ihr vollkommenes Glück. Doch obwohl sie ihn immer wieder ausfragte, bewahrte er sein

Schweigen. Dennoch brachten ihr die Zeiten, wenn sie in seinen Armen lag, die größte Befriedigung. In der Obhut des schützenden Kokons, den Philip Navarro um sie gewoben hatte, war sie sich der Intrige nicht bewußt, die innerhalb der Haciendamauern gesponnen wurde.

Für diesen Abend hatte Don Philip ein Fest geplant, auf dem er Alicia als seine Tochter anerkennen wollte, das hatte er ihr wenigstens gesagt. Alicia Maria Navarro, seine Tochter und Erbin. Alicia hatte ihm mit einer Mischung aus Freude und ängstlicher Erwartung zugehört. Sie war stolz, seine Tochter zu sein, konnte jedoch nicht umhin, sich zu fragen, was diese Erklärung für Violettas Stolz bedeuten würde. Obwohl die mürrische junge Frau ihr nichts als Feindseligkeit gezeigt hatte, tat sie Alicia eigentlich leid, und Alicia hätte sich gewünscht, daß sie Freundinnen geworden wären. Und was war mit Doña Luisa? Obwohl die Frau versucht hatte, gegenüber Alicia höflich zu sein, flackerte noch immer Feindseligkeit in ihren Augen.

Die Sterne glitzerten hell am schwarzen Himmel, ein leiser Luftzug wehte den schwachen Duft von Rosen aus dem Garten herauf, und Alicia, die auf ihrem Balkon stand, atmete den Duft der warmen Nachtluft ein. Der Garten war mit Laternen geschmückt, und der weiche Schlag einer Laute begleitete das Lied des Minnesängers, der über die Wege schritt. Alicia erkannte Alfonso Suarez und lächelte. Wenn eine Frau verliebt war, wünschte sie, daß auch andere in ihrer Umgebung eine solche selige Leidenschaft teilten, und Alicia war gespannt, ob dieser Mann Violetta ein Lächeln entlocken würde. Wenn ihre Stiefschwester eine glückliche Frau wäre, müßte sie nicht neidisch auf andere sein.

»Das Gesicht meiner Liebe ist so weiß wie eine Rose, der Flügel des Raben ist so schwarz wie ihr Haar.«

Der Minnesänger blieb unter Violettas Balkon stehen und machte kein Geheimnis daraus, daß er seine Ballade für sie sang. Als er Violetta auf ihrem erhöhten Platz erblickte, verriet der scharlachrot gekleidete Alfonso mit seinem Gesichtsausdruck, daß er sie nicht vergessen hatte. Die Flamme der Leidenschaft, die er einst gespürt hatte, war immer noch vorhanden.

»Alfonso! Still, du wirst den Zorn meiner Mutter über uns beide bringen. Hast du vergessen, wie launisch sie ist?« flüsterte Violetta und schaute sich kurz um.

»Laß sie doch wütend sein! Ich hätte dich niemals verlassen sollen, Violetta. Du bist die einzige Frau, die ich jemals lieben werde.«

»Alfonso!« Violettas Protest konnte die Freude nicht verheimlichen, die seine Worte ihr bereiteten, und Alicia war überrascht, wie hübsch die dunkelhaarige junge Frau sein konnte, wenn sie lächelte.

»Komm mit mir!« Ein dissonanter Schlag auf der Laute begleitete seine Bitte.

»Ich kann nicht. Oh, Alfonso. meine Mutter will, daß ich einen anderen heirate.«

»Liebst du ihn?«

»Er sieht sehr gut aus, und meine Mutter sagt...«

»Liebst du ihn?«

»Ich glaube nicht. Doch ich könnte es nicht ertragen, sein Herz zu brechen.«

»Und meines willst du brechen.«

»Sprich nicht so.«

»Dann gib mir einen Beweis deiner Liebe. Ein Zeichen, das ist alles, was ich verlange.« Alicia sah, wie Violetta die Rose nahm, die sie im Haar trug, und dem Minnesänger zuwarf. »Eine rote Rose, vollkommen und schön, doch errötet sie vor Neid auf deine Lippen.«

»Alfonso, so darfst du nicht reden. Ich werde bald verheiratet sein. Meine Mutter...« Alicia trat hastig zurück in ihr Zimmer. Obwohl sie sich der Liebe Rafaels sicher war, gaben ihr Violettas Worte einen Stich ins Herz. Sie schloß die Tür und überließ den Minnesänger seiner Liebe. Langsam ging sie hinunter.

Der Innenhof war mit Leuten gefüllt, die Alicia nicht kannte. Männer, die in bunte Beinkleider und Jacken gekleidet waren, Damen in vielfarbigen Gewändern, die so schimmerten wie die Blumen im Garten draußen. Sie erinnerten Alicia an die *Gorgios,* die sie verhöhnt hatten, als sie in der Stadt angekommen war, und sie wäre am liebsten davongelaufen.

»Alicia, da bist du.« Don Philip grüßte seine Tochter herzlich und küßte sie auf die Wange. »Heute ist ein Tag, den ich lange in meinen Träumen herbeigesehnt habe, ein Zeitpunkt, der mir sowohl Glück als auch Schmerz bringt. Heute vor achtzehn Jahren bist du geboren worden. Ich hielt es für einen sehr passenden Zeitpunkt, um dich meinen Freunden vorzustellen.«

Er nahm ihren Arm und führte sie mit einem stolzen Lächeln von Gruppe zu Gruppe. Er stellte Alicia so vielen Menschen vor, daß sie wußte, sie würde all die Namen niemals behalten können. Alicia wurde von einigen der Leute mit herzlicher Begeisterung begrüßt, die auf der Straße Steine nach ihr geworfen hatten, sie jetzt aber nicht erkannten. Pater Julio hatte ihr gesagt, daß Vergebung ein Segen sei, und seufzend versuchte Alicia, alle Befürchtungen zu verbannen. Wenn das die Freunde ihres Vaters waren, würde sie irgendwie lernen müssen, sie zu mögen.

Alicia suchte nach Rafael, und als er den Raum betrat, machte ihr Herz einen Sprung. Quer durch den Raum trafen sich ihre Blicke, und sie merkte ihm seine Besorgnis an. Ihr einziger Gedanke war, zu ihm zu eilen, doch die vielen Gäste im Raum bildeten eine Barriere, die sie voneinander trennte.

Es wurde Konversation gemacht, Musik wurde gespielt, und Wein wurde ausgeschenkt, während die Stunden verstrichen. Schließlich gelang es Rafael, an Alicias Seite zu gelangen. »Don Philip sagt mir, daß dies dein Geburtstag ist. Ich habe ihm schon lange mitgeteilt, daß wir verheiratet sind, Alicia.«

»Du hast es ihm gesagt? Er weiß es?«

»Er wünscht sich sehr, daß wir unser Versprechen noch einmal vor einem Priester geben. Beunruhigt dich diese Vorstellung? Willst du noch einmal meine Frau werden?« Sie spürte seinen warmen Atem, als er ihr ins Ohr flüsterte: »Ich liebe dich, mein liebliches Zigeunerweib.«

Alicia fand nicht die rechten Worte, doch ihr Lächeln war ihre Antwort. Sie hatte darauf gewartet, daß er sie bitten würde, nach den christlichen Gesetzen zu heiraten, in dem Bewußtsein, daß diese Gelübde dem gütigen Christ gefallen würden. Pater Julio hatte immer wieder betont, wie wichtig eine solche Zeremonie war. Nun würde sie mit Rafael nach den Gesetzen der Zigeuner und der Christen verbunden sein. Das war gut. Es war richtig. Rudolpho selbst würde sich darüber freuen. Zusammen bahnten sie sich einen Weg zu Philip Navarro, um seinen Segen zu erhalten, einen Segen, dessen sich Alicia sicher war.

»Vater...« Alicias Worte gingen in einem wütenden Aufschrei unter. Nachdem sie in das Zimmer ihrer Tochter gegangen war, war Doña Luisa ohne Violetta zurückgekehrt, einen Zettel in der Hand. »Was ist? Was ist los?« Mit dem Schlimmsten rechnend, folgte Alicia Rafael und Don Philip, die an die Seite der verstörten Frau eilten.

»Was ist geschehen? Hör auf zu weinen, Frau, und sag

mir, was los ist!« Don Philip nahm seiner Frau die Botschaft aus der Hand, doch anstatt in Tränen auszubrechen, lächelte er. »Violetta. Sie ist ausgerissen. Sie hat sich von diesem Minnesänger Alfonso Suarez entführen lassen.« Er zwinkerte Rafael zu. »Sie läßt dir sagen, daß es ihr sehr leid tut, dein Herz zu brechen. Sie möchte, daß du versuchst, sie zu vergessen.«

»Ich werde ihr niemals vergeben. Mit diesem... diesem... durchzubrennen.« Händeringend eilte Doña Luisa davon, übermannt von einer Flut enttäuschter Tränen. Obwohl Alicia niemanden gern weinen sah, mußte sie ein Lachen unterdrücken. Sie freute sich über Violettas Glück und war erleichtert, daß die junge Frau Rafael nicht mehr nachstellte. Es schien, als hätte sich alles zum Guten gewendet.

Alicia schwelgte in ihrem Glück. Sie hatte ihren Vater gefunden, sie wurde von Rafael geliebt, was konnte sie noch mehr erwarten? Obwohl der Raum vor Leuten überquoll, war es, als seien sie und Rafael ganz allein. Selbst Enrique Dorados stierender Blick konnte ihrem Glück nichts anhaben. Ihre Augen waren so angefüllt mit dem Anblick Rafaels, daß sie kaum das Eintreten des schwarzgewandeten Priesters bemerkte, bis die anderen Anwesenden in seine Richtung schauten.

»Du bist gekommen, um mit uns zu feiern, Bruder Dorado?« Don Philips Ton war kalt, obwohl er respektvoll den Kopf neigte.

»Ich bin in Gottes Auftrag gekommen!« Kalte, grausame Augen musterten Rafael. »Es gibt einen Feind in unserer Mitte.« Die Leute im Raum hielten den Atem an, als sie ihre Augen in Juan Dorados Richtung lenkten. Aus den Ecken traten sieben Sonderbeamte der Inquisition in den Saal.

»Du wagst es, in mein Haus einzudringen!« Don Philip

hatte keine Angst vor seinem Stiefsohn, doch war er nicht imstande, die bewaffneten Männer zurückzudrängen, die Rafael de Villasandro umringten.

»Dieser Mann steht unter Arrest.« Auf Juan Dorados Zeichen ergriffen zwei der Männer Rafaels Arme.

»Unter Arrest? Was liegt gegen mich vor?«

»Es gehört nicht zu den Richtlinien des Heiligen Amtes, einen Gefangenen über die Beschuldigungen gegen ihn zu informieren. Wir haben nur die Aufgabe, sein Geständnis herbeizuführen.«

Alicia war außer sich und stürzte sich auf Rafael. »Nein! Ihr könnt ihn nicht mitnehmen. Das könnt Ihr nicht!« Brutal wurde sie zur Seite gestoßen und mußte in hilflosem Zorn zusehen, wie Rafael fortgezerrt wurde, ein Gefangener des haßerfüllten Juan Dorado.

67

»Rafael!« Alicias Aufschrei verlor sich im Getöse und Tumult, die diese Verhaftung ausgelöst hatte. Sie versuchte, Rafael zu folgen, doch ihr Vater stellte sich ihr in den Weg. »Ich muß zu ihm! Vater, bitte!«

»Nein, Alicia. Wir müssen Ruhe bewahren. Wir müssen vorsichtig sein. Hysterie wird nur Rafaels Feinden nützen. Ihm in diesem Augenblick nachzulaufen, würde ihm nicht helfen und dich nur genauso gefährden. Das verstehst du doch?« Alicia nickte und warf sich hemmungslos weinend an seine Brust. Er strich ihr über das Haar und versuchte, sie zu trösten. »Es muß ein Mißverständnis sein. Rafael ist ein Ehrenmann.« Er warf seiner Frau einen zornigen Blick zu. »Dein Sohn ist verrückt geworden, Frau. Er hat sich gegen den Mann gewandt, den er selbst als Gast hierhergeschickt hat. Warum? Ist er so von seiner Macht vergiftet?«

»Vielleicht ist dieser Rafael nicht so ehrenhaft, wie du glaubst.« Sie drehte ihm den Rücken zu und entfernte sich, hielt jedoch die Augen auf ihren Mann und seine Tochter fixiert in der Hoffnung, daß die Ereignisse sich irgendwie zu ihrem eigenen Vorteil nutzen ließen. Als ihre Augen auf Enrique fielen, warf sie ihm einen vielsagenden, eindringlichen Blick zu.

Alicias Schluchzen ging Don Philip zu Herzen, und ohne die Absichten seiner Frau zu kennen, versuchte er, den Kummer seiner Tochter mit einem voreiligen Versprechen zu beruhigen. »Ich werde unverzüglich meinen Stiefsohn aufsuchen. Ich werde ihn veranlassen, dieses Theater zu beenden. Bevor eine Stunde vergangen ist, werde ich Rafael wieder zurück in deine Arme bringen.« Er begleitete seine Tochter in die Geborgenheit ihres Schlafzimmers und bat sie, dort zu bleiben, und durch den Nebel ihrer Tränen versprach Alicia zu gehorchen. Von ihrem Balkon aus sah sie, wie ihr Vater das Haus verließ, hörte den Hufschlag seines Pferdes, als er fortritt.

Es war still in ihrem Zimmer, eine Zuflucht nach dem Tumult im Festsaal, eine friedliche Stätte der Zurückgezogenheit, wo Alicia nun versuchte, ihre Gedanken zu ordnen. Sie würde ihrem Vater Zeit lassen, Rafael zu helfen, bevor sie sich von ihren eigenen Gefühlen leiten ließe. Und doch erschreckte sie der Gedanke, daß Rafael vielleicht irgendwie schuldig sein könnte. Sie hatte ihn mit dem Schiffskapitän über eine Fracht reden hören und wußte, daß er auch vor ihr Geheimnisse hatte. Sollte sie diesen Giovanni aufsuchen und die Wahrheit herausfinden? Nein. Liebe bedeutete Vertrauen, und sie war sicher, daß Rafael niemals etwas tun würde, um anderen zu schaden. Sie mußte geduldig sein. Ihr Vater würde zurückkehren, wie er es versprochen hatte, und dann würde Rafael bei ihm sein.

Alicia setzte sich auf ihr Bett, schloß die Augen und versuchte das wilde Klopfen ihres Herzens zu bändigen. Sich in Geduld üben, war nicht so leicht. »O Gott, bitte schick Rafael zu mir zurück!« flüsterte sie, als sie sich an die Lehren Pater Julios erinnerte, seine Versicherung, daß der Gott der Christen auf ihre Gebete antwortete. Würde er sie hören? Sie war so vertieft, daß sie das Klopfen an der Tür zuerst nicht wahrnahm.

»Alicia! Alicia!« erklang Doña Luisas Stimme vor der Tür, begleitet von einem rhythmischen Klopfen. »Alicia, laß mich ein. Ich habe eine Botschaft von deinem Vater.«

»Meinem Vater!« Alicia eilte zur Tür. »Was ist geschehen?«

»Öffne die Tür, und ich werde es dir sagen«, kam die Antwort. Obwohl Alicia keinen Grund hatte, sich vor Doña Luisa zu fürchten, zögerte sie. »Wenn du die Tür nicht sofort öffnest, gehe ich. Das Schicksal Rafael de Villasandros geht mich schließlich nichts an!«

Langsam öffnete Alicia ihrer nächtlichen Besucherin die Tür. »Mein Vater. Rafael...« Ihr Herz erstarrte, als sie im selben Moment sah, daß Doña Luisa nicht allein war. An ihrer Seite, mit einem unheilverkündenden Grinsen, stand ihr Sohn Enrique. »Nein!« Alicia warf sich mit dem Körper gegen die Tür, doch Doña Luisa stellte rasch ihren Fuß in den Türspalt. »Was ist los? Warum...?« Aus den tiefsten Tiefen ihres Gedächtnisses stieg in Alicia die Erinnerung an eine ähnliche Situation auf.

»Du mußt mitkommen. Wir bringen dich zu deinem Vater. Er hat nach dir gefragt.« Doña Luisas Lächeln war so hart und kalt wie Eis, doch ihre Stimme klang sanft und liebenswürdig.

»Nein! Mein Vater trug mir auf, hier zu bleiben.« Ihre grünen Augen trafen sich mit den grauen Augen Doña Luisas zu einem stummen Duell, und es schien Alicia, als durchlebte sie einen alten Traum, einen Alptraum, als die Frau sie packte und festhielt.

»Es ist keine Zeit für Argumente. Komm mit, *date prisa!*« Sie zog Alicia am Arm, doch Alicia war kein kleines, unmündiges Kind mehr, das gehorchte. Das harte Leben unter den Zigeunern hatte Alicia stark gemacht, und sie entwand sich dem Griff Doña Luisas. »Enrique! Schnell. Fang sie ein, bevor sie entkommt.«

Enrique starrte sie böse an, bereit, sie zu packen, falls sie an ihm vobeilaufen wollte, doch Alicia stürzte auf den Balkon, in der vollen Absicht hinunterzuspringen, als sie von seinen starken Armen festgehalten wurde. »Nicht so schnell. Diesmal wirst du mir nicht entkommen, Zigeunerin!«

Um sich schlagend, versuchte Alicia zu rufen, zu schreien, doch er bedeckte ihren Mund mit seiner Hand. ›Das Messer‹, dachte Alicia. ›Mein Messer!‹ Irgendwie mußte sie es finden!

»Bring sie schnell zur Ruhe, oder sie wird uns noch die Dienstboten an den Hals hetzen!« Enrique kam der Aufforderung seiner Mutter mit Hilfe eines Fetzens von Alicias Schal nach. »Die Gäste sind alle weg, die Dienstboten haben sich zurückgezogen. Unten ist es ruhig, doch wir müssen uns beeilen, bevor Philip zurückkommt.« Sie warf Alicia einen triumphierenden Blick zu. »Ich habe schon einmal versucht, dieses Haus von dir zu befreien, doch du bist zurückgekommen, um mich zu verfolgen. Diesmal wirst du nicht zurückkehren. Ich werde deinem Vater sagen, daß du so außer dir vor Trauer über das Schicksal Don Rafaels gewesen warst, daß du seinen Rat nicht befolgt hast und weggelaufen bist. Und angesichts der vielen Gefahren der Nacht, wer weiß, was dir zugestoßen ist...«

»Wir werden sie zu Juan bringen. Er wird wissen, was zu tun ist. Ist er nicht ein Experte in der Kunst, unsere Stadt von unerwünschten Zigeunern und Juden zu befreien?« Eine gespannte Stille folgte Enriques Worten, und das Ungeheuerliche dessen, was geplant war, betäubte Alicia. Sie wurde von Verzweiflung erfaßt. Sie würden sie fortbringen, und sie würde Rafael oder ihren Vater nie mehr wiedersehen. Ihr Messer! Das war ihr einziger Gedanke, als man sie fortzerrte.

»Draußen steht ein Wagen, er ist bereits angespannt. Wenn wir vorsichtig sind, wird niemals jemand Verdacht schöpfen...« Mitten in Doña Luisas Satz flog die Tür auf. Wie ein Racheengel stand Philip Navarro in der Tür.

»Was geht hier vor?« Seine Augen sprühten vor Zorn, während er zu seinem Schwert griff.

»Wir haben sie beim Stehlen ertappt, Mann! Als ich ihr Vorhaltungen machte, griff sie mich mit einem Messer an. Wäre Enrique nicht gewesen...«

»Lügnerin! Weibsbild! Hältst du mich für einen Narren! Du hast vielleicht einmal Erfolg mit deiner Geschichte gehabt, wie Alicia ihrem Kindermädchen weglief und in den Fluß fiel. Ich habe damals das Ausmaß deines Verrats geahnt, doch heute bin ich klüger. Laßt meine Tochter los oder ihr werdet beide mein Schwert zu spüren bekommen!« Philip Navarro mußte das nicht zweimal sagen. Wütend stieß Enrique sie von sich.

»Vater! Ich erinnere mich jetzt. Sie kam in mein Zimmer, genau wie sie es heute tat. Sie hielt mich fest. Sie sagte mir, daß du mich sehen wolltest, doch das war eine Lüge. Sie hat mich zu den Zigeunern gebracht!« Sie wühlte in den Falten ihres Kleides und zog ihr Messer hervor. Drohend hielt sie es hoch, falls Enrique Dorado immer noch an Gewalt denken sollte.

»Nein, Philip, ich war es nicht. Das Kind ist verrückt geworden?«

»Wirklich, Luisa? Glaubst du, ich hätte keinen Verdacht gehabt? Ich hoffte aufrichtig, daß du unschuldig wärst, und nahm an, daß vielleicht das Kindermädchen von der Entführung meines Kindes profitieren wollte, doch heute abend hast du dich selbst verraten. Ich will, daß du und diese elende Kreatur, die du geboren hast, noch heute nacht aus meinem Haus verschwindet!«

»Nein!« Ihren Stolz vergessend, fiel Luisa Teresa Dorado Navarro auf die Knie, die Arme flehentlich ausgestreckt. »Ich wollte ihr nichts Böses tun. Vergib mir! Vergib mir! Es geschah nur, weil ich dich so liebte, weil ich eifersüchtig auf das Kind war.« Sie warf Alicia einen wilden Blick zu. »Es tut mir leid. Ich werde dir niemals wieder etwas tun, etwas sagen. Nur wirf mich nicht auf die Straße!«

»Ich werde dich nicht verhungern lassen. Ich bin ein Ehrenmann. Doch ich will dein Gesicht nie wiedersehen, hörst du?« Don Philip schüttelte angewidert den Kopf. »Verlaßt mich jetzt beide, bevor ich meine Meinung ändere. Ich zittere, wenn ich daran denke, was heute nacht geschehen wäre, wenn ich nicht rechtzeitig zurückgekehrt wäre. Möge Gott dir die Jahre des Elends vergeben, die du mich gekostet hast – ich kann es nicht.« Der Zorn stand ihm ins Gesicht geschrieben, während er zusah, wie Doña Luisa und Enrique fortgingen, doch sein Stirnrunzeln schmolz dahin, als er seine Tochter in die Arme nahm. Endlich gehörte Alicia wirklich ihm.

»Wo ist Rafael, Papa?« Ihr Herz erstarrte, als sie seine Antwort erriet. »Sie haben dich nicht zu ihm gelassen!«

»Er wird streng bewacht, möge Gott Juan Dorado zur

Hölle schicken! Aber er hat noch nicht gewonnen! Mein Stiefsohn hat noch nicht gesiegt. Ich werde Pater Julio zum Papst schicken, wenn es sein muß, um Rafaels Fall anzuhören. Egal, was zu tun ist, du wirst den Mann, den du liebst, wieder an deiner Seite haben. Das schwöre ich bei Gott!«

68

Der Gang zu den Kerkern war dunkel und unheimlich, ein Eindruck, der noch durch die flackernden Flammen der Fackeln verstärkt wurde, die die Männer in ihren dunklen Kutten hochhielten. Die Stufen waren steil, und ein- oder zweimal war Rafael sicher, daß er stolpern und fallen würde. Nur die starken Arme seiner Wächter bewahrten ihn vor dem Sturz.

»Warum bringt man mich an diesen üblen Ort? Ich bin ein Bürger von Kastilien. Ihr habt kein Recht, mich so zu behandeln!«

»Weil Ihr Juden geholfen und unterstützt habt. Wegen Verbrechen gegen die Kirche. Weil Ihr selbst ein *Converso* seid.«

»Ein Konvertit? Das ist eine lächerliche Beschuldigung, und das wißt Ihr selbst! Ich bin kein Konvertit, sondern ein loyaler Christ.«

Juan Dorado lachte, kalt und grausam. »Loyaler Christ? Das ist wohl kaum die richtige Bezeichnung für jemanden, der angeklagt ist, ein Helfershelfer von Flüchtlingen und Anhängern jüdischer Riten zu sein.«

Rafael hatte keine Gelegenheit, eine Antwort zu geben, denn unvermittelt verfiel Juan Dorado wieder in Schweigen, während er seinen Gefolgsleuten das Zeichen gab, Rafael einen langen, schwach erhellten Korridor hinunterzubringen, der zu einem Dutzend oder mehr winzigen Zellen führte. In den fensterlosen Verliesen roch es faulig. Rafael wunderte sich, ob er sich jemals an diesen Gestank gewöhnen würde, doch das war jetzt die geringste seiner Sorgen.

»Bringt ihn in die zweite Zelle!« befahl Juan Dorado. »Ich werde ihm zeigen, was mit Leuten geschieht, die meine Freundschaft verraten haben!« Er wählte einen Schlüssel aus dem Ring, den er bei sich trug, und machte eine spöttische Verbeugung. »Hoffen wir, daß die Herberge angemessen ist.«

Rafael hörte das Schloß in der Tür klicken und fühlte, wie er von einer Hand hineingestoßen wurde. Einen Augenblick war er frei und stürzte sich auf den verhaßten Priester. Mit der Geschicklichkeit einer Katze wich Juan Dorado zur Seite aus.

»Kettet ihn an!« Drei Wächter hielten ihn fest.

»Nein!« Rafael kämpfte gegen sie an, doch sie waren in der Überzahl und hatten ihn schnell unter Kontrolle. Sie schoben ihn in die winzige Zelle und stießen seine Handgelenke in Fesseln, die mit Ketten an der Wand befestigt waren.

»Das wird seinen Mut kühlen!« rief einer der Wächter aus.

»Nur ein aufrichtiges und offenes Geständnis all dessen, was Ihr getan habt, wird Euch vor weiterem Schaden bewahren.« Daß Juan Dorado damit die Folter meinte, wußte Rafael wohl, doch er zeigte keine Furcht. »Nennt mir die Namen derer, die Euch geholfen haben.«

»Geht zum Teufel!«

Juan Dorado heuchelte Besorgnis, seine Stimme wurde leiser. »Eure einzige Hoffnung auf Rettung ist ein volles und offenes Geständnis Eurer Taten. Wer sind Eure Komplizen?«

»Niemand. Ich habe nichts getan!« Er würde niemals Giovanni oder die anderen verraten, niemals. »Es gibt nichts zu sagen.«

»Dann tut es mir leid für Euch, Señor, denn Ihr werdet ein elendes Leben führen, bis Ihr mit uns zusammenarbeitet.« Eine ganze Weile noch verhörte Juan Dorado Rafael, bis seine Ohren summten und sein Kopf zu schmerzen begann. Fragen, lächerliche Fragen. »Eßt Ihr jemals Schweinefleisch?«

Rafael lachte. »Ja, wenn es gerade eben gar ist, gehört es zu meinen Lieblingsgerichten.«

»Ihr eßt Schweinefleisch, obwohl Ihr ein *Converso* seid?«

»Ich bin kein *Converso.* Ich bin Christ, obwohl Ihr mir keinen Grund gegeben habt, stolz auf meinen Glauben zu sein. Männer wie Ihr verhöhnen Gott.«

»Schweigt, oder ich klage Euch auch noch wegen Blasphemie an.« Er schritt vor Rafael auf und ab, seine winzigen Augen musterten ihn gierig. Mit gesenkter Stimme gestand er: »Ich weiß, daß Ihr kein Konvertit seid, aber das wird ein Geheimnis zwischen uns bleiben. Gleichgültig, was jemand getan hat, man braucht ihn nur zu beschuldigen, ein Konvertit zu sein, um dafür zu sorgen, daß er reichlich bestraft wird.«

»Ihr wißt es und würdet doch zusehen, wie ich leide. Was für ein Mensch seid Ihr?«

»Ein Mann, der tut, was getan werden muß. Aber ich brauche mich nicht vor Euch zu rechtfertigen, einem Mann, der das Stigma jüdischen Blutes trägt!« Auf Rafaels überraschten Blick fügte er hinzu: »Ich habe die Sache mit Eurer Mutter und Eure geheime Schande herausgefunden.«

»Meine Mutter war eine schöne Frau, eine ehrenhafte Frau, auf die ich stolz bin. Es ist keine Schande, von ihr geboren worden zu sein, doch ich bin kein Jude.«

Juan Dorado zitterte vor Zorn. »Nach den Gesetzen der Juden selbst ist jedes Kind einer jüdischen Mutter ein Jude! Ich habe gelobt, ganz Spanien von allen zu befreien, deren Blut so befleckt ist!«

»Die Juden waren lange vor den Christen in Spanien. Wenn ich praktizierender Jude wäre, wäre ich stolz darauf.« Mehr wagte er nicht zu sagen, aus Angst vor Juan Dorados Rache.

»So legt Ihr endlich Eure wahren Gefühle offen. Wie schade, daß gerade kein Notar anwesend ist, um Euer Geständnis aufzunehmen, aber ich werde es nicht vergessen.« Wütend rief er die Wächter wieder zu sich. »Er wird uns bald die Informationen liefern, die wir haben wollen.«

Rafael wurde losgebunden und durch die Halle in einen größeren Raum geführt. Als er seine Augen an das Licht gewöhnt hatte, sah er sich um und zuckte beim Anblick der teuflischen Folterwerkzeuge zusammen.

»Bruder Dorados Spielzeug«, witzelte der Wärter und verzog sein Gesicht zu einem zahnlosen Grinsen. »Ich nehme an, Señor, daß es nicht lange dauern wird, bis Ihr um Gnade winseln werdet.«

Es war üblich, den Gefangenen die Folterwerkzeuge zu zeigen, so daß sie sich die Konsequenzen ausmalen konnten, wenn sie nicht ›gestehen‹ wollten. »Ich bin großzügig.« Juan Dorado grinste. »Wir geben dem Angeklagten zwei Wochen, um über seine Sünden nachzudenken. Zwei Wochen, dann werden wir die Untersuchung fortsetzen.«

›Zwei Wochen‹, dachte Rafael. Er war gefangen, ohne Hoffnung auf ein Entkommen. Er war verdammt, wenn er gestand, und verdammt, wenn er nicht gestand. Das

Leugnen von Schuld würde nur Todesqualen bringen, die Streckfolter, die Wippe oder die Wasserfolter, während ein Schuldgeständnis den Scheiterhaufen bedeuten würde.

»Ich muß gestehen, sagen, was sie hören wollen, um dem Leiden zu entgehen. Ist es nicht das, was Ihr heiligen Leute erwartet?« Rafaels Blick war von schneidender Verachtung erfüllt.

»Ihr müßt uns die Informationen geben, die wir haben wollen.« Bruder Dorado grinste. »Im übrigen, Señor de Villasandro, erinnert Ihr Euch an das wunderschöne Bild, das Ihr mir geschenkt habt? Ich habe meiner Sammlung ein weiteres Werk einverleibt. Es gehörte Eurem Bruder!«

»Meinem Bruder?« Rafael wich das Blut aus dem Gesicht bei der Vorstellung, daß Carlos und seine Familie sich in der Hand dieses Dämonen befanden. Bruder Dorado bemerkte seine Furcht und setzte wie ein Raubvogel zum Todesstoß an. »Er ist ebenfalls ein Gefangener, in Toledo. Seine Frau hat uns einige sehr interessante Geschichten erzählt.«

»O mein Gott!« Daß ein Mann oder eine Frau unter der Folter alles gestehen konnten, wußte Rafael. Arme Maria. Arme, sanfte, liebevolle Maria. Was hatten sie ihr angetan! »Ich bin weder Jude noch Konvertit. Mein Bruder, seine Kinder und ich selbst sind loyale Christen. Wie oft muß ich Euch das erzählen?«

»Auch kein Zigeuner?« Wieder dieses eiskalte Lächeln. »Soll ich glauben, daß Ihr die Frau nicht kennt, die im Haushalt der Navarros wohnt?«

»Sie hat damit nichts zu tun!« Rafael war fest entschlossen, Alicia zu schützen, und wenn es ihn das Leben kosten würde. Er könnte jede Folter aushalten, wenn er sie in Sicherheit wüßte.

»Das werden wir sehen. Das werden wir sehen.« Darauf setzte er Rafael von seinen Plänen in Kenntnis. Innerhalb von zwei Wochen würde man Rafael zurück nach Toledo bringen, um ihn vor Gericht zu stellen, und der Verhandlung würde kein anderer als Bruder Tomas de Torquemada selbst beiwohnen.

DREI

Kastilien, Sommer 1492

69

Die ersten Strahlen des Morgenrots funkelten über dem Horizont und erhellten den Pfad der Gruppe von Reitern, die auf dem Weg nach Toledo waren. Alicia hatte diese Strecke schon einmal zurückgelegt. Damals war sie allein gewesen, während sie nun von ihrem Vater, zehn seiner Dienstboten und Gefolgsleuten sowie dem Kapitän Giovanni begleitet wurde. Als sie von Rafaels Aufenthaltsort erfahren hatten, hatten sie den Entschluß gefaßt, ihn zu befreien, sei es durch königlichen Gnadenakt, durch Tricks oder durch Gewalt.

»Wir sollten uns als Mönche verkleiden und ihnen Rafael vor ihrer Nase wegschnappen!« meinte Giovanni, der trotz der Gefahr auf seiner Überzeugung beharrte, daß alles gut gehen werde.

»Zuerst müssen wir um eine Audienz beim König und der Königin nachsuchen. Ich glaube, daß Isabella mir Gehör schenken wird, trotz des Einflusses, den diese Kröte Torquemada auf sie ausübt. Als junger Mann habe ich für Isabellas Recht gekämpft, gegen die verrückte Tochter Heinrichs IV., Johanna, die Herrschaft anzutreten, und seit dem Tag hat die Königin auf meinen Rat gehört.« Philip Navarro und der venezianische Kapitän hatten schnell zu einer Beziehung gegenseitiger Achtung gefunden, und bei dieser Feststellung des spanischen Edelmannes nickte Giovanni. »Ich muß sie davon überzeugen, daß es klug ist, Rafael freizulassen.«

Alicia sah zu ihrem Vater hinüber und verspürte Gewissensbisse. Sie hatte ihm nicht alles erzählt, was sie von Giovanni gehört hatte. Sie selbst hatte erst kürzlich von Rafaels mutigem Eintreten gegen Juan Dorado und dem wahren Zweck der Schiffe erfahren, die bereitgestellt wurden. In ihren Augen war Rafael ein Held, doch wie würde die Königin seine Taten beurteilen? Darüber konnte Alicia nur spekulieren.

Inzwischen war es Tag geworden, und sie kamen zügig voran. Alicia war froh, daß sie Knabenkleider trug. Die Lederstiefel, das langärmelige Wams und die Beinkleider waren viel bequemer als Frauenkleider.

»Wie lange dauert es noch, bis wir Euer Toledo erreichen?« Giovannis Stimme verriet, daß er Schmerzen hatte, und Alicia vermutete, daß er es nicht gewohnt war, zu Pferde zu reisen.

»Nur noch ein paar Meilen, Señor«, antwortete Don Philip und zeigte nach vorn, wo die unbefestigte Straße in die gepflasterten Straßen der Stadt einmündete. Die letzten drei Meilen erschienen den erschöpften Reisenden wie dreißig. Alicias Augen waren rotgerändert von der Sonne, und als sie die Menschenmenge erblickte, die aus der Stadt herausquoll, dachte sie zunächst, sie habe Halluzinationen. Sie rieb sich die Augen, erkannte jedoch schnell, daß die Menschen nur zu wirklich waren.

»Es sind Juden, die Leute, denen Rafael helfen wollte«, sagte Giovanni traurig. »Schaut sie Euch an und merkt Euch dieses Bild der Unmenschlichkeit!«

Zu Fuß, auf Eseln, Pferden, in Karren bildeten Junge und Alte, Gesunde und Kranke einen hoffnungslosen Zug. Der Exodus aus Spanien hatte begonnen. In der

Hitze und im Staub des Julimorgens boten sie ein so trauriges Schauspiel, daß selbst der hartgesottenste Zuschauer Mitleid haben mußte.

Ein Schwarm von Inquisitoren folgte ihnen und trieb die Wand von Flüchtlingen vor sich her. Der Kummer und die Qual in ihren Augen gingen Alicia zu Herzen, und sie verfluchte Torquemada. Was würde diesen Leuten geschehen? Ihr Vater hatte ihr von dem Dekret des Großinquisitors erzählt, in dem untersagt wurde, ihnen zu helfen. Rafael hatte dieses Dekret mißachtet, und der Gedanke daran, was er getan hatte, erfüllte Alicia mit Angst, aber auch mit Stolz. Mut wie dieser würde belohnt werden, davon war sie fest überzeugt.

Je näher sie der Stadt kamen, desto spärlicher wurden die Menschengruppen, und erst dann verlor Don Philip seine Beherrschung. »Diese Narren, sowohl Isabella als auch Ferdinand! Spanien vertreibt seine Kaufleute und Geldgeber. Ich zweifle nicht, daß die Mauren bald folgen werden, unsere besten Handwerker und Landwirte. Wir sind unsere eigenen schlimmsten Feinde, und all das wegen Männern wie Juan Dorado und Torquemada. Wenn ich ein Seemann wäre, hätte ich alle meine Schiffe zusammengezogen, um diesen armen Leuten zu helfen.« Mit blitzartigem Verstehen blickte er Giovanni in die Augen. »Das war es, was Rafael tat! Und Ihr…?«

»Ja, Signore. Ich bin froh, daß Ihr es wißt. Rafael ist ein sehr mutiger Mann. Ich kann es einfach nicht glauben, daß einem solchen Mann ein so trauriges Schicksal wie der Scheiterhaufen beschieden sein soll!«

»Ihr setzt Euer eigenes Leben aufs Spiel, wenn Ihr ertappt werdet.«

»Das ist das Risiko, das ich auf mich nehmen muß. Es gibt zu wenig Männer wie Signore de Villasandro. Ich könnte nicht vor mir selber bestehen, wenn ich ihm nicht beistünde. Giovanni hat noch nie einen Freund im Stich gelassen!« Er gab seinem Pferd die Sporen und zeigte in einem herausfordernden Lächeln seine schimmernden weißen Zähne. »Kommt, hier dürfen wir nicht verweilen. Wenn es nach mir geht, wird Rafael die Wärme von Alicias Armen spüren, bevor der Tag zu Ende ist.«

»Ihr sollt Euren Willen wohl bekommen. Laßt uns zu Gott beten, daß Isabella uns Gnade erweist, denn ich fürchte, Torquemada wird es nicht tun.«

70

Es war dunkel in der Gefängniszelle, dunkel und still. Die einzige Realität, die Rafael kannte, war die winzige, sechs mal sieben Fuß große Zelle und ein Strohballen, der ihm als Lager diente. In dem ständigen Dunkel war er sich niemals sicher, welche Tageszeit gerade herrschte, doch hier in Toledo war er wenigstens nicht an die Wand gekettet.

Flach auf dem Rücken liegend, starrte er an die Decke und stellte sich Alicias Gesicht vor. Gedanken und Erinnerungen an sie waren es, die ihn bei Verstand hielten, und er fragte sich, ob sie überhaupt wußte, wo er war.

Er schloß die Augen und versuchte zu schlafen. Der Schlaf war seine einzige Erquickung, Träume seine einzige Zuflucht vor der feuchten, fauligen Zelle; doch es gab Zeiten, da ihm selbst das verwehrt wurde. Sie weckten ihn in unbestimmten Abständen bei Tag und Nacht und versuchten, ihn zu zermürben. War es ein Wunder, daß er immer erschöpft war und Kopfschmerzen hatte? Auch der Hunger hielt ihn wach. Alles, was er zu essen bekam, war altes Brot und eine wäßrige Suppe, und auch das nur einmal am Tag, kaum genug, um ihn am Leben zu erhalten. Juan Dorado wollte nicht, daß ihn der Tod um ein Opfer betrog! Und doch, in seinem ganzen Elend konnte Rafael wahrlich dankbar sein, daß er am Leben war. Solange Leben war, gab es auch Hoffnung.

Rafael war vier Tage lang in Juan Dorados Gefängnis gewesen, bevor er mit zusammengeketteten Armen und Beinen in einen schwer bewachten Wagen geworfen und nach Toledo gebracht worden war. Er hatte niemals wirklich daran gedacht, daß er selbst der Inquisition zum Opfer fallen würde, daß auch ihm so etwas passieren würde.

Er war nun seit knapp drei Wochen in Toledo. Seine Wärter hielten ihn im Unklaren, in der Hoffnung, daß die ängstliche Spannung ihn mürbe machen würde. Seelische Folter. Die ganze Zeit hatte die Drohung der Streckfolter über ihm geschwebt. Und das war keine leere Drohung. Die Schreie und Schmerzenslaute, die er überall hörte, machten ihm deutlich, daß die Folterwerkzeuge häufig verwendet wurden. Bald wäre er an der Reihe.

Torquemada... Wie viele Tage noch, bevor er sich diesem mörderischen Mann gegenüberstehen würde? Bestand noch ein Fünkchen Hoffnung, hier Gnade zu finden? Würde ihn der Großinquisitor verschonen? Rafael hatte von Gefangenen gehört, die jahrelang im Gefängnis geschmachtet hatten, bevor ihnen der Prozeß gemacht wurde, und diese Aussicht bereitete ihm Qualen, mehr als die unmittelbare Todesdrohung. Die totale Isolation trieb ihn fast in den Wahnsinn. Da war selbst das Gesicht des Wärters eine Abwechslung, der mit klirrendem Schlüssel die Tür öffnete. »Ihr sollt mit mir kommen!«

»Und wohin?«

Der Wärter brummte: »Wartet ab!«

In der Erwartung, in die Folterkammer geführt zu werden, mit aufeinandergebissenen Zähnen, um seinem Schicksal gegenüberzutreten, war Rafael überrascht, sich statt dessen im Audienzraum des Heiligen Offiziums wiederzufinden, einem Gericht aus Inquisitoren, die von Torquemada entsandt waren, einschließlich Juan Dorado, dessen schmallippigem Lächeln Rafael entnahm, daß er hier wenig Gnade finden würde. Um einen Tisch herum, auf dem ein großes Kruzifix mit zwei Kerzen stand, saßen mehrere Mönche und zwei Priester, einer davon ein Notar und der andere der Steuervertreter. Sie hielten die Evangelien in der Hand, auf die der Angeklagte zu schwören hatte, und nahmen Rafaels Personalien auf.

»Wißt Ihr, wessen Ihr angeklagt seid?«

»Daß ich den Rat Christi befolgt habe, meinem Nachbarn beizustehen und Nächstenliebe zu üben«, antwortete Rafael. Bei dieser Antwort schoß Juan Dorado das Blut ins Gesicht.

»Ihr lügt. Ihr habt den Juden geholfen, denen, die den Tod Christi auf dem Gewissen haben. Mir liegen Beweise vor, daß Ihr Schiffe besorgt habt.«

»Torquemada erließ ein Edikt, um die Juden aus Spanien zu vertreiben. Ich habe nur den Ablauf ihrer Flucht gefördert. Bei soviel Gewalt gab es nur noch wenige Orte, wohin sie gehen konnten.«

»Ihr habt Juden geholfen!«

»War nicht Christus selbst ein Jude?«

»Er war der Sohn Gottes! Der Sohn Gottes selbst begründete die christliche Kirche!« Sich von seinem Platz erhebend, schlug er auf den Tisch. »Nach Gottes Willen sollen alle Völker christlich sein. Ketzer, Juden und Zigeuner sind eine offene Beleidigung der Absicht Gottes!« Sein Verhalten war herablassend, wie das eines Vaters gegenüber einem verwirrten Kinde. »Ketzerei verdient ewige Strafe.«

»Ich bin kein Ketzer!«

»Ihr habt doch unter Zigeunern gelebt. Leugnet es, wenn Ihr könnt! Ich habe das schriftliche Zeugnis eines Mannes, der Euch beobachtet hat und dabei war, als Ihr seinen Begleiter ermordet habt.« Rafael wußte sofort, daß dies José war, der Mann, der versucht hatte, ihn zu töten, indem er ihn in den Fluß warf. Das war der Lohn dafür, daß er ihn verschont hatte. Jetzt auch noch des Mordes an Manuel angeklagt zu werden, war die größte Verdrehung der Tatsachen.

»Ich habe niemals in meinem Leben einen Unschuldigen getötet!« Rafael beobachtete, wie jedes Wort, das er sagte, vom Schreiber, dessen Federkiel sich rasch über die Pergamentseite bewegte, niedergeschrieben wurde. »Ihr glaubt dem Wort eines Diebes! Der Beweis, den er vorbringt, ist falsch.«

»Ihr nennt ihn einen Lügner?«

»Allerdings!«

»Genug! Ihr steht hier vor Gericht und nicht dieser andere Mann.« Juan Dorado zog seine Augen zusammen und versuchte, von einer anderen Seite her anzugreifen. »Eure Schwägerin war vor Euch in diesem Offizium, ebenso Euer Bruder. Sie hat uns viele interessante Geschichten erzählt. Sie sagte, daß sie, während Ihr in dem Haus ihres Mannes lebtet, mit ihren eigenen Augen jüdische Riten beobachtet hat, daß Ihr Euer Leinen am Samstag gewechselt habt, nie Schweinefleisch gegessen habt und Freitagabend gebadet habt, um Euch auf Euren jüdischen Sabbath vorzubereiten. Man hat Euch hebräische Gebete murmeln hören.« Das waren alles Lügen, und Juan Dorado wußte es.

»Ihr redet falsches Zeugnis oder seid ein Narr, Bruder

Dorado. Ich bin kein Jude! Meine Mutter nahm die Taufe an, um meinen Vater zu heiraten. Ich kam als Christ christlicher Eltern zur Welt. Ich wurde als Christ getauft.« Rafael wandte sich den anderen Mönchen zu. »Juden hat man das Reiten verboten, und ich verbrachte einen großen Teil meiner Zeit auf dem Pferderücken. Juden dürfen keine Waffen tragen, und mein Schwert war mein Begleiter, bis Ihr es mir weggenommen habt!«

»Sprecht Ihr den Kiddusch, das jüdische Glaubensbekenntnis?«

»Nein!«

»Feiert Ihr das Passah-Fest? Habt Ihr jemals die Thora studiert?« In seinem Versuch, Rafael zu beschuldigen, fing Juan Dorado an, zusammenhangloses Zeug zu reden. Seine eigenen Berater schienen von Rafaels Antworten beeindruckt zu sein. »Glaubt Ihr, daß die Bibel vom Wort Gottes diktiert wurde?« Wie ein Besessener kam Juan Dorado nach vorn, um seine Faust gegen Rafael zu schütteln. Indem er seine Fragen herunterleierte, ging er zu den *Conversos* über und beschuldigte Rafael offen des Verbrechens gegen Spanien, wenn er solchen Flüchtlingen half. In der Furcht, Rafael könne sich mit seinen Antworten rechtfertigen, rasselte Juan Dorado seine Anklagen herunter, ohne Rafael Zeit zum Antworten zu lassen. »Gesteht die Wahrheit, denn ich weiß bereits alles. Berichtet mir von den anderen, die in die Sache verwikkelt waren, damit ich ihre Seelen retten kann. Fürchtet nicht, alles zu gestehen.«

»Es gibt nichts zu gestehen!«

»Was für ein starker Mann!« Ein kleiner, korpulenter Mönch schien von Rafael beeindruckt zu sein.

»Nicht so stark, daß ich ihm nicht das Genick brechen könnte. Ich glaube, ich werde doch noch Torquemadas Hilfe brauchen!« Dorados Lächeln war erbarmungslos.

»Es ist üblich, Gefangenen Zeit zu lassen, um die Konsequenzen zu bedenken, wenn sie ihre Geständnisse verweigern. So werde ich in meiner unendlichen Gnade Rafael de Villasandro einen zusätzlichen Tag geben, um seine Sünden zu bedenken. Wir werden morgen früh wieder hier zusammenkommen, um die Untersuchung fortzusetzen, und diesmal wird er nicht davonkommen.« Er erhob sich und gab den anderen ein Zeichen, sich zu entfernen. Erst als sie gegangen waren, drehte er sich wieder zu Rafael um. »Denkt darüber nach, was ich gesagt habe. Ihr habt von der Wippe gehört? Von der Streckfolter? Der Wasserfolter? All das werdet Ihr kennenlernen, wenn Ihr mir nicht gebt, was ich haben will. Morgen beginnt die Folter.«

71

Die große Halle des Palastes funkelte im Licht von hundert Kerzen und Fackeln, und Alicias Brust verengte sich vor Aufregung, als sie die Pagen den Namen ihres Vaters rufen hörte. Würde sein Plädoyer für Rafael Erfolg haben? Als sie ihr *Mulengi dori* berührte, das innerhalb ihres Leibchens festgesteckt war, wurde sie zuversichtlicher. Sicher würde der gütige Christus selbst auch seine Wunder wirken lassen, um Rafael zu befreien. Dann mußte doch alles gut werden?

Als sie den langen Gang auf das Podest zugingen, wo der König und die Königin auf ihren hohen Lehnstühlen saßen, betrachtete Alicia die beiden Männer an ihrer Seite und das prächtige Bild, das sie abgaben. Ihr Vater war mit einem langen, fließenden grünen Samtumhang bekleidet, der vorne offen stand und sein goldfarbenes Futter freigab, darunter eine gestreifte Jacke, goldfarbene Beinkleider, das Haupt mit einer schwarzen Kappe bedeckt. Giovanni war mit seinem roten Samtmantel und einer Feder am Hut noch prächtiger gekleidet. In Schwarz und Gold gehüllt, schritt Alicia zwischen ihnen. Als sie das Podest erreichten, folgte sie dem Beispiel der Männer und machte eine tiefe Verbeugung.

»Eure Majestäten«, grüßte Don Philip.

»Erhebt Euch, Don Philip.« Königin Isabella lächelte strahlend, als sie den Mann willkommen hieß, der ihr treuester Untertan und ihr Freund gewesen war. »Es ist lange her, daß ich Euch gesehen habe, zu lange. Aber durch den Krieg in Granada und die anderen Angelegenheiten, die mich beschäftigt haben, habe ich mich zum Sklaven der Zeit machen lassen.«

»Und doch hat das Eurer Schönheit keinen Abbruch getan. Ihr seid so schön wie immer. Vielleicht noch schöner.«

»Und Ihr seid immer noch derselbe charmante *Hidalgo*, den ich in Erinnerung habe.«

Alicia erhob die Augen, um die Königin anzuschauen, die Rafaels Schicksal in der Hand hatte, und stellte fest, daß sie ihr sympathisch war.

»Wer ist diese hübsche, junge Frau neben Euch, Don Philip? Habt Ihr eine neue Frau?« In dem großen Saal setzte Gemurmel ein, daß die Königin mit einer Handbewegung zum Schweigen brachte. »Erhebe dich, Kind.« Ihre Augen fielen auf Giovanni. »Und wer seid Ihr?«

»Ich bin Giovanni Luigi Alberdici, venezianischer Kaufmann und Schiffskapitän.«

»Wieder ein Seemann!« Die Königin schien erfreut, doch der König an ihrer Seite grummelte nur und gab seine Gedanken über Giovannis Beruf bekannt. »Ich habe bereits die Bekanntschaft eines anderen Kapitäns aus Eurem Land, Christoph Kolumbus, gemacht.«

»Ich habe von ihm gehört. Er stammt jedoch aus Genua. Wie ich erfahren habe, sucht er eine neue Route nach Indien.«

»Und glaubt Ihr, daß er nach Indien gelangen wird, wenn er nach Westen segelt?«

Giovanni lächelte. »Ich glaube, daß alles möglich ist, Eure Majestät.«

Seine Antwort war die richtige, denn Isabella lächelte wieder, ihre Augen glänzten triumphierend. Sie warf ihrem Ehemann, dem König, einen Blick zu und reckte stolz ihre Schultern, als hätten sie über das Thema gestritten. Erst jetzt bemerkte Alicia den König, der von der eindrucksvollen Persönlichkeit der Königin in den Hintergrund gedrängt wurde. Mit einem kräftigen Kinn, dunklem Haar, untersetzter Statur war Ferdinand kein Mann, der oft lächelte, überlegte Alicia bei sich. Ihren Blick spürend, musterten seine dunklen Augen sie begierig mit einem Blick, der sie erröten ließ. Hastig wandte sie ihre Augen ab.

»Wer ist diese schöne Blume?« tat endlich der König seine Anwesenheit und seine Interessen kund.

»Das ist meine Tochter, Alicia Maria Navarro. Gott hat es für angebracht gehalten, sie mir zurückzugeben. Und es ist ihretwegen, daß ich gekommen bin. Innerhalb der Mauern der Stadt sitzt der Mann, den sie liebt, im Gefängnis und wird fälschlich von meinem Stiefsohn angeklagt. Ich bitte darum, ihm Gnade zu erweisen und ihn in die Freiheit zu entlassen.« Auf Don Philips Worte herrschte Schweigen, unterbrochen nur vom Herzschlag Alicias, die ängstlich erst zur Königin und dann zum König hinübersah.

Schließlich brach Isabella die Stille. »Euer Stiefsohn ist

Juan Dorado, Priester und Inquisitor. Wenn er sich gegen diesen Mann ausgesprochen hat, ist es eine Angelegenheit des Glaubens und nicht der Regierung. Warum seid Ihr dann zu mir gekommen?«

Don Philip verneigte sich demütig vor seiner Königin. »Weil ich weiß, daß Eure Majestäten die Operationen der Inquisition genau beobachten und daß bei Euch Berufung gegen ihre Entscheidungen eingelegt werden kann. Und ich lege hiermit Berufung ein!«

Isabella erhob sich von ihrem Thron und schritt auf dem Podest auf und ab. Die Augen ihres Mannes folgten ihr, und Alicia empfand plötzlich Furcht, als sie Ferdinands unnachgiebige Miene sah. Don Philip hatte ihr erzählt, daß der König selbst von den konfiszierten Besitztümern der Verurteilten profitierte. Wäre er dann nicht für die Vernichtung Rafaels?

»Ich möchte mit Bruder Dorado sprechen. Bringt ihn her!« Isabellas Befehl wurde unverzüglich ausgeführt. In seiner schwarzen Kutte kam Juan Dorado auf das Podest zu, und seine Augen blitzten böse, als er seinem Stiefvater gegenüberstand.

»Du wagst es, dich in die Angelegenheiten Gottes einzumischen?« fragte er und bekreuzigte sich, um die Königin mit seiner Frömmigkeit zu beeindrucken.

»Ihr versucht, einem unschuldigen Mann Unrecht zu tun, um Euren eigenen Zwecken zu dienen. Was ich suche, ist Gerechtigkeit.« Philip Navarro konnte seinen Widerwillen gegen seinen Stiefsohn nicht verbergen.

»Don Philip ist wegen seiner Tochter gekommen. Er bittet um die Freilassung von...«

Juan Dorado ließ der Königin keine Zeit, ihren Satz zu beenden. Grausames, spöttisches Gelächter erklang von seinen Lippen. Er hielt das Kreuz hoch und schwenkte es hin und her. »Seine Tochter! Seine Tochter! Die Raserei eines Verrückten. Das ist nicht seine Tochter, Eure Majestät, sondern eine Zigeunerin. Eine Heidin. Eine Hexe, die seine Sinne verwirrt hat.«

»Nein!« Alicia war entsetzt. »Ich bin seine Tochter!«

»Don Philip Navarros Tochter starb als kleines Kind. Sie ertrank! Wollt Ihr damit sagen, daß Ihr wie unser heiliger Retter Christus von den Toten auferstanden seid?«

»Nein, ich...« Alicia war verwirrt und wußte nicht, was sie sagen sollte.

»Sie ist meine Tochter!«

»Ich sage, daß das nicht sein kann. Ich habe Zeugen, die beweisen werden, daß das betreffende Kind von seinem Kindermädchen vernachlässigt wurde, ins Wasser fiel und fortgerissen wurde.«

»Sie ist meine Tochter!«

»Ihr habt keine Beweise! Keine Beweise!« Nach dem Halsausschnitt seiner Kutte greifend, zupfte er heftig daran, als sei er kurz vor dem Ersticken. »Sie ist ungetauft. Eine Zigeunerin! Wenn Ihr zulaßt, daß ich sie verhöre, werde ich die Wahrheit meiner Anklagen durch ihr eigenes Geständnis beweisen. Mein Stiefvater ist ein Narr. Er kommt, um für das Leben eines rückfälligen Juden aufgrund des Plädoyers einer Zigeunerin zu bitten! Aber Gott selbst wird sein Urteil sprechen. Bringt sie fort.«

Sich auf Juan Dorado werfend, kämpfte Philip Navarro verzweifelt, um Alicia den Händen der Wärter zu entreißen, die sich daranmachten, Juan Dorados Anweisung auszuführen. »Nein. Ihr könnt ihr kein Leid antun. Ich will meine Tochter nicht verlieren, die ich vor kurzem erst wiedergefunden habe. Nein! Eure Majestät, ich flehe Euch an.« Seine Bitte an Isabella war fruchtlos, so schien es wenigstens.

»Ich werde mitgehen, Vater. Ich will tapfer sein.« Alicia warf ihre Schultern zurück und hielt in stolzer Würde ihren Kopf hoch. »Wenn Rafael geopfert werden muß, dann bin ich bereit, an seiner Seite zu sterben, wenn es sein muß.« Ihre Augen trafen den Blick Isabellas, als sie fortgestoßen wurde, und ihr Blick senkte sich in die Seele der Königin. »Pater Julio hat mir von der Liebe und Vergebung des gütigen CHristus berichtet. Wie kommt es dann, daß seine Anhänger keine solche Liebe füreinander zeigen? Warum zeigen sie keine Gnade?« Mehr konnte sie nicht sagen, da sie nun brutal fortgezerrt wurde, selbst ein Opfer des Verrats Juan Dorados.

72

Die Tür von Rafaels Zelle flog auf, und er wurde ohne weitere Ankündigungen von zwei Wächtern eine steile Treppe in einen Kellerraum hinuntergeführt. »Beeilt Euch. Beeilt Euch! Der Großinquisitor selbst will Euch sehen.«

»Torquemada?« Als Antwort wurde die Tür zu der Kammer geöffnet, und Rafael fand sich von Angesicht zu Angesicht mit dem Mann, der ganz Spanien in die Knie gezwungen hatte. Rafael hatte ihn schon öfters gesehen; dennoch brachte sein Anblick seine Hände zum Zittern. Er sah aus wie der Leibhaftige.

»Ihr seid Rafael Cordoba de Villasandro?« Torquemada war groß und hager, sein Haar mit der Tonsur hatte einen leichten Grauschimmer. Die Augen, die sich in Rafael hineinbohrten, lagen tief in ihren Höhlen, und das Feuer des Fanatikers brannte darin. Sein Körper war gebeugt vom Alter, doch auch das tat der Macht, die er verkörperte, keinen Abbruch. »Muß ich meine Frage wiederholen?« Der grausame Mund unter der langen Nase bewegte sich kaum, als er sprach.

»Das bin ich.«

»Es ist Rafael Cordoba de Villasandro. Laßt uns fortfahren.« Juan Dorado trat aus dem Schatten des anderen Mannes. Er schien erregt, entschlossen, das Verfahren zu beschleunigen. »Wir haben das Beweismaterial sorgfältig studiert, wir haben ihn verhört. Ihm ist die Folterkammer gezeigt worden, doch er hat sich geweigert, zu gestehen oder seine Komplizen zu nennen.«

»Welche Beweise habt Ihr?« Die Stimme Torquemadas war schneidend.

»Ich ordnete die Befragung einiger Seeleute an der Küste zwischen Spanien und Portugal an und ließ viele der Fischer in dieser Gegend aufsuchen. Meine Gesandten haben meine Berichte bekräftigt. Ich besitze weitere Informationen über die Mutter dieses Mannes. Sie wurde vor einigen Jahren als eine *Conversa* verbrannt.«

»Meine Mutter war Christin jüdischer Abkunft, die fälschlich verurteilt wurde.«

»Sie wurde als *Conversa* verbrannt?«

»Sie war unschuldig. Es erfüllt mich mit Stolz, an sie zu denken.« Wieder saß der Schreiber an einem kleinen, runden Holztisch und nahm mit seiner Niederschrift jedes Wort Rafaels auf.

»Er will nicht widerrufen, sein Hochmut ist zu groß. Wir müssen die Folter anwenden!« Auf Juan Dorados Wink hin legten die Wächter Rafael auf einen Holztisch und banden ihn mit Stricken fest. Starke Seile wurden um seine Hand- und Fußgelenke gebunden und gnadenlos festgezogen, bis sie ihm ins Fleisch schnitten. Die ganze Zeit ließ Juan Dorado seine Fragen und Forderungen auf ihn niederprasseln. Stunden der Agonie hindurch widerstand Rafael seiner Peinigung. Nichts auf der Welt würde ihm die Zunge lösen und einen anderen Menschen ins Unglück stürzen. So litt er schweigend, bis er in das willkommene Dunkel der Bewußtlosigkeit tauchte.

»Besprengt ihn mit Wasser, damit er wieder zu sich kommt und wir unser Verhör wieder aufnehmen können.« Ein Wächter griff nach einem Eimer mit abgestandenem Wasser und tat wie geheißen. Mit einem Stöhnen bewegte sich Rafael und öffnete die Augen. »Da, schaut, wie verstockt er mich anstarrt. Diese Methode ist zu milde; wir müssen die *Garrucha*, die Streckfolter anwenden.«

»Wir haben nicht vor, ihn zu töten«, sagte Torquemada tadelnd.

»Der Arzt wird sich um ihn kümmern. Ich kenne diesen Mann. Es ist die einzige Möglichkeit, seine Seele und die anderer zu retten.«

Rafael war zuversichtlich, daß er die Qual dieser Folter genauso aushalten würde wie die erste. Es schien schließlich eine harmlose Vorrichtung zu sein, die lediglich aus einem Seil bestand, das durch eine Rolle an der Decke der Folterkammer lief. Seiner Kleidung entledigt, stand Rafael nackt, doch herausfordernd da, als er die Hände seines Folterers fühlte, der seine Arme nach hinten drehte. Ein Ende des Seils wurde um seine Handgelenke geschlungen, das andere Ende durch die Rolle an der Decke geführt.

»Denkt nach, mein Sohn. Ihr seid hungrig, müde, nackt und gefesselt. Sagt uns was wir wissen wollen, und Ihr werdet verschont.« Torquemadas Stimme war fast mitleidig, doch aus seinen Augen blitzten eifrige Flammen. Er heuchelte fromme Besorgnis, aber Rafaels Schweigen machte ihn rasend. »Dann soll es geschehen!«

Langsam zogen zwei der Männer am freien Ende des

Seils und zogen allmählich Rafaels Arme hinter ihm hoch, bis er auf Zehenspitzen stand und schließlich vom Boden abhob und sein ganzes Gewicht an seinen verdrehten Armen hing. In seinem Leben hatte Rafael noch nicht solche Schmerzen verspürt. Gegen seinen Willen stieß er einen Schrei aus, um nur noch höher gezogen zu werden, bis sein Körper hoch über den Köpfen des Inquisitors und der anderen Geistlichen baumelte.

»Sagt uns, was Ihr wißt. Wer hat die Flucht der *Conversos* unterstützt? War es Eure Zigeunergeliebte, die die Schiffe mit ihrer Zauberei gestohlen hat?«

»Nein! Ich kenne keine Zigeunerin!« Rafael stieß die Lüge durch seine zusammengebissenen Zähne aus. Er mußte Alicia schützen. Juan Dorado war zu allem fähig.

Wütend über sein Leugnen, befahl Juan Dorado, Rafael noch höher zu ziehen, bis an die Decke, dann ein Stück herabzulassen, bis die Abwärtsbewegung abrupt unterbrochen wurde, so daß ihm die Arme beinahe aus den Schultergelenken sprangen. »Er schützt seine Zigeunerin, diese Hexe!« Er starrte Rafael wütend an. »Sagt mir, was ich wissen will. Ich will Euch noch einmal fragen, de Villasandro.«

»Ich habe Euch nichts zu sagen!« Rafael wurde wieder hinuntergelassen und krümmte sich vor Schmerz, unterdrückte jedoch seine Schreie. Als er, ohne zu gestehen, den Boden erreichte, wurden seine Füße mit Gewichten beschwert, um die Folter noch zu verstärken, die unverzüglich wieder aufgenommen wurde.

»Wer waren Eure Komplizen?«

»Es gab keine. Ich habe nichts Unrechtes getan. Und ich kenne keine Zigeuner.« Rafael fühlte den Schmerz durch seine Arme und Schultern schießen, unterdrückte aber wiederum seine Schreie. Er würde eher sterben als Alicia in Gefahr bringen. Sie war Philip Navarros Tochter. Er würde sie schützen. Alles wäre gut, wenn Rafael nur sein Schweigen bewahren könnte. Noch ein wenig länger, noch einen Augenblick! Er biß sich auf die Lippen, um seine Schreie zu unterdrücken, bis er die Wärme seines eigenen Blutes spürte.

»Laßt ihn herunter. Satan selbst muß sich mit ihm verbündet haben. Ich habe wenige Männer gesehen, die ihre Leiden so besiegen konnten.« Torquemada musterte Rafael mit tiefem Interesse. »Wir wollen die Folter für heute aussetzen.«

Erleichtert spürte Rafael, wie die Seile von seinen Handgelenken gelöst wurden, ballte seine Fäuste und lockerte sie wieder, um das Blut in seine tauben Handgelenke und Finger fließen zu lassen. »Danke, Hochwürden.« Er fühlte sich zermartert und verwirrt, doch immerhin war seinem Körper kein Schaden zugefügt worden. Zumindest waren seine Arme noch in ihren Gelenken.

Torquemada hob die Hand, doch bevor er irgendwelche Bemerkungen machen konnte, flüsterte Juan Dorado einem Mann mit Kapuze etwas ins Ohr und schickte ihn hastig fort. »Er sagt, er habe nichts Unrechtes getan. Er leugnet, irgendwelche Zigeuner zu kennen. Ich werde beweisen, daß er lügt. Ich habe vier Zigeuner, und will einen von ihnen auf der Stelle herbringen.«

Rafael zuckte zusammen in der Furcht, daß es Juan Dorado irgendwie gelungen war, einige Mitglieder von Alicias Sippe in seine Gewalt zu bringen. ›Wer es wohl ist? Solis, Stivo, Zuba, Todero?‹ fragte er sich, als Juan Dorado die Tür öffnete und Alicia hereinstieß.

»Alicia! Mutter Gottes!«

»Rafael! Oh, Rafael.« Sie rannte zu ihm, verbarg ihren Kopf auf seiner nackten Brust und schlang die Arme um ihn. »Sie haben Zuba und Todero. Stivo und die anderen. Oh, was sollten wir tun? Wir können mein Volk nicht sterben lassen!« Durch ihre arglosen Worte hatte Alicia nicht nur sich selbst, sondern auch Rafael verurteilt. Vor Torquemadas Augen war er als Lügner gebrandmarkt.

»Wenn er in einer Hinsicht lügt, dann lügt er auch sonst.« Wie eine Spinne spann Juan Dorado sein tückisches Netz. »Ich werde beweisen, daß alles, was er sagt, Lüge ist. Er ist ein *Converso,* der anderen *Conversos* und Juden geholfen hat. Einer, der sich mit Zigeunern und Gotteslästerern verbündet. Auf den Scheiterhaufen mit ihm! Auf den Scheiterhaufen mit beiden!«

»Tut mit ihnen, was Ihr müßt.« Ohne die Gefangenen auch nur eines Blickes zu würdigen, verließ Torquemada eilig den Raum, Rafael und Alicia der Justiz Juan Dorados überlassend.

»Sie ist unschuldig. Aber ich bin schuldig. Ich werde alles gestehen, wenn Ihr sie verschont. Versprecht mir, daß Ihr sie freilassen werdet, und ich werde bereit sein, Satan selbst ins Gesicht zu spucken.«

»Nein, Rafael! Nein!« Alicia schüttelte heftig den Kopf. Sie würde nicht zulassen, daß er sich für sie opferte. Sie würde ihn seiner Folter nicht allein überlassen.

»Wenn ich sie freilasse, werdet Ihr alles gestehen?« Juan Dorados stets finsterer Mund verzog sich zu einem Lächeln. Er hatte nicht die Absicht, Philip Navarros Tochter freizulassen, doch das sagte er nicht.

»Ich möchte bei ihm bleiben, bitte.« Alicias Augen blickten ihn flehentlich an.

»Laßt mich nur eine Nacht in ihren Armen verbringen, und ich werde alles tun, was Ihr von mir verlangt. Ich werde meinen Namen unter Euer Dokument setzen.« Rafael hatte das Gefühl, mit dem Teufel selbst zu verhandeln.

»Warum nicht? Es ist nur eine geringfügige Bitte.« Juan Dorados Entgegenkommen weckte Rafaels Verdacht. Dennoch war der Gedanke an eine Nacht in Alicias Armen eine Versuchung, der er nicht widerstehen konnte, und er war gewillt, das Risiko einzugehen. Außerdem würde er die Hoffnung nicht aufgeben, daß sie vielleicht doch noch entfliehen könnten. So ging er, den Arm um Alicias Taille gelegt, zurück in seine Zelle. Irgendwie würde er sich eine Möglichkeit ausdenken, um Alicia zu retten. Das war sein letzter Gedanke, als er die Tür hinter sich zufallen hörte, doch diesmal hieß er die Dunkelheit willkommen.

73

Als die schwere Tür hinter ihnen ins Schloß fiel, hatte Alicia Mühe, sich an das schwache Licht in der Zelle zu gewöhnen. »Rafael?« Die Berührung seiner Hand auf ihrer Schulter spürend, fiel sie ihm in die Arme.

»Ich dachte, ich müßte sterben, als ich dich sah. Alicia, wie kommt es, daß du hier bist? Die ganze Zeit habe ich angenommen, daß du in Salamanca in Sicherheit bist. Das war mein einziger Trost, daß du sicher bist und weit weg von hier.«

»Mein Vater hat mich auf mein Verlangen hierher mitgenommen. Er wollte deinen Fall vor die Königin und den König bringen. Alles wäre gut gewesen, wenn dieser böse Priester nicht gewesen wäre!«

Angsterfüllt blickte er sie an. »Hör zu, Alicia. Du mußt dich scharf konzentrieren und dir alles in Erinnerung rufen, was Pater Julio dich gelehrt hat. Du darfst nicht von *o Del* oder den Lebensgewohnheiten der Zigeuner reden. Wenn du das tust, gerätst du in Gefahr. Verstehst du?«

»Ja, ich weiß, was du sagen willst. Daß ich das Volk verleugnen muß, das ich liebe, die Dinge, die man mich von Kind an lehrte, nur um mein eigenes Leben zu retten. Ich soll handeln, als hätte ich niemals Rudolpho gekannt, den klügsten Mann, den ich je getroffen habe. Soll ich ebenfalls leugnen, daß ich dich liebe?«

»Ja, wenn man dich dann verschont. Ich bin verloren, Alicia. Ich dachte, ich könnte gegen Ungerechtigkeit kämpfen, und dabei habe ich mein Liebstes verloren, dich!«

»Du hast mich nicht verloren, Rafael. Du wirst niemals meine Liebe verlieren. Nun, da ich weiß, was du getan hast, werde ich dich sogar noch mehr lieben. Die ganze Zeit dachte ich, daß du mich verlassen hättest, und dabei warst du damit beschäftigt, Menschen zu helfen, die in Gefahr sind.« Sie berührte sein Gesicht und zeichnete mit behutsamen, liebevollen Fingern sein Profil nach.

Rafael wich zurück, mit seinen Gefühlen kämpfend. »Ich bin ein verurteilter Gefangener, ein Ausgestoßener, verachtet von meinem eigenen Volk, in Gefahr, mein Leben zu verlieren. Irgendwie müssen wir beweisen, daß Juan Dorado ein Lügner ist. Es muß einen Weg für Don Philip geben, zu beweisen, daß du seine Tochter bist. Dann wirst du endlich sicher sein!«

»Das spielt keine Rolle, Rafael. Ich bin bereit, mit dir zu sterben, wenn ich muß. In Wirklichkeit bin ich mehr Zigeunerin als *Gorgio*, auch wenn ich Don Philips Tochter bin. Ich werde immer die Lehren Rudolphos in meinem Herzen bewahren.« Sie griff in ihr Leibchen und zog das Band heraus, mit dem Rudolphos Sarg ausgemessen worden war. »Dies hier hilft einem Menschen, der in Gefahr ist oder im Gefängnis sitzt. Ich habe es für dich mitgebracht. Es wird dich befreien.«

Rafael bedeutete ihr, zu schweigen. »Scht, Alicia. Solches Reden gilt als Gotteslästerung! Wenn dich irgend jemand hört, ist dir der Scheiterhaufen ebenso sicher wie mir. Du mußt alle diese Gedanken weit von dir schieben.«

In ihren Augen schimmerten Tränen. »Das kann ich nicht. Ich bin, was ich bin. Rafael. Pater Julio hat mich viele Dinge über eure christlichen Bräuche gelehrt, die ich übernehmen kann, doch gibt es auch vieles im Glauben der Zigeuner, das ich in meinem Herzen trage. Manchmal bin ich verwirrt, doch eins verstehe ich. *O del* und euer christlicher Gott sind derselbe. Es kommt nicht darauf an, wie wir ihn nennen, sondern wie wir andere Menschen behandeln. Der gütige Christ sprach von Nächstenliebe, und die Zigeuner glauben ebenfalls daran. Sind wir denn so andersartig? Reicht das, um uns das Leben zu nehmen oder uns aus diesem Land zu vertreiben? Die Liebe untereinander ist wichtig; warum können wir das diesem finsteren Priester nicht klarmachen?«

»Weil er nicht so weise ist wie du... Alicia, du darfst nicht sterben. Du mußt für mich leben. Du hast dein ganzes Leben vor dir. Du mußt heiraten und die Kinder aufziehen, die uns versagt geblieben sind, mit einem Mann, der dich schützen wird, wie ich es jetzt nicht mehr vermag.« Schon die Vorstellung, daß sie in den Armen eines anderen liegen könne, seine Kinder gebären könne, quälte ihn zutiefst, doch Rafael war entschlossen, nur an Alicias Wohlergehen zu denken.

»Ich werde niemals einem anderen Mann ein Kind gebären. Ich will keinen anderen Mann. Ich will nur dich, Rafael. Gib mir dein Kind. Heute nacht!« Rafael war immer noch vollkommen nackt, und die sanfte Berührung ihrer Finger auf seiner Brust und seinem Leib entflammte ihn. »Liebe mich, Rafael! Liebe mich!«

Er strich ihr übers Haar. In ihrer Unschuld hatte sie

ihm eine Möglichkeit gegeben, sie zu retten. Als schwangere Frau wäre sie nicht von Folter und Tod bedroht, zumindest nicht bis zur Geburt ihres Kindes. Das würde mehrere Monate dauern. Eine Gnadenfrist. Vielleicht genug Zeit für Don Philip, einen Weg zu finden, um Alicia zu retten. Selbst Isabella konnte nicht so hartherzig sein und einer Frau die Begnadigung vorenthalten, die ein Kind erwartete. Und er würde einen Teil von sich selbst hinterlassen, ein Kind, geboren aus seiner großen Liebe zu Alicia.

»Ich will dich lieben, Alicia. Von ganzem Herzen werde ich dich immer lieben.« Er war schwach gewesen, doch ihre Liebe machte ihn stark, milderte die Pein der letzten Wochen. Der Strohballen wurde nun zu ihrem Liebesnest, und beide ergaben sich der Macht ihres Verlangens.

Alicia glaubte, von der Erde weg und wieder zurückzuschweben. Ihr Inneres wurde unter seinen Küssen zu geschmolzenem Feuer, und ihre Begierde wurde unermeßlich. Brennend vor Leidenschaft schlang sie ihre Arme um ihn und hielt ihn fest, während ihr Mund seine Küsse mit Ungestüm erwiderte. Alle Tage der Angst, des Suchens, des Sehnens, alle Fragen, die in ihr brannten, versanken in seiner Umarmung in Vergessenheit. Er war behutsam, aber drängend und brachte sie in fiebernde Erregung, bevor er ihren Körper mit dem seinen zudeckte. An ihn geklammert, ihre Arme um seinen Hals geschlungen, folgte sie seinen Bewegungen mit ihrem eigenen fließenden Rhythmus.

Im Glücksgefühl ihrer Vereinigung war die Dunkelheit der Außenwelt vergessen, und nur die Magie des Augenblicks war wirklich. Ineinander verschlungen besiegelten sie ihr Gelübde, einander zu lieben, und wußten in diesem Augenblick, daß ihre Liebe, was auch immer geschehen würde, niemals zerstört werden könnte. Und irgendwo tief in ihrem Herzen spürte Alicia, daß sie Rafael ein Kind gebären würde.

74

In Rafaels Armen geborgen, war Alicia in friedlichen Schlummer gesunken. Sie sah aus wie ein Engel, wie sie da so lag, und selbst der Mönch, der durch die Schlitze in der Tür lugte, war bei ihrem Anblick gerührt. Er war von Juan Dorado am vorigen Abend angewiesen worden, zu horchen und sich jede Unterhaltung zu merken, die gegen sie verwendet werden konnte, doch Bruder Rodrigo hatte nicht das Herz, diesem Befehl zu folgen, sondern hatte die beiden Liebenden allein gelassen. Wenn das Juan Dorados Zorn hervorrufen würde, war es ihm auch egal.

Bruder Rodrigo hustete und räusperte sich, um die Schlafenden zu wecken. Alicia klammerte sich an Rafael, als ob ihre Liebe ihn vor Schaden bewahren könnte.

»Bringt ihn nicht fort!«

Rafael entzog sich behutsam ihren Armen und sah sie unverwandt an, als wolle er sich ihr Gesicht für immer einprägen. »Ich habe einen Handel abgeschlossen, und heute morgen muß ich zahlen. Juan Dorado soll nur ein Opfer bekommen!« Er erhob sich und kleidete sich an, bereit, Juan Dorado und Torquemada gegenüberzutreten. »Bringt mich zu den Priestern.«

Mit tiefer Sympathie im Blick öffnete der Mönch die Tür. »Wenn es Euch überhaupt etwas bedeutet, Señor, so muß ich Euch sagen, daß zumindest ich glaube, daß Ihr kein böser Mensch seid. Wie sehr wünschte ich, daß ich Euch helfen könnte. Juan Dorado gibt vor, ein frommer Mann zu sein. Torquemada hat Leiden gebracht, aber sein Streben ist es, Spanien die religiöse Einheit zu bringen. Was Bruder Dorado tut, tut er im eigenen Interesse.«

»Ich weiß, daß Ihr nie für mich gesprochen hättet, doch ich schätze Euer Mitgefühl. Auf keinen Fall darf Alicia etwas geschehen. Wenn das bedeutet, daß ich mich opfern muß, dann bin ich bereit.« Rafaels Stimme senkte sich zu einem Flüstern, als er die verhaßte Gestalt Juan Dorados erblickte. Er sah selbstzufrieden aus, seinen erwarteten Sieg genießend. Das Pergament, das er in der Hand hielt, war, wie Rafael richtig vermutete, für sein Geständnis bestimmt. Er mußte nur seinen Namen daruntersetzen, um sich seinen Tod durch das Feuer zu sichern. Seinen Tod. Von allen Dingen auf Erden brachte der Gedanke, Alicia nie mehr wiederzusehen, ihm die größte Qual.

›Gebäre mir einen Sohn oder eine Tochter, meine Geliebte‹, beschwor er sie stumm, als er ihren Blick traf. ›Wisse, daß ich dich geliebt habe und daß du mir das größte Glück bereitet hast.‹ Als erriete sie seine Gedanken, hielt Alicia beim Ankleiden inne und legte in einer endgültigen Abschiedsgeste ihre Finger auf die Lippen.

»Ich habe die Niederschrift Eures Verhörs in meinen Händen. Ich habe mir die Freiheit genommen, Eure Erklärungen aufzusetzen.« Juan Dorado versuchte nicht einmal, sein Lächeln zu verbergen. »Ah, wenn ich an unser erstes Zusammentreffen denke, wie Ihr mich so völlig überrumpelt habt mit Eurem einschmeichelnden Gehabe. Ich weiß, daß es lange dauern wird, bis Eure Seele aus dem Fegefeuer steigt. Ich hätte Euch brauchen können...«

»So wie Ihr jeden benutzt habt, mit dem ihr in Berührung gekommen seid? Ich glaube, daß Ihr selbst Bruder Torquemada zu Eurem eigenen Vorteil mißbraucht habt.« Ein Schlag ins Gesicht brachte Rafael zum Schweigen, doch seine Gedanken konnte ihm keiner nehmen. Wenn er nur Torquemada und den König und die Königin von Bruder Dorados Tücke überzeugen könnte, von all den Vermögenswerten, die durch seine Hand gegangen und nie in die Tresore der Königin und des Königs gelangt waren. Juan Dorado hatte das Elend der Juden benutzt, um sich selbst zu bereichern, doch wer würde seinen Aussagen Glauben schenken? Wer würde ihn, Rafael, überhaupt noch anhören? Bruder Dorado heuchelte große Frömmigkeit und war bekannt für seine strenge Selbstdisziplin. Doch Rafael kannte die Wahrheit. Juan Dorado hatte ihm aufgetragen, sorgfältige, ausführliche Aufstellungen der Besitztümer der vertriebenen Juden zu machen, und Rafael wußte, daß das geschah, damit Juan Dorado selbst davon profitieren konnte.

»Verzeiht, Hochwürden!« Ein junger Mönch, der mitten in der Nacht die Bewachung übernommen hatte, erschien vor Bruder Dorado. Dieser ignorierte ihn bewußt und konzentrierte sich auf das Pergament.

»Ihr werdet niemals wissen, wie sehr ich Eure Vernichtung herbeigesehnt habe«, krächzte er. »Seit dem Tag, an dem ich herausfand, daß Ihr mich betrogen habt. Als ich Euch mit dem Balg von Philip Navarro sah, bekam ich den ersten Hinweis darauf, daß Ihr Böses im Schilde führtet. Ich erinnere mich sehr gut an das Turnier. Ihr habt nicht bemerkt, daß ich Euch mit einem gewissen Kapitän reden sah.« Rafael bekam weiche Knie. War auch Giovannis Beteiligung entdeckt worden? »Oh, wenn ich ihn nur auch der Streckfolter zuführen könnte, diesen ausländischen Störenfried!«

»Hochwürden.« Der junge Mönch zupfte Bruder Dorado schüchtern am Ärmel.

»Um Gottes willen, was ist denn?« rief Juan Dorado unwillig. Der unglückliche Mönch stand stumm da und sammelte all seinen Mut zusammen, um erneut anzusetzen.

»Die Königin. Der König. Ihr seid aufgefordert, Euren Gefangenen und das Mädchen sofort zu ihnen zu bringen.«

Zum erstenmal seit seiner Gefangennahme verspürte Rafael einen Hoffnungsschimmer, daß er eine Chance haben würde, angehört zu werden, eine Hoffnung, die noch durch den überraschten und enttäuschten Blick des Priesters verstärkt wurde. Ein stummes Gebet sprechend, folgte er Juan Dorado und vier Mönchen die langen, gewundenen Stufen hinauf in die Halle. Als er diesen geräumigen Saal betrat, fand er eine Versammlung vor, unter der sich auch Philip Navarro und Giovanni befanden.

»Eure Majestäten haben mich gerufen?« Mit der Niederschrift herumfuchtelnd, konnte Juan Dorado seine Nervosität nicht verbergen. »Ich war gerade dabei, das Geständnis meines Gefangenen zu erhalten.«

»Durch Folter und Drohungen?« Philip Navarros Bemerkung wurde von einem mißmutigen Blick seitens der Königin quittiert. Ihren Tadel ignorierend, nahm er Alicia in seine Arme und hielt sie in einem schützenden Griff fest.

»Eine Sonderdelegation wurde zu Papst Innozenz entsandt, unseren Allerheiligsten Vater, bezüglich der Verhaftung von Señor de Villasandro. Pater Julio hat eine Botschaft geschickt, daß es bis auf weiteres keine Verhöre mehr geben darf.« Rafael hörte der Erklärung der Königin erleichtert zu. Zumindest für den Augenblick war er gerettet.

»Aber Eure Majestät, ich brauche nur noch Rafael de Villasandros Unterschrift, und wir können unser Autodafé haben! Und was ist mit diesem Zigeunermädchen?«

Königin Isabellas Augen ruhten freundlich auf Alicia. »Das Zigeunermädchen, wenn es überhaupt eine Zigeunerin ist, hat mich mit ihren Worten über die Gnade beeindruckt. Zu oft sind wir in diesen Dingen hartherzig gewesen. Ich möchte ihr zeigen, daß ich genauso Gnade walten lassen kann wie der gütige Christus, an dessen Wort ich glaube. Daher nehme ich die früheren Urteile zurück, die gefällt wurden, und werde selbst die Zuständigkeit für dieses Verfahren übernehmen.«

»Ihr?« Juan Dorado war deutlich erzürnt, doch wagte keine Widerrede.

»Don Philip ist seit langem mein geschätzter Berater und mein Freund. Deshalb vertraue ich ihm. Ihr habt die Beschuldigung erhoben, daß diese junge Frau nicht seine Tochter sei, sondern eine Zigeunerin. Er nennt Euch einen Lügner und hat Zweifel an Eurer Loyalität erhoben. Don Philip selbst, der Eure Ausbildung im kanonischen Recht bezahlt hat, bringt vor, daß Ihr für das hohe Amt, das Ihr innehabt, nicht geeignet seid. Er vertritt die Meinung, daß Ihr mit Eurem Kampf um Macht nur Euren eigenen Ehrgeiz befriedigen und nicht das Wort Gottes verbreiten wollt. Weiterhin beschuldigt er Euch, daß Ihr die Einkünfte anzapft, die sowohl der Kirche als auch uns zustehen. Eine sehr ernst zu nehmende Beschuldigung!«

»Ich bin in erster Linie Gott gegenüber loyal und dann meinen Majestäten! Er hat unrecht. Er ist eifersüchtig auf meinen Erfolg, auf meine Berufung. Er ist ein törichter, alter Mann. Warum hört Ihr auf ihn?«

»Ich finde in jeder Hinsicht, daß Don Philip ein weiser Mann ist.« Königin Isabella erteilte Philip Navarro die Erlaubnis zu sprechen.

»Ehrgeiz ist Eure einzige Loyalität!« Er forderte seinen Stiefsohn heraus, das Gegenteil zu beweisen. Das war für Rafael eine Möglichkeit, Philip Navarros Behauptungen zu untermauern. Er trat vor und enthüllte Juan Dorados Auftrag, den Wert der Besitztümer aller verurteilten Personen aufzuzeichnen.

»Wenn Ihr seine Bücher durchgeht, werdet Ihr mit Sicherheit finden, daß dieser Geistliche nichts ist als ein Pirat und ein Schuft, der Euer Vertrauen mißbraucht hat, Eure Majestät.« Rafael zwang sich zu einer Verbeugung, trotz seines schmerzenden Körpers nach den Folterqualen, die ihm der Priester zugefügt hatte. »Eingetriebene Steuern gelangten in seine nicht in Eure Truhen. Er nahm von meiner Hand ein Gemälde zum Geschenk, dann konfiszierte er ein weiteres Kunstwerk von meinem Bruder, nachdem er ihn fälschlicherweise eines Verbrechens beschuldigt hatte. Er hat sich Ländereien, Vieh und alle Arten von Gütern angeeignet!«

»Eine schwerwiegende Beschuldigung!« Isabella zog überrascht eine Augenbraue hoch.

»Das ist nicht wahr«, zischte Juan Dorado.

»Ich werde Gott als Richter anrufen!« Während sie von einem zum anderen schaute, verfiel Königin Isabella auf eine Lösung, die die Wahrheit an den Tag bringen würde. »Urteil durch Kampf! Das wird die Angelegenheit regeln. Ich will Euch, Bruder Dorado, erlauben, unter den Kämpfern Kastiliens zu wählen, denn Ihr gehört zum geistlichen Stand und seid nicht geübt in den Waffen. Señor de Villasandro jedoch spricht die romantische Seite meines Wesens an. Er wird nicht nur um seine eigene Ehre und Freiheit kämpfen, sondern ebenso für seine Dame. Wenn er erfolgreich ist, werden er und alle, deren Freilassung er verlangt, die Freiheit erhalten. Ich werde es als Zeichen nehmen, daß er und alle, die er schützen möchte, in Gottes Augen unschuldig sind.«

»Sicherlich nicht alle, Eure Majestät!« Juan Dorados Gesicht war verzerrt vor unterdrücktem Zorn.

»Alle! Es wird Gottes Wille sein, wer den Sieg erringt. In ihn setze ich mein Vertrauen.«

75

Der Kampf sollte an einem ähnlichen Ort wie dem in Salamanca stattfinden, wo Alicia einmal ein Turnierspiel besucht hatte, doch jetzt stand mehr als die Ehre auf dem Spiel. Wenn Rafael den Kampf verlieren würde, würde das von Königin Isabella als ein Urteil Gottes gewertet werden. Es würde bedeuten, daß nicht nur er, sondern auch andere schuldig wären. Törichte *Gorgios,* dachte Alicia. Wenn Rafael verlöre, geschähe dies, weil er müde und halb verhungert war, weil er einem stärkeren Gegner nicht gewachsen wäre, der nicht die Folter kennengelernt hatte. Und doch war es eine Chance!

Don Philip hatte ihr ein fein gearbeitetes goldenes Kreuz geschenkt, und nun hielt sie es fest in ihrer Rechten und – immer noch zerrissen in ihrem Glauben – das *Mulengi duri* in ihrer Linken. Würde Gott Rafael beschützen? Würden Ihre Gebete erhört?

Das Gelände war mit bunten Bannern geschmückt, und unter den Zuschauern herrschte eine fröhliche Atmosphäre. Alicia war schockiert über dieses Schauspiel. Hier ging es doch nicht um eine öffentliche Belustigung, sondern eine höchst ernste Angelegenheit! Sie hörte sogar, daß Wetten abgeschlossen wurden! Meinten sie, daß Gott so etwas gutheißen würde, daß er einem der Gegner helfen würde, damit sie reicher würden? Schon der Gedanke ließ sie schaudern.

Ein erregtes Aufstöhnen kam aus der Menge und zog Alicias Aufmerksamkeit auf das Feld, wo Rafael und sein Gegner ihre Plätze einnahmen. Im Gegensatz zu den Turnierspielen waren Rafael und der Herausforderer zu Fuß und trugen keine Rüstung, und Alicia war sich bewußt, daß dieser Kampf zum Tode führen konnte.

»Gott sei mit ihm!« flüsterte Alicia laut und umklammerte den Arm ihres Vaters, der neben ihr saß.

»Das wird er, Alicia. Daran habe ich keinen Zweifel. Hätte ich kein Vertrauen in Gottes Urteil, so hätte ich versucht, diesen Kampf zu verhindern. Ich habe das sichere Gefühl, daß Rafael gewinnen wird.« Dieses Gefühl wurde auch von Giovanni geteilt.

Jetzt tauchten die beiden Männer auf. Sie waren mit Beinkleidern und langen Jacken gekleidet, Rafael in Gold mit roten Flammen auf der Brust, das Zeichen der Inquisition, der andere Mann in einer weißen Tunika mit einem roten Kreuz, ähnlich dem Symbol der Kreuzritter, aus Ehrerbietung vor Juan Dorado.

Als er am Ende des Feldes ankam, wandte sich Rafael in Alicias Richtung, verneigte sich und grüßte sie mit seinem Schwert zum Zeichen, daß sie seine Dame war und er für sie kämpfen würde. Diese Geste brachte Applaus und Hochrufe aus der Menge von denen, die Rafael Erfolg wünschten, und Buhrufe von denen, die ihn fallen sehen wollten.

»Der König und die Königin sind angekommen«, rief Don Philip aus und zeigte auf eine besondere Sitzreihe, die mit dem königlichen Wappen geschmückt war. »Nun kann der Kampf beginnen.« Alicia sah, wie die Königin Rafael und Juan Dorados Kämpfer zunickte. Sie streckte ein riesiges goldenes Kreuz aus, das beide Männer küßten, während die Menge Hochrufe ausstieß.

Beide Männer hatten als Waffe das Schwert gewählt. ›Gott schütze dich, Rafael, mein Geliebter‹, dachte Alicia, während sie seinen Vorbereitungen für den Kampf zusah. ›Du sollst leben für dich selbst, für mich und für das ungeborene Kind, das wir empfangen haben. Ich möchte dir viele Kinder schenken!‹

Rafael sah Alicias Augen auf sich ruhen und fühlte, wie ihre tiefe Liebe seinen mißhandelten Körper stärkte. Er mußte gewinnen! Lauernd beobachtete er seinen Gegner, einen kurzen, stämmigen Mann, mit kräftigen Muskeln bepackt. Muskelkraft war offensichtlich die Stärke dieses Mannes, doch Rafael wußte, daß Klugheit und Geschicklichkeit auf seiner Seite stehen würden.

Der durchdringende Ton einer Trompete übertönte alle Gedanken, als die beiden Gegner mit erhobenen Schwertern aufeinander zugingen. Sie umklammerten ihre Schilde, bereit für das, was kommen sollte.

Es war ein grausamer Kampf, Schwert gegen Schwert, Schild gegen Schild. Rafael wußte wohl, daß die kurze, untersetzte Gestalt versuchen würde, ihn zu überrumpeln. Er ergriff entschlossen sein Schwert und umklammerte das Heft mit aller Kraft, als der Gegner losschlug, und Rafael hatte gerade genug Zeit, um den Schlag zu parieren; doch es war ein gewaltiger Schlag gewesen, genug, um Rafael zu Boden stürzen zu lassen. Während die Menge aufstöhnte, rollte er sich vor dem nächsten Schlag davon, der dicht neben seinem Kopf im weichen Boden steckenblieb. Im Kampf miteinander verkeilt wälzten sich die Männer auf dem Boden, während die Menge tobte.

Schließlich gelang es Rafael, sich aus dem Griff des Mannes zu lösen, und er trat zurück. Knurrend und mit wildem Blick stürzte sich der Mann erneut auf ihn, und wiederum parierte Rafael den Schlag gerade noch rechtzeitig.

Es war ein harter Kampf. Wieder und wieder warf sich der stämmige Mann vorwärts, und seine Wut, daß seine Schläge so leicht vereitelt wurden, machte ihn unvorsichtig. Mit durch die Gefahr geschärften Sinnen holte Rafael aus und blockte jeden Stoß ab, bis er mit plötzlich explodierender Kraft seinem Gegner das Schwert aus der Hand hieb. Die Zuschauer brüllten, sie dürsteten nach Blut.

Der König, selbst ein geschickter Schwertkämpfer, lehnte sich auf seinem Platz nach vorn, ärgerlich über den Ausgang des Kampfes. Mit lauter Stimme drängte er Juan Dorados Streiter, sein Schwert wieder zu ergreifen, eine Forderung, die schnell erfüllt wurde, als der Mann die Unterbrechung durch den König ausnutzte.

Die Zuschauer warteten gespannt, als die beiden Männer ihren Kampf wieder aufnahmen. Rafael verwünschte seine eigene Ehrenhaftigkeit, die ihm nicht erlaubt hatte, einen unbewaffneten Mann zu schlagen. Er bat zu Gott, daß dies nicht sein eigenes Ende bedeuten würde. Die vergangenen Tage mit wenig Nahrung und Schlaf forderten nun ihren Tribut. Ihm war schwindlig, seine Arme, die nach der Streckfolter noch nicht wieder voll hergestellt waren, schmerzten in den Gelenken. Er hätte zwar einem kurzen Kampf wiederstehen können, doch fürchtete er, mit der Zeit zu ermüden. Sein Körper konnte selbst im Namen der Ehre und der Liebe nicht viel mehr vertragen.

Rafaels schmerzende Augen glaubten drei Männer wahrzunehmen, die sich auf ihn stürzten und nach ihm schlugen. Er schüttelte den Kopf und versuchte, wieder klare Sicht zu bekommen, als sein Gegner ihn plötzlich wie ein Raubtier ansprang. Der Schmerz durchfuhr seine

Schulter, als er von der Klinge des Schwertes getroffen wurde. Blut sickerte ihm warm über den Arm.

»Rafael!« Er konnte Alicias Aufschrei aus der Entfernung hören. Seine Tunika peitschte ihm um die Beine, der Wind zerrte am Saum, während er gegen den quälenden Schmerz seiner Verletzung ankämpfte. Die Menge hatte sich erhoben und erwartete seine sichere Niederlage, doch er war trotz dieses Schlages nach wie vor entschlossen, zu gewinnen.

Mit Wutgebrüll stürzte sein Gegner zum Todesstoß nach vorn, sein Schwert zerteilte zischend die Luft. Rafael duckte sich gerade rechtzeitig, wobei sein ausgestrecktes Bein dem anderen zum Schicksal wurde. Sein Gegner wurde durch seine eigene heftige Bewegung zu Boden geschleudert, und die Wut machte ihn blind. Während er wie ein Rasender um sich schlug, nutzte Rafael seinen Vorteil. Es gelang ihm, einen raschen und überlegten Schlag zu führen, und er spürte, wie sein Schwert in den Körper des Gegners eindrang.

»*Dios*, Ihr habt mich getötet!« Wie ein Ungeborenes im Schoß der Mutter zusammengekrümmt, verstummte der Mann, und der leuchtende rote Fleck zeigte, daß Rafael getroffen hatte.

Rafael schloß die Augen und flüsterte ein Gebet für die Seele des Mannes, während die Menge Hochrufe ausstieß. Rafael war erschreckt von der Gefühllosigkeit der Menge angesichts des Todeskampfes seines Gegners. Er hatte gesiegt, doch der Preis war ein anderes Menschenleben. Besorgt sah er zu, wie die Ärzte auf das Feld eilten, und erwartete die Feststellung, daß er einen tödlichen Schlag geführt habe. Statt dessen verkündeten die Ärzte, daß der Mann am Leben bleiben würde, wenn man ihn rechtzeitig zur Ader ließe.

Rafael war erleichtert, hörte wieder den Klang der

Trompeten und sah, wie die Zuschauer ihre Köpfe zur Königin hin wandten. Wie durch einen Nebel vernahm er sie aufgrund seines Sieges seine Unschuld verkünden, doch es war nur Alicias Gesicht, die er suchte, ihre Arme, nach denen er sich jetzt sehnte. Sein Herz erhob sich in dem Bewußtsein, daß mit der Hilfe Gottes das Recht triumphiert hatte. Das war sein letzter Gedanke, bevor er zu Boden fiel.

76

Rafael öffnete die Augen in den grauen Dunst, der vor ihm hing. Wo war er? »Alicia?«

»Ich bin hier, mein Geliebter.« Sie ergriff seine Hand und zog sie an ihre Brust. »Gott war mit dir und mit uns allen.« Ihr Gesicht schwebte mit zärtlicher Besorgnis über ihm. »Die Königin und der König haben dich für unschuldig erklärt, ich wurde als Tochter und Erbin meines Vaters anerkannt. Zuba, Todero, Stivo und den anderen wurde sicheres Geleit zugesagt, bis sie Portugal erreichen. Du siehst also, alles ist gut!«

»Wo sind wir?« Er streckte einen Arm nach ihr aus, um sie näher an sich heranzuziehen, und legte ihren Kopf auf seine Brust.

»An dem Ort, an dem wir uns das erste Mal getroffen haben. Dein Sieg hat einen solchen Aufruhr verursacht, daß Vater einen sicheren Ort gesucht hat, um dich vor den Menschen zu schützen, die dich beglückwünschen wollten, deren Überschwang dir jedoch nicht bekommen wäre. Vielleicht wußte er auch, daß wir allein sein wollten.« Der Nebel in seinem Hirn hatte sich noch nicht gelichtet, doch als er sich umsah, wußte er sofort, daß sie sich an dem Ort befanden, an dem einmal das Zigeunerlager gewesen war. Das Tosen des Flusses vermischte sich mit dem Flüstern des Windes.

»Das *Mulengi dori,* wo ist es?«

»Im Fluß, wo es hingehört. Ich weiß, daß es Gottes Wille und nicht irgendeine Magie war, daß du gerettet wurdest. Pater Julio hat mir immer gesagt, daß Recht über Unrecht siegen wird, und jetzt weiß ich, daß er die Wahrheit gesagt hat.«

»Pater Julio ist in jeder Hinsicht ein Weiser. Ich hoffe, daß er bald aus Rom zurückkehrt. Ich brauche einen Priester.« Er lachte über ihren besorgten Blick. »Es ist Zeit, daß wir heiraten, und ich würde vor keinem anderen die Ehe schließen wollen.« Sie küßte das weiche dunkle Haar, das ihn im Gesicht kitzelte, und zog sie herunter, bis sie neben ihm lag. Er fragte: »Wo ist dein Vater?«

»Er und Giovanni haben darauf bestanden, über uns zu wachen, doch wir sind außerhalb ihres Blickfeldes. Bist du ausgeruht genug, Geliebter, ...« Als Antwort nahm Rafael Alicia in seine Arme, sein Mund senkte sich hungrig auf den ihren. Die Liebe hatte über alles gesiegt.

Anmerkungen der Autorin

Zigeuner. Schon der Name erzeugt ein Gefühl der Freiheit – wie die dahinströmenden Flüsse oder der flüsternde Wind. Jahrhundertelang haben es die Zigeuner vorgezogen, im Freien zu leben, ohne Einengung, als freie Wanderer und Nomaden; gutaussehende Männer, Frauen von großer Schönheit, in farbenprächtigen Kleidern ziehen sie in ihren Wohnwagen umher.

Bei den Zigeunern gibt es eine romantische Geschichte über ihre Flucht aus Ägypten vor den marodierenden Sarazenen. Der englische Name ›Gypsy‹, so erzählt man sich, sei von ›Ägypten‹ abgeleitet, dem vermuteten Land ihrer Herkunft. Sie sind seit Jahrhunderten auf Wanderschaft in Europa, und so kann niemand mit Sicherheit sagen, woher sie wirklich stammen. Die meisten Wissenschaftler stimmen jedoch darin überein, daß sie eher in Indien als in Ägypten ihren Ursprung haben. Ihre Sprache hat Ähnlichkeit mit Dialekten Nordwestindiens und enthält Wörter aus dem Persischen und Armenischen. Sie selber nennen sich ›Roma‹, was in ihrer Sprache ›Mensch‹ bedeutet. Ihr geheimnisvoller Name läßt uns an die Wahrsagerei – Tarotkarten, Kristallkugeln und Handlesen – denken, obwohl diese Fähigkeiten meist als Zeitvertreib bei Nichtzigeunern angewandt wurden.

In Rußland, Ungarn und Polen gibt es viele Musiker unter ihnen. Die Zigeunerlegende berichtet von Mara, deren Liebe zu einem Nichtzigeuner zur Entstehung der ersten Geige führte. Viele Komponisten, besonders Liszt und Brahms, haben Zigeunerweisen in ihren Werken verwendet. Die Frauen waren erfahrene Kräutersammlerinnen, die Männer geschickt in der Heilung von Tieren – ein naturverbundenes Volk.

Leider hat die ungewöhnliche Lebensweise der Zigeuner in vielen Ländern Vorurteile aufkommen lassen. Die Menschen fürchten oft, was sie nicht verstehen. So hat man den Zigeunern immer wieder Hexerei, Kinderraub und Diebstahl vorgeworfen. Tatsache ist jedoch, daß größere Verbrechen unter Zigeunern selten waren.

Die Zigeuner wurden häufig verfolgt und aus vielen Ländern Europas vertrieben. Dabei gab es viele Todesopfer unter ihnen. Auch König Ferdinand und Königin Isabella von Spanien gehörten zu denen, die die Zigeuner verfolgten. Im Edikt von 1492 wurden neben den Juden auch die Zigeuner aus dem Land vertrieben.

Dies ist der Schauplatz der Geschichte einer jungen Zigeunerin und ihrer Leidenschaft zu einem spanischen Adeligen. Unter den Himmeln der Zigeuner finden sie zu einer Liebe, die stärker ist als jedes irdische Gesetz, so zeitlos wie die Ewigkeit.

HEYNE BÜCHER
HEYNE
TASCHENBÜCHER
Klassiker unter den
Frauenromanen: fesselnde
Lebens- und Schicksalsromane
von Weltautorinnen.
Gwen Bristow:
Der unsichtbare
Gastgeber
01/7911
GWEN BRISTOW
Der unsichtbare Gastgeber
Roman
COLLEEN McCULLOUGH
Die Ladies von Missalonghi
Roman
Von der Autorin des Weltbestsellers »Dornenvögel«
01/7934
JEAN PLAIDY besser bekannt als VICTORIA HOLT
Die Schöne des Hofes
01/7863
Daphne Du Maurier
DIE ERBEN VON CLONMERE
Roman
01/7794
Wilhelm Heyne Verlag München

01/7672

Johanna Lindsey schreibt romantische und abenteuerliche Liebesromane, die Millionen Leser in aller Welt fesseln.

01/7746 01/7843 01/7928

01/8081

01/8165

01/8289

Wilhelm Heyne Verlag München